낭만적
망명 권성우 비평집
Romantic Exile

지은이 권성우權晟右는 1963년 서울에서 태어났다. 서울대 국문과를 졸업하고 같은 대학교 대학원 국문과에서 석·박사 과정을 마쳤다. 1985년 서울대 대학신문사에서 주관하는 '대학문학상'에 이문열론이 당선되면서 문학비평을 쓰기 시작했으며 1987년 『서울신문』 신춘문예에 「이인성론」이 당선되어 비평가로 데뷔했다.

『문예중앙』, 『세계의문학』, 『사회비평』, 『문학수첩』 등의 편집위원을 역임했다. 현재 숙명여대 인문학부에 재직 중이다. 지은 책으로는 『비평의 매혹』(1993), 『비평과 권력』(2001), 『비평의 희망』(2001), 『논쟁과 상처』(2006), 『횡단과 경계』(2008) 등이 있다.

낭만적 망명

초판 1쇄 인쇄 2008년 8월 25일
초판 1쇄 발행 2008년 8월 30일

지은이 권성우 **펴낸이** 박성모 **펴낸곳** 소명출판 **출판등록** 제13-522호
주소 서울시 서초구 서초동 1621-18 란빌딩 1층
전화 02-585-7840 **팩스** 02-585-7848 **전자우편** somyong@korea.com

값 20,000원

ⓒ 2008, 권성우
ISBN 978-89-5626-313-7 93810

낭만적 망명

권성우 비평집

Romantic Exile

소명출판

"굳고 정한 갈매나무"를 꿈꾸며

'책머리에'를 구상하면서 계속 백석(白石, 1912~1995)의 시에 눈이 갔다. 정갈하기 이를 데 없는 그의 시와 그의 고독에 대해 생각해 본다. 백석은 1948년에 발표된 기념비적인 시 「남신의주 유동 박시봉방(南新義州柳洞 朴時逢方)」에서 "그 드물다는 굳고 정한 갈매나무"의 청정한 아름다움을 노래한 바 있다. 한국 근대시사를 통틀어 최고의 절창으로 손꼽히는 이 시에서 "굳고 정한 갈매나무"는 그 어느 구절보다도 나에게 깊은 울림을 전달했다. 당시 "어느 사이에 나는 아내도 없고", "그 어느 바람세인 쓸쓸한 거리 끝에 헤매이"던 백석의 고독이 상징적으로 묘사되어 있는 이 대목을 통해 나는, 이를테면 이 땅에서 한 사람의 비평가로 "굳고 정한 갈매나무처럼" 사는 것은 과연 얼마나 가능한가라는 질문을 스스로에게 던져보았던 것이다.

그리고 백석의 또 다른 시 「흰 바람벽이 있어」를 생각해본다. 백석은 이 슬프게 아름다운 시에서 모든 쓸쓸하고 외로운 존재에 대해 말한다. 백석은 "나는 이 세상에서 가난하고 외롭고 높고 쓸쓸하니 살아가도록 태어났다”며, “내 가슴은 너무나 많이 뜨거운 것으로 호젓한 것으로 사랑으로 슬픔으로 가득찬다”고 노래하면서 다음과 같이 시를 맺은 바 있다.

> 하늘이 이 세상을 내일 적에 그가 가장 귀해하고 사랑하는 것들은 모두
> 가난하고 외롭고 높고 쓸쓸하니 그리고 언제나 넘치는 사랑과 슬픔 속에 살
> 도록 만드신 것이다.
> 초생달과 바구지꽃과 짝새와 당나귀가 그러하듯이
> 그리고 또 ‘프랑시스 쟘’과 도연명과 ‘라이너 마리아 릴케’가 그러하듯이

여기서 초생달과 바구지꽃(박꽃), 짝새, 당나귀는 모두 작고 약하고 순하고 애처로운 속성을 지닌 존재들이다(이숭원, 『백석을 만나다』, 태학사, 2008, 487면). 그리고 프랑시스 쟘과 도연명, 라이너 마리아 릴케는 모두 한촌에서 고독하고 쓸쓸한 삶을 영위했던 시인들이다. 어느 순간부터 나는 바로 프랑시스 쟘과 도연명, 라이너 마리아 릴케의 고독을 생각하면서 비평을 쓰곤 했던 것이다. 또한 언젠가부터 나는 진정한 의미의 비평은 “모든 외롭고 쓸쓸한” 것들에 대한 지극한 사랑이 담보되어야 한다고 생각하게 되었던 것이다.

2000년대 초에 벌어진 이른바 문학권력논쟁에 참여하면서 받은 상처의 체험은 나로 하여금 이른바 문단으로부터의 자발적인 망명으로 이끌었다. 당시 나는 논쟁의 풍토와 평단의 착잡한 현실에 대해 절망할 수밖에 없었다. 아마 그 무렵부터 나는 문인들의 모임이나 행사에 거의 참여하지 않았던 것 같다. 고독과 침잠이야말로 그 당시 내가 선택할 수 있는 유일한 삶의 방식이었다. 은둔이야말로 비평가로서 중심에 편입되지 않은 내 유목민적 자존을 지키는 최소한의 방법이었다. 그러니 이제 알겠다. 왜 백석의 시편들이 나에게 그토록 커다란 공감으로, 먹먹한 감동으로 다가왔는지를. 그것은 나 자신도 중심에서 망명한 외로운

존재라고 느꼈기 때문이리라.

이 비평집의 제목 '낭만적 망명'은 E. H. 카(Carr)의 『낭만적 망명자』(*The Romantic Exiles*, Serif, 2007, London : First published 1933)에서 착안한 것이다. E. H. 카는 이 책에서 알렉산드르 게르첸·니콜라이 오가료프·미하일 바쿠닌 등의 러시아 혁명 이전의 차르 체제에서 유럽으로 망명하여 파란만장한 혁명운동에 매진했던 인텔리겐치아 그룹을 '낭만적 망명자'라고 칭한다. E. H. 카에 의하면 도덕적 열정, 불행한 가족사, 역사적 환멸, 낭만적 투쟁, 새로운 독단 등등으로 점철된 그들의 험난한 역정(歷程)은 생전에 혁명의 결실을 보지 못한 채 결국 비극으로 마감되었지만, 그 후에 전개된 역사 속에서 그들은 고유한 자신들의 자리를 지닐 수 있었다고 한다.

예컨대, 게르첸 사망 50년 후, 모스크바의 한 대로에 그의 이름이 붙여지는 과정을 통해 게르첸은 러시아혁명의 선구자로 추앙받았으며, 혁명적인 청춘의 범례(範例)에 대한 예찬을 위해 모스크바대학 구내에 게르첸과 오가료프의 기념비가 세워지기도 했다. E. H. 카는 『낭만적 망명자』에서 게르첸 등의 낭만적 망명자들과 마르크스를 대비하여 설명하고 있다. 낭만적 망명자들은 그야말로 이상주의적이며 낭만적이었다. 그들에게 혁명의 요인은 직관적이며 영웅적인 충동(intuitive and heroic impulse)의 문제였다. 그에 비해 마르크스는 냉철한 이성과 자명한 필연성을 강조했다(*The Romantic Exiles*, Serif, London, 2007, pp.320~321). 개인적으로 『낭만적 망명자』와 이사야 벌린의 『러시아 사상가』(조준래 역, 생각의나무, 2008)를 접하면서 특히 게르첸의 인생과 사상에 커다란 감명을 받았다.

물론 지금 우리 시대에 19세기의 낭만적 망명자들의 감성이 그대로 적용될 필요는 없을 것이다. 초거대기업과 거대보수언론, 새로운 퇴행적 정치권력이 서로의 이해관계에 따라 강고하게 결합된 이 시대의 복잡다단한 현실을 직시하기 위해서는 냉철한 이성과 지혜로운 현실 판단력이 요청될 것이다. 우리 시대의 문학을 둘러싼 현실이 역동적으로 변화하고 있다는 사실을 인정하는 데 인색할 필요는 없다. 뉴미디어와 대중문화, 현대적 일상성에 포섭된 이즈음의 문학은 19세기의 저 낭만적 망명자들이나 1980년대의 진보적 문인들이 밟아갔던 길과는 현저하게 다른 맥락의 갱신된 문제의식을 요청받고 있다.

그럼에도 불구하고 현실의 모순에 눈뜨고 지배 이데올로기의 '흐름에 거슬러' 새로운 이상과 대안을 찾아나서는 여정이 낭만적 망명자들의 문제의식이라면, 나는 개인적으로 우리 시대야말로 새로운 문제의식으로 충전된 낭만적 망명자들의 존재가 절실하게 요청된다고 생각한다. 이제 출판자본과 미디어공화국에 순치되어버린 이 시대의 문학적 현실을 낭만적으로 돌파하는 순정한 이상주의자들이 오히려 지금 이곳의 문학에 필요한 것이 아닐까. 때로는 냉철한 이성보다 낭만적 열정이 지난한 현실을 한 순간에 돌파하게 만드는 동력이 될 수 있을 것이다. 다들 냉정할 정도로 실제적 권력과 중심을 좇는 상황에서 현실적으로는 승산이 없는, 패배할 수밖에 없는 싸움이라는 사실을 잘 알면서, 끝끝내 그 길을 가는 낭만적 망명자들의 존재가 사무치게 그리운 이유가 무엇일까. 이 비평집에서 다룬 임화, 에드워드 사이드, 가라타니 고진, 최인훈, 서경식 등은 각기 다양한 방식으로 '낭만적인 망명자'의 초상을 인상적으로 보여준 바 있다.

문제는 '영혼을 펜 끝에 내걸었다'고 표현할 만큼 치열하기 이를 데 없었던 낭만적 망명자들의 문제의식을 철지난 것으로 치부하는 이 시대 지식사회의 현실이다. 가령 평단을 예로 들어 보자. 편향적인 문학제도와 그 시스템에 대한 비판은 냉소주의라는 탈근대적 질병에 전염된 채 진전되지 않고 있으며, 작품의 미학적 질과 전혀 상관없이 텍스트만을 경배하는 제도적 차원의 비평이 득세하고 있다. 이른바 주류 평단의 시스템과 맞서고자 하는 낭만적 망명자들(비평가)은 점점 고립되고 있다. 이제 비평은 시대와의 싸움, 시스템과의 대결을 방치한 채, 이 시대 문학의 번성을 추인해주는 일종의 현란한 테크닉 내지 코디네이션으로 변해가고 있다고 판단한다면 그것은 나만의 주관적 생각일까. 『낭만적 망명』은, 한 사람의 비평가로서 바로 이러한 평단의 현실로부터 망명해 보고자 하는 내 마음의 어떤 결기를 담고 있다.

생각해 보니, 문학비평가로 등단해서 글을 쓰기 시작한 것이 벌써 22년이 가까워 온다. 정말 많은 세월이 흘렀다. 그동안 몇몇 문학논쟁에 참여하기도 했다. 김영현 논쟁, 대중문학 논쟁, 4·19세대 비평논쟁, 문학권력 논쟁, 근대문학의 종언 논쟁……. 그 과정에서 나는 항상 문단의 주된 흐름에 거슬러 선 망명자에 가까운 입장이었다. 민중문학과 노동해방문학이 한 시대의 대세로 떠올랐을 때 나는 '김영현 논쟁'을 통해 문학의 다원성과 섬세한 복합성을 주장했으며, 역으로 2000년대 이후 탈역사적 흐름과 신세대문학의 새로움에 대한 적극적 상찬이 문학적 유행이 되었을 때 문학에서 역사적 성찰과 사회의식이 지닌 의미를 강조하면서 당대 문학에 대한 비판적 문제제기를 수행한 바도 있다(지금이 시대 정치판과 문학장이 돌아가는 정황을 보면, 변모된 사회현실에 부합되는 새로운 사회적 상상력과 냉철한 비판정신이 필요하다는 사실을 뼈저리게 절감하게 된다). 아마도 나에게는 분명 중심과 주류를 불편하게 생각하는 피가 흐르는 것 같다. 이것도 비평가로서 숙명이라면 숙명이겠다.

조지 스타이너가 말했던가. "서평가나 문학사가와는 달리, 비평가는 걸작에만 관심을 가져야 한다. 비평의 일차적 역할은 좋은 작품과 나쁜 작품을 구별하는 일이 아니라, 좋은 작품과 최고의 작품을 판별하는 일이다"라고. 나는 개인적으로 이러한 조지 스타이너의 비평관에 근본적으로 동의한다. 당대에 쏟아져 나오는 이런저런 작품들을 세밀하게 읽어주고 그 문학적 의미를 증폭시키는 것도 물론 의미 있는 비평이리라. 그러나 나는 당대의 지성사나 문학현장에서 가장 탁월하며 문제적인 작품과의 밀도 깊은 대화야말로 진정한 의미의 비평이 감당해야 할 몫이라고 생각하는 편이다.

이 책에서 다룬 임화, 에드워드 사이드, 가라타니 고진, 허만하, 최인훈, 김현, 도정일, 김원일, 최인호, 황석영, 이문열, 김원우, 김훈, 최윤, 서경식, 정찬, 고종석, 박노자, 김애란 등의 소설가, 비평가, 에세이스트들은 각기 다양한 세계관과 미학을 통해 당대의 가장 문제적이며 수준 높은 글쓰기를 진행해온 바 있다. 개인적으로 그들의 글쓰기에 커다란 관심을 지니고 있다. 이 글에서 진행된 그들에 대한 비판마저 애정과 신뢰의 다른 이름이라는 것을 글을 읽은 사람은 분명히 눈치챌 수 있을 것이다. 나는 진정한 비평은 최고의 작품과의 대화라고 생각한다. 그러니, 영혼과 영혼의 만남, 고감도로 충전된 정신과 정신과의 만남이야말로 비평이 보여줄 수 있는 가장 민감한 영역이 아니겠는가. 물론 내 비평이 그런 경지라고는 결코 말할 수 없을 테지만, 적어도 내가 추구하는 이상적인 비평은 그런 비평이다.

이 책의 1부는 「비평과 망명」이라는 제목으로 모두 6편의 글을 묶어보았다. 주로 비평에 대한 문제의식을 지니고 쓴 글들이다. 비평에 대한 논의 역시 어떤 작품에 대한 비평 못지않게 매혹적인 과정이 아닐까. 1부에 수록된 글들을 통해 이 시대 비평가는 어떻게 살아야 하는가, 비평가의 존재방식은 무엇인가 등의 근본적 문제에 대한 성찰을 시도해보았다. 1부의 글 중에서 「매혹과 비판 사이─김현의 대중문화비평에 대해」는 이 책의 전체적 구성을 감안하여 『비평의 희망』(2001)에 수록되었던 글을 수정한 것임을 밝혀둔다.

이 책의 2부는 「텍스트와의 연애를 넘어」라는 이름으로 작품론·작가론에 해당되는 글들을 묶었다. 김애란부터 최인훈에 이르는 작가와 시인을 만나면서 정말 행복했다. 나는 그들의 문학세계에 내장된 매력에 감화되면서도 동시에 그들에 대한 비판과 문제제기를 수행하기도 했다. 진정한 의미의 정신과 정신의 만남은 일방적인 동화의 과정이 아니라는 생각 때문이다. 말하자면 제대로 된 비평은 텍스트와의 황홀한 연애 그 이후에 있는 것이다.

3부는 「에세이의 매혹」이라는 제목 아래 모두 4편의 글을 함께 배치했다. 서경식·김현·고종석·박노자의 에세이와 기행문에 대한 탐색이 3부를 구성하고 있다. 이를 통해, 나는 문학적인 가치를 지닌 에세이에 대한 비평이 절실하게 필요하다는 점, 시·소설 중심으로 전개되는 비평적 관행을 탈피하여 다양한 변두리 장르에 대한 실제비평이 이루어져야 한다는 점을 강조하고자 했다. 특히 전통적인 문학 범주에서 다루지 않았던 서경식·박노자의 에세이에 대해 주목하고자 했다. 이들의 에세이는 이 시대 어떤 문학작품 못지않은 미학적 품격과 현실에 대한 통찰력, 진지한 자기 성찰의 풍경을 지니고 있다는 것이 내 생각이다. 이제 우리 시대의 비평은 전통적인 문학 범주 외부로 시선을 확장해야 하는 것 아닐까.

『낭만적 망명』의 4부는 「문학의 둘레」라는 이름으로 문학과 영화, 문학과 역사, 문학과 통계를 다룬 세 편의 글로 이루어져 있다. 이즈음 문학의 지체현상을 초래한 원인 중의 하나로 지나친 문학 중심주의를 지목할 수 있다면, 이제 문학에 실제로 필요한 것은 문학을 둘러싼 다른 예술과 제반 인문사회과학에 대한 면밀한 탐구일 것이다. 역사 및 영화와의 밀도 깊은 대화를 통해, 이 시대 문학은 새로운 차원의 상상력과 그 독자적 존재이유를 발견할 수 있을 것이다.

『낭만적 망명』에 수록된 글들 중에서 반 이상은 청탁받지 않고 내 스스로 기획하여 쓴 글이다. 그리고 이 책에 수록된 글들 중에 책 뒤의 해설로 발표된 글은 한 편도 없다. 기존의 청탁제도와 '해설'이라는 시스템이 담보한 장점과 미덕이 분명히 있을 것이다. 그러나 이러한 청탁 관행에 익숙해질수록 비평가의 주체성과 자율성을 지키기 힘든 것이 아닐까. 다행인지 불행인지 모르겠지만, 이른바 문학권력논쟁에 참여했던 7~8년 전부터 나에게는 문예지에서 거의 청탁이 오지 않았다. 발표할 지면도 얻지 못한 채 비평을 써내려가면서, 이런 고립된 상황 속에서 과연 계속 비평을 쓸 수 있을까 하는 생각을 하기도 했다. 그러나 역설적인 맥락에서 그 과정은 비평가의 독립성과 주체성에 대해 진지하게 모색하는 도정이기도 했다. 『낭만적 망명』에 수록된 글들을 쓰면서 기존의 문예지 시스템 및 청탁제도와 거리를 둔 채 자율적인 비평 활동을 영위하는 것이 얼마나 지난한 일인지도 제대로 실감하게 되었다. 앞으로도 나는 이런 고립된 상황에서 글을 쓰게 될 것 같다. 그 때마다 백석의 "굳고 정한 갈매나무"를 생각하리라.

백석은 1941년경, 만주국 정무원 경제부 생활을 청산하고 측량보조원 생활을 거쳐 신경(新京, 현재의 長春) 근방의 농촌으로 귀농하여 소작 농사를 지으면서 쓸쓸하게 시를 썼다. 그때 발표한 시 중의 한 편이 바로 「흰 바람벽이 있어」다. 백석은 당시 식민지 조선 문단의 중심이던 경성에서 만주로 망명하고, 다시금 일제의 만주 이데올로기와도 거리를 둔 채, 고독을 양식삼아 시를 써나갔으리라. 나는 또 스위스에서 고립된 망명 생활을 영위했던 발터 벤야민과 조국을 떠나 프랑스·영국·스위스 등에서 파란만장한 망명의 여정을 밟았던 게르첸의 운명을 생각하기도 하는 것이다. 백석이 만주 한촌의 먹먹한 외로움 속에서 시를 쓴 것을 떠올리며, 나는 두문불출한 채 늘 서재에서 글을 썼다.

이제 몇 개월 있으면 한국을 떠나게 된다. 가끔 나를 아무도 알아보지 않는 낯선 이국에서 모국어를 그리며 글을 쓰는 상상을 해본다. 드디어 그 소망이 이루어질까.

현재 우리 문단과 평단의 전반적인 분위기나 관행으로 보았을 때, 『낭만적 망명』에서 개진된 입장은 평단의 주류적 입장과 충돌할 가능성이 높다는 사실을 나는 잘 알고 있다. 그러나 역설적인 의미에서 『낭만적 망명』이 맞이하게 될 이런 운명이야말로 책 제목에 부합되는 것이 아닐까. 앞으로 몇 권의 책을 더 낼지 모르겠지만, 내 정신의 망명의 여정과 함께 한 이 책에 대해 각별한 주관적 애정을 느끼고 있다.

해외의 낯선 곳으로 떠나기 전에 지금까지 쓴 글들을 정리하고 싶었다. 관성적으로 비평 행위에 참여하느니, 언제든지 비평을 그만두겠다는 자세로 글을 써왔으며 이 생각은 지금도 변함이 없다. 청탁·해설 등의 문학제도와 일정한 거리를 둔 상태에서 계속 비평을 쓰기 위해서는 지금보다 더 담대하고 주체적인 태도를 견지해야 하리라. 서경식이 고야를 말하면서 얘기했던 그 불기(不羈)의 정신에 대해 생각해본다. 바라건대 어떤 고독과 배제의 운명이 닥쳐도 불굴의 의지가 내게 남아 있기를.

이 책을 쓰는 과정에서 마음속의 등대가 되어주셨던 조세희 선생님과 스스로 망명했다고 생각하는 덜떨어진 비평가의 고독을 따뜻하게 감싸 안아주신 권영민 선생님께 마음 깊이 감사드린다. 그리고 이 서문을 쓰는 동안 이청준 선생님이 영면하셨다. 선생님은 지금보다 더 젊었던 날의 내 문학적 사표였다. 10년도 더 된 어느 날, 잠실의 맥주집에서 대화를 나누었던 선생님의 모습이 아직도 눈에 선하다.

비평가로 활동하면서 늘 이청준론을 쓰고 싶다는 생각을 해왔다. 이청준 선생님의 소설은 내게 가장 매력적인 비평적 대화의 대상이다. 선생님의 소설은 지성과 언어미학의 찬연한 가능성을 보여준 한 시대의 소중한 문화자산이었으며 동시에 언어와 자유를 구속하는 억압적 체제에 대한 준열한 성찰의 기록이기도 했다.

『비평과 권력』(2001.5), 『횡단과 경계』(2008.2)에 이어 다시 소명출판에서 세 번째 책을 내게 되었다. 여러모로 부족한 내 글에 대해 변함없는 신뢰와 애정을 보여준 소명출판 박성모 사장님과 소명출판 가족들에게

죄송하고 감사한 마음 가득하다.

　언젠가는 제대로 된 이청준론을 쓰겠다는 다짐을 하며, 이청준 선생님의 영전에 이 책을 바친다. 그리고 낭만적 망명의 의미에 대해 애정과 관심을 지닌 특별한 독자들에게 이 책을 기꺼이 헌정하고 싶다.

　　　　　　　　　　무더위와 맞서며, 자양동 서재에서 권성우

차례

조숙한 청춘의 문학
김애란론

서사의 창조적 갱신과 리얼리즘의 퇴행 사이
황석영의 『바리데기』론

회색인, 유목민, 오리엔탈리즘
최인훈의 『회색인』 다시 읽기

망명, 디아스포라, 그리고 서경식

만남의 글쓰기, 혹은 에세이의 매혹
1970년대 김현 글쓰기의 한 풍경

성찰적 유미주의자의 열린 시선
고종석의 『모국어의 속살』에 대한 몇 가지 단상

1부
비평과 망명

망명의 비평

임화·에드워드 사이드·가라타니 고진과의 만남

1. 만남, 그리고 비평의 아포리아

어떤 글이 제대로 된 비평인가? 나는 비평가로서 어떤 길을 걸어가야 하는가? 한동안 해답이 있을 수 없는 이러한 막막한 문제에 대해 고민했다. 대부분의 비평가들이 한번쯤은 대면했을 이처럼 실존적이며 근원적 아포리아에 대해 생각하게 된 사정에는 내 자신의 '비평가로서의 위기의식'이 분명히 작동하고 있었을 것이다.

세상에는 수많은 입장의 비평가가 존재한다. 아마 우리 사회에도 다른 어떤 나라 못지않게 많은 비평가가 존재할 것이다. 현대문학을 전공한 국문학 박사의 과반수가 비평가라는 농담조의 얘기가 있을 정도로 정말 비평가는 넘쳐난다. 그렇다면 그 수많은 비평가들 중에서 나의 자리는 어디인가? 이 질문은 비평을 그만두는 날까지 나를 괴롭힐 것이다.

그러나 그 질문은 결코 회피할 수 없는, 아니 비평가로 생존하는 한 영원히 되새겨야 할 물음에 틀림없다.

이런 고민의 과정에서 식민지 시대의 대표적인 비평가 임화(林和, 1908~53), 팔레스타인 출신 미국의 비평가 에드워드 사이드(Edward Said, 1935~2003), 일본의 대표적인 비평가 가라타니 고진(柄谷行人, 1941~)을 만났다. 앞의 두 사람은 이미 작고했고, 한 사람은 여전히 정력적으로 글쓰기에 전념하고 있다. 그들과의 만남은 한편으로는 엄청난 행복으로, 또 다른 한편으로는 커다란 자극으로 다가왔다. 물론 그들의 저작을 이번에 처음 읽은 것은 아니다. 중요한 사실은 최근 몇 년 사이에 이루어진 그들과의 만남을 통해, 나는 비평가로서의 정체성과 입장에 대해 집중적으로 되돌아볼 수 있었다는 점이다. 그들의 비평적 입지는 조금씩 다르지만, 현실에 대한 성찰과 한 사회의 시스템 및 문학제도에 대한 비판을 어떤 비평가보다도 소신 있게 지속적으로 수행해왔다는 공통점이 있다. 그들의 치열한 비평에는 지금 이 시대 우리 비평이 간과하거나 잃어버린 그 무엇이 있다.

모든 일이 그러하듯이, 한 시대나 특정한 문화권의 동향을 파악하기 위해서는 그 시대의 문화 내부에만 갇혀서는 안 될 것이다. 그 시대와는 다른 과거, 혹은 다른 문화권과의 비교를 통해 특정한 시대의 편향과 특성, 문제점이 더욱 명료하게 드러난다. 그렇다면 임화·에드워드 사이드·가라타니 고진과의 대화는 이 시대 비평에 대한 객관적 성찰에 더할 나위 없는 소중한 계기가 될 것으로 보인다. 궁극적으로 그들과의 만남을 통해 스스로의 비평을 갱신하고 싶다는 욕망이 이 글을 기꺼이 쓰게끔 만드는 동기이리라.

2. 임화와 슬픔, 그리고 현재와의 대화[1]

　최근 2~3년 동안 누구보다도 비평가 임화와 대화하면서 지냈다. 애초의 그 만남은 직업상 제도적인 차원에서 발표할 수밖에 없는 글쓰기 때문이었지만, 어느 순간 나는 임화와 밀도 깊은 실존적 대화를 하는 내 모습을 발견했다. 그 옛날 1930년대 후반의 중일전쟁 이후 일제 군국주의 파시즘이 발호하던 시기에 임화가 겪었던 고민들이 바로 이 시대 내 고민과 그대로 겹쳐졌던 것이다.

　약 70여 년 전에 발표된 임화의 비평과 산문, 잡문을 집중적으로 읽으면서 나는 자주 놀랐으며, 때때로 깊은 슬픔에 잠겼다. 빛바랜 영인본과 마이크로필름에 쉽게 독해되지 않는 깨알 같은 글씨로 남아 있는 그 시대 임화의 비평과 산문은 정확히 우리 시대 문학과 비평을 투사하는 거울이었다. 당시 비평가 임화의 모색과 고민과 절망은 바로 이 시대 비평가들이 지닌 고충과 놀랄 정도로 흡사했다.

　구체적으로 말해서, 1940년을 전후한 시기에 임화가 발표한 비평과 산문에는 지금 이 시대 비평문학의 중요한 쟁점들이 다수 포함돼 있다. 가령, 비평의 위기를 둘러싼 논의, 가치 평가와 해설이라는 비평의 상반된 역할에 대한 논의, 텍스트에 지나치게 수동적으로 밀착한 해설 비평의 문제, 비평적 정론성과 역사성을 상실한 제도화된 비평의 문제, 비평의 역할과 기원에 대한 근본적인 자의식과 연관된 문제, 미디어(언론)에 종속된 문학과 비평의 역할과 위상, 문화적 획일주의와 전체주의에 대한 저항 등등은 임화가 비평적으로 고투했던 그 시대뿐만 아니라 바로 이 시대 비평의 핵심적인 논점이자 아젠다이기도 하다.

---

1) 이 글에서 수행된 비평가 임화의 현재적 의미에 대한 한층 자세한 논의로는 권성우, 『횡단과 경계—근대문학 연구와 비평의 대화』(소명출판, 2008.2)의 1부 「임화의 저항과 현재성」에 수록되어 있는 임화에 관한 네 편의 글을 참조할 것.

마치 임화가 지금 이 시대에 다시 환생한 것처럼 당시 그가 발표한 글들은 생생한 현재성을 지닌 채, 두 세대 쯤 후배 비평가인 나에게 커다란 울림을 주었다. 역사가 반복되는 것이라면 비평 장르를 둘러싼 의제도 반복되는 것이라고 말해야 하리라. 이러한 점은 이 시대 문학과 비평의 본질을 탐사하기 위해서는 역사적인 시선과 고고학적인 탐구가 요청된다는 사실을 잘 보여주고 있다. 단적으로 말해서 지금 이 시대 문학과 비평의 중요한 논점은 이미 임화가 6~70년 전에 본격적으로 고민한 문제의 현대식 버전이었다. 나는 이제 이 글에서 지금 이 시대 비평의 현안과 임화의 비평적 모색을 겹쳐서 고찰하는 과정을 통해 우리 시대 비평과 비판적으로 대화하고자 한다.

임화는 당시 무엇보다도 역사성과 사회의식을 상실하여 문학 내부로만 침잠하는 문단과 평단에 대한 단호한 문제의식을 지니고 있었다. 예를 들어 다음과 같은 예문을 보자.

문학은 행동의 광장에서 예술로 돌아온 것이 아니라 실상은 문단으로 돌아왔음에 불과하였다. 이리하여 신문학사상 드물게 보는 너무나 문학적인 문단의 시대, 실상인즉 문단적인 문학의 시대가 시작된 것이다. 그러나 문학이 문단적으로 되면서 불어 내어던진 것은 이른바 「이데올로기―」뿐 아니라 생활도 내어 던졌고, 중요한 것은 문학에서도 떠나오기 시작한 것이다.[2]

문단이 논쟁도 없고 더구나 사회적 의미를 띠인 정신의 존재나 대립은 하나의 부질없는 異端으로 눈치되고, 和平의 濃霧가 去來함은 정히 이유가 없다 말할 수 없는 것이다.[3]

위에서 인용된 임화의 발언은 '문학주의'를 모토로 전개된 2000년대

---

2) 임화, 「문단적인 문학의 시대」, 『문학의 논리』, 학예사, 1940, 273면. 앞으로 이 글에서 인용되는 문장은 필요에 따라 현대식 표기로, 한자를 한글로 변경하였다.
3) 위의 글, 275면.

문학이 마주한 어떤 풍경과 매우 흡사하다. 또한 그것은 작품과 문학관에 대한 치열한 논쟁이 현격하게 줄어들어 '和平의 濃霧가 去來'하듯이 평화롭게(?) 공존하는 이 시대 수다한 문예지와 문학에콜의 모습을 자연스럽게 떠올리게 만든다. 이러한 현상은 "언론계에선 동업자 상호 비판을 금기시하는 '침묵의 카르텔'이 급속히 해체돼 가고 있으나 문단에선 정반대의 현상이 나타나고 있다"고 언급한 언론학자 강준만의 발언을 연상시킨다.

문단이 사회적 의제를 상실하면서 문학 내부에만 침잠하는 현상과 연관하여 임화는 "수년 내로 문화인이 志士, 先驅者이었던 시절은 이미 끝나고 있지 않은가 한다"(「문화기업론」)고 선언하고 있는데, 이 대목은 문인이 한 시대의 가장 치열한 지성이자 전위였던 시대가 마감되고 이제 문인 역시 하나의 직업에 불과한 시대를 통과하고 있는 이 시대 문인들의 풍경과 유사하게 겹쳐진다. 그러니 이러한 임화의 선언은 자연스럽게 가라타니 고진의 '근대문학의 종언' 테제에서 제기된 문제의식과 포개진다고 하겠다.

임화는 여기서 더 나아가, 1930년대 후반 이후에 전개된 문학이 건강한 의미의 사회의식과 역사성을 상실하면서 일종의 협소한 '문학주의'로 전락하는 과정에 비평의 문제가 개입되어 있음을 아래와 같이 역설하고 있다.

> 우리 문학이 이른바 政治主義(그것은 신문학의 계몽주의의 연장이다!)라든가 公式主義라든가로부터 소생하기 시작하였다는 수년래, 조선의 문예비평이나 평론은, 작품과 작가에게로 옮아온 것이 사실이다.
>
> 작품과 작가를 말하지 않고 문학을 의논한다는 것이 전혀 의미 없는 일인 만큼 이 현상은 비평과 평론을 모두 문학적이게 한 것이며, 하나의 진보라고 말할 수가 있을 것이다. 그러나 평단의 최근의 추세를 본다면 평론이나 비평이 작품과 작가를 알게 된 대신, 작품과 작가 이외의 아무것도 몰라가지고 있는 게 사실이다. 작품과 작가에 관한 지식만으로 비평은 과연 건전히 제 기능

을 발휘할 수 있을까? 비평의 고도란 것은 본디 작품과 현실 양자의 위에 있
는 것으로, 현대 비평은 결국 兩脚에서 一脚을 버리고 외다리로 걷고 있는
셈이다.
　　우리는 현대 비평과 평론의 성격을 논함에 무엇보다도 사회적, 정치적 내지
는 사상적 고도의 상실을 지적하지 아니할 수가 없다.[4]

　이러한 임화의 문제제기는 문학을 규정하는 시스템과 현실에 대한
정밀한 탐문 없이 텍스트 내부의 현란한 분석에 경도되어 있는 지금 이
시대 비평의 어떤 편향에 대한 지적으로도 충분히 수용될 수 있을 것이
다. 임화도 “작품과 작가를 말하지 않고 문학을 의논한다는 것이 전혀
의미 없는 일”이라고 지적했듯이 텍스트 분석이 비평의 가장 중요한 과
정이자 목표 중의 하나라는 점은 분명하다. 문제는 균형 감각이자 최소
한의 다양성이다.

　최근 ‘비평의 위기’가 수차례 언급되면서 비평의 비판적 기능과 엄정
한 가치평가가 상실되었으며 이에 따라 비평의 역사성과 사회성의 복원
이 시급하게 요청된다는 지적이 간혹 제기되고 있다.[5] 또한 이러한 문
제의식의 연장선상에서 『비평과전망』, 『크리티카』, 『작가와비평』, 다음
카페의 ‘비평고원’, ‘포럼 X’와 같이 출판자본이나 주류 비평의 섹트주
의와 거리를 두고 독립적인 비평을 추구하는 비평 커뮤니티나 온라인
커뮤니티가 새롭게 주목받고 있다. 이와 같은 비평에 대한 문제제기는
결국 작품에 대한 냉철한 평가보다는 해설을 위한 해설에 몰두하는 평
단의 경향에 대한 비판과 접맥되는 것이다.

　임화의 문제의식은 가치평가와 해설(해석)이라는 비평의 주된 두 가지
기능 중에서 후자에 주력하는 비평적 추세에 대한 비판으로 이어진다.
이러한 문제의식은 「비평의 시대」(1938)에서 집중적으로 드러나고 있다.

---

4) 임화, 「비평의 고도」, 『문학의 논리』, 학예사, 1940, 700~701면.
5) 이에 대해서는 이명원, 『파문』(새움, 2003)과 고명철 외, 『주례사 비평을 넘어서』(한
　국출판마케팅연구소, 2002), 『크리티카』 창간호(이가서, 2005) 등을 참조할 수 있다.

임화에게 비평의 시대는 역설적인 의미에서 지난 시대의 비판적 '이론'이 퇴각하면서 마주하게 된 '비평의 위기'를 의미한다. 그래서 그에게 비평의 시대란 "진실한 의미의 비평정신의 침묵의 시대일지도 모르며, 비평 그 자체의 冬眠期인지도 모른다"는 표현에서 여실히 드러나듯이 임화가 구상하는 진정한 의미의 비평정신이 구현되지 못하고 "작품 해석과 현상정리에 머무는 死한 비평이 並在하"는 시대이다. 임화는 「비평의 시대」를 다음과 같이 마무리하고 있다.

> 해석과 평가를 어떻게 통일해갈 것인가? 그것은 현대 비평의 과제일 뿐 아니라 각 개인의 과제이기도 하다. 결국 현대는 括號付의 비평의 시대에 불과하다.[6]

위의 선언은 작품에 대한 '평가'가 사라지고 작품에 대한 '해석'만이 난무하는 당시의 평단과 문학장에 대한 임화의 강력한 항의일 것이다. 임화가 「문단적인 문학의 시대」(1938)에서 "「解釋」과 「說明」 이 두 가지만으론 현대의 얼음과 같은 교착 상태는 타개되지 않을 것이다"라고 언급하는 대목도 이와 같은 문제의식의 연장선상에서 파악될 수 있겠다.

요컨대 해석과 설명 위주로 전개되는, 즉 지나치게 작품에 종속되면서 냉철한 가치판단을 상실한 당대 비평에 대한 성찰적 문제제기는 1930년대 후반 이후 임화의 비평을 관류하는 가장 중요한 문제의식 중의 하나이다. 당대 비평에 대한 임화의 이러한 성찰과 비판은 궁극적으로 군국주의 파시즘이 득세하고 대대적인 전향자가 양산되며, 파시즘에 봉사하는 국책문학이 본격적으로 등장하기 시작하던 시대에 대한 임화 나름의 가능한 비평적 저항의 방식으로 해석되어야 한다.

임화가 당시의 어떤 비평가보다도 미디어와 문학장을 실제 움직이는 구조, 문학작품의 유통시스템, 문학과 언론의 역학관계에 대해 끊임없이

---

6) 임화, 「비평의 시대」, 『비판』, 1938.10, 80면.

민감한 인식을 보여주었다는 점도 대단히 흥미로운 대목이다. 예를 들어 임화가 개진한 "「저-널리즘」 없이 현대문학에 고유한 문학생활인 문단사회란 것을 생각할 수 없는 것을 보아도 명백한 것이다",[7] "「저-널리즘」이 필요 이상의 위력을 가지게 되고 평가란, 신문잡지가 제출한 題目에 대한 答案作者가 되고 만다",[8] "문학에 대하여 저널리즘이 경제일뿐 아니라 실로 정치란 점을 암시하는 데 그친다"(「문학과 '저-널리즘'과의 교섭」, 『사해공론』, 1938.6) 등의 발언은 문학행위를 둘러싼 매개자, 즉 신문이나 문예지를 비롯한 문학미디어의 역할과 본질에 대해 그가 정확하게 포착하고 있음을 여실히 보여주고 있다.

문예지나 신문 등의 미디어에 의하지 않고서, 자신의 의사를 효과적으로 전달하기 힘든 상황에서, 유사한 맥락에서 미디어에 의해 비로소 효과적인 비평적 인정투쟁이 가능한 상황에서 문학미디어의 중대한 역할과 과잉권력화에 대한 임화의 문제제기는 그가 당대의 다른 어떤 비평가보다도 미디어(매체권력)의 전략, 문학 소통의 시스템 등의 문학장의 구조에 대해 명석하게 인식하고 있던 논자라는 사실을 입증한다.[9] 이는 임화가 푸코식으로 말해서 문화권력의 작동방식과 역학관계에 대단히 예민한 인식을 지니고 있었음을 의미하기도 한다. 오늘날 신문을 비롯한 미디어가 문학의 소통과 홍보에 미치는 엄청난 파장을 생각해 볼 때, 임화의 이러한 문제의식은 선구적 혜안을 지닌 탁견이라 아니할 수 없다.

임화는 '선택'과 '배제'를 통해 수행되는 미디어(저널리즘)가 어떤 비평보다도 중대한 비평의 권능을 내포하고 있음을 아래와 같이 언급한 바 있다.

---

7) 임화, 「문학과 '저-널리즘'과의 교섭」, 『사해공론』, 1938.6, 45면.
8) 임화, 「문단 논단의 분야와 동향」, 『사해공론』, 1936.7, 89면.
9) 이에 대한 자세한 논의는 권성우의 「문학미디어 비판과 문화산업에 대한 성찰」(『횡단과 경계』, 소명출판, 2008)을 참조할 것.

　　사실 어느 시대에 있어 「저-널리즘」은 여러 가지 종류의 비평정신의 依據 点이었고 자유스런 비평적 발언의 방법이었다. (…중략…) 이 점에서 벌써 「저-널리즘」은 역사적 의미에서 훌륭한 한 개 비평이었을 뿐만 아니라, 보도할 만한 사실과 보도 안 될 사실을 구분하는 선택행위에서 은연중 하나의 평가와 평가하는 기준을 가지고 있지 않을 수 없었다는 데 또한 날카로운 비평의 권능을 스스로 내포하고 있었다.[10]

　　위의 예문은 저널리즘의 본질을 '평가'와 '선택'으로 상징되는 비평적 기능으로 파악하고 있다. '선택'은 곧 '배제'를 동반하기 마련이다. 이는 저널리즘이 객관적 진실을 실어 나른다는 전통적인 관점에서 이탈하여 저널리즘 자체의 편파적인 태도, 즉 미디어의 의제 설정 권한을 임화가 분명하게 인지하고 있음을 암시한다. 말하자면 저널리즘에서 어떤 대상을 다루고 안 다루고 하는 기능 자체가 본원적으로 특정한 이데올로기나 입장에서 자유로울 수 없다는 것이다.

　　주지하다시피 그때나 지금이나 미디어(신문·문예지)에서 배제된 문학작품은 실상 발간되지 않은 것과 마찬가지일 정도로 미디어가 문학의 소통과 전파에 차지하는 역할은 막강하다. 임화는 바로 이러한 문학미디어의 속성을 당대의 어떤 문인보다도 투철하게 인지하고 있었다. 임화의 「잡지문화론」(1938)·「문화기업론」(1938)·「문학과 '저널리즘'과의 교섭」(1939)·「문예잡지론」(1939) 등의 글에는 바로 그러한 문제의식이 명료하게 스며들어 있다.

　　개인적으로 '거대언론에 대해서 얼마나 독립적이며 비판적일 수 있는가?'라는 문제는 이 시대 비평가의 소신과 열린 비판을 근본적으로 검증할 수 있는 리트머스시험지가 아닐까 생각된다. 대개의 예술가나 비평가에게 언론과 미디어에 대한 문제제기는 미래에 닥쳐올 불이익과 손해를 감수하는 선택일 수밖에 없다. 이런 의미에서라도 비록 지금과

---

10) 임화, 「문학과 '저널리즘'과의 교섭」, 『사해공론』, 1938.6, 42면.

마주하고 있는 역사적 정황은 많이 다르지만, 임화의 언론과 문학미디어에 대한 성찰적 자의식은 과소평가될 수 없다. 실상 임화는 KAPF 서기장 출신으로 민감한 정치적 감각을 지니고 있었다. 그는 당시 진보적 매체와 친일 매체에 이르는 다양한 문예지와 신문에 기고하는 등 문학미디어의 혜택을 받은 대표적인 비평가였다. 그럼에도 불구하고 임화가 문예지나 신문 등의 문학미디어의 본질에 대한 정확한 통찰과 비판적 자의식을 보여주었다는 사실은 의미심장하다.

이 대목에서 특히 주목해야 할 점은 임화는 늘 문단과 문학제도의 중심에 자리하고 있음에도 불구하고, 당시 문단의 제도적 모순과 문제점에 대해 투철한 비판을 지속했다는 사실이다. 이 점은 임화가 자신의 문화적 위상이나 명망성을 단지 권력적으로 활용한 비평가가 아니라, 항상 현실과 제도의 본질을 투시했으며 투철한 비판정신으로 충만한 비평가였다는 사실을 의미한다. 요컨대 임화는 늘 문단의 중심에 있으면서도, 외부자의 입장에서 그 중심의 제도적 모순과 지배이데올로기에 대해 항상 비판적으로 자각한 비평가였다. 이렇게 본다면 임화 비평의 현재적 의의는 참으로 뚜렷하다. 이 시대의 비평가들은 지금으로부터 약 60~70여 년 전에 임화가 고민했던 비평적 의제에 대해 여전히 고뇌하고 있는 것이 아닌가.

올해는 임화가 태어난 지 100주년이 되는 해이며, 그가 북한의 평양재판소에서 '미제의 간첩'이라는 죄목으로 사형을 선고 받고 형장의 이슬로 사라진 뒤 55년이 되는 해이기도 하다. 당대의 어떤 비평가보다도 비평정신에 투철했던 임화가 누구보다 비극적인 죽음을 맞이한 그 쓸쓸하고 참담한 아이러니는 한국 근현대비평사 전체에 걸리는 엄청난 비극이라고 생각된다. 이제 우리문단과 평단은 임화의 이름과 그 슬픈 비평의 운명을 어떤 방식으로든 제대로 기억해야 될 때가 된 것이 아닐까.

물론 한 사람의 문인으로서 임화가 지닌 한계 역시 많을 것이다. 가령, 지나친 정치 지향성으로 채워진 임화의 시편들은 미학적 완성도라는 측면에서는 많은 아쉬움의 여지가 있는 것이 사실이다.[11] 그가 한때 영화 배우로 활동했다는 사실에서도 유추할 수 있듯이, "항상 무대 한가운데 있으려는 조급한 허영"[12]이 임화에게 있었으리라. 또한 그가 1941년 1월 15일 당시 총력연맹문화부장 야나베 에이사부로[矢鍋永三郎]와 대담(「矢鍋 林和 對談」, 『조광』, 1941.3)을 진행하면서, '직역봉공(職域奉公)'이라는 표현을 구사하고 국책에 대한 문화적 협력을 소재로 논의하는 등 일제 군국주의 파시즘의 국책 논리에 부분적으로 편승했다는 사실, 황군위문작가단 파견과정에 임화가 일정한 역할을 담당했다는 사실,[13] 군국주의 선전영화 〈너와 나〉의 대본 교정을 보기도 했다는 점[14]도 이미 밝혀진 바이다. 좀 더 구체적으로 임종국은 임화의 〈황국위문작가단〉 참여에 대해 "이를 위해서 반도문단은 종군문필부대를 파견해야 한다는 것이었는데, 이러한 논의가 정식으로 실현단계에 들어선 것이 39년 2월 말경. 이에 주동적 역할을 담당한 것은 학예사의 임화, 인문사의 최재서, 문장사의 이태준의 3명이었다"[15]고 지적한 바 있다.

어쩌면 이러한 대목은 당시의 전면적인 군국주의 파시즘 체제 하에서 식민지의 저명한 문인이 감당할 수밖에 없었던 근본적인 실존적 조건이었을지도 모른다. 다만 여기서 분명히 해둘 점은 임화의 협력은 다분히 전략적이었으며 제한적이었다는 사실이다. 몇몇 친일단체에 자신의 이름을 올리기는 했지만, 임화가 당시 시국에 대한 협력을 자발적으로, 주체적으로 감행한 흔적은 거의 보이지 않는다. 실제로 문제가 된 야나베 에이사부로와의 대담에서도 임화는 표면적인 협력의 논리 속에 마치 송곳처럼 식민주의를 돌파하는 타자성의 논리와 혼종성을 활용한

---

11) 임화의 시와 문학의 한계에 대해서는 유종호의 『다시 읽는 한국 시인』(문학동네, 2002)의 임화 편에서 대단히 면밀한 검토가 이루어진 바 있다.
12) 유종호, 『다시 읽는 한국 시인』, 문학동네, 2002, 20면.
13) 임종국, 『친일문학론』(증보판), 민족문제연구소, 2003, 94~95면.
14) 김윤식, 『그들의 문학과 생애─임화』, 한길사, 2008, 146면.
15) 임종국, 앞의 책, 94~95면.

저항의 지평을 숨겨두고 있다.16)

아울러 미학적 인식이 보완되었더라면 한층 매력적으로 다가왔을 그의 비평도 문체 등의 면에서 다소 난삽하고 성긴 대목이 분명히 존재한다. 아마 이러한 단점의 상당 부분은 임화 자신의 한계이자 그 시대의 한계이기도 할 것이다. 그러나 이러한 점을 감안하더라도 김팔봉·김환태·이헌구 등 그와 다른 길을 걸어간 비평가들이 해당 비평가의 이름을 딴 비평문학상 등을 통해 우리 문화에서 제도적으로 기억되고 호출되는 방식과 비교해 볼 때, 적어도 비평가로서의 치열성, 논리의 밀도, 의제 설정능력, 문학적 열정이라는 측면에서 누구에게도 뒤지지 않았던 임화에 대한 기억의 몫은 지나치게 작다. 아마도 이런 생각은 나만의 것이 아닐 것이다. 이 땅의 소설가 중에 가장 지성적인 작가 최인훈은 자전적 장편소설 『화두』에서 임화의 문학에 대해 다음과 같이 말한 바 있다.

국내의 좌파문학은 30년대에는 완전히 억압당했다. 다만 임화 개인이 도달한 지점은 놀랄 만하다. 그의 굴복이 말해지지만, 그의 『조선신문학사』 연작은 그의 최고의 달성임이 명백한 듯싶고, 그 저작이 해방 직전의 시점에서 쓰이고 있다는 것은 그의 이성이 얼마나 깨어 있었고, 논리의 형식으로 역사에 봉사하겠다는 결의 속에 있었음을 간단히 증거하고 있다. 이 마지막 지적 걸작을 포함해서 그의 전 작품—시편들과, 실천평론들과 문학사 서술에 전제되고 있는 이론적 체계로 구성된 의식의 생산물은 해방 전 우리 문학의 최고의 업적이다. 사람은 노예살이를 하면서, 폐병쟁이 노릇을 하면서도 이런 내면을 유지할 수 있다는 것은 그 이상 위안이 없고, 그가 동업의 선배라는 것은 그렇게 즐거울 수 없다. 그러나 그조차도 그의 재능을 다 꽃피우지는 못하였다. 망명자들의 활동은 이론 이전에 스스로 정당했으나, 그 활동의 내면적 이론화가 활동 자체의 사실적 위대성만큼은 병행된 것은 아니었기 때문에, 이 사정

---

16) 권성우, 「시대에 대한 성찰, 혹은 두 가지 저항의 방식—임화와 김기림」, 『근대의 안과 밖—탄생 100주년 기념문학제 자료집』, 2008, 122~124면.

은 '사실'의 일방적 독주에 주박(呪縛)당할 소지가 되었다. 그가 해방 후 이태준을 설득했던 논리―정치적으로는 자본주의를 포섭한 사회주의라는 논리를 미학적으로도 이론화하는 작업이, 어쩌면 그에게 더 좋은 환경이 보장되었다면 가능하지 않았을까, 하는 꿈을 꾸어 본다.[17]

임화의 저작을 나름대로 충실하게 읽었음이 분명한 최인훈의 주장은 임화의 비평과 글쓰기를 각별히 소중하게 생각하는 나에게는 커다란 위안이다. 누구보다도 최인훈의 언급이기에. 최인훈이 주장한 연장선상에서 볼 때, 세계적으로 유례가 없는 그 무수한 문학상의 존재에도 불구하고, 임화의 비평과 문학을 기리는 문학상이 현재까지 이 땅에 존재하지 않는다는 사실[18]은 이 시대 한국문학이 여전히 어떤 편향과 정치적 무의식에서 자유롭지 않다는 것을 의미한다. 아마도 이 시대의 비평은 누구보다도 임화에 대한 성찰을 통해, 새로운 비평적 갱신을 이루어 낼 수 있을 것이다.

3. 에드워드 사이드―망명으로서의 비평

『에드워드 사이드 다시 읽기―오리엔탈리즘을 넘어 화해와 공존으로』(책세상, 2006)를 읽었다. 감히 말하자면 이 독서는 비평가로서의 나에게 어떤 새로운 빛과 전기(轉機)를 부여해주었다. 이제 그 얘기를 해보고자 한다. 『에드워드 사이드 다시 읽기』는 『오리엔탈리즘』·『문화와 제국주의』·

---

17) 최인훈, 『화두』 제2부, 민음사, 2002, 70면.
18) 최근 소명출판의 창설 10주년을 기념하는 행사에서 박성모 대표는 임화문학상을 제정하여 올해부터 시행하겠다는 뜻을 밝혔다. 최재봉, 「멋지다! 국문학 출판 외길 10년」, 『한겨레』, 2008.2.16.

『권력과 지성인』·『에드워드 사이드 자서전』(*Out of Place —A Memoir*)·『말년의 양식에 관하여』로 이어지는 나의 사이드 독서편력에 의미 있는 결절점을 마련해 주었다. 무엇보다 이 책은 빌 애쉬크로프트와 팔 알루와리아의 『다시 에드워드 사이드를 위하여』라는 저작과 더불어 비평가로서의 사이드의 입장과 존재방식을 명료하게 정리하고 있다는 점에서, 내 자신의 비평적 모색에 커다란 도움을 주었다.

에드워드 사이드 전문가인 10여 명의 영문학자들이 에드워드 사이드의 인생·비평·이론·정치·동양론 등에 대해 종합적으로 검토한 이 책에서 내가 가장 인상적으로 읽었던 것은 에드워드 사이드의 비평관이었다. 가령 아래와 같은 구절들.

지난 10여 년간 백혈병으로 투병하다가 67세의 나이에 타계한 에드워드 사이드는, "문학 비평이란 우리의 현실이나 역사적 삶과 결코 분리되지 않는 것, 따라서 세속적이고 고통스러운 것"이라고 본 문학이론가였다.(38 : 앞으로 이 장에서 괄호 뒤에 등장하는 숫자는 『에드워드 사이드 다시 읽기』의 면수를 의미함)

이 책에서 사이드는 비평가는 정치적 사건들을 배경으로 해 창조적 텍스트를 해석함으로써 자기가 속한 세계와 소통하면서 더 나은 세상을 만들어나가야만 하는 사회적 존재라고 정의하면서 문학비평은 필연적으로 정치적 행위라고 주장한다.(72)

자신의 입장이 '비정치적'이며 '객관적'이라는 주장은 한 사회 안에서, 혹은 다른 국가나 문명과의 관계에서 지배적인 위치를 차지한 쪽을 스스로 의식하든 않든 파당적으로 변호하게 된다.(329)

지금 이 시대의 일반적인 비평적 관행과 비교해 볼 때, 비평에 대한 에드워드 사이드의 이러한 견해는 조금 낯설기도 하다. 비평 행위 자체가 지니고 있는 정치적 성격에 대한 강조는 이 시대 이 땅의 평단에서는 이제 한물간 철지난 소리로 수용될지도 모른다. 그러나 분석 자체를 위한 분석, 요령부득의 해설비평이 지나치게 득세하고 있는 이즈음의 평단에서 사이드의 목소리는 진지하게 경청될 필요가 있다. 제대로 된 비평이라는 차원에서 보자면, 비평의 정치성을 지나치게 강조하는 것도 적절하지 않지만, 동시에 비평이 지닌 근원적인 의미에서의 정치적 맥락을 몰각하는 것도 결코 바람직한 태도는 아닐 것이다.

여기서 필요한 것은 텍스트가 지닌 정치적 맥락을 면밀한 텍스트 분석을 통해 자연스럽게 탐구하는 태도가 아닐까. 사이드는 바로 그 일을 하고 있다. 예를 들어 『문화와 제국주의』나 『오리엔탈리즘』에서 사이드가 정교한 작품 분석을 통해, 특정한 작품이 무의식적으로, 혹은 의식적으로 표상하고 있는 이데올로기(오리엔탈리즘)를 검출해내는 작업이 바로 그러한 사례에 해당된다.

사이드가 논쟁의 중요성을 강조한 맥락도 각별히 눈여겨볼 필요가 있다. "사이드는 특정한 사회 구조에서 살아가는 한 결코 '비논쟁적이고 비정치적이고 객관적'일 수는 없다는 점에서 '포스트모던 시대의 지성인'을 비판한다"(328)는 지적은 지금 이 시대 우리 평단을 되돌아보게 만든다. 이런 맥락에서 볼 때 논쟁이 사라진, 혹은 논쟁이 회피되는 이즈음 평단의 풍경은 결코 건강한 상태라고 볼 수 없을 것이다.

사이드가 비평의 정치성과 함께 강조하고 있는 비평가의 중요한 덕목은 독립성과 보편성이다. 예컨대, 아래와 같은 주장은 이러한 사이드의 입장을 잘 요약하고 있다.

> 그는 이 책에서 지식인은 자신이 속한 민족과 종교는 물론이고, 심지어 혈연·지연·학연에 대해서도 일정한 거리를 유지하는 세속적인 자세로 비평에 임해야 진실에 더 가깝게 접근할 수 있다는 '세속 비평 secular criticism'의 중요성을 역설한다.(72)

비판적 지성인은 자신의 개인적 배경과 이해관계를 넘어서 보편적 가치를
옹호하는 용기를 갖고 있어야 하며, 자신이 속한 사회와 민족의 문제를 국지
적으로 고민하되 그 고민 자체를 바라보는 시각은 보편적인 진실에 근거해야
한다.(31)

어느 문화권보다도 학연·지연·혈연이 중요하게 작동하고 있는 우
리 사회에서 사이드의 이러한 주장은 한층 절실하게 다가온다. 특히 상
당수의 작품 해설비평이 특정 출판자본이나 문학집단과의 이해관계에
의식적·무의식적으로 연루되어 그 신뢰성과 객관성을 의심받는 지경
에 이른 이즈음의 평단에서, 사이드의 이러한 목소리는 이 시대 비평가
가 지녀야 할 태도를 압축하여 보여주고 있다. 말의 엄밀한 의미에서
이해관계에서 완전히 자유로운 비평가는 없을 것이다. 그러나 자신이
속한 문학집단이나 해석공동체의 이해관계와 거리를 두면서 '보편적 진
실'에 다가서는 각고의 노력을 기울이는 비평과의 대화를 통해 한 시대
의 문학은 더욱 다양하고 성숙해질 수 있는 것이 아닐까.

이러한 의미에서라도, 빌 에쉬크로트프와 팔 알루와리야가 『다시 에
드워드 사이드를 위하여』라는 저술에서 사이드와 연관하여 자유로운
비평과 '망명'의 특별한 관계에 대해 언급하는 대목은 대단히 흥미롭다.
그들은 "사이드에게 망명이란 비평가의 진정한 세계성 획득에 거의 필
수적인 조건"이며, "지식인에게 망명 상태는 이로울 뿐만 아니라 어떤
의미에서 필요하다는 것이다. 그 이유는 자유로운 비평 능력과 민족이
나 당파의 영향으로 약화되지 않는 지적 형식을 계발하기 위해서인데,
이는 또한 사이드의 문화와 정치이론에 일관되게 적용되는 바이기도
하다"19)고 진술한 바 있다. 이 대목은 "지식인이 '권력을 향해 진리를
말하'기 위해서는 당파정치와 거리를 두어야 한다는 '망명'의 중요성을

---

19) 빌 애쉬크로프트·팔 알루와리아, 윤영실 역, 『다시 에드워드 사이드를 위하여』, 앨
피, 2005, 89~90면.

일깨워주었다"[20]는 주장과도 일맥상통한다.

　자서전에서도 자세히 언급된 바 있지만, 유년시절부터 사이드의 삶은 다양한 정체성의 혼란 속에 놓여진 '망명'의 여정 바로 그것이었다. 그는 팔레스타인에서도, 이집트에서도, 미국에서도 이방인이었다.[21] 사이드에게는 말년성(lateness)조차도 "망명의 형식"이었다.[22] 그가 『망명에 대한 성찰』(1998)을 집필한 것도 바로 그의 망명자로서의 운명과 자세에서 연유했을 것이다. 이러한 망명가로서의 삶은 사이드에게 여러 가지 형태의 집단과 이익공동체에서 자유로운 독립성과 자율을 키워준 소중한 계기였다. 여기서 흥미로운 사실은 비평가 임화 역시 소설가 조명희·이태준과 더불어 대표적인 망명 문학자의 관점에서 해석되고 있다는 점이다.[23]

　나는 개인적으로 우리 시대 비평가에게 요구되는 긴요한 자세가 바로 자신을 지적인 망명자라고 간주하는 독립성과 주체성이라고 생각하고 있다. 스스로의 비평을 둘러싼 정황과 맥락에 대한 성찰을 통해, 자신의 비평이 어느 사이에 특정한 문학제도에 수동적으로 연루되어 있거나 특정 문학 집단의 편파적인 이해관계에서 자유롭지 않다는 성찰을 수행할 수 있을 때 비로소 독립적인 비평의 길을 모색할 수 있는 것 아닐까.

　사이드가 주장한 맥락에서 보면 궁극적으로 비평가는 한 시대의 지성인이라고 간주될 수 있다. 그렇다면 사이드가 생각하는 지성인의 구

---

20) 위의 책, 38면.
21) 재일 디아스포라 논객 서경식은 에드워드 사이드의 자서전에 대해 다음과 같이 말한 바 있다. "이만큼 디아스포라 문학은 성립하기 어렵다. 극히 예외적인 성공 사례가 사이드의 『에드워드 사이드 자서전(Out of Place—A Memoir)』이다. 나는 이 책이 인류사의 현 시점까지 나온 디아스포라 문학 중 최고 걸작이라고 확신한다." 서경식, 임성모·이규수 역, 「끊임없이 진실을 말하려는 의지—에드워드 사이드를 기억하다」, 『난민과 국민 사이』, 돌베개, 2006, 318면.
22) 에드워드 사이드, 장호연 역, 『말년의 양식에 관하여』, 마티, 2008, 14면.
23) 최인훈, 『화두』 제2부, 민음사, 2002, 70~71면.

체적인 상은 어떠한가? 아래의 예문들을 보자.

> 지성인은 추방자·주변인·아마추어로서 그리고 권력을 향해 진실을 말하려는 언어의 저술가로서 특성화된다.[24]

> 아마추어적 지성인의 삶은 고통스럽다. 그는 주류 학계와 지배 담론의 목소리에 맞서기에 사회적으로 고립될 수 있다. 하지만 그는 고립되기에 오히려 자신이 속한 사회와 국가의 문제점을 비판적으로 성찰할 기회를 얻는다.(330)

> 참된 지식인은 자신의 삶이 놓인 구체적 조건을 예민하게 느끼고 그 상황 안에서 판단하고 실천하는 "세속의 지성인"이다.(328)

위의 예문들을 통해, 사이드가 염두에 두었던 진정한 지성인 상을 요약하면 다음과 같이 정리될 수 있을 것이다. 첫째 지성인의 삶은 고통스러우며 고독하다는 것, 둘째 지성인은 추방자·주변인·망명자에 가깝다는 것, 셋째 지성인은 자신의 삶을 둘러싼 조건에 대해 예민하게 느끼면서 비판적으로 성찰하고 실천한다는 것 등이다. 여기서 지성인을 비평가로 바꾸어도 문맥은 여전히 유효하다.

재일조선인 디아스포라 서경식은 에드워드 사이드의 삶에 대해 다음과 같이 간명하게 정리한 바 있다.

> 사이드는 "멸망할 운명임을 알고 있다"고, 그럼에도 불구하고 "우리는 앞으로 나아가고 싶다"고 말한다. "거의 승산이 없음에도 불구하고 계속해서 진실을 말하려는 의지"를 표명했다. 마치 한 편의 시와 같은 말이다.[25]

그렇다. 이 한 편의 시와도 같은 사이드의 발언은 우리 시대 비평가

---

24) 에드워드 사이드, 전신욱·서봉섭 역, 『권력과 지성인』, 창, 1996, 24면.
25) 서경식, 임성모·이규수 역, 「끊임없이 진실을 말하려는 의지—에드워드 사이드를 기억하다」, 『난민과 국민 사이』, 돌베개, 2006, 314면.

라면 반드시 염두에 두어야 하리라. 누구나 사이드가 지향한 지성인과 비평가가 될 수는 없을 것이다. 문제는 사이드의 삶에 비견되는 독립성을 지닌, 기꺼이 고립과 은둔, 패배의 운명을 감내하며 주류 평단 및 문학제도의 시스템으로부터 스스로 망명한 비평가가 극소수라는 사실에 있는 것이 아닐까. '망명으로서의 비평'을 스스로 선택한 비평가가 많을수록 우리 평단은 그만큼 건강해질 것이다.

에드워드 사이드를 말할 때 흔히들 떠올리게 되는 것이 고립과 망명, 논쟁, 지성인, 비판 등이라고 해서, 사이드가 오로지 진지하기만 한 재미없는 비평을 쓴 비평가는 결코 아니었다. "'문학 비평은 우리의 삶에 대한 이야기이기에 소설처럼 즐겁고 재미있어야만 한다'는 유명한 말을 남겼다"(38)는 대목에서 볼 수 있듯이 사이드는 비평이 선사하는 지적인 쾌락과 재미를 중요시했다. 또한 "그 역시 피들러처럼, 삶과 현실과 괴리된 현학적·이론적 문학비평은 허위이자 위선이며, 별 의미 없는 것이라고 보았다"(38)는 지적에서 확인할 수 있듯이 사이드는 구체적인 현실에서 절연된 현학적 비평에 대해 누구보다 비판적이었다.

삶의 구체적 현실에 뿌리박고 있으면서도 재미있는 비평, 스스로 고립되면서도 지배이데올로기와 주류 해석학에 균열을 일으키는 비판적·성찰적 비평이 사이드가 평생 추구했던 지성과 비평의 길이었다. 사이드가 밟아온 비평가로서의 여정에 공감하고 기꺼이 그 험난한 길을 선택할 이 땅의 비평가들을 기다려본다.

4. 가라타니 고진—종언의 신화를 넘어서, 혹은 또 다른 망명의 길

임화·에드워드 사이드 및 개인적으로 영원한 관심사인 발터 벤야민과 더불어 최근 몇 년 동안 내 책상에 가장 빈번하게 등장했던 비평가의 저작은 가라타니 고진의 책이었다. 『일본 근대문학의 기원』·『일본정신의 기원』·『언어와 비극』·『유머로서의 유물론』·『윤리 21』·『근대문학의 종언』·『트랜스크리틱』·『세계공화국으로』 등의 책들을 검토해 보았는데, 내 생각에 그는 감히 이미 고인이 된 임화와 에드워드 사이드가 보여준 비평가로서의 역할에 비견되는 우리 시대의 중요한 논객이자 사상가이며 비평가이다. 가라타니는 천황제 반대운동과 NAM(New Associationist Movement)으로 불리는 사회운동에도 앞장 서는 등, 단지 서재 속의 지식인으로 머물지 않았다.

물론 나는 비평가로서의 그의 행보에 커다란 관심을 지니고 있는데, 비평가로서 그가 가장 강조한 것은 우리에게 자명하게 다가오는 문학 제도와 시스템에 대한 비판적 탐문이라고 할 수 있다. 가라타니의 비평 세계를 한두 마디로 요약할 수는 없겠지만, 그의 비평을 관류하여 흐르는 문제의식이 문학(비평)을 통한 기존체제와 시스템에 대한 비판과 저항이라는 사실은 분명하다.

이와 연관하여 이 글에서 살펴보고자 하는 것은 최근 우리 평단에서도 커다란 논점으로 떠오른 '근대문학의 종언'과 연관된 논쟁이다. "'문학'이 윤리적·지적 과제를 짊어지기 때문에 영향력을 갖는 시대는 기본적으로 끝났습니다. 그 잔영이 있을 뿐입니다"[26]라는 주장으로 요약되는 이 논의를 이해하는 과정은 가라타니의 주장이 지닌 설득력과 한계를 구체적으로 탐문하는 과정이기도 할 것이다.

대개의 논쟁이 그러하듯이, 가라타니 고진의 '근대문학의 종언'에 대한 논의 역시 단순한 찬반의 구도로만 접근할 수 없는 복합적인 문맥을 지니고 있다. 우리는 늘 각자의 문학적·정치적 입장에 연루되고 주관적으로 투사된 '근대문학의 종언' 담론을 접할 뿐이다. 이 글이 찬반 구도

---

26) 가라타니 고진, 조영일 역, 『근대문학의 종언』, 도서출판b, 2006, 65면.

를 탈피하여, 그렇다면 우리문학과 비평은 무엇을 해야 하는가에 대해 집중하고자 하는 바가 여기에 있다. 우선, 가라타니가 근대문학의 종언을 선언한 문학적, 역사적 맥락이 무엇인가 하는 점과 그것이 우리 문학과는 실제로 어떠한 연관성을 지니고 있는가 하는 점에 대해 말해보자.

일단 가라타니의 주장에 몇 가지 문제점이 있다는 점은 분명한 사실이다. 가령, 종언 담론에는 세부적인 면에서 한국문학이나 비평계의 현황에 대한 사실 관계의 오류[27]가 발견되며, 분단과 민족문제 등의 이 시대 한국문학이 여전히 마주하고 있는 근대적 과제 및 중대한 독립적 변수를 충분히 고려하지 않은 아쉬움이 있다.

또한 '종언'이라는 표현 속에 담긴 수사적 어법이 한국으로 넘어오면서 일부에서 마치 한국문학 전반이 끝났다는 식으로 극단화되어 수용되는 것도 문제라면 문제이리라. 가라타니가 주장한 정확한 문맥과 전후맥락이 거세된 채, 죽음·종언 등의 자극적인 표현 위주로 수용되고 있는 논의는 우리 문학의 가능성과 전망에 대한 과도한 회의주의를 불러일으킬 가능성도 존재한다. 그리고 '근대문학의 종언' 명제와 그 논의에 대한 문단 일부의 신경질적 반응은 오히려 우리 문학의 현황에 대한 합리적인 성찰을 방해하고 호도할 가능성이 크다.

그러나 이러한 사실들이 가라타니의 주장을 무의미하게 만들 정도로 '근대문학의 종언'에서 제기된 주장이 허술한 것은 아니다. 오히려 가라타니의 명제는 지금 이 시대 한국문학에도 상당한 설득력을 지닌 채 적용될 수 있는 여지가 많다.

풀어서 설명하자면, '근대문학의 종언'은 문학 일반의 종언이 아니라, 체제와 시스템을 뒤흔드는 비판적 문학의 근본적 위기쯤으로 해석되어야 한다. 한 사회와 문화권 내에서 문학이 특별하게 중요한 역할을 행

---

27) 여기서 가라타니가 말했던 바 김종철을 비롯한 한국의 비평가들이 비평을 그만두었다는 발언의 취지는 진보적인 비평가들의 비평 및 그 영향력이 급속하게 축소되었다는 의미 정도로 해석되어야 할 것이다.

사하던 시대가 마감되었다는 것이 가라타니 주장의 요체라고 할 수 있는데, 이러한 주장에는 우리 문학이라고 해서 예외가 될 수 없다.

실상 지금 이 시대 문학에서, 시대정신 그 자체였으며, 비판적 지성의 전위 역할을 했던 지난 연대 문학의 영광과 역할을 기대하기란 난망하다. 문학의 위상과 역할은 끊임없이 변모할 수밖에 없기 때문이다. 이제 문학이 지닌 독특한 역할과 그 위의에도 불구하고 문학이 문화의 중심이던 시기는 분명히 지나갔다고 할 수 있다. 하지만 '문학의 위기'라는 풍문에도 불구하고, 이 시대 문학은 어느 때보다도 다양하게 양산되고 있으며, 엽기에서 우주적 상상력에 이르는 온갖 현란한 소재와 기발한 형식실험이 넘쳐난다. 이와 같은 새로운 개성이 한국문학의 미래를 감당할 한 영역이자 소중한 문화적 자산의 일부임은 분명하다. 그러나 이러한 문학에서 우리 사회를 움직이는 시스템과 현실에 대한 근본적 성찰과 날카로운 문제제기를 발견하기란 쉽지 않다. 예를 들어 이러한 물음들이 가능하겠다.

지금 우리 사회를 실제로 움직이고 여론의 프레임을 형성하며, 문학 유통과 홍보에 결정적인 역할을 수행하는 거대언론의 문제점과 행태에 대해 제대로 형상화한 소설이 단 한 편이라도 존재하는가? 이 시대의 어떤 시나 소설보다도 우리사회의 현실과 밀도 깊게 대응하면서 '타자'와 '소수자'에 대한 연대와 공감을 감동적으로 환기시킨 서경식의 탁월한 산문(『시대를 건너는 법』·『난민과 국민 사이』·『디아스포라 기행』·『시대의 증언자 쁘리모 레비를 찾아서』 등)에 대한 본격비평을 본 적이 있는가?

삼성으로 상징되는 초거대기업과 거대언론은 어떤 의미에서는 정치권력을 능가하는 우리사회의 가장 강력한 권력 시스템을 구성하고 있다(내부고발자 김용철 변호사의 처지를 보라). 그러나 이를 대상으로 한 작품이나 비평은 거의 찾아볼 수 없다. 동시에 뛰어난 산문과 에세이, 평전 등의 변두리 장르에 대한 비평은 아직도 지나치게 인색한 편이다. 그만큼 시·소설을 중심으로 한 문학제도의 편향이 완강하다는 의미일 것이다.

　여전히 황석영·조정래·김원일·방현석·안재성·정도상·공선옥·정지아·오수연·전성태 등의 작가들이 분단 문제를 비롯하여 이 시대의 다양한 현실과 대결하면서 분투하고 있으며 그들에게 경의를 표해야 마땅할 것이다. 그러나 그들의 글쓰기가 이전처럼 사회적인 이슈가 되거나, 지배이데올로기를 교란시키고 시스템에 균열을 내는 차원의 영향력을 가지고 있지 못하다는 점은 객관적이며 구조적인 현실이다. 또한 이인성·최수철·정영문·배수아·천명관 등의 실험적이며 형식 해체적인 글쓰기를 시도하는 작가들 역시 나름대로 소중한 역할을 감당하고 있지만, 그들의 글쓰기가 시스템과 지배이데올로기에 어떤 의미 있는 비판과 해체를 수행하고 있는가 하는 점은 의문이 아닐 수 없다. 그들의 진정한 의도와 관계없이, 그들의 문학 역시 문단시스템과 출판자본, 문학기사, 문학소비제도와 문학교육의 현장에서 얌전히 활용되며 소비되고 있을 뿐이다. 바로 이러한 현상이 '근대문학의 종언'을 이웃나라 비평가의 한가한 객담으로만 치부할 수 없는 이유이다. 그렇다면, 이 대목에서 몇몇 문제점에도 불구하고 결과적으로 가라타니의 종언 테제를 수동적으로 추인할 수밖에 없는 것인가라는 물음이 던져져야 한다.

　거시적인 측면에서 가라타니의 주장이 지닌 유효성을 인정한다고 해서, 그러한 관점이 그대로 '근대문학의 종언'에 대한 현실적 추인과 포개질 필요는 없다. 가라타니의 명제는 오히려 이 시대 문단시스템과 문학장에 대한 근원적 성찰의 계기를 제공한다. 그래서 지금 이 시대 문단시스템, 예컨대 문창과와 국문과 일색의 문인 양성제도, 작품 해설에만 지나치게 골몰하는 비평시스템 등이 가라타니가 말한 바, 근대문학, 즉 지배이데올로기에 대해 성찰케 만드는 비판적 문학의 가능성을 인위적으로 제한하고 있다는 점에 대한 냉엄한 인식이 필요하다.

　어느 순간부터 작품에 대한 치열한 논쟁과 비판은 사라졌으며, 그 어떤 이데올로기나 권력집단의 눈치도 보지 않던, 자유의 상징 그 자체이던 문인들도 거대언론 문화부의 네트워크와 주류 문단시스템 속에서 편하게 안주하고 있다. 문학에 어떤 금기도 없다지만, 지금 이 시대 문단에서 실제로 문학판을 좌지우지하는 거대신문과 주류 문학집단에 대한 비판은 자신의 문학적 미래를 위해 끝끝내 유보해야 할 금기와 다름없다. 그런가 하면, 지난 연대의 민족문학과 비판적 지성(글쓰기)의 성과는 지나치게 안이한 방식으로 매도되고 있다. 물론 이러한 문제들을 문인 개개인의 책임으로 돌릴 수는 없을 것이다. 그러나 이 시대 문학이라는 차원에서 볼 때, 지배이데올로기와 그 시스템에 대한 비판적 상상력이 현저하게 감퇴한 것은 안타깝지만 인정할 수밖에 없는 사실이다. 이러한 분위기 속에서 시대와 체제에 대해 근원적으로 성찰하는 본격적인 문학이 산출되기란 결코 쉽지 않을 것이다.

그렇다면 가라타니의 주장 이전에, 우리 문학이 지닌 근대문학의 가능성과 잠재력, 탄탄한 미학을 동반하면서도 지배이데올로기를 뒤흔드는 비판적 문학의 위의(威儀)를 지금 이 시대의 문학과 비평이 충분히 현실화시키고 있는가 하는 점을 뼈아프게 되돌아보아야 한다. 만약 이러한 물음에 대한 답변이 부정적이라면, 가라타니의 주장과 관계없이, 우리는 그러한 문학을 충분히 현실화시키지 못한 지금 이 시대의 문학시스템에 대해 비판적으로 해부하고 탐문해야 한다. 바로 이러한 노력이 '근대문학의 종언' 테제를 비판적으로 극복하는 유일한 현실적인 방책이 아닐까.

결론적으로 말해서, 가라타니의 '근대문학의 종언' 테제는 우리 문학의 실상과 허상을 냉철하게 되돌아보는 계기로 활용되어야 할 것이다. 여기서 주목할 점은 몇몇 예외를 제외하면, 문단시스템에 깊게 연루되어 있을수록 가라타니의 주장에 생래적 반감을 보이며, 현존하는 문학제도에 대해 비판적이며 독립적일수록 종언 테제의 일정한 유효성을 인정하는 경우가 많다는 사실이다. 실제로, 김종철·강내희·이승렬·오길영 등 문학현장과 거리를 두고 있는 영문학자들이 '근대문학의 종언'

테제에 대체로 동감을 표하고 있다는 사실은 이 문제가 문단제도적인 차원의 이해관계와 연동되어 있음을 암시한다. 그러니, 역설적인 맥락에서 늘 자명성에 대한 회의를 강조하는 가라타니의 '근대문학의 종언' 명제는 실상 우리에게 스스로가 속하거나 편승하고 있는 문단시스템과 거대언론에 대해 제대로 성찰하고 있는가를 되묻고 있는 것이 아닐까. 일본어로 발표된 재일 디아스포라 서경식의 아름다운 번역산문을 본격비평의 대상으로 여기지 않는 그들만의 문학제도도 포함해서 말이다.

가라타니는 늘 근본적인 차원에서 문학제도와 시스템, 지배이데올로기의 자명성에 대한 비판적 상상력을 발동시킨 비평가였다. 그에게 진정으로 중요했던 것은 특정한 시대의 문학의 형질과 실제가 아니라, 비판적 상상력을 어떤 식으로 효과적으로 수행할 수 있는가 하는 문제였다. 이런 의미에서 보면, 그가 문학장에서 거리를 두면서 사회 비판에 나선 것을 타매할 수만은 없는 일이다. 문학비평에서 사회비평으로 나아간 가라타니의 여정 역시 당대문학이라는 편협하고 자명한 제도로부터의 비평적(비판적) 망명이 아닐까. 다만, 사회 비판을 수행하면서도 당대문학에 대한 논의를 병행하는 것이 과연 무의미한 일인가 하는 논쟁적 질문을 가라타니에게 던져볼 수 있을 것이다.

5. 만남, 그리고 고독한 비평의 여정

기존 문학제도나 시스템의 작동방식에 대한 비판과 저항에서 비평의 의미를 찾는 가라타니 고진의 비평관은 비평의 존재의의가 문화적 헤게모니에 저항할 수 있는 민감한 매듭에 있다는 에드워드 사이드의 견해와 그대로 겹쳐진다. 그것은 또한 제국주의 파시즘 이데올로기와 시종일관 대결하면서 비판적 비평의 공간 창출을 위해 고투한 임화의 비평적 여정과도 접속된다. 세 사람은 국적도 다르고 그들이 마주한 문학 환경과 역사적 맥락도 상이했다. 그러나 그들은 각기 주어진 상황 속에서 자신의 모든 열정과 재능을 발휘하여 기존의 문학시스템 및 지배이데올로기와 고투를 벌였다는 점에서 근본적인 공통점이 존재한다.

임화나 에드워드 사이드, 혹은 가라타니 고진을 전범으로 삼아, 혹은 그들의 세계를 통과하여 독립적 비평가의 여정을 꾸린다는 것은 우리 문단의 현황을 감안해 보았을 때 결코 녹록지 않은 그야말로 지난한 과정일 것이다. 그러한 비평적 행보는 그야말로 아무런 보상도 없으면서 스스로 고립의 길을 자초하는 험난한 여정일 가능성이 많다.

임화는 1940년에 발표된 「창조적 비평」에서 비평가의 '고독'을 얘기한 바가 있다. "훌륭한 철학처럼, 훌륭한 예술처럼, 모든 것에서 떼여놓아도 능히 獨行할 수 있는 비평, 그러한 비평은 **독자적일 뿐만 아니라, 창조적이다. 창조의 길에서 고독을 두려워할 필요는 없다.** 나는 이 고독이 시인이나 철학자에게만 있는 것이 아니라 비평가에게도 있는 것이라고 생각한다"(강조는 인용자)[28]는 임화의 발언은 한때 남과 북 양쪽에서 배제된 임화의 운명을 상징하는 듯하다.

고독과 비평의 독자성에 대한 임화의 고백은 에드워드 사이드와 가라타니 고진에게도 유사하게 해당되지 않을까 싶다. 서경식은 "사이드는 고독하다. 그는 미국에서 많은 사람들이 그를 이해해주지 못했고, 또한 팔레스타인에서도 많은 이들이 그를 이해하지 못했다. 물론 다른 의미이지만, 그는 그 두 곳 어디에도 어울리지 않는 '이방인'이었다"[29]고 에드워드 사이드의 '고독'에 대해 각별하게 강조한 바 있다. 이는 가라타니 고진에게도 마찬가지였다. 그 역시 일본문단과 한국문단에서 자주

---

28) 임화, 「창조적 비평」, 『인문평론』, 1940.10, 35면.
29) 서경식, 임성모·이규수 역, 「끊임없이 진실을 말하려는 의지―에드워드 사이드를 기억하다」, 『난민과 국민 사이』, 돌베개, 2006, 320면.

오해되곤 했기에, 누구보다도 고독했으리라. 체제와 시스템에 대한 근본적인 저항이 사라진 이 시대의 문단과 문학에서 그는 모종의 고독을 느꼈던 것이 아니었을까. 자신의 모든 것을 바쳐서 시대 및 시스템의 모순과 대결한 그들이 어찌 고독하지 않을 수 있겠는가. 그러한 '고독'을 스스로 머금은 비평만이 진정 독자적인 비평일 터이다.

그러므로 이 시대 문학의 주류 시스템에 대한 성찰을 전개하면서, 독립적인 비평가가 된다는 것은 필연적으로 '망명으로서의 비평'의 존재 방식에 대한 고민을 동반하게 될 것이다. 자발적으로, 기꺼이 망명을 꿈꾸는 우리 시대의 비평가들은 사이드가 자신의 저서에서 자주 인용한 중세의 신비주의 철학자 후고의 말을 반드시 염두에 두어야 하리라.

> 자신의 고국을 여전히 달콤하다고 느끼는 이는 아직 마음이 여린 초보자다. 어디를 가나 다 자신의 조국처럼 느끼는 사람은 이미 강한 사람이다. 그러나 어디를 가든지 낯선 나라처럼 느끼는 이야말로 완성된 사람이다. 여린 영혼은 세상의 한군데에 사랑을 고착시킨다. 강한 사람은 모든 곳으로 사랑을 확대한다. 완성된 사람은 모든 곳에 대한 사랑의 불을 끈다.(32)

상징적인 차원에서 모든 곳에 대한 애착과 사랑을 끊어버린 사람, 모든 곳을 낯설게 느끼는 비평가만이 한 시대의 시스템, 자민족중심주의, 거대 미디어의 네크워크, 주류문단에 거리를 두고, 궁극적으로 작품 자체를 낯설게 느끼면서 독립적인 비평을 수행할 수 있는 것 아닐까. 역설적인 맥락에서 그러한 냉철한 태도에 한 시대와 그 시대가 산출한 문학작품에 대한 진정한 애정과 존중이 배어 있는 것이 아닐까. 임화·에드워드 사이드·가라타니 고진이 보여준 각기 다른 방식의 망명으로서의 비평은 우리에게 되묻고 있는 것처럼 보인다. 이 시대의 비평가는 어떻게 살아야 하는지에 대해서……

| 2007, 2008 수정 |

추억과 집착

'근대문학의 종언'과 그 논의에 대하여

1. '근대문학의 종언'이라는 유령

이미 이 땅의 다양한 인문학 담론에서 수없이 인용되고 패러디되었던, 칼 마르크스가 1848년 「공산당선언」에서 구사했던 메타포는 이 시대 한국문학을 강타한 가라타니 고진의 '근대문학의 종언'에 대해 참으로 적절하게 적용될 수 있는 것으로 보인다. 그래서 다음과 같이 말할 수 있을 것이다.

"하나의 유령이 한국문단을 배회하고 있다. '근대문학의 종언'이라는 유령이. 미디어·출판자본·문학전공 교수·편집자·문학평론가·시인·소설가 등등 문학을 둘러싼 모든 권력의 담지자들이 이 유령과 맞서기 위해 신성동맹을 체결했다"고. 과연 그런 것처럼 보인다. 문학적 입장의 차이를 막론하고 우리 시대의 유력한 비평가들은 각자 자신의

다양한 프리즘으로 가라타니 고진의 '근대문학의 종언' 테제에 대해 비판적으로 점검하고 있다.[1]

이러한 견해 가운데는 가라타니의 테제의 핵심을 정확히 인식하지 못하거나 곡해하고 있는 관점도 자주 발견되며, '근대문학의 종언'에 대한 상당수 문인들의 거부감과 알레르기 반응이 폭넓게 존재하는 것으로 보인다. "'근대문학은 끝났다'라는 언표는 우리에게 불편한 감정을 불러일으킨다"[2]는 한 문인의 진술은 바로 이러한 감정을 여실히 대변하고 있다.

지금 이 시대 문학에 대한 주관적인 애정이 강할수록, 혹은 자신의 문학적 행위에 대한 자부심이 많을수록, 또는 문학을 자신의 인생에서 가장 소중한 그 무엇이라고 생각할수록, '근대문학의 종언' 테제에 대한 심정적 거부감이 크리라는 점은 충분히 예상할 수 있다. 누구나 자신이 참여하고 있는 지적·문화적 행위에 대한 본능적인 애착을 지니고 있기 때문이다. 그가 투철한 자의식을 지닌 문인이라면 이러한 감정은 더욱 증폭되는 경우가 많다.

이 대목에서 필요한 것은 지금 이 시대의 문학이 지닌 위상과 역할에 대한 냉철한 진단과 객관적 성찰을 통해 과도한 '문학 중심주의'를 탈피하는 성숙한 시선이겠다. 문학에 대한 각별한 의미부여나 애정과는 별도의 차원에서, 경우에 따라 문학이 아무 것도 아닐 수 있음을, 문학의 영향력이 지극히 제한적임을 인정하는 태도가 필요하지 않을까.

『일본 근대문학의 기원』과 같은 저작에서 전형적으로 드러나듯이, 가라타니 고진의 서술방법은 모든 제도나 대상의 기원을 근본적으로 의심하고 탐문하는 탈신비화를 동반한다. 그러할 때, 그 제도와 대상의

---

1) 예컨대 그 문학적 입장과 세계관에서 현격한 차이를 보여주는 황종연과 이도흠의 비판을 들 수 있다. 황종연의 「묵시록 시대 이후의 문학」(『현대문학』, 2006.8.)과 이도흠의 「근대, 근대문학은 아직 끝나지 않았다」(『문학과경계』, 2006 겨울)를 참조할 것.
2) 박판식, 「근대문학의 종언인가, 새로운 지평인가」, 『문학과경계』, 2006 겨울, 34면.

자명성을 당연시하는 사람들에게, 가라타니와 같은 근본적인 차원에서 수행되는 전복적인 관점은 일말의 당혹감과 불편함을 동반하게 만들 것이다.

그러나 때로 진실의 현현(顯現)은 바로 그러한 당혹감과 불편한 감정을 극복하고 대상의 실제를 면밀하게 탐색한 연후에 비로소 발견할 수 있는 지난한 과정이 아닐까 싶다. 자신이 너무나 당연시하는 문학의 존재에 덧씌워진 습속과 관행적 사유, 제도적 덧칠을 떨치고 이 시대 문학의 존재와 다시 만났을 때, 비로소 가라타니의 테제와 좀 더 밀도 깊은 대화를 수행할 수 있을 것이다.

실로 문제는 가라타니의 『근대문학의 종언』이 그 진정한 취지와 맥락이 정확하게 전달되지 않은 채, 속류화되고 선정적인 형태로, 말하자면 하나의 유령의 형태로 이 시대 우리 문단과 평단을 강타하고 있다는 사실이다. 이러한 현상은 지금 이 시대 우리 문학에 대한 엄정한 성찰과 객관적 탐구에 결코 도움이 되지 않을 것이다. 그러므로 가라타니의 '근대문학의 종언' 테제가 야기할 수 있는 심리적인 거부감과 불편함을 넘어, 그의 문제제기를 이 시대 문학의 존재방식에 대한 치열한 성찰과 심원한 사유의 계기로 활용하는 것이 필요하다.

이런 의미에서 이제 가라타니의 테제 '근대문학의 종언'에 대한 대결과 응시, 극복 없이는 이 시대 문학의 정체성과 위상에 대한 온전한 파악이 쉽지 않을 것이다. 이 시대 문학의 본질에 대한 성찰을 수행하는 논자라면, 그 누구도 가라타니의 테제라는 우람한 산맥을 타고 넘지 않을 수 없으리라. '종언' 담론이야말로 존재의 가장 근본적인 위기를 의미하기에. 그런데 지금까지 이루어진 가라타니의 '근대문학의 종언'에 대한 비판적 논의들이 의외로 텍스트 자체에 대한 면밀한 탐색과 정확한 이해의 측면에서 많은 문제가 있었다는 것이 이 글의 기본 전제이다.3)

---

3) 이러한 점에 비추어 볼 때, 가라타니 고진의 '근대문학의 종언' 명제에 대해 비교적 합리적인 해석과 진단을 수행하고 있는 『근대문학의 종언』의 번역자이자, 신진 문학

서둘러 필자의 입장을 말하자면 가라타니의 명제가 우리 문학의 현실에 근본적인 성찰을 던져주는, 그리하여 우리 문학과 사회에도 충분히 유효한 맥락과 현실성을 지닌 견해라고 생각한다. 물론 가라타니의 주장이 온전하게 포괄할 수 없는 우리 문학의 특수성과 차별성이 분명 존재한다. 가령, 분단문학이나 민족문학 문제가 바로 이러한 예에 속할 것이다. 그러나 이러한 문제의식이 가라타니의 테제를 전면적으로 부정할 수 있을 만큼 지금 이 시대의 문학장에서 주요한 변수로 작용하고 있는가에 대해서는 한층 냉철한 인식이 필요한 것으로 보인다.

이렇게 본다면, 가라타니의 '근대문학의 종언' 테제에 접근하는 가장 현명한 태도는 그의 주장이 지닌 유효성과 설득력은 그것대로 인정하면서 우리문학이 지닌 특수성에 대해 치밀하게 생각해 보는 이중적 시선일 것이다.

지금까지 서술한 점을 근거로 하여, 이 글은 가라타니 고진의 '근대문학의 종언' 테제가 일정한 현실적 유효성을 지니고 있다는 견해를, 가라타니의 테제에 대한 상반된 관점의 논박이라고 할 수 있는 이도흠의 「근대, 근대문학은 아직 끝나지 않았다」(『문학과경계』, 2006 겨울)와 황종연의 「묵시록 시대 이후의 문학」(『현대문학』, 2006.8)에 대한 비판적 논의의 과정을 통해 진전시켜 보고자 한다.4)

평론가인 조영일의 관점은 상대적인 맥락에서 돋보인다. 『근대문학의 종언』의 '옮긴이 해제'로 씌어진 「문학의 종언과 약간의 망설임」과 「비평의 운명－황종연과 가라타니 고진」(『작가세계』, 2007 봄)을 참조할 것. 그의 글은 가라타니의 전언을 최대한 그 내부의 시점에서 정밀하게 이해하고 있다. 아울러 가라타니의 저작 전반을 치밀하게 독해하고 있는 오길영의 「근대와 근대문학의 '자명성'을 의심하기－가라타니 고진 읽기」(『크리티카』 2호, 사피엔스, 2007.2)도 가라타니의 합리적 수용과 연관하여 주목해야 마땅할 글이다. 그는 "비평성을 상실한 일본사회를 우울하게 바라보는 가라타니의 현실 진단은 과연 한국사회와 문학에는 적용되지 않는 남의 일일까? 근대와 근대문학의 자명성을 끊임없이 의심하고 그 대안을 '끈기 있게' 모색해온 가라타니라는 이론－기계는 한국사회와 한국문학에도 적용 가능할 풍부한 대상이라고 나는 판단한다"고 적고 있다.
4) 이도흠은 문학계간지 『문학과경계』의 주간이며 주로 진보적이며 실천적인 차원에

2. '근대문학의 종언'에 대한 오해들

가라타니 고진의 '근대문학의 종언' 테제에 대한 비판적 견해는 다음의 세 가지 차원에서 진행되고 있다. 첫 번째, 당대사회에 대한 근본적인 문제제기를 수행하고 영향력을 미치는 비판적·진보적 문학, 즉 가라타니의 용어로 '근대문학'이 지금 이 시대 우리문학에 여전히 유지되고 있다는 관점(이도흠의 관점이 이에 해당된다)을 들 수 있다. 두 번째, 가라타니의 주장과는 달리 지금 이 시대 (한국)문학이 번성하고 있고 커다란 문학적 의미가 있다는 관점이 존재한다. 이러한 관점에 따르면, 이 시대 문학은 지난 연대의 문학과 비교하여 충분히 다양한 성과와 문학적 가치를 지니고 있다고 평가된다(황종연의 관점이 이에 해당된다). 세 번째, 문학 행위에 대한 자부심과 각별한 애정을 바탕으로 근대문학의 종언이라는 주장 자체에 대한 거부감을 보이면서 다소 막연하게 문학 고유의 역할과 그 존재의미를 강조하는 주장(상당수의 일반 문인이 이러한 관점을 지니고 있다)을 들 수 있다. 이러한 견해들은 그 차이에도 불구하고, 각자 주관적 방식으로 가라타니 고진의 '근대문학의 종언' 테제를 곡해하고 있다는 점에서 문제가 있다.

우선 많은 논자들이 가라타니의 주장이 지닌 복합성과 은유적 맥락을 충분히 인지하지 않은 채, '근대문학의 종언'이라는 메타포에 가까운 파격적 제목이나 일부 미디어나 비평가의 선정적 이해에 따라, 마치 가라타니 고진이 모든 문학이 끝장났다는 식으로 주장했다고 받아들이는 것이 문제다. 실제로 가라타니가 주장하고자 하는 요지는 '문학' 일반의 종언이 아니라 '근대문학'의 종언이라는 사실을 분명히 인식해야 한다.

서 문학비평 작업을 수행해오고 있다. 이에 비해 문학계간지 『문학동네』의 편집위원인 황종연은 주로 문학주의의 입장에서 이 시대 문학을 적극적으로 해석하고 있는 대표적인 주류비평가이다.

가령, 가라타니는 "또 문학이 완전히 사라진다는 말도 아닙니다. 내가 말하고 싶은 것은 문학이 근대에 특별한 의미를 부여받았고, 그 때문에 특별한 중요성, 특별한 가치가 있었지만, 그런 것이 이젠 사라졌다는 것입니다"(43 : 인용문 뒤의 괄호 안의 숫자는 조영일 역, 『근대문학의 종언』, 도서출판 b, 2006의 면수를 의미함), "따라서 근대문학이 끝났다는 것은 소설 또는 소설가가 중요했던 시대가 끝났다는 것입니다"(44)라고 말하고 있지 않은가. 이런 주장에 따르면 근대문학이 아닌 다른 문학은 여전히 존재하고 있으며 소설가의 역할이 이전보다 그다지 중요하지 않은 시대의 문학도 여전히 존재하고 있는 것이다.

가라타니에게 근대문학의 개념과 범주는 통상적인 의미의 그것과는 다소 다른 문맥으로 사용된다. 그것은 당대(근대)의 주체를 형성하는 중요한 기제였다는 의미에서의 근대문학이다. 좀 더 구체적으로 말하자면 문학이 당대사회에 대한 중요한 비판적(성찰적) 기능을 수행하며 문학이 당대사회에 주요한 영향을 미치는 시스템의 역할을 충분히 수행하는 의미에서의 근대문학이 가라타니가 주장하는 근대문학의 개념에 가깝다. "'문학'이 윤리적·지적인 과제를 짊어지기 때문에 영향력을 갖는 시대는 기본적으로 끝났습니다. 그 잔영이 있을 뿐입니다"(65), "물론 문학은 계속될 것이지만, 그것은 내가 관심을 가지는 문학은 아니었다"(40)라는 가라타니의 주장에서도 재차 확인할 수 있듯이 가라타니에게 '근대문학의 종언'은 윤리적 지적 과제를 짊어진 문학의 역할 감소를 의미하지, 문학 일반의 죽음을 의미하는 것이 아니다.

사실 원론적인 의미에서, 인간의 사유와 성찰 자체가 완전히 없어지지 않는 한, 언어를 기반으로 한 문학 행위는 결코 사라질 수 없을 것이다. 문학은 그 형질과 사회적 영향력의 면에서는 끊임없이 변화할지라도 그 존재 자체는 언제 어디서라도 건재할 것이다. 설사 문학의 위기를 인정하더라도, 아울러 '근대문학의 종언' 테제를 일면 승인하더라도, 모든 예술의 텃밭이라고 할 수 있는 문학의 역할과 영상으로 쉽게 환원

될 수 없는 문학 고유의 특성은 결코 사라지지 않을 것이다.5) 그러나 가라타니가 주장하는 근대문학의 종언은 그러한 원론적인 차원의 언급이 아니다. 가라타니가 보기에 문제는 이 시대의 문학이 사회적 대응력과 비판정신, 한 체제의 시스템을 뒤흔드는 전복성을 현저히 상실하고 일종의 '안전한 유희'로 변해가고 있다는 점에 있다.

요컨대, 가라타니의 '근대문학의 종언'이나 최근의 '문학의 위기론'이 제기하는 문제의식은 문학의 대 사회적 영향력의 감소, 과거의 문인이 지니고 있었던 위상의 하락,6) 전체 문화 판도에서 문학이 차지하고 있는 역할의 축소, 예리한 지성과 인문적 상상력으로 무장한 고급문학의 감소 등을 의미하는 것이지, 문학 자체가 없어지거나 급격하게 사라진다는 차원에서 논의되는 것은 아닐 것이다. 이러한 지평에서 본다면 다시 한 번 여기서 분명하게 강조되어야 할 것은 그에게 근대문학의 종언은 '문학' 일반의 종말이 아니라 '근대문학'에 해당되는 개념이라는 사실이다.7)

그렇다면 문학이 체제의 시스템에 어떤 충격도 가하지 못하는 이 시대, 문학의 기능과 역할이 지난 연대에 비해 상대적으로 사소해진 이 시대, 문학적 비판정신이 점차 대중문학의 현란한 유희로 대체되어가는 이 시대는 그야말로 가라타니의 테제 '근대문학의 종언'이 우리 문단에도 유사하게 적용될 여지가 존재한다는 점을 보여주는 증거가 아닐까.

우리 시대 문학은 가라타니의 주장과는 달리 다양하게 번성하고 있다고, 우리 시대는 그 어떤 시대보다도 양질의 새로운 작품이 대거 등

---

5) 영상으로 제대로 번역될 수 없는 문학의 특성에 대해서는 도정일의 「영상시대의 문학의 힘과 가능성」(『현대문학』 517호, 1998.1)을 참조할 것.
6) 예를 들어 최근에는 시대정신을 선도하는 지성인이나 선각자로서의 문인의 위상이 퇴색되면서 직업인으로서의 문인이 대세가 되고 있다.
7) 강내희 역시 가라타니의 테제에 대한 논의에서 '근대문학'과 '문학'이 혼용되고 있다는 사실을 지적하고 있다. 강내희, 「생산의 사회화와 문학—글(쓰기 / 읽기)의 새로운 동요」, 『21세기 인문학과 문화연구의 방향』, 한국비평이론학회 2006년 가을 정기학술대회자료집, 25~26면.

장한 새로운 문학의 시대라며 지금 이 시대, 즉 21세기 문학의 새로운 번성을 주장하는 문학적 입장도 물론 존재한다(주로 계간지 『문학동네』 진영의 비평가들은 대체로 이러한 입장을 취하고 있다). 그러나 그들 역시 전체 문화 판도에서 문학이 차지하고 있는 비중이 감소했다는 점, 체제를 뒤흔들거나 비판하는 문학의 역할이 이전에 비해 현저하게 축소되었다는 점에 대해서는 동의할 것이다.

그렇다면 한국문학을 전공한 비평가의 입장에서 일본의 대표적인 비평가 가라타니 고진의 '근대문학의 종언'이라는 테제를 어떠한 방식으로 수용하고 이와 대결할 수 있을까. 이 문제를 정면으로 논의하기 위해서는 무엇보다도 가라타니의 '근대문학의 종언' 담론을 둘러싼 일본문학의 상황과 이 시대 한국문학의 상황을 비교할 필요가 있다.

3. 문학환경의 본질적인 차이는 존재하는가?

가라타니의 명제에 대한 비판의 근거로, 몇몇 논자들이 지적하는 것은 일본의 상황과 한국의 상황 사이에 존재하는 역사적·문화적 차이이다. 그러한 주장들은 그 차이에 기반하여 세계에서 유일하게 현존하는 분단국가인 우리나라의 현실, 양극화를 비롯한 무수한 사회문제가 엄존하고 있는 우리의 현실은 가라타니의 테제가 우리 문학판에 기계적으로 적용될 수 없게 만드는 상황변수라는 인식을 일깨운다. 다음과 같은 이도흠의 발언이 전형적이다.

김종철 같은 이를 논거로 삼아 한국에서도 근대문학이 종언하였다고 주장하는 것은 성급한 일반화의 오류를 범하는 것이다. 민주화 이후 진보 진영의 인사 가운데 많은 이들이 제도권으로 넘어가거나 생태운동 등으로 이전을 했지만, 이는 일부의 예일 뿐, 아직 많은 사람들이 한국사회의 근대적 모순을 극복하는 실천을 행하고 있으며 문학인도 예외는 아니다. 『문학과경계』·『실천문학』·『황해문화』·『문학들』처럼 올곧게 진보문학의 전선에 서 있는 문예지가 있고 이를 매개로 활동하고 사유를 하는 문학인과 독자들도 상당수에 이른다. (…중략…) 통일이 될 때까지 분단모순은 지속될 것이고 분단모순이 해결되지 않는 한 민족모순, 계급모순의 극복 또한 요원한 과제다. 이런 근대적 모순이 상존하는 한 이를 비판하고 극복하면서 유토피아를 지향하려는 실천은 영원할 것이며, 여기서 문학적 실천 또한 예외가 아닐 것이다. 따라서 근대문학과 소설 또한, 예전과 같지는 않지만, 정녕 유효한 힘을 발휘할 것이다.[8] (강조는 인용자)

원론적인 차원에서 진보적 문학, 비판적 문학의 역할에 대한 그의 견해에는 십분 동감한다. 그러나 동시에 80년대, 90년대의 문학과 지금 이 시대의 문학을 비교하는 상대적인 차원에 설 때 이러한 견해가 지닌 일면성 역시 지적되어야 할 것이다. 예를 들어 이도흠의 주장은 지난 연대에 비해 진보진영의 문학적 성과 및 역할과 그 대중적 영향력이 이 시대에 현격하게 감퇴하고 있다는 점, 특히 최근의 일본소설 신드롬에서도 확인할 수 있듯이, 일반대중의 독서 경향은 이제 일본과 커다란 차이가 없다는 점, 진보적 민족문학 진영을 포함하여 문학담론이 지닌 사회적 영향력이 과거에 비해 부쩍 축소되고 있다는 점 등을 제대로 인식하지 못하고 있다.

더군다나 이도흠이 구사하는 논리가 문제가 되는 것은 그의 관점이 가라타니의 입론을 둘러싼 비판적 비평의 지형 변화를 정확하게 간취하지 못하고 있다는 점에 있다. 가라타니의 '근대문학의 종언' 테제가 실상 현실에 대한 대응력을 상실하고 유희 일변도로 흐르고 있는 당대 문학에 대한 강렬한 문제제기이자 비판에 해당된다는 점을 염두에 두

---

8) 이도흠, 「근대, 근대문학은 아직 끝나지 않았다」, 『문학과경계』, 2006 겨울, 21면.

어야 하지 않을까.

가라타니에게 진정으로 중요한 것은 문학 자체가 아니라 당대와 그 시스템에 대한 성찰과 비판이다. 이제 문학이 그러한 역할을 제대로 못 하고 있다는 것이 가라타니로 하여금 '근대문학의 종언'을 발설하게 만든 현실적·문학적 맥락일 터이다. 이와 연관하여, 가라타니가 문학판을 떠나 새로운 사회운동 NAM(New Associationist Movement)에 열정적으로 참여하거나 마르크스와 칸트를 재해석하는 것(『트랜스크리틱』, 한길사, 2005)은 실상 진보적·비판적 관점을 유지하기 위한 전술적 공간이동으로 해석되어야 할 것이다. 그렇다면 이도흠이 가라타니를 제대로 비판하기 위해서는 그가 예로 든 진보적 문예지가 일군 성과를 포함하여 이 시대 문학이 이 시대의 현실과 시스템에 대해 충분히 성찰적으로 대응하고 있다는 점을 입증해야 한다. 바로 이런 점이 결여되어 있다는 것이 이도흠을 비롯하여 가라타니를 비판하는 첫 번째 관점의 문제점이라고 생각된다.

이렇다 보니, "근대문학과 소설 또한, 예전과 같지는 않지만, 정녕 유효한 힘을 발휘할 것이다"라는 대목의 '정녕'이라는 수식어에서 볼 수 있듯이 이도흠의 주장은 다소 막연한 기대 차원에서 전개되고 있는 것이다. 그의 주장이 설득력을 얻기 위해서는 지금 이 시대 문학에 대한 한층 엄밀하고 정확한 진단이 동반되어야 할 것이다.

이러한 의미에서 "이렇듯, 이주 노동자의 삶을 다룬 소설이나 탈북자들의 삶을 형상화한 작품들은 『근대문학의 종언』을 액면 그대로 받아들이지 못하게 한다. 서구 중심의 문학제도와 이질적인 우리의 특수한 사회문제를 환기하고 있기 때문이다"[9]라는 고인환의 언급은 주목할 만하다. 그의 평문은 가라타니의 주장이 지닌 다소 과도한 일반화의 빈곳을 구체적인 작품 분석을 통해 적절하게 지적하고 있다는 점에서 유

---

9) 고인환, 「담론 차원의 '종언'을 넘어」, 『문학과경계』, 2006 겨울, 57면.

의미한 대목이 존재한다. 그러나 이주 노동자를 비롯한 비주류를 형상화한 소설들이 이 시대의 독자들에게 얼마나 읽히고 있는지, 그러한 소설들이 현재 비평담론이나 문단에서 충분한 의미부여를 받고 있는가에 대해 냉철하게 되물어야 하지 않을까 싶다. 존재 자체로 따지자면, 당대 혹은 현대사에 대해 성찰하는 분단소설과 사회소설, 후일담소설도 극소수나마 여전히 발표되고 있다. 예를 들어 '인혁당'사건을 소재로 한 김원일의 『푸른 혼』은 한국현대사와 밀착된 한국문학의 오랜 전통이 살아 있음을 감동적으로 증거하고 있다.

그런데 중요한 것은 그러한 작품들이 이 시대 문학에서 어느 정도 비중을 차지하고 있으며 얼마만한 영향력을 확보하고 있는가, 얼마나 일반 독자들의 폭넓은 사랑을 받고 있는가의 문제일 것이다. 아울러 일본문학이라고 해서 이주노동자를 비롯한 그 사회의 비주류집단을 형상화한 작품이 없다고 단정할 수 있는가 하는 질문을 던져보아야 할 것이다. 이 시대의 일본문학도 다양한 마이너리티의 존재를 형상화하고 있다. 가령 이회성·서경식·양석일 등 몇몇 재일조선인의 글쓰기도 디아스포라의 상흔을 잘 보여주고 있다는 점에서 그러한 예에 포함시킬 수 있다.

물론 그럼에도 불구하고 분명 우리 문학의 현황은 현재 일본문학의 그것과 차이를 지니고 있다고 말할 수 있으리라. 최근 일본문학에서 시대에 대한 성찰을 본격적으로 보여주는 작품을 찾기가 힘들다는 점, 그래서 김원일·조정래·황석영·방현석·정지아·정도상·안재성·공선옥·전성태 등등이 각기 자신의 방식대로 분투하고 있는 문학세계에 해당하는 이 시대 일본작가를 떠올리기가 쉽지 않다는 점을 그 증거로 들 수 있다. 그러나 여기서 분명히 인식해야 할 점은 양국의 문학적 차이가 점차 희미해지고 있으며 무엇보다도 이 시대의 각광받는 젊은 문학이 동시대의 일본문학이 밟아가는 길 쪽으로 진행되고 있다는 사실이다.

이러한 정황과 연관하여 영문학자 강내희가 언급한 시인 김정환의 다음과 같은 발언에 대해서는 좀 더 심화된 논의와 토론이 필요하겠다.

　나는 최근 한국의 상황도 가라타니가 믿고 있는 것과는 많이 다르다고 들은 적이 있다. 그의 테제를 머리에 떠올리며 '문학의 시대'는 한물간 것 아니냐고 짐짓 묻자 시인 김정환은 요즘 한국에는 능력 있는 젊은 작가들이 늘어나서 문학의 새로운 전성기가 찾아왔다고 했던 것이다.10)

　이러한 김정환의 발언은 문학적인 차원에서 일본과 한국의 차이점을 얘기하고 있는데, 나는 이러한 발언이 이 시대의 문학장을 지나치게 낙관적으로 파악하고 있는 것이 아닌가 하는 의문을 거둘 수 없다. 2000년대 이후, 일부 문인과 비평가들이 이 시대 젊은 작가들의 문학세계에 대한 근본적인 비판들을 전개했다는 점을 감안하건대,11) 나는 김정환에게 문학적 '능력'과 '문학의 새로운 전성기'의 기준이 무엇인가라고 묻고 싶다.

　물론 소재의 다양성이나 문학적 테크닉의 현란함이라는 측면에서 볼 때, 이 시대의 문학이 지난 연대의 문학보다 다채롭다는 면은 충분히 인정될 수 있다. 그리고 문학의 위기가 항상적으로 운위되는 이 시기에 문학을 선택한 젊은 작가들의 패기와 열정, 그리고 몇몇 소중한 문학적 성과에 대해서는 높이 평가하고 싶다. 그러나 문학적 깊이, 정교한 장인정신, 탄탄한 서사, 현실과의 대응력, 인문적 지성의 내면화 등등의 측면에서는 지난 연대와 비교하여 결코 이 시대 문학의 우월성을 주장할

---

10) 강내희, 「생산의 사회화와 문학─글(쓰기/읽기)의 새로운 동요」, 『21세기 인문학과 문화연구의 방향』, 한국비평이론학회 2006년 가을 정기학술대회자료집, 24면. 강내희는 기본적으로 "가라타니가 인지하는 대로 한국에서도 근대문학은 위기에 처한 것이 분명하다"고 인정하면서 근대문학의 종언과 디지털혁명의 연관성에 대해 탐색하고 있다.
11) 최근의 비평으로는 한유주·박형서·이기호 등의 신진 소설가의 문학적 퇴행 현상을 비판한 심진경의 「뒤로 가는 소설들」(『창작과비평』, 2007 봄)을 들 수 있다. 그 외에도 2000년 들어 도정일·황석영·김화영·권성우·방민호·이명원 등을 비롯한 몇몇 문인들과 비평가들이 젊은 소설가들에 대한 비판적 문제제기를 수행한 바 있다. 2000년대 이후 전개된 젊은 문학의 한계에 대해서는 권성우의 『논쟁과 상처』(숙명여대 출판부, 2006)에 수록된 「문학을 넘어서는 문학의 길」과 「비판을 위한 비판, 그 맹목적 글쓰기에 대하여」를 참조할 것.

수 없는 것이 아닐까. 이와 연관하여 최근 소설가 황석영은 "한국문학의 위기는 스스로 자초한 것이라고 얘기해 왔는데요, 몇 가지 원인이 있을 거예요. 서사와 현실에서 멀어지면서 독자들이 떠나기 시작한 게 아닌지"[12]라고 언급한 것을 들 수 있다. 황석영의 이러한 발언은 "내가 근대문학의 종언을 정말 실감한 것은 한국에서 문학이 급격히 영향력을 잃어갔기 때문입니다"(48)라는 가라타니의 발언과 겹쳐진다.

이러한 주제에 대해 좀 더 심층적으로 탐색하기 위해서는 "근대문학의 종언 이후 문학은 하찮다는 그의 주장은 당대의 일본문학에 대한 그의 절망의 심오함을 느끼게 하는 한편으로 개인적·국지적 경험의 무리한 일반화가 아닌가 하는 인상을 준다"[13]면서 이도흠과는 다른 맥락에서 한국적 상황과 일본적 상황의 차이를 강조하는 비평가 황종연과의 비판적 대화가 필요하다.

4. 제도를 심문하는 비평

지금 이 시대의 한국문학을 어떻게 평가하는가 하는 문제는 가라타니의 '근대문학의 종언' 테제에 대한 입장이 갈리는 중요한 분기점으로 작용하고 있다. 가령 지금 이 시대의 문학이 지난 연대의 문학보다 훨씬 다양하고 의미 깊은 성취를 이루고 있다는 입장에 설 경우 가라타니의 입장은 명백한 한계를 지닌 비판의 대상으로 다가올 것이다. 이와 대조적으로 지금 이 시대 문학의 경향에 대해 비판적으로 접근하는 경

---

12) 황석영 인터뷰, 「'시민사회 제3세력화' 바람잡이 나선 소설가 황석영씨」, 『한겨레』, 2007.3.7.
13) 황종연, 앞의 글, 197면.

우, 가라타니의 테제는 일본문학뿐만 아니라 우리 문학에도 그 나름대로 적용될 수 있는 일정한 설득력을 확보할 수 있을 것이다.

가라타니의 『근대문학의 종말』의 문제의식과 밀도 깊게 대화하고 있는 황종연의 「문학의 묵시록 이후—가라타니 고진의 『근대문학의 종말』을 읽고」(『현대문학』, 2006.8)는 바로 이 시대 한국문학의 성과를 대단히 긍정적으로 평가하는 입장에서 발표된 대표적인 평문이다. 가라타니에 의하면 황종연은 한때 '근대문학의 종언'에 동의를 표한 적이 있다고 한다. 그러나 이 평문에서 황종연은 '근대문학의 종언'의 문제의식을 일면 인정하면서도, 가라타니의 논의에 대해 의욕적으로 비판하고 있다. 황종연의 관점은 다음에 같은 인용에서 인상적으로 드러난다.

> 인간의 동물화가 대세라고 해도 주어진 자연과 문화를 부정하려는, 그것들에 의해 규정된 자신을 부정하려는 충동은 인간에게 남아 있다. 그 부정성이 비록 그 자체로 '역사적 행위'를 이루지 못한다고 할지라도 그것의 활동은, 인간적 존엄성이라는 관념을 포기하지 않는다면, 발견되고 촉진되어야 한다. 이것은 문학을 포함한 문화형식이 정치적으로 쇠퇴하거나 사회적으로 고립되는 징후를 드러내고 있더라도 그것에 대한 미련을 쉽사리 버릴 수 없는 이유이기도 하다.14)

이러한 발언 역시 원론적인 차원에서는 충분히 수긍할 만하다. 그러나 '근대문학의 종언'과 연관된 맥락에서 볼 때 이러한 발언은 '근대문학의 종언' 담론을 지극히 단순화시킨 후 비판하고 있다는 점에서 결정적인 문제가 존재한다. 오히려 가라타니는 황종연이 말한 그 '부정성'을 한층 제대로 발휘하기 위해 기존의 편협한 문학 범주를 탈피하여, 사회운동·문화운동(황종연의 표현에 의하면 '문화형식')에 다가간 것이라고 해석되어야 하지 않을까.

---

14) 위의 글, 210면.

또 다른 한편, "조금 깊이 생각하면 문학이 과거에 누린 위세는 문학 본래의 권능에 대한 응분의 보상이라기보다 한국사회의 저발전이 가져다준 행운이다", 혹은 "그렇게 저발전 사회의 풍토 속에 자라난 문학이 과연 그렇게 훌륭한 것이었는지도 의문이다"로 요약되는 지난 시대의 문학에 대한 단호한 비판적 입장과 "동시대의 문학을 마치 대파국을 앞둔 퇴폐의 준동처럼 여기는 착각은 버려야 한다. 문학보다 긴박하게 중대한 무엇인가가 있다고 믿는다면 가라타니나 김종철처럼 문학을 그만두는 것이 합리적이다"라는 주장을 비롯한 몇몇 대목 역시 개인적으로 동의하기 힘들었다.

일단 여기서 문제가 되는 것은 과거의 문학을 폄하하는 설득력 있는 논리가 황종연의 글에서 발견되지 않는다는 사실이다. 아울러 과거의 문학에 대한 엄정한 성찰이 필요하다는 점에 동의한다면 지금 이 시대의 문학은 과연 무슨 근거로 그토록 옹호되어야 하고 높이 평가받아야 하는 것인가. 또한 동시대의 문학 전체를 대파국을 앞둔 퇴폐의 준동처럼 여기는 문인은 전혀 없을 것이다.

황종연이 과거의 문학을 폄하하는 맥락은 무엇일까. 이미 『근대문학의 종언』의 번역자인 조영일이 예리하게 지적한대로 황종연은 "동시대의 문학을 구원하기 위해 과거의 문학에 대한 대학살을 감행하고 있는 것"15)이 아닐까. 요컨대 과거 문학에 대한 비판→동시대 문학에 대한 옹호→'근대문학의 종언' 테제에 대한 비판으로 정리될 수 있는 황종연의 관점은 물론 그가 커다란 구심력으로 이 시대의 젊은 작가들을 흡수하는 대표적인 주류 문예지 『문학동네』의 편집위원이라는 그의 비평적 정체성과 무관하지 않을 것이다. 그렇다면 가라타니 고진의 '근대문학의 종언' 테제가 왜곡된 지점이 바로 이 시대 우리문학의 현황에 대

---

15) 조영일, 「문학을 구하라!─가라타니 고진과 황종연」, 『서강대대학원신문』, 2006.10.13. 이 글은 다소 축약되고 수정되어 「비평의 운명─황종연과 가라타니 고진」이라는 제목으로 『작가세계』 2007년 봄호에 발표되었다.

한 주관적인 진단과 지나친 옹호와 연동되어 있다고 말해야 하리라.

그리고 김종철·가라타니·도정일·아룬다티 로이 등의 사회적 발언과 비평적 에세이는 과연 문학이 아닌 것일까. 어떤 면에서 그들은 문학을 떠난 것이 아니라 더 넓은 차원에서 문학적인 글쓰기를 새롭게 전개하고 있는 것이다. 그러므로 "로이(아룬다티 로이)는 문학을 버리고 사회활동을 선택한 것이 아니라, 오히려 '문학'을 정통적으로 계승했다고 말할 수 있을 것입니다"(64)라는 가라타니의 진술이 가능해지는 것이다. 오히려 그들이야말로 황종연이 말했던 바, 근대문학의 역사에서 '부정성의 운동'을 이 시대에 부합되는 글쓰기를 통해 창조적으로 계승하고 있는 것이 아닐까.

물론 그러한 글쓰기를 굳이 문학이라는 명칭으로 부를 필요도 없을지도 모른다. 가령 어느 문인이 쓴 대추리 사건에 대한 에세이는 문학인가? 아닌가? 어느 감수성 예민한 시인의 이라크 기행문은 문학인가? 아닌가? 이렇게 본다면, 황종연의 주장은 그가 생각하는 '문학'의 개념이 철저하게 근대적인 분업화의 논리, 근대적인 문학 장르의 편협한 구획에서 자유롭지 않음을 여실히 보여준다.

그러므로 설사 가라타니 고진의 테제를 현실적으로 긍정한다 하더라도 그것이 곧 문학을 떠나야 한다는 논리와 기계적으로 합치될 수는 없을 것이다. 그들이 떠난 것은 문학 자체가 아니라 현실에 대한 대응력을 상실한 제도적인 차원의 관성적인 문학이라고 할 수 있다. 이 대목에서 한 가지 환기되어야 할 사실은 가라타니의 '근대문학의 종언' 명제를 당대의 모든 문학적 성과와 현상을 획일적으로 규정하는 절대적인 척도로 바라볼 필요는 전혀 없다는 점이다. 이 시대의 일본문학에서도 한국문학에서도 가라타니의 명제가 적용되지 않는 예외적인 문학적 현상과 작가들이 분명 존재한다. 가라타니가 그 점을 몰라서 '근대문학의 종언'을 발설한 것은 아닐 것이다. 그 어떤 이론도 현상의 풍부함을 전부 포괄할 수 없다. 중요한 것은 그 이론의 현실적인 영향력과 설득력일 것이다.

그렇다면 가라타니가 '근대문학의 종언'을 선언한 취지에 일정하게 공감하고, 이 시대 문학의 위기를 현실적으로 인정하면서도, 스스로 소수자나 아웃사이더가 되어 글쓰기에 매진하는 길도 존중되어야 한다. 비록 현실적 영향력도 제한적이고 아무런 주목도 받지 않지만, 주류집단과 체제에 대한 문학적 유격전을 수행하는 마치 야생 벌판의 들꽃 같은 글쓰기도 존재해야 마땅할 것이다. 또한 거시적인 차원에서는 '근대문학의 종언'이 지닌 유효한 맥락과 그 진정성을 인정하더라도 미시적인 차원에서는 여전히 현실과 체제에 대한 비판적 개입을 시도하는 소수파 문인들과 적극적인 비평적 대화를 수행하는 입장도 존재할 수 있을 것이다.16)

이와 연관하여 다음과 같은 가라타니의 발언은 그의 '근대문학의 종언'을 둘러싼 이 시대의 문학장 및 비평계의 미묘한 풍경을 인상적으로 되비추고 있다.

> 아니다. 지금도 문학은 있다고 말하는 사람이 있습니다. 그러나 그런 것을 말하는 이가 고립을 각오하고 해나가고 있는 소수의 작가라면 좋습니다. 실제 나는 그런 사람들을 격려하기 위해 여러 가지를 써왔으며, 이후로도 그럴지 모릅니다. 그러나 오늘날 문학은 건재하다고 말하는 사람들은 그런 사람들이 아닙니다. 그 반대로 그 존재가 문학이 죽었다는 것의 명백한 증거에 불과한 무리들이 그처럼 말하는 것입니다. 일본에는 아직 문예잡지가 있고, 매일 신문에 커다란 광고가 실립니다. 그러나 실제로는 전혀 팔리고 있지 않습니다. 참담할 정도의 부수입니다. 그리고 소설이 팔릴 때는 '문학'과 상관없는 화제에 의한 것인데, 이러쿵저러쿵 문학은 아직 번영하고 있다는 허위현실을 만들고 있는 것입니다.(65)

이러한 발언은 지금 우리의 현실에도 상당히 유사하게 적용될 수 있

---

16) 한 사람의 비평가로서, 나는 앞으로 이러한 입장을 견지해나갈 생각이다.

는 것이 아닐까. 가라타니가 말하는 문학의 건재를 주장하는 비평가들이 대체로 이른바 주류 문예지에 소속되어 있다는 사실도 그러하거니와, 오히려 문학적으로 비주류에 속하는 문인과 비평가들이 지금 이 시대의 문학에 비판적이라는 점도 흥미롭다. 이 땅의 문학광고와 문예잡지, 그리고 소설 판매의 현실 역시 가라타니가 지적과 현상과 유사한 대목이 존재한다.

가라타니 식으로 말하면, 이를테면 소설가 조세희와 같이 문학적 '고립'과 '운둔'을 기꺼이 각오하면서 문학의 역할과 그 한계에 대한 투철한 자의식을 가진 문인이 문학의 건재를 말한다면 우리는 그러한 견해에 대해 경의를 표해야 마땅할 것이다. 그러나 기존 문학미디어와 문예계간지 등의 문학제도에 강력하게 밀착된 이 시대의 핵심적인 주류 비평집단, 또는 문학의 역사성과 비판성을 상실한 이 시대의 새로운 문학에 대해 어떤 집단보다도 높이 평가하는 문인과 비평가들이 문학의 건재나 새로운 문학의 전성기를 운위하는 것은 우리로 하여금 그러한 주장의 신뢰성과 진정성에 대해 일말의 의구심을 가지게 만든다.17)

이러한 맥락에서 조영일의 다음과 같은 발언을 주목할 필요가 있다.

　오늘날의 비평은 국문학(네이션)·대학교수(제도)·출판사(자본)라는 보로메오의 매듭에 갇혀 있다. (…중략…) '근대문학의 종언'이란 테제는 비평가들에게 이런 매듭을 끊을 것인가 말 것인가를 묻고 있다.18)

---

17) 가령, 이승렬은 「근대문학의 종언, 그후 또는 그 이전에 대하여」(『녹색평론』, 2007년 1~2월)에서 황종연의 글에 대해 "자본의 자기증식 운동이 아무런 제지도 받지 않고 무한 확장하는 과정에서 문학이 어떤 역할도 하지 못하며 오히려 자본의 위력 앞에서 근대문학이 지니고 있던 문학적 정신과 권위가 한없이 위축되는 것에 대해 가라타니가 느끼는 안타까움이나 서글픔 같은 것을 황종연의 글에서는 느낄 수 없다"고 언급하고 있다.

18) 조영일, 「문학을 구하라!-가라타니 고진과 황종연」, 『서강대대학원신문』, 2006.10.13.

위의 발언은 가라타니 고진의 『근대문학의 종언』의 문제의식과 대결
하고자 하는 비평가에게 필요한 태도에 대해 근본적으로 생각하게 만
든다. 나는 조영일이 열거한 국문학·대학교수·출판사 외에 '거대언
론'을 추가하고 싶다. 이러한 맥락에서 거대언론·출판자본·대학제
도·국가주의(민족주의) 등에 대한 근본적인 의문과 저항, 비판, 문제제기
없이 이루어지는 '근대문학의 종언'에 대한 비판은 필연적으로 한계를
지닐 수밖에 없다. 그러한 비판은 보수적인 문학시스템과 주류 문학제
도가 작동하는 범위 내에서의 제한적인 비판에 불과하다. 그러니, 오히
려 황종연의 글이 "'비평의 종언'에 대한 훌륭한 증거물로서 받아들여
질 수밖에 없다"는 조영일의 견해는 '근대문학의 종언'에 대한 비판이
마치 부메랑처럼 그 담화의 주체에게 되돌려지는 이 시대 비평의 극적
인 아이러니를 흥미롭게 보여주는 것이 아닐까.

5. 글을 맺으며 — 그는 결코 집착하지 않는다

그 어떤 이론과 테제도 당대 현실과 수용자의 세계관 및 해석학적 지
평에 의해 굴절되어 수용될 수밖에 없는 운명을 지니고 있다면, 가라타
니 고진의 『근대문학의 종언』 역시 예외가 아닐 것이다. 그의 테제는
한국문학과 일본문학을 둘러싼 사회·문화적 정황은 과연 어느 정도의
차별성을 지니고 있는가, 이 시대 문학을 어떻게 평가할 것인가, 문학적
글쓰기의 범주를 어느 선까지 설정할 것인가? 등등의 중대한 논점을 제
기한다.

그러므로 가라타니의 '근대문학의 종언' 테제에 대한 비판과 문제제
기는 충분히 가능하며, 지속적으로 이루어져야 한다. 그러나 문제는 가

라타니가 주장하고자 했던 치열한 문제의식과 그 실천적 맥락이 거세된 채, 각자가 서 있는 문학적·정치적 입지와 이해관계에 지나치게 밀착되어 이루어지는 비판들이 많다는 점이다.

그런 가운데, 정작 가라타니가 제기하고자 했던 당대문학과 사회에 대한 실천적 문제의식은 은폐되어 버리는 것이 지금 이 시대에 불어 닥치고 있는 '근대문학의 종언 신드롬'이 야기한 문학현상이 아닐까. 이런 의미에서 지금 절실하게 필요한 것은 그것이 동의가 되었건, 비판이 되었건 가라타니의 입장이 지닌 실천적 함의와 문제의식을 충분히 공유하면서 이루어지는 글쓰기이다. 이 작업을 위해 우선 요구되는 절차는 가라타니의 테제와 그 담론을 둘러싼 문화적·이념적 지형을 정확하게 이해하는 것이리라. 예를 들어, 가라타니가 NAM(New Associationist Movement)에 적극적으로 참여했다는 사실에 대한 인식 없이 그가 왜 근대문학의 종언을 선언할 수밖에 없었는가 하는 점을 제대로 이해할 수 없을 것이다. 말하자면 문학 내적 차원에서 가라타니의 테제를 해석할 때, 그는 단지 문학을 떠난, 혹은 문학에 대한 애정을 잃어버린 과거의 비평가일 따름이다. 그러나 가라타니에게 진정으로 중요한 것은 특정한 시대의 문학의 형질이 아니라 현실에 대한 성찰인 것이다.

가라타니의 '근대문학의 종언'은 지금 이 시대, 우리에게 문학은, 비평은 무엇인가를 근본적으로 되묻고 있다. 이 시대의 문학과 비평이 제대로 현실에 대해 대응하고 있느냐고, 체제의 시스템에 대해 제대로 성찰하고 있느냐고. 이런 가라타니의 문제의식은 과연 낡은 것일까.

그의 테제는 분명 과거 문학이 가장 뜨거운 전위였던 시대, 그 영화(榮華)에 대한 추억을 간직하고 있다. 아름다운 시절의 추억은 현실의 황량함을 환기시킨다. 그 추억은 그에게 지금 이 시대의 다양한 문학적 현상을 적극적으로 수용하지 못하게 만든다. 이러한 의미에서 가라타니의 관점은 퇴행적이라고, 문학의 새로운 변화를 입체적으로 해석하지 못한다고 비판할 수 있으리라. 그러나 역설적인 의미에서 바로 그 추억이야말로 이 시대 문학을 좀 더 넓은 지평에서 냉철하게 조망하는 힘이기도 할 것이다.

그러므로 추억은 집착과 다르다. 나는 여전히 문학이 번성한다며, 이 시대의 문학의 지속적 영화(榮華)를 주장하는 것은 실은 문학제도의 이해관계와 연루된 '집착'의 이데올로기이자 변형된 문학중심주의에서 결코 자유롭지 않다고 본다. 이러한 의미에서 가라타니와 정면으로 대결하기 위해서는 가라타니만큼이나 기성제도(가령 문단카르텔이나 거대언론)로부터의 자유가 필요한 것이 아닐까. 집착에서 떠날 때 자유가 생성된다.

가라타니의 '근대문학의 종언'은 그러한 집착과 단호하게 결별하는 것이 애초에 문학이 간직한 현실 비판과 성찰의 힘을 간직하는 길이라고 주장하는 듯이 보인다. 이러한 의미에서 가라타니 고진의 주장에 대한 동의 여부와 관계없이, 좁은 의미의 문학비평에서 떠나 사회비판과 자본 = 네이션 = 국가라는 시스템에 대한 냉철한 분석에 열정적으로 매진하고 있는 그의 여정이 오히려 문학적이라는 사실은 분명한 것 같다. 그는 결코 집착하지 않는다.

| 2007 |

자유와 타자, 그리고 비평

비평의 위기를 극복하기 위한 몇 가지 제안

1. 비평의 새로운 길 찾기

비평은 예술과 문학의 수많은 장르 중에서 상대적인 의미에서 가장 상업적 이해관계에서 자유로운 영역이다. 한마디로 말해 비평은 그 자체로 상품이 될 수 없다. 과연 당신은 비평을 통해 주된 생계를 유지하는 비평가를 본 적이 있는가? 다만 경우에 따라, 가령 '주례사비평'이라는 용어에서도 인식할 수 있듯이 때때로 비평이 상품(작품)의 홍보를 위한 보조적인 역할을 할 수도 있지만, 그 약발은 점점 떨어지고 있다. 이제 평범한 독자를 포함하여 그 누구도 비평이 독자들의 작품 선택에 중대한 영향을 미친다고 생각하지 않는다.

이러한 사실과 연관하여, 오로지 비평쓰기를 통해 생계를 유지하는 전업비평가가 불가능하다는 사실, 거의 대부분의 문학비평집 판매부수가 초판 1,000부를 밑돈다는 사실(비평집 판매부수가 순수하게 1,000부를 넘긴다는 것은 그 자체로 비평 분야 베스트셀러임을 의미한다), 각고의 노력 끝에 유수한 문예지에 발표된 200자 원고지 100매에 이르는 장문의 비평문도 학계에서는 본격적인 연구 실적으로 거의 인정받지 못한다는 사실 등등을 통해 우리는 이 시대에 비평을 쓴다는 것의 고독함과 초라함을 쓸쓸하게 확인할 수도 있을 것이다.

그렇다면 이 시대의 수많은 비평가들은 과연 무엇 때문에 별다른 보상도 없는 비평 행위에 매달리는 것일까? 그 욕망의 밑바닥에는 무엇이 존재하는가? 당연히 비평 행위를 추동하는 동기는 경제적인 이해관계라는 차원에서는 온전히 설명될 수 없다.

비평가의 성향과 비평관이 제 각각이듯이 비평가가 되고자 하는 욕망의 풍경도 다양할 것이다. 우선 경제적 척도로 환원될 수 없는 이른바 '상징적 가치'에 대한 열망으로 인해 비평 행위에 참여하는 경우가 있을 수 있다. 예를 들어 문예지를 발간하는 출판사들이 표면적인 적자에도 불구하고 지속적으로 문예지를 발간하는 이유 역시 바로 이러한 상징적 가치의 필요성 때문일 것이다. 대부분의 비평가들이 대학과 연관된 강단비평가, 즉 대학교수나 대학 강사, 박사과정 재학생이라는 사실은 비평 행위가 일차적인 경제적 이해관계보다는 상징적인 가치에 대한 열망에서 비롯되고 있음을 간접적으로 보여주고 있다.

그들에게 비평은 본업이 아니다. 그러니 비평 역시 그 자체로 생계를 해결하거나 커다란 경제적 수익을 가능케 하는 것은 아니지만, 비평 쓰기를 통해 비평가들은 유형·무형의 상징적 가치를 획득할 수 있다. 그것은 비평을 통한 인정투쟁에 대한 욕망의 실현일 수도, 비평을 통한 매체권력의 확보일 수도, 비평을 통한 예술적 욕망의 표출일 수도 있다. 또한 좀 더 현실적인 맥락에서 순수한 학술논문만을 쓰는 것보다는 비평 행위에도 함께 참여하는 것이 현실적으로 대학 강단에 진출하기가 용이하다는 판단을 내리는 경우도 있을 것이다. 최근의 신진비평가 대다수가 한국 현대문학 전공 박사이거나 박사과정 재학생이라는 사실은 이러한 추측이 전혀 근거 없지는 않다는 사실을 웅변한다.

그런가 하면 비평 그 자체에 대한 순수한 매혹으로 인해 기꺼이 비평행위에 참여하는 경우도 존재한다. 예컨대, 학문과 예술, 정교한 논리와 섬세한 감수성 사이의 접경지대에 존재하는 비평의 독특한 특성으로 인해, 혹은 선배 비평가들이 선사한 비평 장르의 매력으로 인해 비평가가 될 수밖에 없는 운명도 존재할 것이다. 예컨대 나는 유종호·김윤식·김우창·김현·백낙청·도정일 등에 영향을 받아 기꺼이 비평가의 길을 선택한 몇몇 비평가들을 알고 있다. 이러한 부류는 소수이지만, 이 시대의 비평문학이 진정으로 비평의 활력과 매혹을 회복하기 위해서는 이러한 비평가들의 적극적인 활동이 필요하리라. 이들은 비평적 글쓰기에 대한 투철한 '자의식'을 지니고 있다는 점에서 위기에 처한 비평문학의 쇄신을 위해서는 대단히 소중한 존재들이다. 문제는 이러한 비평 자체의 매력으로 인해 비평가를 선택하는 비율이 점차 줄어들고 있다는 사실에 있다.

어쨌거나 다른 형식의 글쓰기에 비해 비평에 대한 현실적인 보상이 크지 않다는 사실로 인해 역설적으로 비평이야말로 문화적 상업주의와 패권주의, 보수적인 문학제도, 주류 문단의 카르텔에 대해 가장 효과적으로 저항할 수 있는 수단이 될 수 있을 것이다. 그러니 비평의 불우한 존재조건이 역설적으로 비평의 무한한 가능성의 텃밭인 셈이다. 이러한 의미에서 비평가는 무엇보다 자유와 자율성의 확보에 민감해야 한다. 정직한 비평가라면, 자신이 조금이라도 특정한 이해관계에 연루되어 있다고 생각될 때, 그 자신의 글쓰기에 대한 근본적인 성찰을 전개해야 한다. 이러한 의미에서 비평가에게 있어서 자유와 주체성의 확보는 공정한 비평, 불편부당(不偏不黨)한 비평을 위한 가장 중요한 존재론적 기반이라고 할 수 있다.

어떤 이유로 인해 비평가가 되었건 간에 근본적인 의미에서 비평가와 비평 행위가 사라질 수 없다는 사실, 공정한 비평과 섬세한 비평은 언제든지 우리 문화를 살찌우는 토대라는 사실은 분명하다. 인간사회에서 예술과 문화가 존재하는 한, 그 예술과 문화에 대한 사유와 토론·문제제기·의미부여·비판은 지속적으로 요청될 수밖에 없다. 그것이 바로 가장 근본적인 의미에서 비평의 역할이다. 그러므로 비평은 문화적 사유의 수로(水路)에 다름 아니다.

그런데 오래 전부터 비평가와 비평이 제 역할을 수행하지 못하고 있다는 얘기가 지속적으로 들려온다. '문학의 위기'를 초래한 커다란 원인 중의 하나로 '비평의 위기'를 언급하는 경우도 자주 발견된다. 비평 행위는 그 속성상 숙명적으로 공정성과 합리적인 판단에 대한 문제제기를 야기한다. 비평적 공정성이 선험적으로 존재하는 것은 아닐 것이다. 그것은 많은 경우 상이한 미학관과 세계관에 따라 서로 다른 견해의 충돌과 논쟁적 대화로 이어질 수밖에 없다. 누구나 자신의 판단과 해석에 대한 입장을 가지고 있기 때문이다. 그렇다면 비평에 대한 위기의식과 불만은 그 자체로 '비평의 운명'인 셈이다.

이러한 점을 인정하더라도 이 시대 비평에 대한 문제제기가 없을 수는 없다. 한 시대의 선구적 지성들이 자신의 시대를 늘 위기로 인식하듯이, 비평가는 늘 당대를 비평과 문학의 위기로 인식해야 되는 것이 아닐까. 만약 이 시대의 비평이 제 역할을 충분히 수행하고 있다고 판단하는 비평가가 있다면, 그는 자신의 비평관이 지나치게 당대의 문단에 밀착되어 있는 것이 아닌가 하는 의문을 던져 보아야 할 것이다. 최소한 공정성을 중요시하는 비평가라면 당대문학과 작가에 대한 애정과 관심을 지니고 있으면서도, 당대 문단에서 한 발 떨어져서 그 시대 문학을 통시적으로, 전체적으로, 비판적으로 조감할 수 있는 냉철한 안목을 동시에 지녀야 할 것이다. 당대문학에 편승하면서도 동시에 당대문학에 함몰되지 않는 이중적 태도야말로 성실하고 공정한 비평가가 갖추어야 할 가장 중요한 요건 중의 하나이다.

바로 이러한 맥락에서 이 글은 이 시대 비평문학의 몇 가지 문제점을 둘러싼 진단을 수행하고자 한다. 그렇다면 이 시대 비평문학이 조금이라도 그 역할을 하기 위해서는 어떠한 점들이 필요할까. 기왕에 활발하게 제기된 비평 에콜의 권력화 문제나 문학권력의 편향성이라는 테마를 여기서 반복할 필요는 없을 것이다. 이 글에서는 비평의 문제점을 진단하는 기존의 논의에서 미처 언급되지 않은 몇 가지 사항들에 대한 논의를 통해 이 시대 비평문학의 새로운 갱생과 혁신의 가능성을 타진해보고자 한다.

2. 외국문학 전공 비평가들의 감소와 그 문화사적 맥락

한때 외국문학 전공 비평가들의 왕성한 활동은 우리 현대비평사의 가장 밀도 깊은 비평적 실천이자 찬연한 비평적 모험이었다. 정명환·유종호·김우창·백낙청·이상섭·염무웅·김현·김치수·김주연·도정일·김종철·오생근·황현산·정과리 등의 비평가들을 우리는 기억한다. 이들은 한국 현대문학비평의 가장 수준 높은 비평적 담론을 창출했다고 할 수 있거니와, 4·19세대가 중심이 된 『창작과비평』과 『문학과지성』이라는 양대 계간지의 탄생과 그 지속적인 영향력도 이들 외국문학 전공 비평가들의 존재 없이는 온전하게 해명되지 못할 것이다. 이들 중 상당수는 지금도 여전히 한국 평단에서 커다란 영향력을 지닌 현역 비평가로 활동하고 있다.

그러나 지금 한창 의욕적으로 활동하고 있는 젊은 세대의 비평가들을 일별해 보면, 외국문학 전공 비평가들의 활약은 대단히 미미하다고 표현할 수 있다. 1980년대 중반부터 현재에 이르는 20여 년간 새롭게 등장하여 활발한 비평 활동을 전개하고 있는 젊은 비평가들 중에서 외국문학 전공 비평가는 극소수에 해당한다. 이 시기에 등단한 비평가들 거의 대부분은 한국 현대문학 전공이다. 이러한 현상은 한편으로는 한국 근현대문학 분야의 지속적인 성장과 학술적 축적과 심화를 의미한다. 이제 한국문학을 둘러싼 연구의 수준과 정보의 양은 1960~70년대에 비해 비약적으로 깊어지고 넓어졌다. 그래서 장기간에 걸친 탐구와 준비 없이는 외국문학 전공 학자나 비평가가 한국문학과 그 현장에 대해 발언하는 것이 결코 쉽지 않을 정도로 한국문학이 우뚝 성장한 것이다. 외국문학을 전공한 연후에 최근 국문과나 문예창작과에 자리잡은 유수한 문학자나 비평가들이 기대한 것보다 한국문학에 대해서 왕성한 발언을 전개하지 못하는 것도 바로 이러한 점과 연관될 터이다(이에 비해 유종호·김우창·백낙청·염무웅·김현·김치수·김주연·오생근 등은 얼마나 한국문학에 대해 자주 발언했던가!).

그리하여 1966년 영문학 전공의 비평가 백낙청이 「새로운 창작과 비평의 자세」(『창작과비평』 창간호)에서 호기롭게 말했던 바 "무엇보다 앞서야 할 인식은 우리가 부모의 피와 살을 받았듯이 이어받은 문학전통이 태무하다는 것이다. 우리의 동양적 한국적 전통은 그 명맥이 끊어졌고 이를 뜻있게 되살릴 길은 아직 열리지 않았으며 고대 그리스나 근대 서구의 고전문학을 모체로 삼기에도 우리의 언어와 풍습과 제반 사정이 너무나 동떨어진 것이다"[1]라는 식의 다소 무모한 발언은 이제 이 시대의 외국문학 전공 비평가라면 결코 할 수 없을 정도로 한국문학은 연구와 창작, 비평 모든 면에서 40년 전에 비해 비약적으로 성장했다고 할 수 있으리라. 이 점은 백낙청이 나중에 자신의 이러한 관점을 냉엄하게 자기 비판했다는 사실로도 입증된다.[2]

---

1) 백낙청, 「새로운 창작과 비평의 자세」, 『민족문학과 세계문학』, 창작과비평사, 1978, 332면.
2) 권성우, 「1960년대 비평에 나타난 '현대성' 연구」, 『비평의 희망』, 문학동네, 2001,

외국문학 전공 비평가들의 감소는 1990년대부터 불어 닥친 외국어문학 전공을 둘러싼 사회적 수요의 변화에도 연유하는 것으로 보인다. 실용회화와 언어학 분야가 중시되면서 외국문학이 교과과정에서 점차 축소되기 시작했다는 점, 이에 따라 전통적으로 훌륭한 비평가와 문인을 다수 배출했던 불문학·독문학 등의 학문 영역이 대학가 구조조정의 대상으로 전락하면서 외국문학을 전공하는 학문후속세대의 희망이 사라지기 시작했다는 점 등이 외국문학 전공 비평가들의 새로운 등장을 결정적으로 억제하는 요인일 것이다.3)

그런데 곰곰이 생각해 보면, 지금 이 시대야말로 말의 바른 의미에서 다양한 외국문학 전공 비평가의 적극적인 활동이 필요한 시기라고 할 수 있다. 현대 지식사회는 이전 사회와 비교할 때 국가 및 문명권 간의 지식과 이론의 교류가 한층 활발해지고 있다. 학문을 비롯한 문화의 모든 영역에서 세계화·국제화의 깃발이 펄럭이고 있으며 이제 외국문학과의 교류와 접촉은 점점 더 늘어나고 있다. 최근의 베스트셀러 소설 절반 이상이 외국소설이라는 사실에서 인식할 수 있듯이 이 땅의 독자들은 외국문학 독서에 전면적으로 노출되어 있다. 이러한 상황에서 외국문학의 실상과 허상에 대한 냉철한 평가를 수행할 수 있으며 외국문학의 이면을 꿰뚫어 볼 수 있는 외국문학 전공 비평가의 존재는 참으로 절실하다고 하겠다.

이러한 논리에서 볼 때, 외국이론과 외국작품을 우리 문단에 유효적절하게 소개하면서, 또한 우리 문학의 현장에 대해서도 발언을 할 수

138~140면.

3) 다만 박유하·윤상인·이지형·백원담·이욱연·김월회·백지운·이정훈 등의 일문학과 중문학을 전공한 젊은 연구자들이 조금씩 동아시아문학과 번역 및 민족주의 문제 등에 관한 발언을 확대하고 있다는 점은 고무적인 현상이다. 이제 외국문학 전공의 중심이 서구문학에서 동아시아문학으로 대체되고 있다는 점은 일면 바람직한 현상이라고 할 수 있다. 이들의 글쓰기가 자신의 전공에 대한 해박한 이해와 당대 한국문학에 대한 진지한 비평적 관심을 결합시킬 때, 소중한 비평적 성과가 산출될 수 있을 것이라고 기대된다.

있는 외국문학 전공 비평가들의 존재는 궁극적으로 우리 문학을 좀 더 다채롭게 만들 것이다. 김현·백낙청·김화영·김성곤 등을 비롯한 외국문학 전공 비평가들의 외국문학 작품 및 이론에 대한 적절한 소개와 비판적 수용은 당대의 우리 문학을 한결 풍요롭게 살찌운 소중한 계기였다. 바슐라르의 수용에 의해 우리 비평계의 테마비평은 한 단계 도약했으며, 테리 이글턴의 『비평과 이데올로기』의 번역을 통해 비평과 이데올로기 사이의 관계에 대한 정교한 비판적 성찰이 가능해졌다. 또한 김현의 섬세한 실제비평과 백낙청의 민족문학론은 한국 현대문학사를 통해서도 가장 탁월한 비평적 글쓰기에 해당한다.

이제 누군가가 그러한 역할을 수행해야 할 것이다. 언제까지 김현과 백낙청·유종호·김우창을 언급할 수는 없는 노릇 아닌가. 이를 위해서는 특히 유수한 대학의 외국어문학 전공을 단지 실용적인 차원에서 구조조정의 대상으로 방치해서는 안 된다. 물론 사회적 수요가 거의 없음에도 불구하고 백화점식으로 존재하는 외국어문학 전공은 앞으로 효율적으로 정비되어야겠지만, 그 과정에서 전제가 되어야 할 사실은 우리 문화의 다양성과 인문학적 상상력을 정책적으로 지원할 수 있는 학문적 기반은 분명히 보호되어야 한다는 점이다.

외국문학 이론가와 외국문학 전공 비평가들이 한국문학 전공 비평가들과 유의미한 대화를 전개할 수 있을 때, 한국문학 전공 일색의 비평가들에게 새로운 '타자성'을 제공할 수 있는 비평가들이 존재할 때, 바로 그만큼 우리 문학은 성숙해지고 풍성해질 것이다.

3. 비평을 위한 제도적 지원의 필요성

이즈음 '한국문화예술위원회'(위원장 김병익)는 한국문학을 살리기 위한 다양한 프로그램을 선보이고 있다. 그중 문인들에게 실제적인 도움이 되는 것은 문예진흥기금사업과 문예지 게재작품 지원사업이다. 예를 들어 후자의 경우 문예지에 발표된 시와 소설 중에서 우수작을 선정하여 창작지원금을 제공하는 제도이다. 가령 2006년의 경우, 우수작에 선정되면 소설은 한 편에 600만원, 시는 한 편에 150만원이 지원된다고 한다(소설은 1년에 2편까지 가능, 시는 5편까지 가능). 과연 정부가 문학인들에게 이러한 지원을 하는 것이 '문학 살리기'에 얼마나 효과적인가라는 근본적인 의문을 던질 수 있겠다. 하지만 이러한 제도적 지원이 가난하고 열악한 환경에도 불구하고 묵묵히 창작에 전념하고 있는 시인과 소설가들에게 소중한 도움이 될 것이라는 점은 분명하다. 그런데 비평이나 에세이, 기행문 등의 장르는 이러한 지원에서도 찬밥 신세를 면치 못하고 있다. 비평의 대상이라는 측면에서, 그리고 창작자들을 위한 지원이라는 측면에서 시나 소설이 아닌 기타 장르는 지속적으로 배제당하며 차별받고 있다.

시나 소설 장르가 그 자체로 선험적인 문학적 우수성을 담보하고 있는 장르가 아니라면 이러한 편협한 시·소설 중심 지원은 근본적으로 재고되어야 한다. 현대문학에서 장르는 점차 해체되고 융합되고 있다. 또한 에세이·기행문·자서전·평전·일기 등의 이른바 변두리 형식의 장르는 점차 증가하고 있다. 시나 소설에 해당되지 않는 글쓰기 중에서도 탁월한 문학성을 지닌 수많은 글들이 문예지에 수록되고 있으며 단행본으로도 활발하게 출간되고 있다.

최근에 출간된 단행본을 예로 들면, 개인적으로 소설가 박완서의 기행산문집 『잃어버린 여행가방』, 비평가 유종호의 회고록 『나의 해방전후』, 재일동포 학자인 서경식의 『디아스포라 기행』·『소년의 눈물』, 시인 허만하의 시론집 『시의 근원을 찾아서』, 백낙청 평론집 『통일시대 한국문학의 보람』 등은 그 어떤 소설집이나 시집보다 의미 깊은 문학적 성과라고 판단된다. 아울러 출간된 지 오래됐지만, 혁명가 김산과 님 웨일즈의 역작 『아리랑』에 대한 문학계에서의 적절한 비평이 거의 없다는 사실은 장르에 대한 편견이 문인들에게 얼마나 깊게 뿌리박혀 있는지를 여실히 보여준다. 사정이 이러하다면, 비평을 비롯한 다양한 비주류 장르에 대해서도 지원과 문학적 배려를 아끼지 말아야 하는 것이 아닐까. 시와 소설 중심 일변도의 지원이 다른 다양한 장르의 성장과 발전에 결정적인 장애가 될 수 있다는 사실을 문화예술위원회는 인식해야 할 것이다.

궁극적으로 강단비평만이 가능한 비평문학의 획일성을 극복하기 위해서, 그리하여 적어도 비평에 모든 열정과 노력을 바치고자 하는 예외적 몇몇 소수는 전업비평가로 활동하는 것이 가능해지기 위해서도 비평에 대한 제도적 지원이 필요할 것이다. 앞으로 우리 시대의 비평은 대학이라는 이해관계에서 탈주할 수 있을 때, 진정한 의미의 비평적 다양성을 확보할 수 있을 것으로 생각된다. 비평가가 갖추어야 할 덕목으로 가장 중요한 것 중의 하나가 이해관계로부터의 자유, 즉 자율성과 주체성이라고 한다면 대학과 출판자본으로부터 상대적으로 자유로운 뛰어난 전업비평가가 출현할 수 있을 때, 이 시대 비평문학의 문제의식도 한 단계 진전하게 될 것이다. 이러한 의미에서 한국문화예술위원회의 시·소설 중심 지원책은 근본적으로 재고되어야 마땅하다.

4. 전업비평가가 가능한 시대를 꿈꾸며

모든 비평가가 전업비평가가 될 수도 없을 것이며, 그것이 가능하지
도 않을 것이고 그럴 필요도 없을 것이다. 대학·출판사·신문사·교
사, 심지어는 법관·의사 등등의 각기 다른 직업과 관점으로 비평 행위
를 수행할 수 있을 것이다. 그러한 다양성은 다채로운 관점의 비평을
위해서도 응당 필요하다. 예컨대, 예술과 문학에 남다른 관심을 지닌 정
신과 의사가 짬을 내 비평 활동을 수행할 수 있다면 어떤 비평가 이상
으로 문학작품이나 영화에 나타난 인간심리와 욕망을 대단히 정교하게
해석할 가능성이 열릴 것이다.

그런데 한 시대에 산출되는 작품을 성실하게 읽고 그 흐름을 쫓는 작
업은 생각보다 엄청난 시간과 열정을 필요로 한다. 사회의 모든 영역에
서 노동 강도가 증가하고 있는 이즈음 다른 직업을 가진 채, 한 시대의
문학과 예술을 전체적으로 조감하는 일은 솔직히 말해 거의 불가능해
졌다. 주요 문예지에 수록된 작품과 비평, 그리고 수시로 발간되는 단행
본 중에서 문학적 가치가 있는 것만을 엄선해서 독서하는 것도 보통 일
이 아니다.

이러한 의미에서 적어도 가장 유능한 몇 명의 젊은 비평가만이라도
이해관계에서 자유로운 상태에서 단 몇 년 만이라도 안정적으로 비평
활동에 전념할 수 있는 환경이 가능할 때, 이 시대 문학과 예술을 좀 더
넓고 깊게 조감하는 비평적 시선이 확보될 수 있을 것이다. 이를 위해
서는 문학비평·영화비평·연극비평 등의 여러 분야의 비평 활동에 대
한 정책적 지원과 배려가 절실하게 요청된다. 예를 들어 한국학술진흥
재단의 미취직 박사를 지원하기 위한 전임연구원 대우에 상응하는 3년
에서 5년 단위의 '비평 펠로우쉽' 제도가 존재해야 한다. 물론 그 지원
을 받은 비평가는 성실한 결과물을 비평집의 형태로 제출해야 할 것이

다. 학문후속세대 지원을 위한 경비의 백 분의 일이라도 전업비평가를 위해 배려할 수 있는 사회는 그만큼 자신의 문화와 그 근본을 성찰할 수 있는 사회가 아닐까. 누구나 그런 상식적이며 아름다운 사회를 꿈꿀 권리가 있다.

| 2006 |

이론의 매력과 비평의 전회

가라타니 고진의 『세계공화국으로』에 대하여

신진비평가 S형에게

지금 어떤 문인보다도 이 시대 문학에 대해 커다란 애정을 지니고 있는 S형의 글들을 늘 잘 읽어보고 있습니다. 참으로 다채로운 이즈음 문학의 형질과 지형을 섬세하게 탐색해 들어가는 S형의 재기발랄하고 감수성 넘치는 글들이 제게는 늘 경탄의 대상이라는 사실을 고백하고 싶군요. 그러나 때로는 S형의 관점에 커다란 거리를 느끼기도 했다는 점도 또한 언급하고 싶습니다. S형의 비평을 읽다보면, 현장비평에서 일정한 거리를 두면서 비평작업을 하고 있는 저 자신의 위치와 이 시대 문학과 비평의 위상에 대한 여러 가지 성찰을 하게 됩니다. 이러한 생각들이 제 마음에 간헐적으로 스멀거리면서 S형에게 편지를 쓰고 싶다는 욕망이 자연스럽게 생기더군요. 어떻게 보면 S형과 저 사이에 놓인 비평적 입장의 거리가 역설적인 의미에서 우리의 대화가 필요한 이유가 아닐까 생각해보기도 합니다. 진정한 대화는 동일자 간의 화기애애한 대화가 아니라, 타자와의 만남을 통해 이루어지는 차이의 심연에 대한 응시에서 비로소 가능하겠지요.

'비평의 위기'를 넘어 '비평의 죽음'까지 운위되는 이 시기에 의욕적으로 현장비평에 전념하고 있는 S형과 저의 대화를 이끌어 줄 매개체는 이미 우리 지식인사회와 문단에서 커다란 반향을 불러일으키고 있는 비평가이자 문제적 지식인인 가라타니 고진의 신작 『세계공화국으로』 (2006)입니다. 이 책은 그의 전작인 『트랜스크리틱』이나 『일본정신의 기원』, 『마르크스 가능성의 중심』과 같은 저작이 그러하듯이 일종의 사상서에 가깝습니다. 사회철학·경제학·역사학·문학·사회학 등의 여러 학문의 경계를 한편으로는 경쾌하게, 또 다른 한편으로는 정교하게 횡단하는 가라타니 고진의 사유는 『세계공화국으로』에서도 여실히 드러나고 있지요. 다른 저서와 비교하여 마르크스·프루동·교환수단·상품교환 등등의 주제를 비롯한 경제학적 사유가 도드라져 있다는 것이 『세계공화국으로』의 주목할 만한 특징이라고 생각됩니다. 자본 = 네이션 = 국가라는 틀을 비판적으로 극복하는데 초점이 두어져 있는 이 책의 특성상 상대적으로 경제학적 설명과 모색이 많은 비중을 차지하고 있지요. 실상 『세계공화국으로』에는 우리의 핵심적인 관심사인 문학이나 비평에 관한 구체적인 내용이 거의 등장하지 않습니다.

그렇다면 『세계공화국으로』의 번역자인 조영일 씨가 한국문학을 전공하는 신진 문학비평가이며, 『세계공화국으로』와 대화하는 저 역시 한국문학을 전공한 문학비평가라는 점을 어떻게 설명할 수 있을까요? 아울러 지금까지 번역된 가라타니 고진의 저서들이 대체로 한국문학 전공자에 의해 번역되었다는 사실도 주목해 보아야 할 것입니다. 이러한 사실이 지니는 의미와 맥락은 과연 무엇일까요?

여기에는 무엇보다도 이미 우리 문단과 국문학계에서 커다란 화제가 되었던 『근대문학의 종언』이나 『일본 근대문학의 기원』 같은 책들이 문학을 주제로 한 저작이라는 점이 작용했을 것입니다. 말하자면 『근대문학의 종언』으로 상징되는 가라타니의 문학과 비평에 대한 입장이 우리 비평계에 워낙 미묘한 반향을 얻다 보니, 그의 저작에 대한 문학도들의 관심이 증폭되었던 면이 있다고 봅니다. 이러한 사실에 덧붙여 문학비평에서 출발하여 종합적인 사상가 내지 사회비평가로서의 면모를 보여주는 가라타니의 사유의 궤적 자체가 이 시대 문학을 공부하는 사람들에게 소중한 성찰의 계기이자 커다란 관심의 대상일 수 있다는 생각도 듭니다. 바로 가라타니의 이와 같은 행보가 지금 이 시대의 우리 비평계와 비평가들에게는 보기 힘든 문제적 대목이 아닐까요. 말하자면 단순한 문학적 텍스트 분석에서 탈피하여 문학을 둘러싸고 있는 사회·국가·시스템·자본 등에 대한 정치한 분석과 근본적인 비판으로 나아가고 있는 가라타니 고진의 비평적 행보는 우리 비평문학의 현황을 되비추는 역할을 수행하고 있는 것은 아닐까요.

이렇게 본다면, 최근의 우리 비평문학에는 결여된 근본적 비판의 기획, 철학적 비판의 담론을 가라타니 고진의 저서들이 정교하면서도 호한하게 펼치고 있다는 점이 바로 젊은 국문학도와 비평가로 하여금 그의 저작을 우리말로 의욕적으로 옮기게 만드는 또 하나의 심리적 동인이라는 생각이 드는군요. 이제 자신이 속해 있는 문학제도의 시스템과 국가주의·자본·거대보수언론 등에 대해 근본적인 성찰을 전개하는 비평가는 김종철·조정환 씨 등의 예외적인 존재를 빼면 거의 없습니다. 결론적으로 우리 비평문학 내부에서 발견할 수 없는, 제도나 시스템의 기원까지 해부하는 근본적인 비판 담론을 가라타니의 저작을 통해 발견할 수 있다는 점이 우리 지성계와 비평계에 가라타니 고진 번역 및 학습 열풍이 불고 있는 또 하나의 이유라고 봅니다.

어떤 지면에선가 S형은 가라타니 고진의 '근대문학의 종언' 담론에 맞서 지금 이 시대 문학을 적극적으로 옹호할 수 있는 논리를 창안하는 것이 앞으로 전개될 당신의 비평적 기획이라고 말한 바 있습니다. 저는 S형의 그 의욕적인 계획을 높이 평가하며 되도록 빠른 시일 안에 그러한 기획이 현실화되기를 기대합니다. S형의 주장대로 정말 이 시대 문학이 새롭게 번성한다는 주장을 입증하기 위해서는 가라타니 고진에 대한 근본적인 대화와 비판이 필요하기 때문이죠. S형의 글이 발표되면 저에게도 많은 도움과 자극이 될 것이라고 확신합니다.

가라타니 고진의 '근대문학의 종언' 테제와 맞서기 위해 S형이 『트랜스크리틱』이나 『세계공화국으로』와 같은 저작과 대결하는 과정은 필수적으로 요청될 것입니다. 이러한 저작이야말로 최근 가라타니의 사상적 입지와 표정을 잘 보여주고 있지요. 이제 『세계공화국으로』에서 가라타니가 주장하고 있는 핵심에 대해 S형에게 소개해 볼까 합니다.

『세계공화국으로』를 저술한 가라타니의 근본적인 의도는 "내가 이 책에서 생각하고 싶은 것은 자본 = 네이션 = 국가를 넘어서는 길, 바꿔 말하면 '세계공화국'에 이르는 길입니다"(27 : 앞으로 괄호 속의 숫자는 『세계공화국으로』의 면수를 의미함)라는 대목과 "나는 국가를, 말하자면 '바깥에서' 지양하는 방법을 생각하게 되었다. 또 나는 자본 = 네이션 = 국가라는 보로메오의 매듭을 넘어서는 이념의 근거를 교환양식이라는 관점에서 보여주려고 했다"(한국어판 서문 : 14)라는 주장에 명확하게 표현되어 있지요. 이러한 그의 주장은 "예를 들어 자본제 사회구성체에서는 상품교환이 지배적인데, 그것은 다른 교환양식이 소멸했기 때문이 아니다. 그것들이 변형되어 자본 = 네이션 = 국가라는 접합체로서 나타나는 것이다"(13)라는 명제에 간명하게 정리되어 있습니다.

요컨대 가라타니는 원시사회에서부터 시작되는 여러 사회구성체를 교환양식의 변형이라는 관점에서 통시적으로 파악하여, 자본 = 네이션 = 국가라는 삼위일체로 이루어진 근대자본주의사회의 본질을 투시하고 있는 것입니다.

『일본 근대문학의 기원』을 위시한 가라타니의 다른 저작에서도 그러하지만, 우리가 자명하게 생각하는 제도나 국가장치에 대한 가라타니의 혁신적이며 전복적인 생각은 특히 『세계공화국으로』를 관류하는 서술방법이자 인식태도에 해당합니다. 이를테면 '네이션 = 스테이트(국민국가)' 시스템이 만들어진 맥락을 추적하는 가라타니의 입론이나 화폐의 기원을 탐문하는 논의가 이에 해당되겠지요. 가라타니의 글쓰기는 항상 기원에 대해 구조적인 차원에서 탐색합니다. 기원에 대한 탐색이야말로 현재 우리의 삶과 현실을 규정하고 있는 시스템의 본질을 폭로하고 비판할 수 있는 이론적 지반을 제공하기 때문이겠지요.

이와 유사한 맥락에서 "민주주의는 실질적으로 관료 또는 그것과 같은 유에 속하는 사람들이 입안한 것을 국민이 스스로 결정한 것처럼 생각하도록 만드는 정교한 절차입니다"(131)라는 주장이나 "보통 국민은 국가라는 것이 사실 항상 다른 나라와의 전쟁을 대비하고 있다는 것을 눈치 채지 못합니다. 그렇기 때문에 전쟁은 갑작스런 사건처럼 보입니다. 그러나 그것은 장기적인 전망과 전략에 의해 준비된 것입니다"(128)라는 언급은 가라타니가 얼마나 제도와 시스템의 본질에 대해 투철하게 인식하고 있는가를 역력히 보여주고 있습니다.

저는 개인적으로 이렇게 자명하게 인식되는 제도 자체에 대한 예리한 전복적 성찰이 우리 비평가들에 의해서도 적극적으로 수행되어야 한다고 봅니다. 예를 들어 문예지 중심의 문단구도, 언론이라는 프레임이 문학에 미치는 영향, 유독 우리나라에만 존재하는 문학책 뒤의 '해설'이라는 완강한 제도 등등이 지닌 구조적 맥락과 정치적 무의식에 대한 정치한 검토가 이루어질 때 우리 시대 문학의 본질에 대한 이론적 탐구가 진전되지 않을까 싶네요.

『세계공화국으로』에서 가라타니가 상대적인 맥락에서 적극적으로 주창하는 이념은 '어소시에이션(Association)'으로 통칭되는 흐름입니다. 이 용어 자체가 워낙 복합한 맥락을 지니고 있기에 역자는 번역을 하지 않았는데 굳이 번역하자면 '협동주의'쯤이 되겠지요. 가라타니는 국가사회주의 · 사회민주주의 · 신자유주의와 모두 구별되는 '어소시에이션'의 가능성을 시종일관 높이 평가하고 있습니다. 앞에 열거한 세 가지 시스템(국가사회주의 · 사회민주주의 · 신자유주의)이 국가 · 네이션 · 자본 중 어느 쪽에 종속되어 있는 것에 비해, 어소시에이션은 그것들로부터 벗어나는 것을 지향한다는 논리가 가라타니가 주장하는 주된 전언입니다. 가라타니가 보기에 어소시에이션은 실상 마르크스가 공산당선언에서 주장한 공산주의의 핵심에 해당됩니다. 여기서 공산주의는 당연히 현실적으로 몰락한 국가사회주의와 구별되는, 어떤 이론적인 구상에 가깝습니다.

이러한 연장선상에서 가라타니는, 마르크스의 입장에 대해 "「공산당선언」(1948)에도 그는 공산주의는 '자유로운 어소시에이션'의 실현이라고 쓰고 있습니다. (…중략…) 마르크스에게 있어 코뮤니즘이란 '어소시에이션의 어소시에이션'에 다름 아니었던 것입니다"(194)라고 언급하고 있지요. 실제로 이러한 어소시에이션의 중요성에 대해서는 전작인 『트랜스크리틱』에서 이미 구체적으로 논의된 바가 있습니다.

이제 가라타니는 이러한 어소시에이션을 기반으로 성립되는 세계공화국에 대해 얘기합니다. 세계공화국은 칸트의 '세계시민적인 도덕적 공동체'에 의해 정초된 개념으로 "국가들이 그들의 주권을 양도함으로써 성립하는 세계공화국", 바로 그것이 칸트에게는 '신의 나라'였던 것입니다. 가라타니에게 이러한 칸트의 세계공화국 기획은 자본과 국가를 지양하는 과정의 제일보라고 인식되고 있습니다. 또한 가라타니는 프루동의 아나키즘과 생산자협동조합을 통해 "국가와 자본주의 시장경제로부터 자립한 네트워크 공간을 형성하는 것"에 대한 가능성을 이론화시킵니다.

세계공화국 이념을 주창하는 과정을 통해 가라타니가 힘주어 말하고자 하는 바는 국가와 자본에 대한 저항이자 통제입니다. 가라타니에 의

하면 국가와 자본은 밀접하게 연루되어 있습니다. "자본과 국가 중에 어느 쪽이 근원적인가라는 물음은 우문입니다. (…중략…) 국가 없이 자본주의는 없으며, 자본주의 없이 국가는 없습니다"(208)라는 주장은 바로 국가와 자본의 결합 양상을 상징적으로 보여주는 표현이겠지요. 그렇다면 국가와 자본에 대한 저항은 어떠해야 할까요. 가라타니는 이에 대해 이미 "자본에 대한 대항이 동시에 국가와 네이션(공동체)에 대한 대항이어야 하는 이유가 여기에 있다"(가라타니 고진, 송태욱 역, 『트랜스크리틱』, 한길사, 2005, 468면)고 말한 바 있습니다.

여기서 S형과 저에게는 다름 아닌 문학과 비평이 문제될 것입니다. 과연 문학은 국가나 자본과 분리된 자율적인 존재일까요. 그렇지 않다는 것이 가라타니의 입장이겠지요. 이러한 관점에서 보면, 이 시대 문학을 제대로 얘기하기 위해서는 국가나 자본, 그리고 거대언론과 같이 문학을 규정하는 시스템과 프레임에 대한 논의가 당연히 필요할 것입니다.

가라타니는 『세계공화국으로』의 마지막 부분에서 인류가 긴급하게 해결하지 않으면 안 되는 과제로 ① 전쟁, ② 환경파괴, ③ 경제적 격차의 세 가지를 들고 있습니다. 가라타니는 이러한 문제들이 국가와 자본의 문제로 귀착된다는 사실을 지적하면서 이에 대항하는 방식에 대해 다음과 같이 언급하고 있습니다.

국가와 자본을 통제하지 않으면, 우리는 이대로 파국의 길을 걷고 말 것입니다.

이것들은 일국 단위로는 생각할 수 없는 문제입니다. 실제 그 때문에 글로벌한 비국가조직이나 네트워크가 많이 만들어지고 있습니다. 그러나 그것이 유효하게 기능하지 않는 것은 결국 제 국가의 방해와 만나기 때문입니다. 자본에 대항하는 각국의 운동은 항상 국가에 의해 단절되어 버립니다.

그럼, 어떻게 국가에 대항하면 좋을까요? 그 내부에서 부정해가는 것만으로도 국가를 지양할 수 없습니다. 국가는 다른 국가에 대하여 존재하기 때문입니다. 우리에게 가능한 것은 각국에서 군사적 주권을 서서히 국제연합에게 양

　도하도록 하여, 그것을 통해 국제연합을 강화·재편성하는 것입니다. 예를 들어 일본의 헌법 9조에 있어 전쟁방기는 군사적 주권을 국제연합에 양도하는 것입니다. 각국에서 이와 같이 주권의 방기가 이루어지는 것 외에 국가를 지양하는 방법은 없습니다.(225)

　　가라타니가 거듭 강조해서 말하는 세계공화국의 길은 바로 이와 같은 구체적인 과정을 통해 구현된다고 합니다. 위에 설명한 국가를 지양하는 기획을 통해 "'아래로부터'와 '위로부터'의 운동의 연계에 의해 새로운 교환양식에 기초한 글로벌 커뮤니티(어소시에이션)가 서서히 실현됩니다"(225)라고 가라타니는 부연하고 있지요. 그렇다면 이러한 구상의 구체적인 현실성에 대해 한번 논의해 볼 필요가 있다고 봅니다.

　　물론 번역자 조영일 씨는 '옮긴이 후기'에서 "어소시에이션이나 세계공화국은 실현가능한 것이 아니라 어디까지나 규제적 이념이라는 것"(234)을 언급하고 있지만, 또한 『세계공화국으로』의 전편에 해당하는 『트랜스크리틱』의 한국어판 저자 서문에서 가라타니가 "이 책에서 내가 보여준 몇 개의 제안은 단지 이론적인 가설일 뿐이다"라고 천명했던 사실을 기억하고 있습니다만, 그러나 이러한 점을 인정하더라도 모든 이론은 현실적 지반을 통해 그 결실을 맺는 것도 사실일 겁니다. 우리가 아나키즘의 이론적 매력과 논리적 구상을 아무리 높이 평가하더라도, 그 사상의 현실적인 기반 없이는 그것의 매력이라는 것도 한낱 공염불에 불과할 수도 있기 때문입니다.

　　가라타니의 어소시에이션이나 세계공화국에 관한 이론은 그 자체로 대단히 매력적입니다. 그러나 그 구체적인 실현 가능성이라는 측면에서 보자면 명백한 한계가 있습니다. 현존하는 국가와 자본의 결합체가 지닌 공고한 권력의 실상을 다소 과소평가하고 있는 것은 아닌가, 국가와 자본에 저항하는 주체의 형성 가능성을 지나치게 낙관적으로 보고 있는 것은 아닌가 하는 비판도 가능할 것입니다. 또한 좀 더 현실적인 맥락에서 "자본 ＝ 네이션 ＝ 스테이트의 틀로 잡히지 않는 지방정부를 간과"(하승우, 「'자본＝네이션＝스테이트' 이념의 꿈과 현실」,『교수신문』, 2007.7.22)하고 있으며 가라타니의 이론적 구상에 부합되는 현실운동에 대한 분석이 부족하다는 점을 지적할 수 있을 것입니다. 그러나 이러한 당연하고 상식적인 비판들이 가라타니의 이론적 고투와 치열한 모색이 지닌 의의를 무효화시킬 수는 없다는 점도 인지되어야 하지 않을까요.

가라타니는『세계공화국으로』의 마지막을 "물론 그 실현은 용이하지 않지만 결코 절망적이지 않습니다. 적어도 그 루트만큼은 분명하기 때문입니다"라는 내용으로 채우고 있습니다. 가라타니 역시 자신의 이론이 현실화되기에 얼마나 많은 장애물이 있는지 분명히 인식하고 있는 것이지요. 그가 국민국가에 대한 '다중'(多衆)의 저항적 역할을 강조하는 네그리와 하트의『제국』에 대해서 비판적으로 접근하는 것도 바로 이러한 이유 때문입니다. 국가라는 제도가 지닌 강력한 온존성(溫存性)을 가라타니는 확연히 인지하고 있습니다. 이러한 의미에서 마치 마르크스의『자본론』이 그러했듯이,『세계공화국으로』에서 개진된 가라타니의 주장들은 단기적인 전망이나 특정한 상황에 대한 적용의 차원에서가 아니라 자본 ＝ 네이션 ＝ 국가라는 시스템에 대한 근본적인 문제제기로 수용할 필요가 있다고 봅니다. 그렇다면 자본 ＝ 네이션 ＝ 국가라는 시스템이 존재하는 한, 자본 ＝ 네이션 ＝ 국가라는 강고한 매듭을 풀기 위한 가라타니의 이론적 고투는 충분히 유효할 것입니다.

개인적으로 저는 비평도 마찬가지라고 생각합니다. 이 시대 문학을 규정하는 문학제도, 문학시스템, 언론과 자본에 대한 문제제기가 문단의 당장의 변화나 혁신을 가져오지는 못할 것입니다. 그러나 바로 그러한 문학과 연관된 여러 제도(국가·언론·출판자본 등등)에 대한 투철한 문제의식을 지니고 있을 때만이 우리 시대 문학의 위상과 정체성, 한계에 대한 정확한 판단을 할 수 있는 것 아닐까요.

S형, 이러한 입장에서 보면 비평가는 숙명적으로 이상주의자이자 낭

만적 망명자일지도 모르겠습니다. 비평가는 마치 가라타니의 세계공화국에 대한 구상이 그러하듯이, 자신의 비평적 이상에 기대 현존하는 텍스트에 대해 성찰하고 회의하며 늘 새로운 작품을 갈구하는 존재가 아닐까요. 적어도 제가 생각하는 비평가는 그렇습니다. 아울러 비평가가 끊임없이 문학 외부의 콘텍스트에 대해 정밀하게 참조하고 조회했을 때, 비로소 텍스트의 성취와 한계, 그 맥락에 대한 한층 정교한 해석에 도달할 수 있는 것 아닐까요.

지금 이 시대의 문학비평은 그 문학비평 시스템을 규정하는 구조와 기원에 대한 제대로 된 성찰을 전개하지 못한 채, 미시적이며 관성적인 텍스트 분석에 지나치게 매몰되어 있다는 것이 저의 문제의식입니다. 이런 점이 바로 저와 S형이 이 시대 문학을 바라보는 근본적인 관점이 차이겠지요. S형과 제가 모두 높이 평가하는 비평가 김현은 섬세한 작품론을 쓰는 한편, 누구보다도 제도와 체제에 대한 비판과 저항을 끊임없이 언급했다는 사실을 여기서 상기하게 됩니다.

그러나 저는 S형의 비평적 혁신 가능성마저 부정하고 싶지는 않습니다. 때문에 국가주의나 상품미학, 그리고 편향적인 거대보수언론, 보수적인 문학제도에 대한 예리한 비판을 수행하면서도 동시에 이 시대 문학의 성과와 한계에 대해 꼼꼼하게 해명하는 그러한 비평을 S형이 수행하기를 기대해 봅니다. 개인적으로 S형은 그러한 이중적 작업을 수행할 능력을 지닌 드문 비평가라고 생각합니다. 중요한 것은 비평의 자율성(비판적 성격)을 올곧게 지키고자 하는 S형의 의지겠지요. 아마도 자신의 비평이 어느 사이에 특정한 문학제도의 정치적 무의식과 특정 문학집단의 이해관계 속에서 작동하고 있다는 사실에 대한 자각이야말로 S형의 비평적 전회, 이론적 도약을 위해서 반드시 필요한 자기 부정, 자기 성찰의 과정이라고 생각됩니다.

가라타니 고진과 S형의 만남이 이 시대 문학에 대한 S형의 비평적 사유를 조금이라도 복합적이며 튼실하게 만들기를 기대합니다. 아마도 가라타니를 타고 넘는 도정을 통해 S형은 새로운 비평적 전회의 계기를 부여받게 될 것입니다.

　S형의 건강과 건필을 마음 깊이 기원하며, 권성우 드림.

| 2007 |

도정일의 문학비평에 대한 몇 가지 단상

1.

영문학자이자 문학비평가, 영화비평가이며 '책 읽는 사회 만들기 국민운동' 상임대표이기도 한 도정일의 '문학비평'에 대한 글을 써달라는 『오늘의 문예비평』 편집진의 부탁은 도정일 비평의 핵심과 연관하여 중대한 시사를 던지고 있다. 도정일의 글쓰기에는 문학비평으로 한정되지 않는 다양한 글쓰기가 존재한다는 것, 그러니 당신은 도정일의 글쓰기 중에서 문학비평에 해당되는 글만을 따로 다루어달라는 것이 그 부탁의 취지였으리라. 과연 그렇다. 그의 글쓰기에는 문학비평 외에도 시사비평·영화비평·문화비평 등을 비롯하여 비평이론·문학교육·도서관·독서·근대성·서사(이야기)론·생태학 등등의 다양한 분야의 비평 및 에세이가 포함되어 있다. 특히 최근에 도정일은 문학비평보다는 독서운동이나 시사문화비평에 주력하고 있다. 그가 생물학자 최재천과의 대화(『대담』, 휴머니스트, 2005)에서 정열적으로 보여주었듯이, 분과학문의 울타리를 넘어선 학제간(學制間) 인식을 적극적으로 추구하는 입장에서 보면 특정한 분야의 비평에 한정하는 것 자체가 편벽된 근대적 분업주의에 다름 아닐 것이다.

이러한 의미에서 다른 어떤 비평가보다도 폭넓은 비평적 주제에 대해 밀도 깊은 이론적 탐색을 보여주고 있는 도정일을 단지 '문학평론가'로 한정해 조망하는 것은 그의 드넓은 비평적 문제의식을 제대로 포착하지 못한 단견일 수도 있다. 분명한 점은 도정일이 그의 글쓰기에 대한 열정을 특정한 분야에만 제한하여 투여하지 않고 있다는 사실이다. 문학·역사·철학·영화·시사·문화·정치·신화·생태·서사학 등이 어우러진 그의 글쓰기 자체가 근대 분과학문 영역의 테두리를 끊임없이 넘나들고 있다는 점도 주목되어야 한다.

그렇다면 도정일에게 있어서 '문학비평'의 의미는 무엇일까. 도정일에게 '문학'은 태생적인 전공분야이거나 단지 그가 다루는 다양한 비평영역 중의 하나일 따름인가? 결코 그렇지는 않다. 내 생각에 도정일에게 문학은 모든 예술과 문화에 내재되어 있는 상상력의 뿌리이자 근본적인 사유에 해당한다. 이와 연관하여 그가 다른 어떤 비평가보다도 영상시대에 문학이 어떠한 방식으로 존재해야 하는가의 문제, 즉 영상과 변별되는 문학의 고유한 역할과 쓰임새에 대해 정치한 이론적 관심을 보여주고 있다는 사실[1]을 기억해야 한다. 그는 다양한 분야에 대한 글쓰기를 수행하면서도 동시에 문학도로서의 투철한 자의식을 지니고 있다. 요컨대 도정일 문학비평의 중요한 화두 중의 하나는 영상시대의 문학의 존재방식에 대한 뚜렷한 자의식을 탐구하는 것과 깊은 연관을 지닌다.

---

1) 예를 들어, 「90년대 소설의 영화적 관심과 형식문제」(『시인은 숲으로 가지 못한다』)나 「영상시대의 문학의 힘과 가능성」(『현대문학』, 1998.1)과 같은 평문에 그러한 문제의식이 본격적으로 나타나 있다.

2.

　문학평론가로 한정해서 보면, 도정일은 현재까지 결코 많은 글을 남기지 않았다. 이미 십 수년 전에 간행된 『시인은 숲으로 가지 못 한다』(1994)에 수록된 글들과 그 이후 간헐적으로 발표한 문학평론들이 존재한다. 그의 생물학적인 나이(그는 김현·김치수·김주연·염무웅 등의 4·19세대 비평가들과 동년배이다)와 한국 비평계에서 그의 문학비평이 지닌 독특한 입지, 중요한 문제의식을 고려해 보면, 그가 정년퇴직을 하는 마당인 아직까지 단 한 권의 비평집만 발간했다는 사실은 일종의 놀라움으로 다가온다. 이러한 사실은 누구보다도 첨예한 문제의식을 담은 탁월한 글을 쓰지만, 동시에 누구보다도 글을 받기 힘든 비평가가 도정일이라는 사실과 일정한 연관이 있는 것이 아닐까 싶다. 또한 앞으로 그가 묶을 책이 몇 권 분량이 되지만, 문학평론에 해당되는 글의 비중이 그다지 크지 않다는 점이 살펴져야 하겠다.

　비록 지금까지 단 한 권의 문학비평집을 펴냈지만, 현재에 이르는 그의 비평적 도정은 참으로 근원적이며 소중한 문제의식을 담보하고 있다. 이미 『시인은 숲으로 가지 못한다』에 대한 에세이에서 지적했다시피, 그리스·로마 신화와 플라톤, 아리스토텔레스에서부터 라캉과 보드리야르, 알튀세르에 걸치는 서구지성사의 장구한 지적 여정에 대한 정확한 선이해(先理解)는 도정일 비평의 중요한 무기로 작용하고 있다.[2] 또한 그 지적 무기를 적재적소에 활용하고 있기 때문에 그는 어떠한 첨단의 매혹적인 사상이나 최신 문학이론이라 할지라도 이를 비판적으로 섭취하고 그 사상사적 맥락을 정확히 짚어낼 수 있는 것이다. 바로 이러한 비평적 미덕들이 비평가 도정일을 누구보다도 돋보이게 만드는

---

[2] 권성우, 「창공의 별은 언제 반짝이는가?」, 『비평의 희망』, 문학동네, 2001, 344면.

문학적 자질일 것이다.

　아울러 도정일의 비평은 넓은 의미에서 개혁과 진보 쪽에 서 있으면서도 현대 대중문화나 인터넷문화·시뮬레이션·혼성모방 등의 새로운 기법 등에 대해 누구보다도 해박한 지식을 지니고 있다는 점에서 소중한 미덕을 지니고 있다. 그래서 역사적인 맥락을 중시하면서도 이념적 편견으로부터 자유로운 그의 열린 비평은 비평대상의 실상과 허상에 대한 정확한 파악을 통해 대상의 핵심을 정확히 관통하는 날카로운 진술로 이루어져 있다. 이러한 점이 그의 비평을 신뢰하게 만드는 결정적인 요소인 것이다.

　도정일의 문학비평은 여러 가지 주제에 대해 천착하고 있지만, 그것들을 몇 가지 범주로 구분하면 비평 및 비판의 중요성에 대한 환기, 문학교육(비평교육)의 중요성에 대한 강조, 포스트모더니즘에 대한 비판, 서사의 이데올로기에 대한 심층적 분석, 영상시대 문학의 고유한 존재론적 특성에 대한 해명, 문학을 통한 생태문제에 대한 부각, 실제 작품론 등으로 나눌 수 있다. 이 모든 것들은 이 시대 비평의 중요한 현안이라고 할 수 있다. 이 각각의 문제들에 대한 논의는 그 개별적인 맥락에서 충실하게 이루어져야 할 것이라는 점을 전제로 한다면, 개인적으로 문학(문자문화)의 정체성에 대한 면밀한 탐색을 시도하고 있는 평문들에서 깊은 인상과 커다란 이론적 자극을 받았다.

　도정일의 비판적 문제의식이 영화적 문법을 기계적으로 모방하는 90년대 소설의 문제점을 갈파하는 동시에 영상미학으로는 근본적으로 도달할 수 없는 문자미학의 고유한 특성을 규명하는 방향으로 전개되는 것은 자연스러운 이론적 수순이리라. 가령, 그는 「90년대 소설의 영화적 관심과 형식문제」라는 평문을 통해, "소설이 그 자체의 서사법을 희생하면서 영화적 영상을 삽입하기 위해 불필요한 확장과 나열, 서사논리로부터 이탈 등등을 수행하고 마치 이것이 새로운 소설쓰기의 방법인 양 생각한다면 그것은 안방 내주고 사랑채로 뛰어드는 일과도 같다"

는 의미심장한 전언을 남기며, 이러한 문제의식을 발전시켜 「영상시대
의 문학의 힘과 가능성」이라는 평문에서는 "문자가 영상을 대체할 수
없는 것과 마찬가지로 영상은 문자를 대체하지 못한다. 이 대체 불가능
성의 관점에서 보면 영상이 문학을 대체할 수 있다는 생각은 일종의 망
상이며 영상에 의한 문학소멸론은 그 망상에 근거하고 있다"는 사실을
적절한 예문을 들어 설득력 있게 입증하고 있다.
　　앞에서 언급한 도정일의 평문들에 의해 영상시대의 문학도들은 문학
에 대한 자존심과 고유한 미덕에 대한 이론적 확신을 지니게 되었으며
문학의 위기를 돌파할 수 있는 튼실한 이론적 참호를 확보할 수 있게
되었다. 이러한 도정일의 입론은 '문학의 죽음'이라는 선정적인 풍문에
대한 가장 근본적인 이론적 저항일 것이다.

　　　　3.

　　그러나 도정일 비평의 이러한 소중한 문제의식이 당대문학의 실제성
과에 대한 정밀한 관심이나 다양하고도 섬세한 실제비평으로 착근되지
못한 이유는 무엇일까. 일단 그의 비평적 관심사 자체가 대단히 철학적
이며 이론적인 차원에 걸쳐 있다는 사실이 그러한 점에 영향을 미치는
것으로 보인다. 여기에 덧붙여 도정일이 90년대 이후 전개된 이른바 신
세대작가와 시인들의 새로운 경향에 대해 모종의 문학적 위화감을 느
끼고 있다는 점도 도정일이 취하고 있는 당대문학에 대한 태도와 연루
되어 있다. 이를테면 지금은 고인이 된 비평가 이성욱과의 대담에서 피
력된 다음과 같은 도정일의 발언을 보자.

이성욱 : 근 십여 년 동안 많은 작가들이 새로 등장했는데 그분들의 작품에
　　　　대해 어떤 평가를 하고 있습니까.
도정일 : 매우 건방진 생각인데, 한국의 시인·작가들에게는 시·소설을 쓴
　　　　다는 것이 어떤 것인가를 누군가 보여주어야겠구나. 그럴 정도로
　　　　답답할 때가 있습니다.
이성욱 : 그렇게 답답함을 주는 까닭은 어디서 온다고 봅니까.
도정일 : 경험을 천착할 능력도 없고 언어적 기술 수준도 떨어지고 소설 공
　　　　학 수준도 극히 궁핍하고 사상은 더구나 없고, 그래서 소설을 읽을
　　　　수 없을 때가 많습니다. 평론의 책임 때문에 어쩔 수 없이 읽을 때
　　　　가 많은데, 예외적인 작품이 없지는 않지만, 상당수 작품들이 사람
　　　　괴롭히고 피곤하게 하고 책읽기 자체를 혐오하게 만듭니다.[3]

　아마도 비평가 도정일과 창작자 사이를 몹시 불편하게 할 이러한 발
언은 그가 바라보는 90년대 문학에 대한 솔직한 생각을 담고 있을 것이
다. 이러한 발언은 인류 지성사에서 축적된 최고의 고전과 정전(正典)에
누구보다도 익숙한 도정일의 문학적 입지에서 보면 자연스러운 귀결이
기도 하다. 그러한 고급한 시각으로 당대문학을 조망했을 때, 비판적으
로 접근하기 십상일 것이다. 이에 따라 당대문학에 대한 애정과 관심을
잃어버린 것이 도정일로 하여금 활발하게 문학비평에 매진하지 못하게
만드는 중요한 요소인 것으로 판단된다. 이러한 도정일의 관점은 "실제
로 많은 비평가들이 지금 현재 쓰이고 있는 문학을 읽지 않는 것은 사
실이거든요. 가라타니 고진으로 말하자면, 제가 알고 있는 한에서 나카
가미 겐지의 죽음 이후에는 현대문학 자체에 완전히 흥미를 잃어버린
것 같습니다"[4]라는 『신초[新潮]』 편집장 야노 유타카[矢野優]의 지적과
도 일맥상통한다. 특히 역사·사회적 상상력을 중시하는 도정일의 문학

---

3) 이성욱, 「도정일 인터뷰―문학 교육과 비평의 사회화」, 『문학동네』, 2000 가을, 45면.
4) 야노 유타카 & 황호덕 대담, 「하루키를 말한다, 일본문학을 듣는다」, 『문학사상』,
　2006.2, 389면.

관으로 비추어 이 시대 문학은 다소 답답한 대상으로 다가올 수 있을 것이다. 한 마디로 말해 이 시대의 문학은 도정일에게 글쓰기의 욕망을 자연스럽게 불러일으킬 정도로 충분히 매력적이지 않다는 것, 그에 따라 문학비평에 해당되는 글쓰기의 비중이 현격하게 줄어들고 있다는 점이 도정일의 문학비평을 얘기하면서 결코 회피할 수 없는 지점일 것이다. 그가 신화기행을 연재하거나 좀 더 근본적인 맥락에서 독서운동을 펼치거나 영화비평 및 사회문화비평에 상대적으로 많은 노력을 투자하고 있는 것도 이러한 맥락에서 이해할 수 있다.

나는 개인적으로 도정일의 이러한 선택을 존중해야 한다고 생각한다. 나 역시 한 사람의 문학비평가로서 도정일의 관점과 고민을 충분히 이해하고 있다. 다만 문학을 하는 입장에서는 도정일의 이러한 관점에 대해 일말의 아쉬움을 느끼는 것이 자연스러울 것이다. 그것이 비판이 되었던, 애정이 되었던 그가 이 시대의 문학에 대해 좀 더 적극적으로 발언해 주기를 기대한다. 설사 도정일의 비평관에 다소 미달되는 작품이 있더라도 완전히 논외로 하는 것보다는 그러한 작품들에 대해서 제대로 된 문제제기를 해주는 것이 이 시대 문학에 진정으로 도움이 되는 글쓰기가 아닐까. 도정일의 명징하면서도 정교한 비평적 혜안이 어떤 방식으로든지 이 시대 문학에 생산적인 자극으로 작용할 수 있을 때, 그는 비로소 말의 바른 의미에서 한 사람의 문학비평가로 기억될 수 있을 것이다.

4.

도정일 비평의 핵심 중의 하나는 예리한 비판적 지성이다. 그는 우리

사회를 지배하는 상업주의·물신주의·반지성주의·실용주의에 대해서 누구보다도 날카로운 비판의 칼날을 들이댄 바 있다. 그의 비판에 의해 오도된 포스트모더니즘의 허약한 이론적 입지가 백일하에 노출되었으며 책을 멀리하는 우리 사회의 천박한 물신주의가 근원적으로 비판받았다. 그의 비판으로부터 비켜갈 수 있는 영역은 거의 없는 듯이 보인다. 그러나 엄밀한 의미에서 볼 때 도정일의 비판은 분명한 한계와 편향성을 지니고 있다. 그는 자신이 일부 발을 담그고 있는 문학제도 및 문학권력에 대한 비판을 보여준 적은 거의 없었다.

이른바 문학권력논쟁에서 그가 취한 입장은 애매한 양비론을 넘어 치열하게 문제제기하는 논객들의 힘을 빼는 입장에 가까웠다. 예를 들어 그는 문학권력논쟁에 대해 "문학의 위기 극복이란 시급한 문제를 놔두고 누가 힘이 센지 권력을 다툴 정도로 평론계가 한가하지 않다"면서 "시야를 바깥으로 돌려 독자에게 흥미를 끌 비평의 이슈를 잡아내 사회화하는 작업에 눈 돌려야 할 때"(『동아일보』, 2000.5.31)라고 지적하고 있는데, 이는 문학권력논쟁의 핵심을 호도하는 발언이 아닐까. 논쟁의 추이와 경과, 그리고 그 과정에서 싹터 나온 문제의식을 조금만 주목한다면, 문학권력논쟁이 단지 누가 힘이 센 권력인지를 다투는 논쟁이 아니라는 점을 분명히 인식할 수 있을 것이다.5) 또한 더욱 중요한 비평적 이슈에 주목하자는 논법이야말로 정작 구체적으로 논의되어야할 중대한 문제를 회피하는 발언에 다름 아니다. 물론 문학권력논쟁의 한계에 대해서는 분명히 지적되어야 한다. 그러나 나는 이와 별도로 도정일의 언급에서 문제의 핵심과 정확한 진행과정에 주목하지 않은 채, 권위적인 입장에서 논쟁에 대해 쉽게 생각하는 불성실한 태도를 발견한다.

이와 비슷한 맥락에서 그의 예리한 비판적 문제의식이 이른바 거대 보수언론의 편향성과 해악을 비껴가고 있다는 점도 도정일의 날카로운

---

5) '문학권력논쟁'의 경과와 구체적인 전개과정, 성과 및 한계에 대해서는 이명원의 『파문』(2003), 권성우의 『비평과 권력』(2001), 『논쟁과 상처』(2006)를 참고할 수 있다.

비평적 안목을 통해 많은 것을 배운 입장에서 보면 아쉬운 대목이다. 도정일이 지적한 상업주의·실용주의·선정주의·편의적 왜곡 등 한국 사회의 많은 문제점 중의 상당수가 거대언론에 의해 더욱 증폭·조장되고 있는 것 아닐까. 또한 이제 삼성을 비롯한 초거대기업과 함께 거대보수언론이야말로 한국사회를 움직이는 실제 권력이 아닌가.[6] 그렇다면 도정일의 비판이 겨누어야 할 주요 대상에서 거대언론이 제외되는 것은 그 비판의 근본 취지에 비추어 볼 때 자연스럽지 않다.

물론 한 사람의 비평가 혹은 사상가에게 너무나 많은 것을 기대할 수는 없으리라. 누구나 자신의 입장과 운명이 존재하기에. 그러나 적어도 우리 시대의 가장 탁월한 논객이자 비평가로 불릴 수 있는 도정일에게는 이러한 기대가 당연한 것이 아닐까. 혹시 그는 너무나 근본적이며 추상적인 문제에 골몰하고 있기에, 언론권력이나 문학권력에 대한 문제제기들이 사소하게 보이는 것은 아닐까. 만약 그렇다면 나는 그에게 시선을 좀 더 구체적이며 세속적인 문제로 돌리라고 권유하고 싶다.

지금까지 지적한 도정일에 대한 몇몇 문제제기들이 도정일 글쓰기의 매력과 예리한 비판의 가치를 무화시킬 정도의 것은 결코 아닐 것이다. 도정일도 당연히 인식하고 있겠지만, 모든 형태의 비판은 애정과 관심의 또 다른 이름이다. 그의 존재 자체에 대한 기대로 이런 형식의 글을 쓰고 있는 것이다.

---

6) 언론과 문학의 관계에서 파생되는 문제점에 대해서는 다음의 글을 참조할 것. 권성우, 「문학과 언론」, 『논쟁과 상처』, 숙명여대 출판국, 2006.

5.

    언젠가 민예총 아카데미에서 그의 강연을 들은 적이 있다. 그 시간 내내 나는 행복했다. 도정일의 강의는 내 인생에 접할 수 있었던 가장 훌륭한 강의의 첫째, 둘째를 다툰다. 문학평론가 김윤식의 강의를 처음 들었을 때와 비견되는 엄청난 지적 자극과 인식론적 충격을 맛보았다. 명쾌하고 예리한 설명, 풍부한 비유, 절묘한 위트, 철학적 깊이가 성공적으로 배합된 그의 강의는 그의 글을 그대로 빼닮았다. 나는 그의 강연을 통해서 자신이 알고 있는 지식과 정보를 완벽하게 장악하여 그것을 명료하게 설명할 때 비로소 살아 있는 명강의가 될 수 있다는 점을 인식할 수 있었다. 도정일의 진가를 제대로 알기 위해서는 그의 글은 물론이거니와, 반드시 그의 강연을 한번 들어보라고 권유하고 싶다. 이제 현직에서 물러난 그이지만, 새로운 지적인 자극을 갈구하는 이 땅의 청년지성을 위해 그가 좀 더 자주 자신의 목소리를 들려주기를 희구한다.

6.

    이즈음 도정일은 그가 23년 동안 몸담았던 직장에서 정년퇴직했다. 비록 남보다 훨씬 늦게 시작한 글쓰기지만, 어떤 비평가보다도 단단한 논리와 이론으로 무장하여 열정적으로 활동해온 그의 글쓰기 이력을 감안해 볼 때, 그에게 정년퇴직은 곧 새로운 차원의 글쓰기의 시작일 것이다. 그리고 아직 단행본으로 묶이지 않은 그의 글들을 보고 싶다. 물론 비평적 밀도와 내공이 업그레이드된 그의 글도 지속적으로 접하고 싶다. 이를 위해서는 무엇보다 그가 건강해야 될 것 같다. 도정일의 문학비평과 강연이 앞으로도 문학을 지망하는 순수한 젊음들에게 기나 긴 가뭄 끝에 내리는 상쾌한 소낙비가 되기를 간절하게 고대한다.

| 2006 |

매혹과 비판 사이

김현의 대중문화 비평에 대하여

1. 다시 김현을 이해하기 위하여

시인 황지우는 "1962년부터 1990년까지 한국문학은 김현 비평에 의해 축복 받았다"[1]고 표현한 바 있다. 시인 특유의 과장과 발랄한 감수성이 돋보이는 위의 표현은 김현 비평의 깊이와 넓이를 단 한 문장으로 명쾌하게 묘사하고 있다.

그 김현이 이 세상을 뜬 지도 어언 18년의 세월이 흘러갔다. 1990년 6월 26일 그가 저 세상 사람이 된 후에도, 한국 문단에는 여전히 그의 커다란 비평적 후광이 뚜렷하게 남아 있다. 김현의 신화는 지금도 계속되고 있으며, 그의 비평적 광휘는 한국의 비평 문단에 부챗살처럼 드넓

---

1) 황지우, 「이 세상을 다 읽고 가신 이」, 『전체에 대한 통찰』(김현), 나남출판사, 1990, 454면.

게 퍼져 있다. 그리하여 김현의 비평문학은 현재 한국 현대비평사를 통하여 가장 찬연한 성좌 중의 하나로 존재하고 있다고 표현하는 것도 결코 과장은 아닐 것이다. 그가 이 세상 사람이 아니기에 그의 비평을 추억하는 그리움의 빛깔은 더욱 짙어지는 듯하다.

이러한 김현 비평의 성과와 매력을 적극적으로 평가하는 일련의 노력들은 김현이 이 세상을 떠난 직후부터 꾸준히 이루어져왔다. 예컨대 그의 후배와 제자들이 편집 동인의 주축으로 활동하고 있는 문학계간지 『문학과사회』 1990년 겨울호는 김현이 세상을 뜬 지 5개월 후에 '김현 특집'을 마련했으며, 이의 연장선상에서 그가 편집 동인으로 참여하였던 문학과지성사는 3년간의 기나긴 작업 끝에 『김현문학전집』 총 16권을 1993년 6월 그의 3주기에 맞추어 완간한 바 있다. 또한 『김현문학전집』의 제16권인 '자료집'에 의하면 김현이 세상을 뜬 후에 그를 애도하는 무수한 신문 기사와 산문, 추모시 등이 발표되었다. 아울러 김병익·정과리·이성복·황지우 등 그와 직간접적으로 인연을 맺었던 문인들은 그의 비평 문학과 삶에 대한 참으로 인상 깊은 추억의 글들을 세상에 내놓았다.

그런데 지금까지 언급한 김현에 대한 글들과 비평적 기획, 김현을 회고하는 산문들은 하나같이 비평가 김현의 비평적 업적을 긍정적인 입장에서 언술한 글이라는 점에서 뚜렷한 공통점을 지니고 있다. 이러한 사실은 필자 대부분이 김현과 직간접적으로 인간관계를 맺었던 사람들이라는 점과 일정한 상관성을 맺고 있을 것이다. 또한 그 글들이 대부분 김현을 추모하는 의미에서 발표되었다는 사실도 글의 성향과 관점에 커다란 영향을 미쳤으리라.

김현 비평에 대한 호평과 칭찬의 거대한 물결이 지나간 연후에, 몇몇 논자에 의해서 김현 비평에 대한 비판적인 문제 제기가 이루어진 바 있다.[2] 그러니까, 그 화려한 김현 신화에 대한 의욕적인 비판과 예리한 문제 제기가 시작되고, 논쟁적 시각이 부각되기 시작했던 것이다. 김현 비평에 대한 몇몇 비판적 담론들은 긍정적 평가 일변도이던 김현 비평에 대한 비판적이며 전복적 해석을 통해 김현 비평의 한계와 문제점을 적극적으로 부각시켰다.

어떤 의미에서는 일정 부분 신화화된 김현 비평에 대한 비판적 문제 제기의 중요성은 아무리 강조해도 지나치지 않을 것이다. 김현의 비평적 업적이 아무리 탁월하고 뛰어나다고 해도, 그의 비평에 대한 기존의 조명이 압도적으로 찬사 일변도였던 것은 분명히 바람직하지 못한 지적 태도이기 때문이다. 그런데 김현 비평에 대한 비판의 글들 중에는, 냉철한 균형 감각에 의거한 합리적인 비판이나 생산적인 문제 제기도 존재하지만, 동시에 일종의 인신공격에 해당하는 무리한 비판들도 있다. 더러는 '비판을 위한 비판' 행위에 열중한 나머지 김현 비평의 거시적인 문제의식을 몰각한 채 미시적인 비판에 머물러 있는 경우도 발견된다.

그렇다면 김현 비평에 대한 합리적인 이해를 위해서 이제 절실하게 필요한 것은 무엇보다도 비평가 김현에 대한 환상과 거품, 선입관과 편견, 지나친 신화화의 휘장 등을 걷어내고 김현을 있는 그대로 이해하는 작업일 것이다. 이를 위해서는 김현을 연구하는 인식 주체의 지적 투명성이 요구된다. 왜냐하면 지금까지 전개된 김현에 대한 상당수의 글들이 대상에 대한 객관적 거리감 없이 글 쓰는 주체의 입장에 지나치게

---

2) 대표적인 평문으로는 다음과 같은 글들을 열거할 수 있을 것이다.
이명원, 「김현 문학비평 연구」, 서울시립대 석사논문, 1999.
이동하, 「김현의 『한국문학의 위상』에 나타난 몇 가지 문제점」, 『전농어문연구』 7집, 1995; 「1970 년대의 리얼리즘 논쟁과 김현·염무웅」, 『인문과학』 2집, 서울시립대 인문과학연구소, 1995.
권성우, 「4·19세대 비평의 어떤 풍경」, 『비평의 희망』, 문학동네, 2001.
반경환, 「상승주의의 미학」, 『행복의 깊이』, 한국문연, 1994; 「황지우, 김현, 정과리 비판」, 『시와 사상』, 1994 가을.
곽광수, 「외국 문학 연구와 텍스트 읽기—김현의 바슐라르 연구 성과에 대하여」, 『문예중앙』, 1992 겨울.

지배되어 있었기 때문이다. 물론 그 어떤 인식 주체도 연구대상으로부터 완벽하게 절연된 투명한 객관성을 담보할 수는 없을 것이다. 다만한 비평가의 문학세계를 어떠한 편견과 선입견도 없이 해석하고자 하는 욕망이 존재할 뿐이다. 그러나 이러한 점을 감안하더라도 기존의 김현에 대한 연구와 언급들이 연구주체의 개인적인 입장(주로 김현과의 친분 관계의 여부)에 따라 극단적으로 상반된 결론을 보여주고 있는 대목은 분명 문제적이다.3)

이 글은 이러한 문제의식에 따라 김현 비평을 가능한 한, 합리적이고 객관적으로 이해하기 위한 시도이다. 이 글이 의도하고 있는 것은 김현의 평문들 중에서 '대중문화비평'이라고 불릴 수 있는 글들에 대한 탐구와 분석이다. 주지하다시피 1990년대 이후 한국의 문화판에는 '대중문화'에 대한 지적 관심이 폭증하고 있다. 또한 이와 맞물린 현상으로 문학과 문학비평이 전체 문화에서 차지하고 있는 위상이 변모하고 있다는 사실도 냉철하게 지적되어야 할 것이다.4) 그리고 문학을 고립적인 차원에서 고찰하는 것이 아니라, 다양한 대중문화와의 구체적인 연관성 아래 탐구는 시도들이 부각되고 있다. 이즈음 몇몇 문학비평가들이 영화비평이나 대중문화비평 쪽으로 시야를 넓히고 있는 것이나 대중문화비평을 지망하는 젊은이들이 급격하게 늘어나는 현상은 바로 이러한 추세를 반영하고 있다. 이제 문학의 의미에 대한 정확한 고찰을 위해서도 대중문화와 문학의 상호 연관 관계에 대한 치밀한 탐구가 절실하게 필요하다.

지금까지 언급한 의미에서 볼 때, 김현은 주목하지 않을 수 없는 문제적인 비평적 여정을 보여주고 있다. 1962년 「나르시스 시론」으로 등단

---

3) 예컨대 반경환의 김현과 이성복·황지우의 김현 사이에는 얼마나 커다란 거리가 존재하는가!
4) 권성우, 「대중문화 시대의 문학 비평, 그 불우(不遇)한 자존심의 운명」, 『비평의 희망』, 문학동네, 2001, 참조.

한 김현은 1990년 작고할 때까지 엄청난 분량의 저작물과 비평문을 세상에 내놓은 바 있다. 열여섯 권 분량으로 발간된『김현문학전집』은 그분량도 분량이거니와, 신선한 문제 제기와 정교한 분석과 해석으로 한국 현대비평사에서 독보적인 경지를 이룬 김현의 비평 세계를 일목요연하게 보여주고 있다. 김현의 비평 세계와 연관하여 이 글에서 특히 주목하고자 하는 바는 김현이 당대의 다른 어떤 비평가보다도 '대중문화'에 대한 애정과 관심을 기울였다는 사실이다. 그러니까, 김현은 이른바 '대중문화의 전성기'라고 할 수 있는 지금 이 시대의 민감한 문화적 문제의식을 이미 2,30년 전부터 선구적으로 표출하고 있었던 것이다.

『김현문학전집』을 정밀하게 검토해 보면, 김현이 작성한 대중문화와 대중문학에 대한 평문, 혹은 대중문화와 문학의 연관관계를 탐구한 평문들은 거의 10여 편에 이른다.5) 주로『김현 예술기행』·『반고비 나그네 길에』·『두꺼운 삶과 얇은 삶』 등의 문화비평집이나 에세이집에 수록되어 있는 김현의 대중문화 관계 평문들에는 한 명민한 문학비평가가 조망한 대중문화의 실상과 허상이 인상적으로 부조되어 있다.

이 글은 김현의 대중문화비평이 발표된 순서대로 통시적으로 조망하면서, 그의 대중문화비평이 지닌 특성·성과·한계·문학적 자의식 등에 대해 면밀하게 짚어보게 될 것이다. 이러한 작업을 통해, 김현 비평의 성취와 한계를 좀 더 다채로운 관점에서 조망할 수 있을 것이며 아

---

5) 그 주요한 평문들을 연대순으로 나열하면 다음과 같다.
　①「무협소설은 왜 읽히는가」,『사회와 윤리』(1969년 10월 발표)
　②「재능과 성실성—최인호에 대하여」,『문학과 유토피아』(1974년 2월 발표)
　③「만화도 예술인가」,『김현 예술기행』(1975년 5월 발표)
　④「만화는 문학이다」,『반고비 나그네 길에』(1977년 1월 발표)
　⑤「시사 만화에 대한 단상」,『반고비 나그네 길에』(1977년 봄 발표)
　⑥「대중문화의 새로운 인식」,『반고비 나그네 길에』(1978년 4월 발표)
　⑦「대중문화 속의 문학」,『반고비 나그네 길에』(1978년 5월 발표)
　⑧「만화 기호학에 대하여」,『두꺼운 삶과 얇은 삶』(1984년 겨울 발표)
　이 글에서는 위의 평문들 중 ①③④⑥⑦ 등의 다섯 편의 대중문화 관계 평문들에 대해서 집중적으로 탐구하게 될 것이다.

울러 지금 이 시대의 첨예한 관심사라고 할 수 있는 대중문화 비평에 대해 과연 김현이 어떠한 문제의식을 가지고 있었는가에 대한 구체적인 탐구를 진행시킬 수 있을 것이다.

2. 무협소설에 대한 새로운 인식과 김현의 초기 대중문화 비평

김현은 1969년 10월에 「무협소설은 왜 읽히는가—허무주의의 부정적 표출」이라는 평문을 『세대』지에 발표하였다. 이 평문은 비평가 김현이 대중문화에 대한 인식을 최초로 체계적으로 보여주는 글로 각별한 주목의 대상이 될 수 있을 것이다. 이 글은 당시 유행하던 무협지 문화의 한계를 날카롭게 성찰하면서, 무협소설로 대변되는 대중문화의 맹점에 대해서 직시하고 있으며, 당시 대부분의 고상한 문학평론가들에게 전혀 관심을 끌지 못했던 무협지문화(대중문화)에 대해서 냉철하게 탐구하고 있다는 점에서 그 선구적인 의미를 찾을 수 있다. 김현의 폭넓은 문화적 관심과 놀랄 만한 다독은 무협소설의 계보를 작성하는 이 글에서도 유감없이 발휘되고 있다. 김현은 이 평문을 통해 "무협소설은 '왜 예술이 아닌가?' 하는 측면"과 "무협소설은 '왜 비개성적 허무주의의 발로인가'"라는 문제에 대해서 집중적으로 천착하고 있다. 다음과 같은 대목들을 보자.

①무협소설이 가지고 있는 특성에 대해서 곰곰이 생각한 뒤에 무협소설이 인간 본능의 한 왜곡된 표현일지도 모른다는 매우 괴상한 생각에 도달한 적도 있었다.[6]

---

6) 김현, 「무협소설은 왜 읽히는가」, 『현대 한국문학의 이론 / 사회와 윤리』(김현문학전

②예술이란 그런 의미에서 자각이며 고문이다. 그것은 인간의 여러 가능성을 하나하나 확인해주며 그중의 어느 하나만을 택한 것에 대해 질타한다. 예술은 순간적인 쾌락이 아니라, 오히려 계속적인 자기 각성이다. 교양소설이 무협소설에 비해 인기가 없다는 것은 바로 이 점 때문이다. 무협소설의 주인공들이 우리에게 내보여주는 것은 개인의 가능성이 아니다. 그들이 내보여주는 것은 기존 윤리의 확대이며, 성공한 인간의 확인이다.[7]

③무협소설은 추상적 개념을 확대하여 인간을 없애고, 독자의 의식마저 마취시킨다. 나는 위에서 예술은 고문이며 자기 확인이라고 말한 바 있는데, 무협소설은 오히려 모든 것의 소멸이다. 무협소설 속에 남아 있는 것은 상투화된 구조이며, 독자는 미리 반성하는 것을 포기하고, 편안히 그속에 몇 시간 들어갔다 나올 뿐이다. 그의 몸은 그 구조 속에 들어갈 때나 거기에서 나온 뒤나 아무런 흔적도 갖지 않는다. 무협소설은 고문하지 않기 때문이다. (…중략…) 고문하지 않는다면 존재하지 않는 것과 마찬가지이다.[8]

④교양소설의 주인공은 그렇지 않다. 그들은 존재의 무의미함, 존재의 다면성을 깊이 알고 있다. 다만 어느 계기를 통해 그 한 면을 택하지만 그것이 절대적이라고는 생각하지 않는다. 그래서 그들은 항상 주저하고 더듬거리고 모색한다. 예술이 이런 모색 이외의 다른 아무것도 아니라면 **무협소설은 분명히 예술이 아니다.**[9](강조는 인용자)

우선 예문 ①을 통해서 우리는 당시 가장 유력한 대중문화의 일종인 무협소설에 대해서도 진중한 성찰을 행하는 한 성실한 비평가의 초상을 감지할 수 있다. 그러니까 김현은 이 글에서 대다수의 비평가들이 당시에 고급한 비평의 대상이 될 수 없다고 생각했던 무협소설에 대한 성찰을 통해서, 문학이나 미술 같은 고급예술만 대상으로 삼았던 기존

집 2권), 문학과지성사, 1991, 230면.
7) 위의 글, 235면.
8) 위의 글, 236면.
9) 위의 글, 236~237면.

의 비평에 대한 통렬한 문제 제기를 시도하고 있는 것이다. 김현에게 있어서 '비평'이란 추상적이며 관념적인 언어의 체조가 아니라, 인간의 관심사와 다채로운 문화적 조류를 구체적으로 해명하기 위한 중대한 문화적 노력이다. 그러므로 당대 대중이 집중적으로 탐닉하고 있었던 무협지는 당연히 비평의 중요한 대상으로 떠오를 수밖에 없는 것이다.

그러나 우리는 여기서 김현이 대중문화를 비평의 진지한 대상으로 삼았다는 점에서 선구적인 식견을 보여주고 있지만, 동시에 그가 '무협소설'이라는 대중문화를 단지 진정한 예술에 미달되는 저급한 형태의 문화로 이해하고 있다는 점을 지적해두고자 한다.

예문 ②에서는 김현이 생각했던 진정한 예술의 모습을 감지할 수 있다. 진정한 예술은 "자각"이자 "고문"이며 또한 "계속적인 자기 각성"의 과정을 제공해 준다는 것이다. 김현에 의하면 바로 이러한 예술의 전형은 "교양소설"이다. 그렇다면 무협소설은 어떠한가? 무협소설을 관통하는 기본적인 구조는 김현이 보기에 "기존 윤리의 확대"이며 "성공한 인간의 확인"에 가깝다. 물론 이러한 무협소설의 특성은 진정한 예술에 현격히 미달되는 것이다. 무협소설의 한계에 대한 통렬한 비판은 예문 ③에서 한층 명확하게 드러난다. 무협소설은 "독자의 의식을 마취"시키므로 급기야는 "모든 것의 소멸"이라고 인식된다. "고문"이야말로 진정한 예술의 힘인데, 고문하지 않는 무협소설은 그 존재 의미가 없다는 것이 김현의 입장이다. 결국 김현의 이러한 무협소설에 대한 평가는 예문 ④에서 "무협소설은 분명히 예술이 아니다"라는 선언적인 명제를 이끌어내게 되는 것이다.

무협소설에 대한 김현의 이러한 평가와 해석은 다음과 같은 사실을 함축하고 있다. 우선, 김현은 적어도 「무협소설은 왜 읽히는가」라는 평문을 쓰던 당시만 해도 '유희'와 '쾌락'으로서의 예술보다는 현저히 '교훈'과 '반성'으로서의 예술에 경도되어 있었다는 사실이다. 그렇다는 것은 김현이 상정하고 있는 '예술' 혹은 '진정한 예술'의 개념이 다소 선험적이고 관념적이며 제한적이라는 사실을 의미한다. 계몽주의와 엘리트 주의라는 혐의에서 자유롭지 않은 이러한 관점은 초기 김현 비평이 대중문화에 대한 비판적 분석에 전념하고 있음을 명료하게 보여주고 있다.

김현의 언급대로 무협소설이 분명히 예술이 아니라는 관점이 보다 구체적이며 과학적인 설득력을 담보하기 위해서는, 우선 예술, 혹은 진정한 예술의 개념에 대한 세밀한 분석이 동반되어야 하고, 그에 따라 무협소설이 그 개념이 어떻게 미달되는지에 대한 합리적인 분석이 뒤따라야 할 것이다. 그러나 엄밀한 개념 규정과 구체적 분석 없이 무협소설은 예술이 아니라고 주장하는 김현의 관점은 당시에 그가 지니고 있던 교훈적 예술관을 대중문화에 적용시킨 것에 다름 아니다. 특히 "예술이 이런 모색 이외의 다른 아무것도 아니라면 무협소설은 분명히 예술이 아니다"와 같은 구절은 비과학적인 개념 규정의 대표적인 실례이다.

그럼에도 불구하고, 김현이 「무협소설은 왜 읽히는가」에서 보여준 무협소설에 대한 날카로운 분석은 높이 평가되어야 할 것이다. 무협소설에 탐닉하는 대중들의 무의식적 심리학을 치밀히 파헤친 김현의 예리한 분석 정신은 지금 이 시점에서 볼 때도 탁월하다.

3. 대중문화에 대한 계몽주의적 시선을 넘어서

비평가 김현의 초기 비평에 나타난 대중문화에 대한 다소 편협한 계몽주의적 시선은 1975년 발표한 「만화도 예술인가」에서부터 점차 변모하고 있다. 이 글은 김현이 작성한, '만화'라는 대중문화 장르에 대한 최초의 비평문으로, 만화에 단순한 호기심 이상의 비상한 관심을 가지기까지의 비평가 김현의 이론적 모색이 선명하게 아로새겨져 있다. 『김현

예술 기행』에 수록된 이 글은 김현이 1974년 프랑스의 스트라스부르에 유학 간 이후 프랑스의 다양한 만화를 섭렵한 뒤에 작성되었다.

김현은 "실제로 한국 땅을 떠나자마자, 버스 속에서, 메트로 속에서, 공원에서 만화책을 읽고 있는 수많은 사람들과 부딪쳤다. 신문을 파는 노점에 수북이 쌓여 있는, 저자들을 잘 기억할 수 없는 만화책들과 그 것을 뒤적거리는 청바지의 젊은이들, 아니 젊은이들이 도대체 할 일이 그렇게도 없어서 만화책을 보고 있다는 말인가"10)라는 언급을 할 정도 로 프랑스의 만화 문화를 접하기 전에는 만화 장르에 대해 단순한 시각, 즉 "만화는 어린이나 보는 유치한 장르이다" 식의 편협한 문화적 보수 주의의 입장을 견지하고 있었다.

그러나 프랑스에서 다채롭고 깊이 있는 만화문화를 접한 김현은 "나 는 점점 이 구라파의 한복판에서 만화가 주는 압력을, 그것을 단순하게 유치하게 생각하는 나의 사고 자체가 사실은 유치한 것이 아니냐는 압 력을 받게 되었다"고 고백하게 되는 것이다. 그러므로 실상 만화에 대 한 편협한 사고는 "모든 것은 엄숙하고 정직하게만 생각하려는 경향을 갖고 있는 한 동양인"의 무의식적 편향에서 비롯된 것이리라. 김현은 스트라스부르에서 만난 한 경제학도의 만화에 대한 커다란 관심과 열 정을 지켜보면서 "나는 만화를 어린애들이 보는 유치한 수준의 그림이 아니라 구라파가 새로이 만들어내려 하는 한 예술의 형태로 파악할 수 있게 되었다. 만화는 영화와 함께 어쩌면 19세기에 소설이 맡아 했던 역할을 20세기에 맡고 있는지 모른다"는 진전된 인식에 도달하게 된다. 이러한 인식을 바탕으로 하여 김현은 이 평문에서 만화의 간략한 역사 를 서술하기도 하고 만화를 기호학적 입장에서 분석한 논문을 소개하 기도 한다.

이러한 과정을 통해 김현이 만화에 대하여 궁극적으로 도달한 문제

---

10) 김현, 「만화도 예술인가」, 『김현 예술기행—반고비 나그네 길에』(김현문학전집 13
    권), 문학과지성사, 1993, 70면.

의식은 '과연 만화가 예술인가?'라는 질문이다. 1969년에 발표한 「무협소설은 왜 읽히는가」라는 평문에서 김현은 단호한 어조로 "무협소설은 분명히 예술이 아니다"라고 언급하지 않았던가. 그렇다면 그로부터 6년 뒤에 발표한 「만화도 예술인가」의 결론은 무엇인가? 김현은 미켈 뒤프렌의 논문 「대중예술은 존재하는가」에 기대면서 다음과 같은 합리적인 해답을 도출한다.

> 그는 우선 대중예술과 엘리트 예술을 구분하려는 태도에 의해서는 그 문제의 해결이 나지 않는다고 말하고서, 중요한 것은 예술의 개념 자체를 재정립하는 것이라고 말하고 있다.[11]

요컨대 예술에 대한 관념 그 자체를 재구성해야 한다는 것이 김현의 관점이자 미켈 뒤프렌의 견해인 것이다. 기존의 고답적인 예술관을 유지하는 입장에서 보자면 급격히 부상하는 대중문화는 예술의 범주에 귀속될 수 없을 것이다. 그러나 기존의 예술에 대한 관념을 재구성하면서 예술 자체에 대한 '전복적 사유'를 수행한다면 만화 역시 예술의 일종이 될 수 있다. 김현은 이 평문의 말미에서 "매스미디어의 대중화 작업(massification)에 저항하여, 제도화되어 체제 속에 안주하지 않는 대중들의 예술은 가능하다. 그리고 그중의 하나가 만화라고 나는 믿는다. 만화는 대중예술이 아니라, 대중들의 예술이다"라고 천명하고 있다.

무협지는 분명히 예술이 아니라는 판단이 6년이 지난 뒤, 비슷한 대중문화의 일종인 만화에 대해서는 당당히 '예술'의 한 장르로 귀속시키게 되는 것은 무슨 까닭일까? 여기에는 두 가지 요소가 개입되어 있다. 우선 '무협소설'과 '만화'의 차이점에 대한 인식에 주목할 수 있다. 김현이 보기에 무협소설은 명백히 지배이데올로기와 기존 윤리의 울타리를 탈피하지 못하는, 오히려 지배이데올로기와 승자의 헤게모니를 문화

---

11) 위의 글, 76면.

적으로 전파하는 역할을 수행하여 대중들의 비판적 사유를 희석케 하는 문화적 마취제에 다름 아니다. 이에 비해 만화는 그 나름대로 지배 체제 속에 안주하지 않는 반성적 인식 능력을 갖추고 있다고 평가된다.

그러나 만화에 대한 이러한 인식은 그가 서구의 문화적 정황을 무리하게 일반화한 것은 아닌가 하는 의문을 불러일으킨다. 과연 당대 한국의 만화문화가, 김현이 프랑스 만화문화에서 감지할 수 있었던 체제 일탈적인 상상력을 갖추었느냐는 물음에는 부정적인 답변이 내려질 수밖에 없을 것이다. 또한 이런 식으로 본다면 무협소설에 나타난 현실 일탈적인 내용이나 황당한 상상력에도 역시 기존 체제 속에 안주하지 않으려는, 혹은 현실을 고통을 떠나 비현실적 출구를 갈망하는 대중들의 무의식이 아로새겨져 있는 것이 아닐까. 이런 점을 감안할 때, 김현의 만화/무협소설에 대한 이분법적 인식에는 서구에서 유행하는 새로운 문화나 유행 사조를 다소 사대주의적인 관점에서 높이 평가하는 제3세계 지식인의 뿌리 깊은 콤플렉스와 엘리트주의가 묘하게 착종되어 있다.

두 번째로 「무협소설은 왜 읽히는가」(1969)와 「만화도 예술인가」(1975) 사이에 진행된 김현의 인식의 진전과 문화적 갱신을 염두에 두지 않을 수 없다. 본격적인 산업화가 진행되고 있었던 1975년이라는 문화적·역사적 정황은 김현이라는 명민한 비평가로 하여금 대중문화에 대해서 적극적으로 평가하는 지적 유연성을 키워주었던 것이다. 그리하여, 김현은 1970년대 중반부터는 대중문화가 단순히 천박하고 깊이 없는 문화적 마취제가 아니라, 대중들 자신이 호흡하는 창조적인 문화이자 가능성 여하에 따라서는 기존 문화에 대한 예리한 전복적 상상력을 발휘할 수 있는 문화적 터전이라는 사실을 인식하기 시작했던 것이다.

김현의 비평적 저술을 종합적으로 검토해 보면, 1970년대 중반부터 1980년대 초반까지 대중문화에 대한 글들이 집중적으로 발표되고 있다는 사실을 확인할 수 있다. 이러한 사실은 바로 그 때가 한국사회가 본격적인 근대화·산업화·경제개발이 진행되던 시기이며 이에 따라서 매스미디어의 급격한 발전, 대중사회의 형성, 도시의 확장과 같은 대중문화의 토양이 될 수 있는 제반 사회적 여건이 성숙해가던 시기라는 사회적 정황과 맞물려 있다. 아울러 김현의 최인호론(「재능과 성실성」, 1974)에서 볼 수 있다시피, 당시 문학계에서도 최인호와 같이 대중문학과 고급문학의 경계선에 있는 작가들이 탄생하기 시작했다는 사실도 역시 김현이 대중문학, 더 나아가 대중문화에 대해서 진지하게 성찰할 수밖에 없는 문화 환경을 조성시켰으리라.

「만화도 예술인가」(1975.5)가 발표된 후, 2년 뒤에 작성된 「만화는 문학이다」(『뿌리깊은나무』, 1977.1)라는 다소 도발적인 제목의 글은 바로 제목에서부터 만화에 대한 김현의 적극적인 자세를 인상적으로 표출하고 있다. '만화도 예술인가'라는 식의 의문형의 제목을 달고 만화를 대중예술의 한 분야로 어렵게 인정하던 소극적인 자세에서, '만화는 문학이다'라고 선언하면서 만화의 위상을 확고하게 명제식으로 규정하는 데까지 발전한 김현의 태도에는 전체적인 문화적 지형 속에서 대중문화의 역할을 분명하게 인식한 비평가의 자신감이 배어 있다. 이 같은 자신감을 바탕으로 하여 김현은 아래와 같이 주장하고 있다.

> 만화를 즐기면서도 그것을 무의식적으로 문화적이지 못한 것으로 치부하려는 생각은 건강한 생각이 못된다. 나는 만화를 분명히 문화적인 사실로 받아들여야 한다고 생각하고 있다. 만화를 문화적이 아닌 것으로 치부하여 그것을 멀리하는 것은 실제의 문화 현상의 중요한 문화적 장르이며, 그것은 그것대로 이해되어야 한다. 그러기 위해서는 만화가 예술이라는 것을 분명하게 깨닫지 않으면 안 된다. 만화도 또한 엄숙한 것이 될 수 있는 것이다.[12]

이 언급을 통해, 김현은 실제로는 대중문화를 적극적으로 향유하면서

---

12) 김현, 「만화는 문학이다」, 『김현 예술기행─반고비 나그네 길에』(김현문학전집 13권), 문학과지성사, 1993, 300면.

도 명목상으로는 대중문화를 비판하는 이중적인 태도에 대해서 비판하면서 동시에 만화가 엄연히 예술이라는 사실을 천명하고 있다. 사실 이와 같은 태도 자체는 적어도 당시의 문화적 풍토를 감안하면 대중문화에 대한 대단히 선구적이며 열린 자세에 가깝다. 그러나 김현이 위의 예문 바로 아래 구절에서 지적하고 있다시피, "만화가 그 자체의 고유한 형식을 갖고 있는 예술이라는 것은 내가 알기로는, 이를테면 프랑스의 경우에도, 극히 최근에 정립된 생각이다"라는 점을 감안한다면 김현의 만화에 대한 적극적인 평가가 프랑스의 문화적 현실에서 비롯된 것이라는 사실을 냉철하게 직시해야 할 것이다.

김현도 「만화는 문학이다」에서 언급하고 있다시피, 프랑스의 경우에는 알랭 레네, 크노와 같은 지식인과 예술가에 의해 1962년에 이미 '만화 클럽'이 생겼으며, 또한 상대적으로 민주주의가 발전된 프랑스의 정치적 환경은 만화가 사회적 풍자, 정치적 비판을 수행하거나 만화 자체가 독립적인 예술이 되기에 적합한 토양을 제공했다는 사실을 염두에 두어야 할 것이다.

그러므로 「만화는 문학이다」라는 이 평문의 제목은 「프랑스에서 만화는 문학이다」라고 바뀌어야 하지 않을까. 그렇다면 당시 만화에 대한 김현의 신선한 인식은, 그러한 인식의 바탕을 이루고 있는 개별 문화권의 특수성에 대한 배려가 부족하다는 점에서 현저히 서구 편향적이다. "만화가 새로운 형태의 문학이라는 것은 그것이 사회의 변모와 밀접하게 관련을 맺고 있음을 나타낸다"[13]는 김현 자신의 주장에 비추어보더라도, 김현은 만화문학의 한국적 양상에 대해서 구체적으로 언급할 필요를 느꼈을 것이다. 김현도 바로 이 점을 인식했는지 한국만화에 대한 구체적인 언급으로 이 평문의 뒷부분을 채우고 있다.

---

13) 위의 글, 305면.

만화에 대한 글이 적은 것은 만화가 한국에서는 아직까지 문화적인 사실로 인정되지 않고 있음을 반영한다. 그러나 만화는 이제 하나의 문화적인 사실이다. 현대문학을 전공하는 사람들에겐 그것은 그냥 지나칠 수 없는 사실인 것이다. (…중략…) 그러기 위해서는 대학 국문과나 미학과에 만화 강좌가 설치되어야 하고, 좋은 만화 비평가와 만화 연구가가 나와야 한다.[14]

요컨대 김현은 대중문화에 대한 근본적인 '발상의 전환'을 한국 문화계에 요구하고 있는 것이다. 이러한 주장에 입각하여 김현은 이 글의 뒷부분에서 「고바우 영감」이나 「두꺼비」 같은 한국의 신문 만화를 재치 있게 분석하고 있다. 그리고 그 후에도 지속적으로 한국 만화에 주목하여, 「시사만화에 대한 단상」·「우리 사회의 건강한 에로티시즘—박수동」 등의 뛰어난 만화비평을 남긴 바 있다.

이렇게 볼 때, 적어도 김현의 「만화는 문학이다」라는 글은 그가 2년 전에 발표한 「만화도 예술인가」에 비하면, 한국의 문화적 고유한 정황과 특수성에 대한 배려를 포함하고 있다는 점에서, 그리고 한국 만화에 대한 구체적인 고찰을 담고 있다는 점에서 진일보한 문제의식을 담고 있다.

4. 대중문화와 '문학'

지금까지 이 글은 무협지와 만화를 중심으로 한 대중문화에 대한 김현의 비평적 시각이 어떻게 변모해왔는지에 탐구해왔다. 그렇다면 한 사람의 문학비평가인 김현은 이러한 대중문화에 대한 문제의식을 과연 자신의 영역인 '문학'에는 어떠한 방식으로 접속시켜나가고 있는가?

---

14) 위의 글, 307면.

1978년에 발표된 「대중문화 속의 문학」(『반고비 나그네 길에』, 김현문학전집 제13권 수록)이라는 글은 바로 이러한 김현의 시각이 명료하게 표출되어 있다.

우선 김현은 이 글 전반을 통해 문학 역시 대중문화의 한 장르라는 사실을 역설하고 있다. 문학이라고 해서 대중사회의 거대한 물결과 이로 비롯된 사회문화적 조류의 변화로부터 결코 자유로울 수 없기 때문이다. 그래서 "대중사회 속에서 문학이 차지하고 있는 위치는 대중사회가 산출해 놓은 다른 장르, 예컨대 만화·영화·쇼·디자인 등과의 관련 밑에서 탐구되어야 할 것"이라는 김현의 주장이 도출된다. 이러한 주장은, 지금 이 시대의 문화적 지평에서 보자면 너무나도 당연하고 소박하다. 그러나 이 주장이 지금으로부터 이미 30년 전에 제기되었다는 사실은 김현이 역시 대중문화에 대한 선구적 관심을 기울인 문학비평가 김주연[15]과 더불어 문화적 조류의 변모에 얼마나 민감한 비평가였는가 하는 점을 충분히 입증해 주고 있다. 다음의 예문을 보자.

> 대중매체의 발달로 인쇄 매체가 매체 중에서 제일 영향력이 많았던 시대에서와는 다르게, 문학이 문화의 중심적 자리에서 점차 밀려나고 있는 듯한 인상을 받는 것은 사실이지만, 문화 역시 대량 생산의 길을 착실히 걸어가고 있다. 문학이 문화의 중심적인 위치에서 밀려나고 있음은 영화를 비롯한 새로운 예술 장르들이 성장하고 있음에 반비례하는 것인데, 여하튼 문학 역시 대중사회의 상품으로서 대중 소비의 대상이 되어가고 있다.[16]

위의 주장은 지난 90년대 이후 문학비평가들이 자주 개진하고 있는 바로 그 담론들이 아닌가. 지금 이 시대의 문화비평을 읽는 것처럼 이 전언은 최근의 문화적 지형을 정확히 묘사하고 있다. 이러한 점은 우리

---

15) 김주연, 「대중문학 논의의 문제」, 『현상과 인식』, 1978.
16) 김현, 「대중문화 속의 문학」, 『김현 예술기행─반고비 나그네 길에』(김현문학전집 13권), 문학과지성사, 1993, 294면.

에게 두 가지 사실을 일깨운다. 그 첫 번째는 문학을 둘러싼 문화적 환경이 그 본질적인 측면에서 보면 30년 전이나 지금이나 커다란 차이가 없다는 것이다. 그러니까, '문학의 죽음', '문학의 위기', '영상의 시대' 같은 표현들은 이미 30여 년 전부터 언급되었다는 사실을 인지할 필요가 있는 것이다. 다만 그러한 진단이 점차 현실화·구체화되는 과정이 바로 그 후에 전개된 30여 년의 기간이라고 볼 수 있을 것이다.

두 번째로는, 그럼에도 불구하고 비평가 김현의 탁월한 안목을 지적하지 않을 수 없다. 문화적 지평과 사회 변화의 판세를 정확히 읽는 안목에 있어서 김현은 당대의 어떤 비평가보다도 뛰어났다는 사실을 우리는 대중문화와 연관된 김현의 혜안을 통해서 구체적으로 확인할 수가 있는 것이다.

대중문화 비평의 필요성을 역설하는 다음과 같은 구절 역시 김현의 선구적인 안목을 여실히 보여주고 있는 대목일 것이다.

> 한국의 경우, 통속소설에 대해 월평이 언급하는 경우란 거의 없다. 그렇다고 키치 비평이 있느냐 하면 그것도 없다. 방인근의 연애소설, 김내성의 탐정소설, 박계주의 소설 등이 평론에서 다루어진 경우는 아주 드물다. 사강, 콜레트, 더 거슬러 올라가면, 으젠 쉬, 쇼(小) 뒤마 등이 당당하게 평론의 대상을 이루는 프랑스와는 아주 다른 현상이다.[17]

이러한 김현의 지적은 지금 이 시대의 문학비평에도 그대로 해당된다. 위의 예문에서 표명되고 있는 문제의식은 다소 굴절된 형태로 10여 년 전에 문학계간지 『상상』 진영에 의해서 의욕적으로 주창된 바 있는데, 비록 그 진정한 의도는 논외로 하더라도, 문제의식의 절실성과 적합성만큼은 우리 비평계가 적극적으로 수용해야 할 것이다.

이토록 대중문화와 대중문학, 대중문화 비평에 대한 진지하며 적극

---

17) 위의 글, 297면.

적인 관심을 기울이면서 "대중사회에서는 문학의 개념 자체가 변해야 한다"고까지 문학의 존재 방식에 대한 근원적인 사유를 진행시키고 있는 김현도, 적어도 이 글이 발표될 당시까지는 '문학 중심주의자'가 지닐 수밖에 없는 다소 편협한 시각을 지니고 있었다. 이를테면 "나는 영화나 만화가 문학 속에 편입되어 문학의 하위 장르를 이루어야 한다고 생각하는 사람인데, 그렇게 되면 문학의 장르, 문학의 의미가 대폭 바뀌어지지 않을 수가 없다"[18)]라는 구절이 바로 김현의 문학 중심주의를 확연하게 보여주고 있다. 영화와 만화는 당연히 문학과 대등한 독립적인 장르로 존재한다. 영화와 만화가 문학 속에 포섭될 것이라는 전망은 문학비평가 김현의 주관적인 견해일 따름이다. 그렇다면 이러한 김현의 한계는 어디에서 연유하는가?

무엇보다도 김현이 「대중문화 속의 문학」을 발표할 당시의 문화적 지형은 문학이 여타 예술보다 중요한 위치를 점유하고 있었다는 사실을 감안해야 할 것이다. 그러니까, 문학이 가장 지성적이며 중요한 예술이라는 문학인으로서의 자부심이 김현으로 하여금 위의 발언을 낳게 한 것으로 보인다. 그러나 이러한 발언은 지금의 관점에서 보면 물론이거니와, 당대의 시각으로 보더라도 문학 중심주의자의 이기적 사고의 소산으로 평가될 수밖에 없을 것이다. 당연한 말이지만, 김현은 너무나도 문학을 사랑하는 문학비평가였던 것이다.

---

18) 위의 글, 295면.

5. 매혹과 비판 사이 – 대중문화에 대한 균형 잡힌 인식

1978년 4월에 발표된 김현의 비평문 「대중문화의 새로운 인식」(『뿌리 깊은나무』, 1978.4)은 대중문화에 대한 김현의 이론적 결산서라고 칭할 수 있는 중요한 글이다. 김현은 이 평문을 통해 대중문화의 실상과 허상, 가능성과 한계, 매혹과 위험을 냉철하게 짚어내고 있으며, 아울러 비슷한 시기에 발표된 「대중문화 속의 문학」과는 달리 편협한 문학 중심주의를 분명하게 탈피한 모습을 보여주고 있다.

김현은 이 글의 서두에서 대중에 대한 정의를 내리고 이른바 '대중문화 시대의 개막'이 가능케 된 배경에 대한 문화사회학적 고찰을 수행하고 있다. 그리고 김현은 다음과 같이 대중문화의 한계에 대해서 언급하고 있다.

> 대중이 대중문화의 능동적인 주체가 아직 못 되고 있기 때문에 대중문화는 대중매체의 대중화 현상에 중독되어 있다. 대중매체는 취미와 심미안 같은 것을 포함한 생활 전반을 대중화시켜 대중을 완전히 익명화시켜버린다. 대중화 현상의 무시무시한 피해라 할 만한 것은 가짜 욕망의 개발과 역승화 현상이다.[19]

이러한 비판은 대중문화를 단순히 엘리트주의적 입장에서 천박하게 바라보는 것이 아니라 사회심리학적 차원에서 대중문화의 한계를 적출하고 있다는 점에서, 김현의 이전 논의에 비해서 진일보한 것이다. 아마도 그 사이에 아도르노를 포함한 프랑크푸르트학파의 부정적인 대중문화론에 대한 독서가 이루어진 것이 아닐까. 아울러 김현은 대중매체를 대하는 문학인들의 두 가지 방식에 대해 아래와 같이 설명하고 있다.

---

19) 김현, 「대중문화의 새로운 인식」, 『김현 예술기행 – 반고비 나그네 길에』(김현문학전집 13권), 문학과지성사, 1993, 325면.

하나는 순결주의의 태도로서 대중매체는 소리만 요란한 빈 수레 같은 것이
고 그 대중매체가 조작하는 인기인들이란 하루살이 같다고 생각하는 태도이
다. 또 하나는 실용주의의 태도로서, 대중매체의 존재를 솔직히 인정하고, 그
것을 이용하여 문학 독자의 수효를 늘리고, 그래서 원고료나 인세 수입을 올
리겠다는 태도이다. 앞의 태도는 자기는 결코 '딴따라'가 되지 않겠다는 것이
고, 뒤의 태도는 자기도 인기인이 되겠다는 태도이다.[20]

물론 김현은 두 가지 입장의 어느 쪽도 선택하지 않는다. 그가 보기
에 이 두 가지 태도는 대중문화를 둘러싼 전형적인 편향에 해당하는 것
이다. 앞의 태도는 보수적 엘리트주의의 혐의가 있으며 뒤의 태도는 상
품 미학에 기생하는 대중 추수주의라는 우려가 존재하는 것이다. 이와
같은 김현의 입장은 그가 대중문화에 대한 절묘한 균형 감각을 획득하
고 있음을 입증한다. 그는 이제 대중문화에 대한 무반성적 매혹과 천박
한 비판을 그야말로 변증법적으로 지양(止揚)하여, 대중문화의 허와 실
에 대한 온전한 이해에 도달하고 있다. 따라서 김현이 대중문화를 조망
하는 시각은 지배이데올로기를 비동일화의 관점으로 적절하게 비판했
던 미셸 페쇠(M. Pecheux)의 담론의 구조[21]와 유사한 맥락을 지니고 있다.
그러니까 김현은 단지 방관자의 입장에서 대중문화를 무책임하게 비판
하고 조망한 것이 아니라, 최대한 대중문화의 '매혹'을 직접 향유하면서
그 내부의 시점에서 대중문화를 바라보고 있는 것이다.

그가 「대중문화의 새로운 인식」에서 대중문화의 위상에 대한 정확한
이해에 도달했다고 판단할 수 있는 또 하나의 근거는 바로 '문학 중심
주의로부터의 탈피'라는 주제와 연관된다. 김현은 "대중매체를 깔보는
문학인들의 인식 속에는 문학에는 문학에만 고유한 어떤 것이 있으며,

---

20) 위의 글, 327면.
21) 지배문화에 대한 원칙적이며 계몽주의적 비판을 위주로 한 반동일화(反同一化)의
   방법이 아니라, 지배문화에 한편으로는 '편승'하면서 또 다른 한편으로는 그 지배 문
   화의 내부로부터 '저항'의 전술을 체득하는 담론을 의미한다.

대중매체는 그것을 훼손시킨다는 생각이 숨어 있다. 그러나 솔직히 고백해서 문학에 문학에만 고유한 어떤 것이 있을까? 그렇다면 그것은 무엇일까? 그것은 말할 필요도 없는 자명한 어떤 것일까?"라는 질문을 던지고 있다. 이러한 언급은 말할 필요도 없이 문학 중심주의에 대한 비판에 해당된다. 그토록 매혹적인, 동시에 그토록 불길한 대중문화의 바다를 거치고서야 김현은 문학에 대한 지나친 환상과 문학 중심주의를 떨쳐버릴 수 있었던 것이다. 비유컨대 타자(대중문화)에 대한 구체적 이해가 동일자(문학)의 위상을 정확히 이해하는 첩경을 제공했던 것이리라. 바로 이러한 과정을 통해 김현은 "뛰어난 수준의 쇼는 엉터리 발레보다 예술적이며, 뛰어난 수준의 만화는 사이비 그림보다 더 큰 즐거움을 준다"면서 대중문화와 고급문화를 동일한 선상에 놓고 사유하는 문화적 민주주의의 경지에 진입하게 되는 것이다.

김현의 대중문화에 대한 인식의 변화 도정은 매혹된 자만이 그 자신을 매혹시킨 대상의 실체를 가장 구체적이며 세밀하게 파악할 수 있다는 사실을 환기시켜주고 있다. 그러니, 그 대중문화를 가장 예리하게 관찰하면서 그 세계의 매혹과 한계 사이에서 치열한 모색을 보여준 문학비평가 김현에 의해 대중문화와 문학의 관계가 선구적으로 논의된 사실은 지극히 자연스럽다.

6. 김현을 기억하기 위하여

이 글을 통해, 작고한 비평가 김현이 지니고 있었던 대중문화에 대한 문제의식의 통시적 변모 과정을 검토해 보았다. 비평가 김현은 문학비평가의 자리에서 만화·무협지·영화와 같은 대중문화에 대해서 깊이

있는 관심을 표출하면서 바람직한 대중문화의 진로에 대한 면밀한 탐
색을 거듭했다. 그러나 때로 그의 대중문화에 대한 인식은 현저히 서구
편향적인 시각을 지니고 있었다는 점에서 그 엄연한 한계를 지적할 수
있을 것이다. 그럼에도 불구하고 비평가 김현이 대중문화에 대한 '매혹'
과 '비판' 사이에서 보여준 그 절묘한 균형 감각은 지금 이 시대의 관점
에서 보더라도 대단히 선진적이며 의미심장한 진실을 담보하고 있다는
사실을 기꺼이 인정할 수 있을 것이다.

대중문화의 거대한 마력이 문화적 지형에서 막강한 영향력을 발휘하
고 있는 이 시점에서 볼 때, 김현의 대중문화에 대한 세심한 탐구 정신
을 지금 이 시대를 지배하고 있는 대중문화의 실상과 허상을 냉철하게
인식하는 소중한 기회로 되돌려놓는 것은 바로 우리들의 몫일 것이다.
그것이야말로 그토록 매혹적인 김현의 비평정신을 기억하고 한편으로
생산적으로 극복하기 위한 과정이리라.

| 1996, 2008 수정 |

조숙한 청춘의 문학

김애란론

1. 청춘의 문학

한때 노벨문학상 물망에 오르기도 했던 최인훈이 그의 대표작이자 영원한 고전 「광장」을 『새벽』지에 연재하기 시작한 것은 24세이던 1960년 11월이었다. 김승옥은 23세이던 1964년에 교과서에도 수록되기도 한 그의 평판작이자 이른바 '출세한 촌놈'으로 상징되는 60년대 풍속도를 절묘하게 묘파한 대표작 「무진기행」을 발표했다. 이 작품과 이듬해 발표한 「서울 1964년 겨울」로 그는 '감수성의 혁명'을 이끈 문제적 작가로 추앙받기도 했다. 최인호는 도시적 감성과 경쾌한 문체를 보여준 초기 대표작 「술꾼」·「타인의 방」·「처세술개론」 등을 그가 20대 중반이던 1970~71년에 발표했다. 이청준은 26세이던 1965년 「퇴원」을 발표하면서 본격적인 작가활동을 시작하여 이듬해 그의 초기 평판작 「병신과

머저리」가 선을 보였는데, 이는 당시의 관행에 비추어 결코 이른 것이
아니었다. 그런가 하면, 70년대 민족문학의 대표적 성과로 공인받고 있
는 황석영의 「객지」와 「한씨연대기」가 발표된 것도 20대 후반이던 1970
년대 초반이었다.

누구도 부인할 수 없는 한국소설사의 거장들이라고 할 수 있는 최인
훈·이청준·김승옥·황석영·최인호 등은 모두 20대 중후반에 그 시
대의 최고 문제작으로 평가받는 작품들을 발표했다. 그들의 대표작들은
대부분 청춘의 방황과 고뇌의 소산이다. 이와 같은 사실의 이면에는 당
대의 문화사적 감각과 문학시스템의 관행, 세대론적 문맥이 존재할 것
이다. 가령 그들이 작품을 발표하던 당시에 위에 열거한 작가들 대부분
은 당대를 선도하는 일급 지성인이자 엘리트에 가까운 존재였다. 또한
그들이 극복해야 할 기성문단의 벽은 그다지 높지 않았다. 민감한 감성
과 진지한 지성을 지닌 청춘이라면 누구나 작가가 되는 것을 갈망했던
시대, 그들은 바로 그런 시대의 작가였다. 동시에 그들의 젊음 자체가
그 빛나는 감수성과 도전적 지성, 투철한 문제의식을 낳은 중요한 요인
이라는 사실이 부정될 수는 없을 것이다.

문학적 연륜만큼이나 문학적 젊음 역시 한 시대의 가장 정열적이며
참신한 문학정신을 배태한 요소였다는 사실을 한국 현대소설사는 넉넉
히 보여주고 있다. 앞에서 언급한 작가 외에도 한 시대를 풍미한 수많
은 청춘의 문학이 있었다. 얼핏 생각해도 이인성의 「낯선 시간 속으로」,
임철우의 「사평역」, 김영하의 『나는 나를 파괴할 권리가 있다』 등의 당
대의 가장 빛나는 작품이자 문제작들이 상큼한 감수성을 동반한 풋풋
한 젊음의 열정에 의해 씌어졌다는 사실이 기억되어야 할 것이다. 늘
시대적 전위에 해당되는 작품은 빛나는 젊은 감수성과 순정한 지성의
산물이기도 했다.

물론 문학에서 생물학적 연령이 그 작품의 미학이나 질을 규정하는
본질적인 요소라고 볼 수는 없을 터이다. 그러나 동시에 풋풋한 젊음이

아니고서는 도저히 쓸 수 없는 그런 참신하고 매혹적인 세계가 존재한다는 사실을 온전히 부정할 수는 없으리라. 그렇다면 우리는 문학사적, 혹은 풍속사적 맥락에서 아래의 질문을 던져볼 수 있을 것이다. 과연 이 시대에 20대의 최인훈과 김승옥, 이청준, 황석영에 비견되는 젊은 작가, 즉 당대의 시대정신에 연계된 매혹적인 젊은 감수성을 보여주는 작가는 누구인가? 과연 그러한 작가가 존재하는가?

사실을 말하자면 지금 이 시대는 20대에 소설가로 데뷔하는 경우가 드물 만큼 젊은 소설가들의 생물학적 연령이 전반적으로 증가하고 있다. 이러한 현상은 식민지시대나 해방직후를 논외로 하더라도 4·19 이후 현재까지 사회 전반에 문화적 성과와 업적이 축적되면서 기성문화의 층과 벽이 그만큼 두터워졌다는 사실을 의미한다. 그래서 1960년대는 20대나 30대 초반에 이미 한 시대를 선도하는 작가가 될 수 있는 시대였지만 지금은 30대 중반에 신예소설가로 등단하는 것도 결코 늦었다고 볼 수 없는 시대이다. 여기에 덧붙여 바이올리니스트 장영주를 비롯한 몇몇 걸출한 사례에서 목도할 수 있다시피 이미 10대에 세계적인 예술가의 반열에 도달하기도 하는, 그래서 간혹 천재라는 낭만주의적 예술가 개념이 운위되기도 하는 음악에 비해 문학은 상대적으로 연륜과 체험의 산물이라는 사실을 기억하도록 하자. 아울러 영화·공연예술·드라마·만화 등을 비롯한 다양한 대중예술의 비약적인 성장과 문화적 헤게모니의 변모로 인해 문학을 지망하는 영민한 청춘들이 점점 줄고 있다는 점을 냉철하게 인식할 필요가 있다.

그럼에도 불구하고 우리는 지금 이 시대에도 드물지만 청신한 젊은 감수성과 풋풋한 문학적 패기를 무기로 소설쓰기에 매진하고 있는 몇몇 20대 작가들을 기억하고 있다. 김애란·안보윤·한유주·정한아 등이 바로 그 주인공들이다. 이들의 글쓰기와 함께 새로운 한국소설이 끊임없이 몸을 바꾸며 진화할 것이다.

이 글에서 각별하게 주목하고자 하는 소설가는 김애란이다. 1980년생인 김애란은 최근 몇 년 동안 가장 집중적인 스포트라이트를 받은 전도유망한 젊은 소설가이다. 23세이던 2003년 대산문학상 당선작 「노크하지 않는 섬」을 계간 『창작과비평』에 발표하면서 작가 생활을 시작한 김애란은 그 후 첫 번째 창작집 『달려라 아비』(2005)로 25세에 일약 문단의 기린아로 떠올랐으며, 두 번째 소설집 『침이 고인다』(2007)를 통해 이미 대표적인 새로운 문학적 아이콘으로 부상한 그녀의 이름이 결코 허명(虛名)이 아니라는 사실을 작품 자체로 입증해 보였다. 이제 김애란은 이 시대 한국소설의 새로운 희망을 얘기할 때 가장 자주 언급되는 문학적 아이콘으로 떠오르고 있다. 최근에 이른바 '88만원세대'(우석훈·박권일, 『88만원세대』, 레디앙, 2007)의 사회적 현실이 부각됨에 따라 김애란의 소설에서 다양하게 부조된 비정규직 아르바이트 청춘은 전사회적 아젠다가 되기도 했다.

김애란에 대한 문단의 열광이 어느 정도인가 하면 '김애란 신드롬'으로 부를 수 있는 현상이 존재할 정도이다. 김애란과 동세대의 비평가 신형철은 "출판계와 저널리즘에 이르는 오늘날 문단의 불문율 중 하나는 '김애란을 사랑하라'는 명령이다"라면서 "김애란을 사랑하지 않는 것은 도대체 가능한가?"(「소녀는 스피노자를 읽는다」, 『문학동네』, 2006 가을)라고 선언한 바 있다. 과연 그런 것처럼 보인다. 이 시대 수많은 젊은 작가 중에서 김애란만큼 그 문학성과 잠재적 가능성을 흔쾌하게 인정받는 작가도 없을 것이다.

나 역시 김애란을 향한 사랑의 대열 어디인가쯤에 존재하는 것 같다. 김애란이 펴낸 두 권의 소설집에 대한 독서는 나로 하여금 이 시대 젊은 문학의 새로운 가능성과 소중한 잠재력을 새삼 주목하게 만든 요인이라는 점을 고백하기로 하자.

지금까지 몇몇 비평가들이 자신이 김애란을 얼마나 사랑하는지를 각기 다소 흥분된 어조로 보여준 바 있다. 그러나 문제는 우리가 김애란을 사랑하는 진정한 이유, 즉 김애란 소설의 고유한 미학과 매력이 아직 충분하게 규명되지 않았다는 사실이다. 말하자면 본격적인 분석과 조명을 기다리는 김애란 문학의 특성과 신비한 매력이 『날아라, 아비』 와 『침은 고인다』 곳곳에 숨겨진 보석처럼 박혀 있다는 사실을 인식해 야 할 것이다. 이를테면 김애란의 문체와 수사법, 문학적 영향관계 등은 김애란 문학의 특성과 매력, 더 나아가 한계를 구성하는 대단히 중요한 심미적 요소이다. 그럼에도 불구하고 이런 미학적 요소들에 주목한 평 문이 거의 보이지 않는다는 점이 바로 이 글을 쓰게 만든 근본적인 동 기이다.

나는 이 자리에서 신형철의 표현을 조금 비틀어, '이 시점에서 김애 란을 진정 사랑하는 방식은 무엇인가?' 하는 질문을 던져본다. 이제 김 애란 소설의 참신한 매력에 대한 정치한 분석과 더불어 그녀의 소설세 계 대한 애정이 담긴 조언과 문제제기도 필요한 것이 아닐까. 그것이 바로 김애란을 진정으로 사랑하는 방식이 아닐까. 김애란의 소설은 이 시대 젊은 소설의 가능성과 한계를 동시에 보여주는 천연 광석이기에, 더욱 냉철한 관심과 면밀한 검토가 요청된다.

2. 드러냄과 감춤 ― 김애란 소설이 보여주는 것, 보여주지 않는 것

문학적 입장이나 세계관과 관계없이 대부분의 문인과 독자들이 김애 란의 소설에 대해 내밀한 친화감을 느끼는 이유 중의 하나는 역설적으 로 김애란의 소설이 현실과 일상에 뿌리내린 대단히 고전적인 작품이 기 때문이 아닐까. 여기서 그녀의 소설에 존재하지 않는 것과 존재하는 것을 대비하여 살펴볼 필요가 있겠다.

우선 김애란의 소설에는 대개의 신세대문학이 적극적으로 신봉하는 형식 실험, 서사의 해체, 엽기적 상상력, 만화나 게임을 활용한 대중문화와의 습합 현상, 폭력·SM·시취로 상징되는 자극적 소재 등이 거의 드러나지 않는다. 대신에 그녀의 소설을 채우고 있는 것은 대단히 익숙한 전통소설의 형식과 기법, 상큼하고 청신한 문체, 가독성 있는 서사, 수시로 등장하는 절묘한 문학적 비유, 아름다운 문장, 치밀하고 신선한 심리묘사 등이다. 아마도 이 점이 김애란의 소설이 폭넓은 사랑을 받는 핵심적인 요소가 아니겠는가.

주요 등장인물의 면에서 볼 때 김애란의 소설에는 이른바 성공한 전문직이나 세련된 도회인, 안정된 중산층, 전도유망한 청년 등은 거의 등장하지 않는다. 대신에 김애란의 소설을 채우고 있는 인물들은 24시간 편의점 아르바이트생(「나는 편의점에 간다」), 비정규직 학원강사(「침이 고인다」), 공무원 수험 준비생(「기도」), 경제적으로 불안정한 연인(「성탄특선」), 가난한 대학생(「네모난 자리들」) 등이다. 한마디로 말해서 김애란 소설 속의 등장인물들은 IMF 이후 본격화된 신자유주의시대와 첨예한 경쟁사회의 밑바닥에 놓인 존재이다. 그들은 늘 불안하고 외로우며 인생과 미래에 대한 낙관을 상실한 상태에 놓여 있다. 그래서 우리는 김애란의 소설을 통해서 대도시 변두리에 거주하는 비정규직 젊음의 비루하고 누추한 일상과 가난한 연애, 경제적 궁핍을 묵묵하게 견디고 있는 20대의 서늘한 내면을 목도할 수 있는 것이다. 명품과 다이어트, 스타벅스, 세련된 전문직으로 상징되는 백영옥의 『스타일』이나, 정이현의 『달콤한 나의 도시』 같은 작품에서 은폐되어버린 88만원세대의 막막한 일상과 비루한 실존은 김애란의 소설에 의해 가장 확고한 문학적 대변자를 확보하게 된 것이다.

공간적인 면에서 볼 때 김애란의 소설에 등장하는 인물들은 대체로 달동네·지하셋방·허름한 원룸·고시원·자취방·친척집·지방 소도시의 조립식 주택 등에 거주하면서 내일에 대한 희망이 거세된 메마른 일상을 하루하루 마주하고 있다. 그들이 거주하는 공간은 그들의 불안한 실존과 유예된 희망을 그 자체로 상징한다. 크리스마스를 함께 보낼 공간을 찾아 헤매는 가난한 연인들(「성탄특선」)은 바로 그들의 위태로운 실존을 한 순간 잊게 해줄 아늑한 공간을 구하지 못한 젊음의 처연함을 인상적으로 보여준다. 토대가 상부구조를 규정한다는 마르크스의 전언을 비틀어 표현하자면, 공간이 의식을 규정한다는 사실을 김애란의 소설처럼 실감나게 보여주고 있는 작품도 없으리라.

"다만 어쩌면 그도 나처럼 편의점이 없으면 존재하지 않는 사람일지도 모른다는 생각만이 스치고 지나갔을 뿐이다"(「나는 편의점에 간다」)라는 화자의 발언이 인상적으로 보여주듯이, 공간적 존재에 의해 그들의 생활양식이 결정되는 것이다. 그러니 다른 젊은 작가들의 소설적 공간과는 달리, 김애란의 소설에서 스타벅스나 재즈카페·클럽·와인바·고급식당·아파트·코엑스로 상징되는 모던한 도심 등이 공간적 배경으로 거의 등장하지 않는 것은 자연스러운 귀결일 것이다.

그렇다고 해서 김애란의 소설에서 치열한 영혼의 예술가나 투쟁하는 노동자, 진보적 지성인, 운동권 학생이 등장하는 것도 아니다. 김애란 소설의 등장인물들은 현실을 있는 그대로 수용하면서 일상의 삶을 묵묵히 영위할 뿐이다. 그들에게 현실이 급격하게 개선될 것이라는 징조나 희망은 거의 존재하지 않는다. 그러므로 그들은 자신의 삶을 둘러싼 막막함·열악함을 분명히 인지하지만, 그것에 대해 분노하거나 적극적인 개선의지를 보여주지 않는 것이다. 그들은 대체로 늘 외롭고 불안하다. 주목할 점은 그 외로움이 그들로 하여금 타자와의 정신적인 교감이나 연대를 향한 노력으로 이끄는 것도 아니라는 사실이다. 그들은 애초에 모두가 혼자라는 사실을, 세상에 같은 사람은 없다는 사실을 뼈저리게 인식하고 있다.

김애란 소설의 인물들은 가난과 상대적 상실감에도 불구하고 극적인 비장미나 사회에 대한 적개심, 현실에 대한 분노, 타자와의 연대나 교감을 거의 드러내지 않고 있다는 점에서 지난 연대의 비판적인 사회소설과는 분명하게 거리를 두고 있다. 그렇다면 김애란 소설의 주인공은 대체로 현실의 변화가능성에 대한 동력을 잃어버린 채 현실의 일상에 담담하게 적응해가는 조숙한 영혼에 가깝다. 어쩌면 인생의 비애와 고달픔을 이미 인식해버린 조숙한 20대의 초상을 극사실적으로 형상화한 것이 김애란 문학의 새로운 미덕이라고 할 수 있을 것이다.

김애란의 소설이 폭넓은 독자들에게 사랑을 받는 이유 중의 하나는 신자유주의시대의 극한적인 경쟁사회를 살아가는 이 시대 젊음의 절망과 번민, 풍속과 일상이 그 어떤 소설가의 작품보다도 실감 있게 묘사되어 있기 때문일 것이다. 24시간 편의점의 일상과 고시원, 허름한 원룸의 체험을 지닌 사람이라면 김애란의 소설을 읽고, 마음속의 종이 울리게 되는 체험을 하게 될 것이다. 그 체험은 곡진한 슬픔과 따뜻한 페이소스, 절묘한 위트를 동반한다. 취업과 고시, 실업 등의 단어에서 전혀 자유롭지 않은 이 시대의 젊음, 아니 좀 더 넓은 의미에서 희망이 유예된 막막한 젊음의 내상을 체험해본 모든 독자들이 김애란의 소설에 등장하는 인물들의 처지에 십분 공감하는 것이 아닐까. 궁극적으로 김애란의 소설에 대한 독서는 우리로 하여금 어떤 익숙함과 일상성을 추체험하고 공감하게 만든다. 김애란 신드롬은 정확하게 말해 그런 공감의 다른 이름이다.

무한경쟁에 시달리는 88만원세대와 김애란 소설의 주인공 및 독자들에게 우리는 다음과 같은 얘기를 들려줄 수 있으리라. "신자유주의 정글 속에서 생계·취업 등 곤란에 처한 한국의 젊은이들에게 말하고 싶다. 기성관념의 주술에서 스스로 해방시키라고 시야를 넓히고 이 세상에는 어른들이나 권력자들이 권장하는 것과는 다른 삶의 방식, 다른 가치가 있다는 것을 깨닫기 바란다. 거대담론에 의지할 수 없는 시대에 외로움과 불안은 존엄한 개인으로 살아가기 위한 대가인 것이다."(서경식, 「디아스포라의 눈―생존경쟁에 내몰린 젊은이들에게」, 『한겨레』, 2008.3.15) 그렇다. 김애란 소설의 등장인물들이 수시로 겪는 외로움과 불안은 역설적인 의미에서 불안한 미래와 극심한 경쟁사회 속에서 자신의 자존을 지키는 사람이 기꺼이 치러야 할 대가일지도 모른다.

3. 비유의 성좌와 문체미학

김애란의 소설이 담보하고 있는 독특한 심미성은 소설의 내용뿐만 아니라 소설의 문체미학과 수사법에서 연유하고 있다. 대부분의 김애란 소설은 수많은 비유의 성좌와 절묘한 표현의 배치로 이루어져 있다. 가령 아래의 비유들을 보자.

> 햇빛은 헤어진 애인이 보내온 예의바른 편지처럼 여전히 저쪽 방바닥 위에 놓여 있었다.
>
> —「달려라, 아비」

> 그것들은 조서 작성을 기다리는 파출소 안 취객들처럼 모두 억울한 표정을 짓고 있었다.
>
> —「스카이 콩콩」

> 아버지는 일생 동안 단 한 개의 히트곡밖에 갖지 못한 가수처럼 결국 울음을 터뜨리며 대답했다.
>
> —「칼자국」

> 그녀는 수류탄을 든 채 자살 기도하는 탈영병을 달래듯 간절하게 외쳤다.
>
> —「침이 고인다」

> 그것은 몰락한 러시아 귀족처럼 끝까지 체면을 차리며 우아하고 담담하게

서 있었다.

—「도도한 생활」

　그러나 카메라가 먼 곳에서 잡은 백두산 천지의 모습은 탈영병을 숨겨준 어
머니처럼 침착하고 고요했다.

—「사랑의 인사」

　타일이 깨진 바닥 위로 녹슨 세면대가 한쪽 발을 잃은 패잔병처럼 기우뚱
서 있었다.

—「성탄특선」

　위에서 인용한 문장들 외에도 기발한 문학적 비유는 작품 곳곳에 수
시로 출몰하고 있다. 이러한 비유들은 김애란 소설의 문학적 향기와 표
현의 밀도를 짙게 만들며, 독서의 울림과 즐거움을 배가시킨다. 보조관
념(대상)의 핵심에 대한 통찰을 통해 원관념(주체)의 이미지를 함축적으로
묘사하는 비유는 세밀한 관찰력과 풍부한 독서, 언어표현의 밀도가 동
반되지 않으면 결코 남발할 수 없는 문학적 수사이다. 김애란 소설의
매력 중의 하나는 무엇보다도 이러한 비유의 절묘함이다. 이 점은 그만
큼 김애란이 대상에 부합되는 적절한 표현을 얻기 위해 많은 노력을 기
울였다는 사실을 의미하기도 할 것이다. 예컨대, 「종이 물고기」에서 "그
는 아저씨들이 나누는 대화를 기억해두었다가 포스트잇에 적었다. 뿐만
아니라 버스 뒷자리에서 중학생들이 나누는 수다나 시장 아주머니들의
음담패설, 공원할아버지들의 참견도 빠뜨리지 않고 적었다"고 말하는
소설화자는 다름 아닌 김애란 자신일 것이다.
　그러나 김애란이 구사하는 비유가 항상 자연스러운 것은 아니다. 예
를 들어, "우리 앞에 펼쳐진 골목은 글자 사이로 의도를 잔뜩 숨긴 연애
편지처럼 명백하면서도 모호했고, 시시한 듯 아름다웠다"(「네모난 자리들」)
나 "현관문은 조루증상처럼 힘없이 덜컹 어둠을 토해냈다"(「종이 물고기」)

같은 비유들은 원관념과 보조관념이 자연스럽게 어울리지 않아 상당히 작위적이다. 골목길과 연애편지, 그리고 현관문과 조루증상 사이에는 다소 생경한 의미의 골이 존재한다. 또한 유사한 비유들이 자주 등장하고 있다는 점도 지적되어야 하리라. 아울러 "카메라가 먼 곳에서 잡은 백두산 천지의 모습은 탈영병을 숨겨준 어머니처럼 침착하고 고요했다"(「사랑의 인사」)에서 목도할 수 있듯이 김애란이 '탈영병'이나 '패잔병'이라는 표현을 비유에 빈번하게 등장시키고 있다는 사실도 썩 자연스럽지는 않다. 이 대목은 김애란이 구사하는 상상력의 무의식을 보여주는 것 아닐까. 그 어떤 아름답고 기발한 수사도 남발하면 효과가 떨어진다는 점을 작가가 인식할 필요가 있을 것이다.

김애란의 소설을 읽는 즐거움의 커다란 부분은 작가가 공들여 구사한 문장의 묘미에서 연유한다. 예를 들어 "모든 부드러움에는 자신들이 의식하지 못하는 어떤 잔인함이 있다"(「나는 편의점에 간다」)는 대목을 보자. 이 촌철살인(寸鐵殺人)이라고 부를 수 있는 문장에는 인간사의 양면성과 아이러니를 제대로 통찰한 자의 시선이 담겨 있다. 이 문장은 내가 최윤의 「회색눈사람」을 "아프게 사라진 모든 사람은 그를 알던 이들의 마음에 상처와도 같은 작은 빛을 남긴다"(『문학과사회』, 1992 여름)라는 아름다운 에피그램으로 기억하듯이, 김애란의 「나는 편의점에 간다」를 오랫동안 기억하게 만들 것이다. 또한 "장례식장은 사람들로 북적였다. 집안 어른들은 근심에 잠겨 있었지만 북적임에 대한 자부의 빛을 감추지 않았다"(「칼자국」)는 구절을 보자. 이 문장은 소설 서사의 전체적 구성을 떠나 그 자체로 빛난다. 김애란은 이 문장을 통해, 온전히 슬픔만이 지배할 것 같은 장례식장이라는 정황에도 불구하고, 조문객 숫자에 따라 각자의 자존심이 결정된다는 인간심리의 이중성을 절묘하게 짚어내고 있는 것이다. 소설가의 자질 중에서 가장 중요한 것 중의 하나가 인간 심리의 복합성과 모순에 대한 예리한 관찰력이라면 김애란은 천성적인 소설가가 아닐까. 김애란의 육체적 나이는 젊지만, 그녀가 인간사와 세상을 바라보는 시선은 참으로 조숙하고 영민하다. 이런 의미에서 김애란의 소설은 조숙한 청춘의 문학이라고 부를 수 있을 것이다.

아래의 예문은 김애란이 구사하는 문체의 심미적 특성을 인상적으로 보여주고 있다.

> 언니가 손을 흔든다. 창밖으로 작아져가는 언니의 모습이 보인다. 나보다 키가 작은 언니, 매연 속에 안긴 언니, 멀어져가는 신림, 그곳의 마른나무, 건물, 간판, 불면, 청춘, 겨울이 내 뒤에 있다. 몰랐지만 늘 그랬을 거다.
>
> —「기도」, 『침이 고인다』

이 예문은 열거법과 상징을 적절하게 활용하여 화자 자신의 내면과 언니와의 관계 등을 효과적으로 부조하고 있다. 가령 "나보다 키가 작은 언니", "매연 속에 안긴 언니" 등의 표현을 통해 언니를 생각하는 화자의 애틋한 연민의 마음이 잘 드러난다. 또한 신림, 마른나무, 불면, 청춘, 겨울 등의 단어들은 독특한 우수(憂愁)의 정서를 발산하면서 가난한 젊음의 황량한 실존을 인상적으로 환기시키고 있다.

아래의 예문은 또 어떤가.

> 사내가 그녀에게 처음으로 사랑한다 말했을 때도 그랬다. 구름에 가려진 하늘, 어두운 도시, 비 닿는 소리가 두 사람의 가슴속, 저 서정의 밑바닥에 동심원을 그리며 천천히 엉겼다 풀어지길 반복하고 있을 때—두 사람은 그 마음의 소리를 듣느라 아무 말도 못하고 있었다.
>
> —「성탄특선」, 『침이 고인다』

위의 예문은 근래에 내가 읽은 소설 중에서 사랑하는 두 연인의 마음과 심리를 가장 절묘하게 드러내고 있는 대목에 해당된다. 이 문장에서 처음 고백의 순간, 그 놀라운 마음의 종소리가 울리는 순간은 "구름에 가려진 하늘", "어두운 도시", "비 닿는 소리" 등의 자연 배경이나 공감각적 이미지와 절묘하게 대비되면서 사랑에 빠진 연인의 심리를 한 편의 시처럼 보여주고 있다. 지금 이 순간 운명적인 사랑에 빠진 연인에게 비 내리는 소리가 들리거나 어두운 도시의 하늘이 보이는 마음의 여유는 없을 것이다.

우리가 김애란의 소설을 읽으면서 묘한 여운과 슬픔, 서늘한 페이소스를 느끼게 되는 것은 바로 매력적이며 청신한 문체의 힘이기도 한 것이다.

나는 김애란이 김승옥·오정희·윤후명·이인성·윤대녕 등의 그 독특하고 아름다운 문체만으로도 온전히 기억되는 작가가 될 수 있는 가능성을 『달려라 아비』와 『침이 고인다』에 수록된 몇몇 소설들을 통해 새삼 확인한다. 물론 그 가능성이 현실화되기 위해서는 앞으로 수많은 독서와 침잠의 시간과 함께 세상과 인간에 대한 끊임없는 애정과 관심을 유지해야 하리라.

4. 타자, 고독, 상호텍스트

태양 아래 새로운 것은 없다는 성경의 잠언은 그 누구보다도 젊은 예술가에게 본질적인 화두로 다가올 것이다. 숙명적으로 젊은 예술가는 그들이 마주하고 있는 예술사의 전통 및 선배 예술가들의 세계에 대한 자의식을 통해 고유한 자기세계를 지닌 예술가로 성장하는 것이다. 김애란의 두 권의 창작집을 통독해 보면, 그녀가 지금까지 읽어온 소설의 목록이 얼핏 드러나며, 그녀가 대결하거나 의식한 선배 소설가, 동료 소설가의 그림자가 겹쳐 보인다. 그 소설가들은 최인호·김승옥·은희경·김영하·박민규 등이다.

예컨대 "자신이 언제 어떤 표정을 짓는 것이 가장 잘 어울릴지 알고 있는 사람의 얼굴이었다"(「영원한 화자」), "저런 미소는 오직 나를 잊지 않은 사람만이 지어 보일 수 있는 것이었다"(「사랑의 인사」) 등의 구절은 자연스럽게 김영하의 "그 순간에 그녀는 자신이 어떻게 서 있어야 가장 아름다울 수 있는지 명확히 아는 사람의 자세를 취하고 있었다"(「호출」, 『호출』, 문학동네, 1999, 32면)라는 표현을 떠올리게 만든다. 그리고 "나는 내 사타구니 아래로 '북태평양'이 지나가는 것 같아 괜히 똥구멍이 시큰했다", "아버지의 반짝이는 씨앗들이 고독한 우주로 멀리멀리 방사(放赦)되었을 때. '바로 그때 네가 태어난 거다'"(「누가 해변에서 함부로 불꽃놀이를 하는가」), "사과 조각은 우주 멀리 날아가는 운석처럼 뱅글뱅글 돌며 내 안의 어둠을 여행하게 될 터였다"(「칼자국」) 등의 대목이나 「플라이데이터리코너」에 등장하는 외계인과 우주선에서 확인할 수 있듯이 김애란은 유사한 시기에 집중적으로 활동한 소설가 박민규와 우주적 상상력을 공유하고 있다. 물론 박민규와 김애란의 우주적 상상력은 거의 같은 시기에 집중적으로 드러나 있어 영향관계라는 측면보다는 세대론적 문맥에서 이해해야 할 것이다. 그들의 우주적 상상력은 허름한 고시원으로 상징되는 현실의 누추함과 희망이 사라진 미래를 돌파하기 위한 심리적 기미가 아닐까.

그런가 하면, "어머니의 몸뚱이에선, 계절의 끝자락, 가판에서 조용히 썩어가는 달콤하고 졸린 냄새가 났다", "식칼이 배추 몸뚱이를 베고 지나갈 때 전해지는 그 서걱하는 질감과 싱그러운 소리가 나는 참 좋았다"(「칼자국」) 등의 문장에는 초기 최인호나 김인숙의 기발한 감각적 묘사가 스며들어 있다. 이밖에도 김승옥·윤후명·윤대녕·은희경 등의 소설가들의 수작을 의식하고 대결한 섬세한 흔적이 김애란의 소설에 다양한 방식으로 아로새겨져 있다. 김애란은 자신이 의식하거나 대결한 수많은 소설가들의 탁월한 문장을 자연스럽게 창조적으로 배치하고 재구성하여, 하나의 고유한 김애란표 소설을 만드는 데, 비상한 능력을 지니고 있는 것으로 보인다. 이러한 사실은 어떤 젊고 의욕적이며 도전적인 소설가라도 소설사적 전통, 타자의 작품, 문학사의 압력에서 자유롭지 않다는 사실을 여실히 보여준다.

다른 텍스트와의 만남에 누구보다도 민감한 작가이기에, 김애란 소설 속의 등장인물들이 유난히 타자와의 만남에 대해 의식하는 대목은 일견 자연스럽다. 김애란 소설 속의 등장인물들은 끊임없이 타인의 시선을 의식하고 혹시 자신이 타인을 불편하게 하고 있는 것은 아닌지 자문한다. 예컨대 「침이 고인다」의 주인공은 갈 곳 없는 후배를 아무런 조건 없이 자기 방에 들이면서도 혹시 후배가 불편하지 않을까 전전긍긍한다. 또한 "나 스스로 누군가를 편하게 해줘야 한다는 오래된 배려심이랄까"(「기도」), "누군가와 함께 산다는 건 서로를 조금씩 견디는 일이라는 걸 알고 있었으면서도"(「네모난 자리들」) 등의 예문들은 소설의 화자가 얼마나 타인을 의식하고 있는지 잘 보여준다. 그리고 아래의 문장을 보자.

대수롭지 않은 일 같지만. 도시락을 혼자 먹어본 사람은 그것이 얼마나 곤혹스러운 일인지 알 것이다. 그것의 고통은 내가 혼자라는 것이 아니라, 내가 혼자인 것을 모두가 '보고' 있다는 데 있다. 나는 그것을 견딜 수 없었다
—「영원한 화자」, 『침이 고인다』

그렇다. 김애란 소설의 주인공은, 아니 김애란은 자신의 고독 자체보다도 그 혼자됨을 바라보는 타인의 시선을 더욱 예민하게 인식하고 있는 것이다. 말하자면 타인에게 자신이 좀 더 멋지고 친화적인 사람으로 기억되고 싶다는 너무나 인간적인 욕망을 김애란 소설의 주인공들이 공통적으로 지니고 있는 것이다. 여기서 이러한 타인에 대한 민감한 의식은 변형된 자기애의 일종이라는 사실이 주목될 필요가 있다. 장 자크 루소에 따르면 이 자기애는 "다른 모든 것보다 앞서며 원시적이고 선천

적인 것으로, 다른 모든 정념은 어떤 의미에서 자기애의 변형물에 지나지 않는다"(장 자크 루소, 김중현 역, 『에밀』, 한길사, 2003, 380면)고 한다. 다만 김애란 소설의 주인공은 그 자기애를 타자에게 일방적으로 펼쳐놓는 것이 아니라, 끊임없이 타자에 대한 자의식과 배려를 통해 자기 성찰적인 방식으로 드러낸다.

타자와의 교류와 대화, 동거 속에서 자기 내면의 지옥과 천당을 매일 왔다 갔다 하는 김애란 소설의 주인공들이 역설적인 의미에서 타자를 있는 그대로 신뢰하지 않는다는 점은 흥미로운 사실이다. 예컨대, "나는 오만한 사람을 미워하지만 겸손한 사람은 의심하는 사람이다"(「영원한 화자」)라는 발언은 김애란의 인간학이 도달한 어떤 표정을 잘 보여준다. 유사한 맥락에서 "예의바름, 그것은 태어나 내가 세상에 대해 느낀 최초의 불쾌(不快)였다"(「달려라, 아비」), "가족끼리 나누는 불친절이 이상하게 편안함을 주었고"(「누가 해변에서 함부로 불꽃놀이를 하는가」) 등의 표현은 예의바름이나 친절, 겸손의 덕목이 사실은 타자에 대한 위장된 욕망이나 공격성의 표출일 수도 있다는 통찰을 전달하고 있다.

소설이 곧 인간학이라면, 소설가는 누구보다도 인간 심리의 이중성과 모순, 복잡성, 인성의 균열 등에 대해 열린 마음으로 파악할 필요가 있다. 김애란은 아직 젊은 나이에도 불구하고 그러한 복잡다단한 인간의 심리를 꿰뚫어보고 있는 작가라는 점에서 앞으로 전개될 문학세계를 기대해도 좋을 것이다.

그토록 타자의 시선과 타자의 반응을 민감하게 의식하는 김애란 소설 속의 화자가 타인의 시선과 타인과의 관계가 차단된 고독의 세계를 동경하는 것은 필연적이다. 예를 들어, 「침이 고인다」의 주인공은 불편한 동거 끝에 결국 후배에게 방을 나가라는 말을 한 연후에 "어서, 고독해지고 싶다. 푹신푹신한 고독감 속에 파묻혀 휴일이면 온종일 인터넷을 하거나 영화를 보고, 아무렇게나 입은 채, 아무 때나 일어나, 아무거나 먹어버리고 싶다"고 고백한다. 타자의 시선을 예민하게 의식하고 타자와의 관계에 민감한 사람일수록 고독을 추구하게 마련이다. 그런 고독한 세계에서는 타자의 어떤 시선도 의식하지 않는 혼자만의 자유가 가능한 것이다. 그 자유와 고독은 세상에 같은 사람은 없다는 엄연한 사실을 인식한 사람의 세계이다.

타자와의 소통과 만남에 어려움을 느끼는 「영원한 화자」의 주인공은 "나는 누군가 나에게 괜찮냐고 물어보지 않았으면 좋겠다고 말했다"고 언급하는데, 이는 「침이 고인다」의 주인공이 보여주는 심리와 일맥상통한다. 말하자면 늘 타인을 배려하고 타인을 의식하는 삶은 역으로 타인의 세심한 배려조차도 불편한 마음으로 다가오는 것이다. 자신에 대한 타인의 배려와 관심이 오히려 내가 타인에게 부담을 주고 있다는 생각으로 연결될 때, 그 주체의 유력한 선택은 아무런 시선과 방해도 받지 않는 온전한 고독일 것이다. 그 고독의 주체는 "나는 당신을 사랑하는 사람. 그러나 그 사랑이 '나는'으로 시작되는 사람이 하고 있는 사랑이라는 것을 알고 있는 사람"(「영원한 화자」)이다. 어떤 사랑의 과정에서도 본질적으로 중요한 것은 역시 '나는'으로 상징되는 주체이다. 그렇다면 타자에 대한 사랑이 과격하고 헌신적일수록, 사실 그 사랑은 지독한 자기애의 투사이리라.

이제 김애란 소설의 주인공들이 그 고독을 어떻게 벗어날지 지켜볼 일이다. 그(그녀)는 헤어진 룸메이트, 후배, 친구, 동료와 다시 열린 마음으로 만날 수 있을까. 아니 과연 그럴 필요가 있을까. 루소식으로 말하면, 우리는 자기보존을 위해 스스로 자신을 사랑해야 한다. 그렇다면 소설가 김애란이 마주할 고독은 자신에 대한 사랑, 즉 자존감의 다른 표현일 수 있다. 그러니 김애란의 삶을 위해서도 김애란의 소설을 위해서도 당분간 김애란과 김애란 소설의 등장인물들이 고독의 세계에 머무르는 것을 애정으로 지켜보아야 하지 않겠는가.

5. 새로운 도약을 위하여

지금까지 살펴온 대로 『달려라 아비』와 『침이 고인다』가 담보하고 있는 참신한 문학성을 고려해 볼 때, 김애란의 소설이 이 시대 젊은 문학의 가장 소중한 가능성이며 거부할 수 없는 매력이라는 사실은 분명해 보인다. 그러나 나는 김애란이 많은 비평가들이 상찬한 그 세계에 머물러 있기 보다는 새로운 문학적 도전을 향해 자신의 문학세계를 끊임없이 갱신하기를 기대한다.

김애란의 소설은 아름답고 서늘한 매력을 지니고 있지만, 대부분의 작품이 일종의 소품에 가깝다. 물론 그 소품 자체만으로도 아름답지만, 그 세계는 다소 좁고 제한적이다. 그렇다면 이제 김애란 소설의 주인공은 고시원이나 좁은 원룸의 세계를 벗어나 저 매혹적인 모더니티의 세계나 자본의 핵심, 세계화의 그늘, 유장한 역사의 흐름에 다가갈 필요가 있는 것이 아닐까. 김애란이 지금까지 보여준 문학적 재능과 열정을 감안하면, 그녀는 이러한 새로운 변화와 도약을 넉넉하게 감당할 수 있을 것이다.

최근 논의되는 장편소설 대망론을 떠나 순전히 문학적 도약을 위해서, 앞으로 김애란은 형식적인 면에서도 장대한 서사와 만날 필요가 있다. 이를 위해서는 김애란에게 익숙하지 않은 세상의 다양한 정서, 가령 퇴폐나 허무, 신비주의, 투쟁과 분노의 세계를 통과해야 될지도 모른다.

지금까지 발표된 김애란의 소설들은 엄밀히 말하면 유사한 공간과 인물이 등장하는 비슷비슷한 세계였다. 작가 주변의 인물·공간·가족·선후배·친구 얘기 등등. 유일하게 환상적 상상력이 채택된 「플라이데이터리코너」 같은 작품은 작가 주변의 현실과 체험을 형상화한 소설에 비해, 밀도와 문학성이 현저히 떨어지고 있다. 이 점은 김애란이 아직 자기 체험의 세계에 머물고 있는 작가임을 의미한다. 물론 소설가에게 체험은 대단히 본질적인 요소이며, 앞으로 김애란은 무수한 새로운 체험을 통과해야 하리라. 그러나 동시에 한 시대를 풍미한 뛰어난 소설가는 결코 체험만으로 소설을 쓰지 않는다.

이제 김애란에게는 현대사, 인문적 교양, 세계사적 식견, 예술사(소설사)의 전통, 정치적 현안 등등에 대한 광범위한 지식과 정보가 필요하지 않을까 싶다. 한마디로 말해서 김애란의 문학적 도약을 위해서는 지성이라는 울창한 숲을 통과할 필요가 있는 것이다. 물론 여기서 지성은 단지 책 속의 세계만을 의미하는 것이 아니다. 그것은 한 시대의 그늘과 핵심을 파악하는 능력, 타자의 고통과 상처에 대해 공감하는 정서를 의미한다. 나는 김애란이 그녀와 동세대의 작가들뿐만 아니라, 한국 현대소설사의 가장 우람한 봉우리들, 더 나아가 세계문학사의 가장 치열한 작가들과 맞서기를 기대한다.

김애란은 첫 번째 소설집 『달려라 아비』의 '작가의 말'에서 "소설 안의 어떤 정직. 그런 것이 나에게 있었으면 좋겠습니다. 그리고 언제나 당신이 있었으면 좋겠습니다"라고 쓴 바 있다. 앞으로도 그 마음이 계속 유지될 때, 나는 언젠가 이렇게 말할 수 있을 것이다. 김애란을 통해 한국소설의 희망을 다시 확인하게 되었다고.

| 2008 |

서사의 창조적 갱신과 리얼리즘의 퇴행 사이

황석영의 『바리데기』론

1. 서사의 위기와 황석영의 재기

방북 사건으로 인한 오랜 망명 끝에 귀국하여 1993년 감옥에 수감되었던 소설가 황석영은 1998년 봄에 5년간의 수형생활을 마치고 감옥을 나온다. 그의 출감은 인생의 새로운 출발이기도 했지만, 동시에 황석영 문학의 새로운 시작을 의미했다. 그가 자유의 몸이 된 1998년 봄은 이른바 IMF 사태가 한창이던 때였다. 문제적인 것은 바로 이 무렵부터 신자유주의적 효율성과 경쟁의 논리가 대두되면서 문학판을 비롯한 문화 전반에 문화자본(출판자본)의 영향력이 한층 확대되었고 대중소비문화와 출판 상업주의의 파고가 본격적으로 위세를 떨치기 시작했다는 사실이다. 이른바 소설의 위기, 서사의 위축, 대중소설의 약진 등의 문학현상이 본격적으로 대두되기 시작한 것도 이즈음과 겹쳐진다.

황석영은 출옥 직후에 가진 인터뷰에서 이러한 문화적 현상을 우울하게 진단하면서 "90년대 문학은 거품뿐인 '사이비문학'이었다. 한국문학은 다시 지금 시대의 아픔에 정면으로 맞서야 한다"(『한겨레』, 1998.3.14), "90년대 이후 우리 문학은 그러한 변화의 와중에서 제대로 된 문제를 잡아내고 시대의 변화에 맞게 새로운 옷을 입는데 실패했다. 변화에 부응하려는 새로움에 대한 조급성이 문제다"(『중앙일보』, 1998.3.27)라고 당찬 어조로 일갈한 바 있다. 위의 발언을 통해 황석영은 그가 망명 중에, 혹은 감옥에 있을 때 전개되었던 1990년대 문학에 대한 커다란 불신의 감정을 노골적으로 드러내고 있다. 아마도 이 대목에는 90년대 문학이 본격적인 서사를 창출하는 데 실패했다는 황석영의 문학적 판단이 개입되어 있다고 할 수 있으리라. 또한 이러한 문학적 선언에서 역으로 시대의 변화와 정면으로 맞서는 새로운 문학을 일구겠다는 황석영의 담대한 의지를 엿볼 수도 있겠다.

그가 출감 이후에 최초로 발표한 작품인 장편소설 『오래된 정원』(상·하, 창작과비평사, 2000)은 바로 자신의 과감한 문학적 진단과 발언에 대한 황석영 식 답변이라고도 볼 수 있을 것이다. 실제로 이 소설은 거대서사의 부활을 알리는 신호탄으로 언급된 바 있다. 『오래된 정원』은 80년대의 기억과 상처를 정면으로 응시하면서, 실존적 사랑이 거대한 역사와 한편으로는 포개지고, 또 다른 한편으로는 비극적으로 갈라지는 내밀한 과정을 차분하게 추적한 작품이다. 좀 더 구체적으로 말해서, 『오래된 정원』은 동구사회주의의 몰락과 진보적 진영의 위기라는 새로운 역사적 현실 속에서 80년대를 어떻게 기억하고 어떻게 성찰할 것인가를 본격적으로 다루고 있는 문학적 서사인 것이다. 마치 『감옥으로부터의 사색』의 저자 신영복을 연상시키는 주인공 오현우의 존재는 황석영 자신의 감옥 체험과 80년대의 역사적 체험이 진하게 스며들어 있는데, 이러한 인물을 통해 작가는 실상 80년대와 그 시대에 활동했던 인간들에 대한 근본적인 성찰을 전개한다. 그 엄연한 한계까지도 포함하여.

황석영은『오래된 정원』이 출간된 직후, 다시 문단 현실과 당시의 소설적 경향에 대한 커다란 아쉬움을 표하면서 "서사가 결여된 감각 위주의 작품이 난무"하고 있다. "리얼리즘 정신을 새로운 양식에 담는 실험이 필요하다"(『한국경제신문』, 2000.5.2)고 얘기한 바 있다. 이러한 발언을 통해, 소설의 위기를 돌파하는 방법으로 한국소설에 본격적인 서사가 요청된다는 점, 아울러 그 서사는 전통적인 리얼리즘 정신을 계승하면서도 새로운 양식에 담을 필요가 있다는 점을 제시한 황석영의 문학적 모색과 전망을 확인할 수 있다. 「객지」·「한씨 연대기」·『무기의 그늘』 등의 작품을 통해, 리얼리즘 문학의 미덕과 미학적 가능성을 어떤 작가보다도 치열하게 보여준 황석영의 이러한 발언은 자신의 소설쓰기에 근본적인 전환을 예비하는 상징적 선언이었다.

이 시대의 한국소설이 제대로 된 서사를 잃어버렸다는 진단과 질타는 출감 이후 황석영이 한국소설을 조망하는 기본적인 관점이자 문학적 태도이다. 그는 2007년 봄에도 "한국문학의 위기는 스스로 자초한 것이라고 얘기해 왔는데요, 몇 가지 원인이 있을 거예요. 서사와 현실에서 멀어지면서 독자들이 떠나기 시작한 게 아닌지"[1]라고 언급한 바 있다. 또한 황석영은『바리데기』가 출간되기 직전에, 『창작과비평』 2007년 여름호의 기획특집 「한국 장편소설의 미래를 열자」에 참여하여 발표된 산문에서도 "요즈음 우리 문학은 서사와 현실을 등한시하면서도 대중에 대하여는 고답적인 '겉멋'으로 버티고 있다"[2]고 신랄하게 비판한 바 있다. 그렇다면 황석영의 한국소설의 위기와 연관된 '서사'에 대한 일련의 발언들을 어떻게 보아야 할까. 실상 황석영의 문제제기는 소설과 서사, 소설과 리얼리즘에 대한 근본적인 논점을 내포하고 있다. 또한 황석영의 다소 과격한 발언의 배후에는 한국소설이 전반적으로 위

---

1) 황석영 인터뷰, 「'시민사회 제3세력화' 바람잡이 나선 소설가 황석영씨」, 『한겨레』, 2007.3.7.
2) 황석영, 「전업의 고통으로 감당하는 문학의 본령」, 『창작과비평』, 2007 여름, 184면.

축된 가운데 무엇보다도 자신의 소설이 제대로 현실과 대응하고 있다
는 생각이 자리 잡고 있는 것이 아닐까.

황석영의 언급이 아니더라도 2000년대 이후 문학장에는 '소설의 위
기', '본격서사의 실종', '근대문학의 종언' 등의 표현들이 자주 등장하
고 있다. 사적인 개인과 사소한 일상에 함몰된 사소설의 득세, 그리고
서사의 해체에 몰두하는 소설문학의 흐름이 소설의 위기를 가져온 중
대한 원인이라고 상당수 문인과 비평가들이 진단하고 있다. 이를테면
소설가 김원일은 이 시대의 소설에 대해 비판하면서 "소설에 힘이 없어
지는 이유는 TV드라마 스타일을 닮아가기 때문이에요. 섬세하고 미시
적이며 애정문제에 집착하는 거죠. 문학은 서사에요. 소설의 서사적인
문학구조는 이미 무너져 내렸습니다."(인터뷰, 『연합뉴스』, 2007.3.17)라고 말
한 바 있다.

이렇게 볼 때, 90년대 이후 최근에 이르기까지 전개된 소설적 흐름을
서사의 위축과 퇴행에서 찾는 논의가 유력하게 대두되고 있는 시점에
서, 새로운 서사적 실험을 통한 황석영의 문학적 모색은 그 성과와 한
계까지 포함해서 주목해야 마땅하다고 생각된다. 황석영이 출옥한 직후
부터 보여준 소설적 행보는 바로 그 '서사'를 다양한 방식으로 복원시
키기 위한 문학적 도정에 다름 아니다.

또 다른 맥락에서 황석영이 출감 이후에 보여준 문학적 여정은 '서사
의 위축과 실종'을 끊임없이 제기해온 자신의 발언에 문학적으로 책임
을 지기 위한 결연한 행보라는 차원에서 해석될 수 있을 것이다. 실로
출감 이후 황석영이 보여준 활발한 창작활동은, 80년대 문화운동·방
북·망명으로 인한 오랜 문학적 공백과 비교해 볼 때, 눈부시다고 표현
될 수 있을 정도로 새로운 소설적 실험과 의욕적인 문학적 모색으로 채
워져 있다. 구체적으로 그는 출감 이후, 『오래된 정원』(2000)·『손님』
(2001)·『심청』(2003)·『바리데기』(2007) 등의 문제적 장편소설들을 연이어
발간하면서 전통서사 양식에 기반한 소설적 실험을 지속적으로 시도하

고 있다.

비교적 정통 리얼리즘 소설에 가까운 『오래된 정원』만 하더라도 한윤희와 오현우의 시점의 교차를 능숙하게 활용하는 방식으로 80년대의 기억과 상처에 대한 세밀한 심리적 묘사를 보여주는 시도는 이전의 후일담 소설이 담보하지 못한 독특한 문학적 품격을 지니고 있다. 또한 동아시아 서사 삼부작으로 일컬어지는 『손님』·『심청』·『바리데기』는 각기 황해도 「진지노귀 굿」, 고전소설 「심청전」, 서가무가 「바리공주」라는 다양한 전통서사를 역사적 현실과 접속시켜 새로운 서사의 모델을 제시하고 있다. 이 같은 성과로 인해, 출옥 이후에 황석영이 보여준 장편소설들은 "우리 서사문학이 살아 있음을 입증하는 큰 버팀목이 되어 온 것이 사실입니다"3)라는 기본적으로 호의적인 평가를 받았다. 새로운 서사양식의 창안을 통한 황석영의 건재는 문단 일각에서 실상 '소설의 위기'라는 풍문을 타고 넘어 소설의 새로운 갱신과 부활을 알리는 가장 유력한 문학적 실체로 수용되기도 했다.

그러나 이 소설들이 전통서사 형식을 창조적으로 변용하면서 성취한 문학적 성과와 한계는 각 작품별로 엄밀하게 구분하여 평가될 필요가 있다. 당연하게도 전통서사 양식을 소설 쓰기에 도입한다고 해서 그 자체로 문학적 성과가 보증되는 것은 아닐 터이다.

여기서 흥미로운 사실은 황석영이 『바리데기』를 출간한 이후 가장 최근에 가진 몇몇 대담과 인터뷰에서 이전과 전혀 달리 한국소설의 새로운 중흥과 부활을 적극적으로 주장하고 있다는 점이다. 황석영은 최근의 우리 문학이 세계 어느 나라의 문학보다 다양하며 활성화되어 있다고 주장한다. 예를 들어 그는 "원로부터 신예까지 이렇게 다양하고 수준 높은 작품을 쏟아내는 한국 문단의 활기는 세계적으로도 드물다"(「한국소설 + 마케팅 '행복한 만남'」, 『경향신문』, 2007.8.2), "올해 초부터 지속되고 있

---

3) 윤지관·임홍배 대담, 「세계문학의 이념은 살아 있다」, 『창작과비평』, 2007 겨울, 39면.

는 원로부터 젊은 신인들에 이르기까지의 왕성한 창작 결과물들을 놓고
는 그 어느 나라에서도 볼 수 없는 문학의 중흥기라는 말을 해도 지나치
지 않을 것 같습니다"[4]라고 언급한 바 있다. 또한 황석영은『창작과비
평』2007년 가을호에 수록된 비평가 심진경과의 대담「한국문학은 살아
있다」에서 "지금 원로에서 젊은 신인들에 이르기까지 연이어 역작들을
내놓고 있어요"라고 말하면서 이 시대 한국소설의 전반적인 가치를 높
이 평가한 바 있다.

그렇다면 도대체 6개월 사이에 무슨 일이 생긴 것일까? 그 사이에 서
사와 당대의 한국소설을 대하는 황석영의 관점이 180도 바뀐 이유와 맥
락은 무엇인가? 바로 이 문제에 신작『바리데기』의 성과와 한계를 포함
한 작가 자신의 문학적 기획의 욕망과 전략[5]이 고스란히 개입되어 있
다. 좀 더 구체적으로 말하자면『바리데기』의 발간을 기점으로 한 당대
의 소설에 대한 황석영의 급격한 입장 선회는『바리데기』를 통해 서사
의 새로운 부활과 한국소설의 융성에 기여했다는 작가 자신의 자부심
와 문학적 욕망을 상징한다.

과연『바리데기』는 서사의 부활과 한국소설의 새로운 문학적 도약을
상징하는 의미 깊은 문학적 징조라 할 수 있는가? 이러한 물음에 대한
모색과 성찰 속에서 황석영이 꾸준히 시도하고 있는 다양한 서사적 실
험에 대한 합리적인 해석과 온당한 평가가 가능해질 것이다.

그렇다면 황석영의『바리데기』에서 전개된 서사적 실험은 창조적 갱
신인가? 리얼리즘의 퇴행인가? 이러한 질문은 근본적으로 '리얼리즘'과
서사, 환상 등의 핵심적인 문학 개념과 연관된 비평적 테마이기도 할
것이다. 이러한 맥락에서 이 글은『바리데기』를 중심으로 황석영이 구

---

4) 방민호·임규찬,「이 작가를 묻는다−황석영」,『문학의 문학』창간호, 2007.9, 35면.
5) 시인 김정환은 "문학에, 글 쓰는 행위에 전략이라는 게 있다면, 노량대첩의 이순신
   장군 이래 황석영만한 전략을 구사한 자가 있을까"라고 언급한 바 있다. 김정환,「황
   석영 문학환갑 유감−쾌감(遺憾−快感)」,『작가세계』, 2004 봄, 39면.

사하는 새로운 서사적 실험을 리얼리즘과 환상의 연관성, 혹은 길항관
계라는 차원에서 탐문하고자 한다.

2. 새로운 서사의 실험과 탈북 난민의 현실

　황석영의 최근작 『바리데기』는 탈북자의 참담한 여정을 다룬 작품이
라는 내용적인 측면과 서사의 새로운 실험이라는 형식적인 측면 양쪽
으로 각별하게 주목받고 있다. 이에 따라, '전통 서사', '동아시사 서사',
'탈국경 서사', '구원의 서사' 등의 표현들이 『바리데기』를 수식하는 용
어로 자주 사용되고 있다.

　전통적인 의미의 리얼리즘에서 탈피하여 새로운 서사를 창안하기 위
한 황석영의 시도는 그 자신의 고백에 의하면 월북 이후 독일에 망명해
있던 시절, 베를린 장벽이 허물어지는 것을 목도한 순간 시작되었다고
한다. 동서 베를린 시민들이 서로 환호하고 껴안고 노래 부르는 장면을
지켜보면서 황석영은 '아름다운 개인'을 발견한다. 그와 같은 체험은
"현실주의적 서사를 우리 형식에 담는다", "여태까지의 산문의 형식을
해체해 버리겠다"[6]는 의욕적인 기획으로 발전되었다. 이러한 의도는 무
엇보다도 소설 형식의 혁신을 필요로 한다. 말하자면 서구적인 근대 리
얼리즘 소설에서 탈피해서, 서구문학에 충격을 줄 수 있는 새로운 형식
이 요청된다는 것이다.

　새로운 서사를 어떠한 방식으로 창출할 것인가 하는 고민은 망명과
징역 기간 황석영의 가장 소중한 문학적 화두였다. 징역에서 풀려나올

---

6) 황석영・심진경(도전인터뷰), 「한국문학은 살아 있다」, 『창작과비평』, 2007 가을, 243면.

무렵 황석영의 문학적 고민은 "서사의 내용도 그렇지만 그것에 걸맞게 서사의 형식, 그것을 엮어내는 방법론, 이런 걸 잘 형성해내면 내 문학이 또 다른 하나의 세계를 이룰 수 있지 않을까 하는 생각이지요"[7]라는 주장 속에 담겨 있다. 바로 이러한 문학적 화두의 구체적인 결실이 『손님』·『심청』·『바리데기』의 이른바 동아시아 서사 삼부작으로 구현된 것이다.

전반적으로 『바리데기』의 경우, 주인공 바리가 북한에서 중국 국경지방에 이르는 여정을 묘사한 앞부분과 영국으로 떠난 이후를 다룬 뒷부분은 묘사의 밀도, 환상의 필연성, 서사의 자연스러운 전개의 측면에서 커다란 차이를 보여주고 있다.

바리 가족의 탈북 과정을 묘사하는 장면과 중국 국경지방에서 바리가 겪는 참담한 체험들에 대한 형상화는 그 자체로 서늘한 감동을 선사한다. 특히 극한적인 식량 기근으로 고생하는 두만강변 북한 주민들의 모습, 백두산 자락의 한 농가 창고와 움집에서 생존 그 자체를 위해 힘겹게 생활하는 바리 가족에 대한 핍진한 묘사, 현이와 할머니, 칠성이가 죽음에 이르는 지극히 비극적인 장면들, 바리가 가까운 이들의 죽음을 겪으면서 체험하는 여러 고난과 지난한 여정에 대한 묘사는 이 소설의 백미라고 할 수 있다. 이러한 장면들은 곡진한 '슬픔의 미학'을 대가의 솜씨로 보여준다.

특히 탈북 난민들의 고단하고 극한적으로 비참한 삶을 대단히 구체적으로 형상화했다는 사실만으로도 『바리데기』가 담보한 충분한 문학적 가치를 인정할 수 있을 것이다. 작가의 북한 체류의 체험과 북한과 중국 국경 부근을 끊임없이 돌아다니면서 조우한 풍경과 취재한 정보들은 서사의 실감을 얻는데 커다란 도움이 되었을 것이다.

또한 바리와 칠성이가 서로 영적인 대화를 나누는 대목, 그리고 바리

---

7) 위의 글, 248면.

가 이미 죽은 귀신이나 헛것과 대화를 나누는 장면도 『바리데기』의 서
사에 자연스럽게 스며들어 있다. 바리가 '헛것'을 보는 장면들은 서사의
흐름에 녹아들어가면서 정통 리얼리즘 소설의 미학적 규율을 창조적으
로 배반하고 있다. 가령 다음과 같은 바리와 칠성이의 대화를 보자.

> '바리야 바리야' 하는 소리에 나는 놀라서 뒤를 돌아보았다. '나 죽을 뻔했
> 어. 낯선 남자들이 나를 잡아 산으로 끌구 갔어.' 칠성이는 가늘게 쌔근쌔근 숨
> 을 내쉬고 있었다. 그날부터 나는 내 속마음을 전달할 뿐만 아니라 말 못하는
> 숙이 언니의 마음을 듣던 것처럼 칠성이의 마음속 소리를 들을 수가 있었다.[8]

위의 예문에서 인간(바리)과 동물(칠성)이 서로 교감을 나누는 장면은
이미 그전에 바리가 보여준 캐릭터, 즉 "쟈는 참 벨난 아이야. 개하구두
통하지 않던?"(31)[9]으로 상징되는 바리의 독특한 면모에 의해 자연스러
움을 획득한다. 칠성이를 육식의 대상으로 생각하는 여느 사람과는 달
리 대화의 대상으로 생각하는 바리의 존재에 의해 둘은 서로의 소통능
력을 알아보게 되는 것이다. 이러한 장면은 모든 사물 및 사자(死者)와도
대화를 나누는 바리의 영험한 캐릭터에서 비롯된다.

황석영은 2006년 노벨문학상 수상작가인 오르한 파묵의 『내 이름은
빨강』에 대해 "파묵의 소설은 내가 늘 말했듯이 '다중적 서술' 또는 '화
자의 끊임없는 이동'으로 시간과 공간을 초월해서 넘나들고 있다. 사람
에서 동물로 그리고 사물이나 심지어는 그림 속의 빨강 물감까지 서술
에 끼어든다. 그러면서도 한 줄거리의 이야기를 관통해내면서 집요하게
감추어놓았던 사건의 핵심을 드러낸다"[10]고 말한 바 있는데, 이 대목은
그 자신이 『바리데기』에서 구사한 소설적 전략의 열쇠를 드러내고 있

---

8) 황석영, 『바리데기』, 창비, 2007, 52면.
9) 앞으로 인용문 뒤의 숫자는 『바리데기』의 면수를 의미한다.
10) 황석영, 「전업의 고통으로 감당하는 문학의 본령」, 『창작과비평』, 2007 여름, 185면.

다. 그런데 여기서 염두에 두어야 할 사실은 정통 리얼리즘 소설에서는 보기 힘든 바리의 영적인 대화와 영매로서의 역할은 한편으로는 『바리데기』의 독특한 문학적 향기와 서늘한 감동을 동반케 하지만, 또 다른 한편으로는 작위적인 서사의 전개를 낳는 요인이기도 하다는 점이다.

3. 서사무가 「바리공주」 형식의 차용은 필연적인가?

서사무가 「바리공주」 이야기를 창조적으로 변용시킨 『바리데기』가 출감 이전에 황석영 문학이 담보하고 있던 정통 리얼리즘 소설과 구별되는 지점은 영적인 것, 비현실적인 것에 대한 비상한 묘사에 있다.『바리데기』에서 바리는 일종의 '영매'에 다름 아니다. 그래서 바리는 소설 전편을 통해 끊임없이 귀신, 죽은 사람, 헛것, 동물과 대화를 나누며, 삶과 죽음, 현실과 꿈, 이승과 저승, 현재와 과거 등을 중개하고 절묘하게 연결시킨다. 오컬티즘이라고 칭할 수 있는 이러한 소설세계는 『바리데기』를 이해하고 평가하는 데 중요한 문학적 화두일 것이다.

북한-중국-영국으로 이어지는 바리의 여정은 죽은 할머니와 칠성이가 안내자 역할을 하면서 궁극적으로 현대판 바리공주의 서사로 변용된다. 그러다 보니 서사무가 「바리공주」에 대한 정보와 이해는 이 소설을 이해하는 데 커다란 역할을 수행한다(그러므로 이 작품이 서사무가 「바리공주」의 문화적 원천을 인지하지 못하는 외국인에게 전달하는 감동과 느낌은 제한적일 것이다).

그러나 『바리데기』에서 영적인 존재나 비현실적인 장면에 대한 묘사가 항상 자연스러운 것은 아니다. 특히 영국에서 발마사지 일을 하게 된 바리가 손님의 과거를 인지하는 초능력(영매로서의 능력)은 설사 그것이 서사무가 「바리공주」의 역할을 바리에게 부여하기 위한 상징적인 차원의 묘사라 하더라도 소설의 자연스러운 흐름을 거스르는 역할을 하게 된다. 가령, 서로가 지닌 영매로서의 역할을 알아보는 에밀리 부인과 바리의 영적인 교류는 소설 속의 모든 현실과 정황에 우선하여 존재한다. 또한 에밀리 부인의 유모였던 또 다른 영매 베키와 바리가 서로 초현실적인 대화를 나누는 모습도 서사의 비약에 가깝다. 이제 초현실적인 것, 영적인 것, 샤머니즘의 자동화된 전개에 따라 소설의 얼개가 배치될 수밖에 없는 것이다. 그에 따라 바리가 마주하게 되는 복잡한 현실의 하중과 정황은 상대적으로 축소된다.

이 점은 역시 유사한 방식으로 귀신과 헛것을 작품의 곳곳에서 등장시키는 『손님』의 경우와 확연히 대비된다. 황해도 진지노귀굿 열두 마당을 소설의 얼개로 하여 구성된 『손님』에서 귀신과 환영(幻影)의 묘사는 참으로 처연하고 슬픈 역사적 비극과 자연스럽게 맞물리면서 시종일관 독특한 미학적 효과를 산출한다. 이러한 차이는 『손님』의 경우 『바리데기』에 비해서 한층 역사적 현실에 대한 생생하고 팽팽한 묘사를 보여주고 있다는 점, 진지노귀굿 열두 마당이라는 형식과 신천양민학살사건이라는 역사적 비극이 서로 마치 톱니바퀴처럼 맞물리고 있다는 사실에서 연유할 것이다.

여기서 흥미로운 사실은 바로 이와 같은 이유로 인해, 『손님』을 못마땅하게 생각하는 작가의 관점이다. 황석영은 『바리데기』에 빈번히 등장하는 꿈과 몽환적 장면에 대한 질문에 대해 답하면서 "나는 그걸 옛날 했던 식으로 직접 '실감나게' 드러내기가 싫었어요. 그리고 이게 한편의 몽환적 꿈과 현실이 교차되면서 읽히길 바랐지요. 내가 『손님』을 쓰고 나서 조금 못마땅했던 게 『손님』은 너무 리얼리스틱해요"11)라고 말한 바 있다. 이 점은 현실과 꿈, 역사와 환상을 바라보는 미학적 감각의 차

---

11) 황석영 · 심진경(도전인터뷰), 「한국문학은 살아 있다」, 『창작과비평』, 2007 가을, 262면.

이에서 연유할 것이다. 아울러 자신의 최신작이 이전의 어떤 작품보다
도 높이 평가받기를 기대하는 작가의 보편적인 욕망에서도 이러한 인
식의 차이가 비롯되는 것이리라. 그러므로 그 어떤 작품보다도 『바리데
기』에 대해서 주관적인 애정을 보여주는 황석영의 심정을 이해할 수 있
다. 그러나 동시에 작가의 의도 및 욕망과 작품의 실제는 언제든지 어
긋날 수 있다는 점을 인지해야 하지 않을까.

　황석영은 『바리데기』에서 자신의 소설쓰기를 지나치게 서사무가의
차용이라는 새로운 서사 실험의 맥락에 끼워 맞추고 있다. 특히 참담한
현실에 대한 핍진한 묘사에서 비롯된 전반부 서사의 생생한 감동에 비
해볼 때, 영국으로 간 이후의 바리의 행적을 보여주는 『바리데기』의 후
반부 서사는 서사무가의 스토리를 최대한 유사하게 적용시키고자 하는
작가의 의도로 인해 다소 부자연스럽다. 그래서 『바리데기』를 둘러싼
역사・사회적 환경은 21세기 동아시아와 영국이라는 냉엄하며 복잡다
단한 근대적 현실이지만, 작품을 구성하는 얼개는 전통 서사무가 「바리
공주」이다 보니, 간혹 지나치게 작위적으로 서사를 「바리공주」의 얼개
에 부합되는 방식으로 변용시키고 있는 대목이 발견된다. 예를 들어, 할
머니와의 대화를 통해 바리가 서사무가 「바리공주」의 줄거리를 확인하
고 답습하는 대목들이나 영국으로 가는 배 안에서 할머니와 칠성이의
인도에 따라 생명수를 구하기 위해 서천으로 가서 그곳의 염라대왕들에
게 "칠칠은 사십구. 사입구일 동안의 고행을 통과하면 너는 돌아갈 수
있노라"(134)는 판결을 받는 대목, 작품의 결말에서 바리가 서천의 끝에
도착하여 생명수를 찾아 헤매는 지난한 과정(꿈)은 바로 서사무가 「바리
공주」의 틀에 맞추기 위한 작위적 구성에 가깝다.

　이러한 다소 인위적으로 배치된 서사적 장치로 인해 '비아프라 내전',
'카슈미르 전투', 오랜 내전의 도시 '스리나가르', 그리고 무엇보다도 바
리와 이슬람교도인 파키스탄 사람 알리의 결혼으로 상징되는, 민족과
인종의 분열을 딛고 서로의 문화적 차이를 극복하고 이해하는 화합의

문제는 작품 속에서 상대적으로 축소된다. 즉 황석영이 이 작품을 통해 궁극적으로 전하고자 했던 '이주'(이동)[12]와 '조화'에 대한 문제의식은 후반부에 와서야 상징적인 차원에서 형상화될 뿐이다.

요컨대 『바리데기』의 후반부가 보여주는 영적인 장면의 지나친 남발과 초자연적인 장면에 대한 묘사가 현실적 정황과 긴밀하게 맞물리지 못하면서 따로 놀고 있다는 점에 문제점이 있는 것이다. 『바리데기』의 후반부에서 자주 등장하는 몇몇 초현실적 장면이나 환상은 로즈메리 잭슨이 언급한 환상의 전복적 요소[13]를 담보하거나 현실에 대한 성찰의 기능을 제공하기보다는 주인공 바리의 운명을 서사무가 「바리공주」에 부합되게 추동하는 문학적 자동장치에 가깝다. 바로 이러한 점으로 인해 『바리데기』의 후반부는 전반부에 비해 서술의 밀도와 현실 인식의 힘이 현저하게 떨어지는 것이다. 그렇다면, 미학적으로 숙성되고 내면화된 방식으로 서사무가 「바리공주」 이야기를 작품 얼개에 적용시키는 것이 필요하지 않았을까. 아니 어쩌면 「바리공주」의 서사를 도입하지 않고서도 이미 『바리데기』에서 이루어진 탈북과정, 기근에 시달리는 북한주민의 고단한 삶, 국제적 디아스포라의 여정, 서로 다른 인종들과의 화합 문제 등에 대한 한층 세밀한 형상화만으로도 충분히 서늘한 문학적 감동이 가능했을 것이다.

---

12) '이주'·'이산'에 대한 황석영의 관심은 남다르다. 예컨대 황석영은 브라질 출신으로 프랑스에 체류 중인 세계적인 사진작가 세바스티앙 살가도(Sebastião Salgdo)의 사진집 『이주』를 접한 후 "예를 들어 『이주』는 세계적으로 충격을 준 사진집입니다. 그 곳에 동구와 동남아와 아프리카 남아메리카 등지의 현실과 형편 들이 생생하게 찍혀 있었지만 북한만 빠져 있었어요 누군가 세계를 향해서 발언을 해야 한다는 강한 충동을 느꼈습니다"라고 말한 바 있다. 작가 인터뷰, 「분쟁과 대립을 넘어 21세기의 생명수를 찾아서」, 『바리데기』, 창비, 2007, 297면.
13) 로즈메리 잭슨, 서강여성문학연구회 역, 『환상성—전복의 문학』, 문학동네, 2001 참조

4. 다시 문제는 리얼리즘이다

『바리데기』에서 보여준 황석영의 새로운 서사적 실험이 지닌 의미를 기본적으로 인정할 수 있다. 새로운 소설 양식은 끊임없이 실험되어야 하기 때문이다. 황석영이 우리 시대의 어떤 작가보다도 성실하게 새로운 서사를 창출하기 위한 지난한 노력을 계속하고 있다는 것은 작가로서의 철저한 프로의식, 동아시아 서사에 대한 남다른 자의식과 연관될 것이다. 서사무가 등의 전통서사의 창조적 적용을 통해 세계문학으로서의 한국문학의 독자성을 확립하기 위한 황석영의 시도는 우리 소설의 세계화에 중요한 기여를 하게 될 수도 있다. 이러한 맥락에서 동아시아 서사의 전통과 접속하고자 하는 황석영의 문학적 의욕적인 기획과 완성도 및 문학사적 가치를 단지 한두 작품만으로 온전히 평가할 수는 없을 것이다.

다만 여기서 문제가 되는 것은 리얼리즘을 낡은 서구적 양식으로 보면서 새로운 서사를 시도하는 황석영의 소설 창작 전략이 이른바 정통 리얼리즘에 대한 지나치게 완고한 인식에 빠져 있지 않은가 하는 점이다. 탈북자의 고난에 가득 찬 이주의 여정과 그 지난한 삶에 대한 제대로 된 소설이 아직까지 드문 우리 문단의 현실에서, 탈북자 문제나 이산(디아스포라)을 주제로 한 리얼리즘적 형상화는 여전히 유효하다. 예컨대, 김명준 감독의 독립영화 〈우리학교〉의 먹먹한 감동은 어떤 영화기법이나 형식 이전에 무엇보다도 재일조선인 디아스포라의 지난한 현실 그 자체에서 연유하는 것이리라.

고식적인 정통 리얼리즘을 탈피하여, 리얼리즘의 정신을 계승하면서도 새로운 서사양식을 창안하고 모색하자는 황석영의 취지 자체에 대해서는 누구나 동의할 것이다. 중요한 것은 새로운 서사의 모색이라는 모토가 리얼리즘 이전의 초현실적 묘사와 오컬티즘의 남발, 전통서사

양식의 기계적인 차용에 대한 무조건적인 정당화로 이행될 수는 없다는 사실이다.

또한 황석영 자신의 『객지』·『무기의 그늘』, 김원일의 『불의 제전』, 조세희의 『난장이가 쏘아올린 작은 공』, 조정래의 『태백산맥』이나 『한강』, 방현석의 「내일을 여는 집」 등의 걸작들의 미학적 가치를 리얼리즘이라는 용어 없이 설명할 수 있는 것인지 의문이다. 이런 측면에서도 최근 몇 년 동안에 김원일이 보여준 문학적 행보는 황석영의 그것과 대비하여 주목될 필요가 있을 것이다. 『슬픈 시간의 기억』(2001)·『푸른 혼』(2005)·『전갈』(2007)로 이어지는 김원일 소설의 최근 궤적은 현실과 역사에 대한 진지한 통찰과 정통 리얼리즘 양식이 문학적으로 여전히 유효하다는 사실을 인상적으로 보여주고 있다. 이런 의미에서 리얼리즘을 서구적 양식으로 보면서, 동아시아의 새로운 서사 양식을 창출해야 한다는 황석영의 관점은 '전도된 오리엔탈리즘'이라는 혐의에서 자유롭지 않다.

나는 아직도 리얼리즘이나 현실의 이름으로 감당해야 할 우리 문학의 몫이 많이 남아 있다고 생각한다. 그 몫 중에서 황석영만이 제대로 감당할 수 있는 영역이 있을 것이다. 물론 어떤 경우에도 새로운 서사를 향한 모색과 노력은 계속되어야 한다. 특히 동아시아 서사를 새롭게 창출하고자 하는 작가 황석영의 새로운 서사 양식에 대한 욕망과 기획은 그 자체로 존중되어야 한다. 꿈이나 환상, 비현실적인 장면 등을 소설에 적극적으로 등장시키는 소설이나 근대적 합리성 이전의 전통적인 주술적 세계관에 기반한 서사는 일부 고식적인 근대 리얼리즘 소설이 제대로 구현하지 못한 현실의 또 다른 저편을 다양한 방식으로 묘사할 수 있을 것이다.

근본적으로 저 고대의 신화나 전설부터 가브리엘 마르케스의 『백년의 고독』이나 보르헤스의 소설에 이르는 환상문학의 역사는 깊고 드넓다. 특히 중국이나 우리나라의 고전 서사에서 환상이 지닌 역할은 대단히 각별한 의미를 지니고 있다.14) 최근에 번역 소개된 중국의 대표적 작가 모옌의 『홍까오랑 가족』이나 쑤퉁의 『눈물』 역시 전통서사에 기반한 이야기의 변용과 초현실적 기법의 중요성을 새삼 환기시키고 있다. 가령 『홍까오랑 가족』에서 여우와 인간이 교감을 나누는 장면이나 〈세계신화총서〉의 한 권으로 발표된 『눈물』이 중국의 구전신화인 맹강녀 신화에 기대고 있다는 점을 주목할 수 있을 것이다. 근대적인 리얼리즘 문학에서 쉽게 찾아볼 수 없었던 전통 신화나 민간 설화를 활용하여 소설을 창작하는 것은 이 시대 소설문학의 새로운 트렌드로 부각되고 있다. 바로 이러한 흐름의 중심에 황석영이 존재하는 것이다.

그러나 환상이나 초현실의 활용, 전통신화의 변용이 그 자체로 소설의 미학적 가치를 입증해줄 수는 없을 것이다. 때로 꿈이나 초현실 등의 오컬티즘의 남발이 철저한 장인정신과 현실에 대한 사유의 힘을 약화시킨다면, 그러한 양식의 공과에 대해 면밀하게 재검토할 필요가 있다. 물론 황석영은 "마구잡이식 환상과 환영은 마땅히 경계해야 합니다"(299)라고 말하고 있지만 그러한 작가의 의도가 항상 성공적으로 작품에 관철되는 것은 아닐 것이다.

이런 의미에서 『바리데기』는 리얼리즘의 성과를 딛고, 거기서 한 차례 진전된 서사가 아니라, 오히려 여전히 중요하게 남아 있는 리얼리즘의 가능성을 너무 쉽게 초월한 서사양식이 아닐까?

그리고 이와 다른 맥락에서 흔히들 쉽게 편협하고 상투적이라고 비판되는 '리얼리즘' 양식이 지닌 풍부함과 문학적 잠재력에 대한 인식이 필요하다. 마치 리얼리즘이 어떤 환상과 초현실적 기법도 배제한다는 식으로 이해하는 것은 리얼리즘에 대한 또 다른 편견에 다름 아니다. 토마스 만이나 E. M. 포스터 등 20세기의 많은 작가들이 사실주의 정신에 뿌리박고 있으면서도 새로운 감각과 형식탐구에도 결코 뒤지지 않

---

14) 이에 대해서는 최기숙의 『환상』(연세대 출판부, 2003)의 3절 「환상의 문학사적 계보」를 참조할 것.

았다고 평가되는데, 이들은 새로운 차원의 예술로서의 리얼리즘의 원점에 이른 작가로 해석되고 있다.15) 또한 리얼리즘을 시와 꿈의 작업이라는 맥락에서 해석하는 크리스토퍼 코드웰 등의 논의는 리얼리즘이 얼마나 풍요로운 문학양식인가를 환기시킨다.16) 이러한 논의들을 통해서 인식할 수 있는 사실은 근대적 리얼리즘이 환상이나 상상력, 혹은 전통서사와 기계적으로 대비되는 개념이 아니라는 사실이다.

황석영 개인의 문학적 여정에서 『바리데기』가 가진 새로운 문학적 모색과 서사적 실험의 의의가 존재할 것이다. 이 점을 인정하는 데 인색할 필요는 전혀 없다. 끊임없이 새로운 서사 양식을 개발하는 황석영의 고투는 그 자체로 한국문학이 지닌 가장 독창적이며 새로운 가능성의 하나이다.

그러나 동시에 『바리데기』에서 이루어진 서가무가를 변용한 서사가 한국소설이 나가야 할 전범으로 수용될 필요는 없다는 기본적인 사실을 지적하기로 하자. 아직도 우리 문학은 현실과 리얼리즘의 이름으로 형상화해야 할 몫과 소재가 무궁무진하다고 생각된다. 한 사람의 비평가로서 나는 그 작업의 소중한 한 영역을 여전히 황석영에게 기대하고 있다. 이런 맥락에서 "과거의 리얼리즘 형식은 보다 과감하게 보다 풍부하게 해체하여 재구성해야 된다"(「작가의 말」, 『손님』)는 황석영의 발언은 유효하다. 그러나 말의 진정한 의미에서 리얼리즘의 해체와 재구성은 단지 전통서사의 수용뿐만 아니라, 역동적인 현실에 대한 한층 투명하고도 치열한 인식에서 나온다는 것을 인식해야 할 것이다. 아울러 리얼리즘의 혁신과 해체, 재구성이 리얼리즘의 현실 인식 기능을 어떠한 방식으로 계승하면서 이루어질 수 있는가에 대해 우리 시대의 소설가들은 고민해야 하리라.

지금 이 시대야말로 루카치가 말한 「문제는 리얼리즘이다」17)라는 명

---

15) 백낙청 편, 『리얼리즘과 모더니즘』, 창작과비평사, 1984, 7면.
16) 크리스토퍼 코드웰, 「시와 꿈의 작업」, 『리얼리즘과 문학』, 지문사, 1985.

제를 창조적으로 재인식할 필요가 있다고 생각된다. 그 리얼리즘은 물론 루카치가 신봉한 19세기 사실주의의 단순하고 기계적인 계승은 아닐 것이다. 그것은 루카치 리얼리즘론의 현실에 대한 첨예한 문제의식을 이어받되, 동시에 현대문화 및 미디어의 변모된 정황과 복잡한 현실을 제대로 담을 수 있는 '갱신된 리얼리즘'이어야 할 것이다. 그러므로 리얼리즘의 치열한 현실 인식 기능과 리얼리즘의 창조적 쇄신을 동시에 밀고 나가는 것이야말로 현 시대 우리 소설에 주어진 가장 중요한 과제라고 할 수 있다. 이런 의미에서 한국소설의 새로운 지평은 황석영의 새로운 서사적 실험에 대한 엄정한 평가와 성찰적 대화의 과정을 통해 생성될 수 있을 것이다.

5. 맺음말–욕망의 풍경과 자기 객관화

새로운 작품, 새로운 형식, 중요한 역사적 소재, 정치적 발언 등등의 면에서 소설가 황석영은 늘 어떤 문인보다도 강렬한 욕망과 선구적 의욕을 지녀왔다. 그는 지속적으로 역사적 현실과 불화를 겪어왔지만, 그렇다고 해서 그를 아웃사이더나 주변인으로 볼 수는 없을 것이다. 소설가로서의 황석영은 진보적이며 비판적이되, 항상 문단과 화제의 중심에 존재해 왔다. 요컨대 그는 체제와 지배이데올로기를 비판하는 순간에도 항상 중심에 서 있었던 것이다. 이러한 그의 면모는 항상 모든 일에 앞장서곤 하는 남다른 욕망과도 일정한 관련을 지니고 있는 것으로 보인다.

실정법을 위반한 그의 과감한 방북, "새 정치질서 만들기에 총대 멜

---

17) 게오르그 루카치, 홍승용 역, 『문제는 리얼리즘이다』, 실천문학사, 1987 참조

생각 있다”며 정치참여 의사를 피력한 바 있는 2007년 초의 인터뷰(『경향신문』, 2007.1.23) 등 최근 황석영의 여러 행동과 발언들을 보면, 황석영이 얼마나 새로운 모험을 즐기고 문학적·정치적 아젠다 설정에 능한가 하는 점을 확연히 인식할 수 있다. 작년에 황석영은 대선에 개입하면서 특정한 후보를 염두에 두는 맥락의 발언을 하는가 하면, 연정을 전제로 한 후보단일화 주장을 적극적으로 펼친 바도 있다.[18] 그러나 그의 바람과는 달리 그가 구상한 정치적 기획은 그 후에 현실적 동력을 전혀 얻지 못했다.

이러한 황석영의 기질과 욕망은 양면의 칼날에 비유될 수 있다. 그와 같은 적극적 기질과 강렬한 욕망은 누구보다도 치열한 예술적 열정과 건강한 승부욕으로 전화되어 훌륭한 작품을 산출하는 원동력으로 작용한다는 점을 인정해야 할 것이다. 그러나 때로 황석영의 이와 같은 태도는 지나치게 자신을 중심을 세상을 바라보는 오만에서 결코 멀리 떨어져 있지 않다.

가령, 황석영은 2007년 2월 5일자 『오마이뉴스』 기고문에서 누가 봐도 조정래나 고은으로 인식되는 동료 문인들에 대한 노골적인 조롱과 경멸감을 표시하기도 했다.[19] 문제는 이미 시인 이승철이 지적한 것처럼, 황석영 자신도 바로 그러한 비판과 비난의 대상에서 전혀 자유롭지 않다는 사실이다. 문단에는 황석영이 장기간 유럽에 체류하면서 여러 나라의 출판사 편집자들과 교류하고 있다는 점과 동아시아 서사양식을 유달리 강조하는 것을 노벨상을 의식한 행보라는 시각으로 바라보기도 한다.[20] 이승철은 황석영이 많은 문인들과 함께 한 자리에서 내놓은 발

---

18) 「총대 멘 황석영, 연합정부 전제로 후보단일화해야」, 『오마이뉴스』, 2007.11.23.
19) 황석영, 「개똥 폼 잡지 말고 현실의 저잣거리로 내려오라!」, 『오마이뉴스』, 2007.2.5. 이러한 황석영의 입장에 대해 시인 이승철이 「작가 황석영은 진실의 광장으로 나와라!」 (『오마이뉴스』, 2007.2.8)라는 제목의 기고문에서 강하게 비판한 바 있다.
20) 이승철, 「작가 황석영은 진실의 광장으로 나와라!」, 『오마이뉴스』, 2007.2.8. 나는 이러한 의미에서 황석영과 비평가 심진경과의 대담(「한국문학은 살아 있다」, 『창작과비

언을 아래와 같이 전하고 있다.

> 오늘은 『중앙일보』 사주를 만났고, 얼마 전 『조선』·『동아』 사주도 만났지. 한국문학의 발전, 아니 세계문학의 부흥을 위해 큰 그림을 한번 그려보라고 권유했지. 예컨대 노벨문학상 상금이 현재 100만 달러인데, 당신들이 나서서 300만 달러의 상금을 주면 세계 최고의 문학상을 만들 수 있는 것 아니냐. 그래서 프랑스의 르 끌레지오 같은 작가를 제1회 수상자로 하고, 나를 2회 수상자로 한다면 노벨문학상에 필적하는 세계 최고의 문학상을 만드는 것이 아니냐고 권했지. 그러면서 나는 『조선』 사주에게 내가 이름 팔 일이 생기면 이제 글을 써주겠다고 했어.[21]

황석영의 이러한 발언에서 드러나는 것은 지나친 자기중심주의와 그 자신이 기획한 노골적인 '욕망의 풍경'이다. 누구나 자기 나름의 욕망을 가지고 살아간다. 특히 세계를 자기식으로 해명하고 묘사하겠다는 생각을 누구보다도 많이 지닌 소설가들에게 이러한 욕망은 대체로 평균적인 사람보다 강렬한 경우가 많다. 욕망은 생의 원동력이다! 그러나 자신의 문학적 욕망을 정면으로 응시하고 성찰하는 냉철한 자기 객관화를 통과하는 과정을 통해, 제대로 된 글쓰기가 가능하다는 것도 또 하나의 진실일 것이다.

그렇다면 황석영의 이러한 기질과 욕망의 풍경은 과연 『바리데기』의 서사는 어떠한 연관성을 지닌 것일까? 오로지 작품 자체의 맥락만을 중시하는 텍스트주의의 입장에서 비평적 글쓰기가 진행되어야 한다는 입장에서 보면 이러한 질문 자체가 무의미할 것이다. 특정한 작가의 욕망의 풍경이나 심리 등이 실제 작품의 형성과 그 세계에 어떠한 영향을

평」, 2007 가을)에서 시인 이승철이 황석영에게 제기한 민감하고 중대한 문제들이 전혀 다루어지지 않은 점을 아쉽게 생각한다. '도전인터뷰' 방식에 부합되는 명실상부한 인터뷰가 되기 위해서는 이러한 민감한 문제들이 다루어져야 했던 것이 아닐까.
21) 이승철, 「작가 황석영은 진실의 광장으로 나와라!」, 『오마이뉴스』, 2007.2.8.

미치고 있는가를 합리적으로 탐구하기 위해서는 고도의 정교한 정신분석학적 절차가 요청될 것이다.

그러나 동시에 특정한 작품이 담보한 서사의 밀도와 소설의 전략, 특정한 형식의 차용 등은 그 작가가 마주한 다양한 현실적, 정치적 지평 및 욕망의 지형과 결코 분리될 수 없다는 점도 사실일 것이다. 글쓰기가 진실로 무서운 것은 때로 '쓰다'의 주체가 은폐하고자 하는 욕망의 풍경도 미세한 표현과 특정한 단어를 통해 그대로 드러나기 때문이다.

지금까지 이 글에서 지적한 『바리데기』의 한계 역시 작가 황석영이 보여주는 이즈음의 욕망의 풍경과 전혀 무관하지는 않을 것이다. 물론 이 글의 주된 관심이 그 관계에 대한 천착에 있는 것은 아니다. 그것은 정신분석학자에게 맡겨도 될 것이다.

『바리데기』는 결과적으로 독자들의 커다란 사랑을 받았으며 2007년 우리 문학이 거둔 최고의 성과로 높이 평가되고 있다. 그러나 이러한 사실이 곧바로 『바리데기』가 새로운 서사적 모험과 생생한 현실에 대한 형상화를 가장 성공적인 방식으로 결합시켰다는 것을 의미하는 것은 아닐 것이다. 오히려 문제는 한 작품이 면밀한 평가와 비판적 성찰의 과정 없이 한 시대 문학의 이상적인 모델로 추인되는 문단시스템에 있는 것 아닐까. 황석영의 새로운 서사적 실험과 전통서사에 대한 자의식에 대해서는 누구나 높이 평가하고 경의를 표할 것이다. 그러나 이러한 황석영의 시도가 진정으로 성공하기 위해서도 그의 시도에 대한 성찰적 대화가 필요하다.

이러한 차원에서 『손님』·『심청』·『바리데기』로 이어지는 황석영의 동아시아 서사 3부작의 성과가 앞으로 진정으로 새로운 문학적 갱신으로 이어지기 위해서는 작가 스스로가 자신의 욕망의 심연을 찬찬히 응시하면서 자기 객관화의 도정을 통과할 필요가 있을 것이다. 그 과정의 일환으로 필요한 것은 『바리데기』를 비롯한 작품의 성과에 대한 자부심 못지않게 작품의 한계에 대한 면밀한 성찰이 아닐까. 이러한 의미에서 『바리데기』에 대해 언급하면서 "세월이 더 지나면 덧붙여서 한 권을 더 쓸 수도 있고, 한 장(章)을 더 쓸 수도 있겠죠"[22)라는 작가의 발언은 주목된다. 이 발언은 『바리데기』에 대한 어떤 새로운 기대와 아쉬움의 표현이기도 하리라. 바로 그렇기에 황석영의 다음 작품이 무척이나 기다려지는 것이다.

| 2007 |

---

22) 황석영·심진경(도전인터뷰), 「한국문학은 살아 있다」, 『창작과비평』, 2007 가을, 260면.

회색인, 유목민, 오리엔탈리즘

최인훈의 『회색인』 다시 읽기

1. 『회색인』의 재평가를 위하여

한 소설의 화자나 작중인물이 발언한 내용을 중심으로 소설을 이해하는 작업은, 그 탐색의 과정에서 현실과 작중 인물의 연관성이 함축하고 있는 복합적인 맥락이 치밀하게 탐구되지 않으면, 속류 내용사회학으로 귀결될 가능성이 높다. 무엇보다도 소설 속에 개진된 초점화자를 비롯한 등장인물들의 사유나 발언은 현실과 일차원적인 대응관계를 가지고 있다고 볼 수 없기 때문이다. 소설 속의 주인공의 발언과 대화 등을 통해서 피력된 현실에 관한 사유는 대체로 작가의 문제의식에 의해서 한 차례 굴절된 형태로 전달되기 마련이다. 그러므로 소설 속에서 주인공의 발언과 현실적 맥락 사이에는 복합적인 연관관계가 존재한다고 보아야 한다. 그러나 이러한 사실에도 불구하고 어떤 소설들은, 작중

인물의 소설 내 발언과 대화가 그 소설을 이해하는 가장 중요한 첩경이
자 열쇠로 작용하기도 한다. 바로『광장』과『회색인』을 비롯한 최인훈
의 몇몇 소설들은 이러한 전형적 실례에 해당된다. 특히『회색인』의 경
우에는 주인공 독고준의 인생여정과 세계관 등이 마치 작가 최인훈의
분신이라고 볼 수 있을 정도로 흡사하다는 점에서, 주인공 독고준의 발
언에 작가 최인훈의 사유가 진하게 녹아들어가 있다고 할 수 있다.『광
장』이나『회색인』에서 발화되는 담화들이 에세이나 논설문의 형태로
산문집『유토피아의 꿈』이나 문학론집『문학과 이데올로기』에서 유사
한 내용을 통해 표출된다는 점에서 위의 논리는 분명히 확인된다. 이러
한 의미에서 최인훈의 소설들은 대체로 관념소설 내지 지식인소설에
가까우며, 부분적으로 '계몽소설'[1]의 특징도 지니고 있다.

한국 현대소설사를 구체적으로 탐색해 보더라도, 소설 내용 속에서
최인훈의 작품과 같이 현란한 관념의 표백이나 다채로운 사상의 표정,
지적인 사색의 풍경 등이 적극적으로 드러나는 경우는 참으로 드물다.
무엇보다도 작품 속 주인공이 수시로 발하는 관념적 사유와 역사적·
문화적 주제에 대한 지적인 대화가 최인훈 소설의 독특한 매력이자 특
성으로 파악되는 것이다. 최인훈의 소설들이 세월이 흘러갈수록 그 광
채가 빛나는 보석과도 같이 높은 평가를 받고 있는 이유 중의 하나로
바로 이러한 '관념적 사유의 매혹'을 거론할 수 있을 것이다.[2] 말하자

---

1)『소설학 사전』(문예출판사, 1999)에 따르면, "계몽소설들에는 예외 없이 인류애적 이
   상과 민족 구원의 사명감에 부풀어 있는 젊은이(대학을 갓 졸업한)들이 등장"한다고
   한다.
2) 2001년에 최인훈의『광장』발간 40주년을 맞아,〈『광장』발간 40주년 기념 최인훈
   문학 심포지움〉이 기획되어 2001년 4월 13일 세종문화회관에서 성대하게 개최되었다.
   그리고 문화비평가 김성기는 "그리고 40년 가까운 세월이 지났다.『회색인』이후 우리
   지식인의 현실 통찰은 얼마나 깊고 성숙해졌는가? 이렇게 자문하니 참으로 아득하다"
   (「내가 요즘 읽는 책―최인훈의『회색인』」,『동아일보』, 2001.3.20)라고 언급하면서『회
   색인』의 현재적 의미를 강조하고 있다. 아울러 철학자 탁석산 역시 자신의 저서『한국
   의 정체성』(책세상, 2000)의 '감사의 글'에서 "최인훈이 제기한 문제는 추상적이고 머
   나먼 남의 나라의 것이 아니라 바로 우리 자신의 문제였기 때문이다. 남북 분단의 특수

면, 최인훈의 소설들은 그 소설에 등장하는 작중인물이 보여주는 사유의 흐름과 담론의 맥락이 압도적인 의미를 지닌 소설에 해당하는 것이다. 이러한 의미에서 『광장』이나 『회색인』, 『서유기』 등에서 개진된 최인훈 문학의 문제성은 무엇보다도 이러한 사유와 관념의 풍요로운 표정에서 비롯된다고 하겠다. 그 사유와 관념은 그 작품들이 발표된 후 40년이 가까워오는 지금 이 시점에서 보더라도 여전히 문제적이며 유의미한 대목을 담고 있다.

이 글은 최인훈의 『회색인』이 담보하고 있는 현재적 의미를 적극적으로 평가해야 한다는 문제의식 아래, 『회색인』에서 주요 등장인물들에 의해서 제기된 문화적·역사적 문제들을 지금 이 시대의 시점에서 재해석함과 동시에 그 한계를 비판하고자 하는 의도를 지니고 있다.

1963년 당시 27세의 최인훈에 의해 「회색의 의자」라는 제목으로 『세대』지를 통해 1년 동안 연재되었던 『회색인』은 그 역사적 문제의식이나 지성사적 맥락, 한국문화 탐색의 깊이, 관념적 대화의 수준 등등의 면에서, 현재적인 재해석의 필요성을 지니고 있는 문제적인 작품이다. 그러므로 지금 이 시대의 시점에서 『회색인』을 재평가하고 재해석하는 작업은 긴요하다. 역사가 과거와 현재의 대화라면, 과거에 발표된 문학작품 역시 항상 현금의 시점에서 재해석될 수밖에 없는 운명일 터인데, 『회색인』은 다른 어떤 작품보다도 이러한 역사적 평가와 해석이 요청되는 소설이라고 판단되는 것이다.

이러한 의미에서 현저히 『광장』 중심으로 진행되고 있는 최인훈 소설에 대한 논의는 다소 편향적이다. 이 점과 연관하여 유종호는 "『회색인』은 등장인물에 있어서나 거기 펼쳐 있는 사고와 관념에 있어서나 『광장』

성, 한국문화의 억압성, 약소국 국민이 치러야 하는 대가, 서양 위주의 시각에서 비롯된 현실 왜곡 등이 나의 정신세계를 사로잡았다. (…중략…) 최인훈은 『회색인』에서 여러 가지 예민한 문제를 제기한다. 그러한 문제 제기만으로도 이 소설은 가히 놀라운 작품이다"(143면)라면서 『회색인』의 가치를 적극적으로 평가하고 있다.

보다 한결 다채로우면서도 안정감을 얻고 있다"면서 『광장』에 비해서 과소평가된 『회색인』의 문제적 특성을 강조하고 있다.[3] 최인훈 문학에 관한 논의가 『광장』에 집중된 이유는, 무엇보다도 『광장』이 상대적으로 분단 현실이라는 역사적 정황을 효과적으로 드러내고 있는 주제를 채택하고 있다는 사실에서 연유한 것으로 보인다. 이제 이러한 편향은 『회색인』을 포함한 최인훈 소설에 대한 전반적이며 총체적 논의를 통해서 극복되어야 한다. 『회색인』이 표출하고 있는 현실 인식을 탐구하는 이 글이 최소한의 의미를 담보하고 있다면, 바로 이러한 최인훈 연구의 편향에서 비롯되는 것이다.

지금까지 서술한 문제의식에 따라 이 글은 『회색인』의 주인공인 독고준을 비롯한 주요 등장인물이 개진한 사유와 발언을 현재적 시점에서 재해석·재평가하는 방법으로 전개될 것이다. 그 과정은 지금 이 시대 한국사회 및 지성계의 모습과 대면하는 여정이기도 할 것이다.

2. 전통적인 소설 형식의 해체

『회색인』은 한마디로 기승전결의 전통적인 소설 형식에서 완전히 자유로운 소설이다. 작품 내용의 대부분이 주인공 독고준을 비롯하여 김학, 황선생 등의 대화와 사색, 몽상, 독백으로 구성되어 있다는 점은 역설적으로 이 소설이 형식이나 구성보다는, 내용에 더욱 커다란 비중을 두고 있다는 사실을 의미한다. 그렇다면, "『광장』이 소설다운 소설이라는 관념에서 자유롭지 못하고 이에 따라서 극적인 장치를 마련하기 위

---

3) 유종호, 「소설과 정치」, 『동시대의 시와 진실』, 민음사, 1982, 270면.

해서 고심하고 있음에 반해서 『회색인』은 관념 자체와 그 표현에 세심히 유념하면서 소설다운 소설이라는 관념의 굴레에서 마음껏 자유롭다"는 지적4)은 바로 『회색인』의 형식적 특성을 정확히 간파하고 있다고 판단된다. 소설 속에서 개진되는 사유나 사상의 깊이라는 척도로 평가하자면, 『회색인』은 『광장』보다 한층 유의미한 작품이다.

사실 『회색인』에는 독고준이나 김학의 관념적 사유와 발언, 대화를 제외하면 별다른 줄거리나 극적인 사건이라고 칭할 수 있는 부분이 거의 존재하지 않는다. 『회색인』은 형식적 완결성이나 깔끔한 구성이라는 전통적인 형식적 규준으로 평가될 수 없는 일종의 형식 해체소설에 가깝다. 전통소설의 구성과 상관없이 수시로 등장하는 정치적 대화와 관념적 사색들, 문화적 담론들은 그 자체로 이 소설의 중요한 의미소로 기능한다. 이러한 『회색인』의 특성으로 인해, "처음 읽었을 때는 소설처럼 느껴지지 않았다. 많은 부분이 주인공의 생각으로 채워져 있는데, 그것이 마치 논문이나 시사평론처럼 보였기 때문이다"5)라는 독후감이 가능했던 것이다. 발자크의 소설이 당대 프랑스사회에 대한 어떤 역사논문보다도 풍부한 일상사의 세목과 풍경을 보여준다고 말할 수 있다면, 유사한 의미에서 최인훈의 『회색인』은 1960년을 전후한 지식인의 내면정경과 사유의 표정을 어떤 사회과학논문보다도 구체적이며 치밀하게 보여준다고 말할 수 있을 것이다. 그러므로 1958년 가을부터 1959년 여름에 이르는 4·19혁명을 앞둔 9개월여의 기간 동안, 대학생 독고준을 비롯한 김학, 황노인 등의 등장인물들이 발설하는 관념적 발언과 대화, 추억, 회고 등이 이 소설의 등뼈를 구성하고 있다.

특히 주인공 독고준의 경우에는 해방 직후 북한에서의 체험에 대한 회상, 월남 이후 매부 현호성과의 만남으로 인해 발생하는 에피소드, 그리고 서양화가 이유정, 착실한 기독교 교인 김순임과의 흥미로운 연애

---

4) 유종호, 앞의 글, 270면.
5) 탁석산, 『한국의 정체성』, 책세상, 2000, 141면.

장면을 제외하면 특별히 서사적인 장면이나 인상적인 이야기가 거의 존재하지 않는다. 이러한 대목과 연관하여, "이유야 어쨌건『회색인』· 『광장』을 통틀어서 학생이나 지식인 아닌 일하면서 사는 사람들의 세계가 거의 비치어진 적이 없다는 것은 매우 시사적이다"[6]라는 유종호의 지적은『회색인』의 문학적 특장과 한계를 동시에 드러내고 있는 발언일 것이다. 말하자면『회색인』은 다양한 등장 인물의 묘사나, 형식적 완결성, 당대 사회의 객관적 반영 같은 소설적 덕목보다는 오로지 작품 속에서 개진되는 관념 자체의 밀도와 그 문제적 맥락을 목적으로 발표된 것이다. 관념과 사색을 대화와 독백, 회상 등의 형식을 통해 자유롭게 드러내기 위해서는 무엇보다도 전통적인 소설형식에서 탈피해야 하기 때문이다.[7] 이와 연관하여, 김치수의 "일반적으로 소설이라는 양식 속에서 생각할 수는 없는 에세이 스타일의 이야기가 독고준이나 김학이나 황노인 등의 입을 통해서 자주 나오게 된다"[8]는 지적은 바로 이러한『회색인』의 특성을 간명하게 표현하고 있다.

지금까지 언급한 논리에 따른다면,『회색인』을 정확하게 이해하는 것은 바로 주인공 독고준과 김학을 비롯한 등장인물들이 수시로 보여주는 대화와 사색의 내용을 이해하는 과정이기도 할 것이다. "별 하늘을 보는 것은 언제나 좋았다. 책 읽는 것 다음으로 좋았다"[9]는 독고준의 독백에서 상징적으로 드러나듯이, 독고준이 행동과 실천보다는 책읽기를 통한 관념적 사색과 몽상을 즐기는 체질이라는 사실[10]은 바로 관

---

6) 유종호, 앞의 글, 281면.

7) 상당수의 '소설가소설', 혹은 '예술가소설'이 전통적인 형식으로부터 탈피하여, 주인공의 사색과 관념을 자유롭게 드러내는 형식을 채택하고 있다는 점은『회색인』의 형식해체와 연관하여 중요한 시사점을 던지고 있다. 한혜선 외『소설가소설 연구』, 국학자료원, 1999.

8) 김치수, 「자아와 현실의 변증법」,『회색인』해설, 문학과지성사, 1992, 304면.

9) 최인훈,『회색인』, 문학과지성사, 1991, 45면.(앞으로 인용문 뒤에 해당 면수를 밝히는 것으로 각주를 대신함)

10) 소설의 내용에 따르면, 독고준은 일기장과 비망록을 소중히 간직하고 있으며, 항상

넘소설로서의 『회색인』의 성격을 규정지은 중요한 요인 중의 하나이다.

김학과 황노인을 비롯한 다른 등장인물 역시 이러한 성격에서 크게 비껴나지 않는다. 이를테면 황노인이 "지금은 그저 젊은 사람들 붙잡고 넋두리하는 게 내 낙이야. 아무 쓸모없는 짓이야. 내가 낙으로 삼아 지껄이는 것뿐이지"(179)라고 언급하는 대목은 『회색인』의 형식적 특성에 대한 중요한 시사점을 던져 준다. 아울러 김학이 독고준과 논쟁을 하다가 언뜻 보이는 다음과 같은 대목들은 그들 대화의 성격과 한계를 인상적으로 보여준다.

> 학은 맞받아 대꾸를 하려다가 문득 입을 다물었다. 갑자기 시들해졌다. 여태껏 주고받은 말들이 아무 쓸모없이 생각되었다. 공중에 대고, 들을 사람도 없이 지껄인 넋두리라는 생각이 그의 마음을 무겁고 누르고 혀를 굳게 했다. 공중에 뱉은 말. 먼지처럼 공중에 뜨는 말. 황금빛 부채 모양을 한 은행잎이 한잎 두잎 심심치 않게 떨어져 온다.(82)

> 혁명. 피. 역사. 정치. 자유. 그런 낱말들이 그들의 자리를 풍성하게 만들고 있었으나, 그것들이 장미꽃·저녁노을·사랑·모험·등산 같은 말과 얼마나 다른지는 의문이었다. 왜냐하면 그들에게는 그 무거운 낱말들—혁명·피·역사·정치·자유와 같은 사실의 책임을 질 만한 실제의 힘이 없었기 때문이다. 그들이 지배할 수 있는 것은 언어뿐이었다.(83)

위의 예문은 김학과 독고준을 비롯한 그의 친구들이 구사하는 현란한 언어의 성찬과 화려한 관념적 사유가 지니고 있는 근본적인 한계를 그들이 정확하게 의식하고 있음을 드러내고 있다. 그러나 현실 정치의 차원을 떠나 소설 내적인 차원에서 조망한다면, 그 한계보다 더욱 주목해야 할 대목은 관념적 대화와 사유가 얼마나 밀도 깊으며 예리한가의 여부일 것이다. 그들의 대화와 사색에 대한 평가는 현실적 역학관계 차

책을 읽는 사색형 인간에 가깝다.

원에서가 아니라, 관념과 사상의 자유로운 표출이라는 논리에서 수행되어야 한다.

그러므로 『회색인』의 진정한 주인공은 독고준이 아니라, 소설 속에서 개진되는 다채로운 관념적 대화와 사색 그 자체이다. 그리고 그 관념의 다채로운 표출을 가능케 한 기반은 전통적인 소설 형식에서 탈피한 『회색인』의 자유로운 형식이라고 볼 수 있는 것이다. 그렇다면 전통적인 소설 독법으로 『회색인』을 읽는 것, 가령 월남지식인인 독고준의 사상적 방황과 애정 편력이라는 성장소설적 특성에 주목하여 『회색인』을 독해하는 것은 이 작품이 전하는 가장 근원적인 메시지를 놓칠 우려가 있다. 『회색인』은 무엇보다도 작품에서 개진된 다양한 관념적 사유를 적극적으로 해석하는 방향에서 읽어야 한다.

『회색인』에서 개진된 관념이나 지성적 대화가 소중한 이유는 한국 현대소설사에서 관념소설, 혹은 지성소설의 전통이 취약하다는 사실과 연관된다. 분단으로 인한 현대사의 상처는 이 땅의 소설가들에게 정제된 지성과 농익은 인문적 사유를 제공하기보다는 당대 사회와 밀착된 현실적 상상력을 제공했던 것이다. 말하자면, 관념의 매력을 풍부하게 보여주는 관념소설의 희소성 자체가 역설적인 의미에서 『회색인』이 지닌 중요한 문학사적 맥락을 환기시키고 있다고 하겠다.

3. 독고준―근대적 개인주의와 유목민적 주체

『회색인』에서 독고준과 김학, 황노인 등에 의해서 전개되는 대화와 사색, 발언들은 다양한 주제와 스펙트럼을 지니고 있다. 그 주제들을 요령 있게 몇 마디로 정리하는 것은 불가능하지만, 대체로 한국 문화의 정체성, 한국 역사의 후진성, 한국에서 혁명은 가능한가의 여부, 서양 문화와 한국 문화의 비교 등등의 세목으로 분류될 수 있을 것이다. 그 대화들은 무엇보다도 1960년대 한국사회의 인식지평이라는 당대적 자장 내에서는 대단히 자유롭고 발랄한 전복적 사유를 보여주고 있다는 점에서 문제적이다. 그런데 이러한 사유의 현실성과 의미를 살펴보기 전에 더욱 중요한 것은 그 사유를 가능케 한 주인공 독고준의 의식구조를 탐색해 보는 작업이다. 전후라는 열악한 지성적 상황, 그리고 유교적 가족주의와 냉전주의가 팽배해 있던 1960년 전후의 시대사적 정황에서, 주인공 독고준이 보여주는 재기발랄하고 현란한 관념의 표정은 일정한 한계에도 불구하고 비상하고 남다른 경지라고 할 수 있다. 그렇다면 이러한 독고준의 관념은 어디에 뿌리를 두고 있는가.

한국전쟁의 와중에 가족을 북한에 두고 단신으로 월남한 독고준은, 먼저 월남한 아버지의 죽음 이후에는 고아와 다름없는 완전한 혼자의 몸이 된다. 가령, 남한에는 먼저 월남하여 이미 다른 여자와 재혼한 매부를 제외하면 어떠한 일가친척도 남아 있지 않았던 것이다. "모든 인연에서 자유로워지려는 게 내 결심이었다. 내게는 가족이 없으니까 그럴 수 있다고 믿었다"(230)는 독백은 바로 이러한 가족의 해체로 인해 생성된 독고준의 의식구조를 선명하게 보여준다. 이러한 맥락에서 보면, 가족과 아버지로부터 탈주하려고 지난한 노력을 기울였던 카프카에게서 본능적인 친화감과 존경심을 느끼는, 그리하여 "독고준에게 카프카는 그처럼 위대한 선배였다"(207)고 말해질 수 있는 독고준의 심리적 기원은 독특한 가족관계에서 연유하는 것이다. 그리고 어떠한 인연과 이념으로부터도 자유로운 고독한 단독자의 입장으로 인하여, 바로 독고준의 현란한 관념적 사유와 당대의 남한사회에 대한 신랄한 문제제기가 가능해지는 것이다.11) 물론 독고준은 나중에 할아버지의 흔적이 남아

---

11) 독고준 스스로 "청년 시절에 흔히 있는 대로 독고준도 체계(體系)에의 집념에 사로 잡혀 있었다. 세계를 한 가지 원리로 설명하고 싶다는 욕망. 그것은 가족으로부터 분

있으리라고 예상되는 고향 마을의 향교를 찾아, 핏줄의 흔적을 탐문하지만, 그러한 사실은 전통적인 가족주의로의 회귀와는 아무런 연관성이 없는 단순한 호기심의 차원에서 전개될 뿐이다.

지금까지 언급한 독고준의 태도는 '근대적 개인주의자'의 전형적인 모습에 부합된다. 예를 들어, 다음과 같은 독고준의 독백이 이러한 실례에 해당된다.

> 『춘향전』이 승리할 가망은 없다. 그렇다고 남의 다리를 긁을 것인가. 아니. 훌륭한 서양 사람은 남의 나라의 자연 자원까지 사랑하고 있지 않은가. 그것이야말로 미래의 인간. 세계 시민의 본보기다. 그러나 그것은 정복자가 가지는 여유다. 이치는 그러하나 마음이 따르지 못하는 일이다. 그렇다면. 혁명. 상황을 바꾸는 일. 혁명. 혁명을 하면 이 괴로움은 가실까? 혁명한 다음에, 우리나라가 동양의 스위스가 된 다음에, 만일 내가 실연(失戀)한다면? 동양의 무릉도원이 내게 무슨 소용인가. 그렇다. 내 문제는 그런 것이 아니다. 한국이야 어찌되었든 사실은 내 본심은 아랑곳없는 것이다.(227)

이러한 독고준의 고백은 '근대적 개인주의'에서 비롯된 철저한 개인 중심적 사유에 해당된다. 특히 "혁명한 다음에, 우리나라가 동양의 스위스가 된 다음에, 만일 내가 실연(失戀)한다면? 동양의 무릉도원이 내게 무슨 소용인가"라는 부분은 공동체적인 대의의 논리에서 탈주한 한 개인의 욕망과 실존이 그 어떤 대의명분이나 인류적 질서보다도 상위 가치에 놓일 수 있음을 여실히 보여주는 대목이다.

독고준이 남한사회를 지배하고 있던 지나친 가족중심주의, 혈연주의, 고루한 인습에 대해서 다소 신랄한 비판을 던지게 되는 심리적 뿌리는,

---

리되어 소속할 체계를 잃은 에고가 자기 분열을 막기 위해서 환경과의 사이에 벌이는 본능의 싸움일 것이다"(65)라고 말하고 있다. 이러한 대목은 관념을 향한 독고준의 열정이 아무 가족도 없다는 존재론적 조건과 밀접한 상관성을 맺고 있다는 사실을 입증하고 있다.

이를테면 민족주의적 정서를 비롯한 그 어떤 공동체적 명분도 한 개인의 진실이나 욕망보다 우선할 수 없다는 근대적인 의미의 주체성에 자각에서 연유하는 것이다. 예를 들어, "가족. 가족이란 것을 새삼스럽게 생각해본다. 사람이 그속에서 나고 살다가 죽는 것이 가족이다. 죽으면 그뿐인 것도 아니다. 가족의 명예를 위하여, 라고 말한다. 가문이 어떻고 한다. 그런 '가족'이 독고준에게는 제일 아득한 존재가 되어 있다"(99)라는 독고준의 사유는 가족이라는 전근대적 혈연관계로부터 탈주한 근대적 주체의 모습과 겹쳐진다.

아울러 "강해야 한다. 최소한 나의 에고는 지킬 수 있도록. 태연한 낯빛으로 약간 웃음 띠고 신(神) 없는 고독을 견디어내기만 하면. 족보(族譜) 잃은 외로움을 견디어내기만 하면"(279)이라는 독고준의 독백은 이른바 '신이 사라져버린 시대'와 '조상의 개념이 쇠퇴하기 시작한 시대'를 정면으로 맞이한 고독한 근대인의 운명을 상징적으로 드러낸다. 1960년대 초반의 한국사회에서 이러한 근대적 주체의 개별성에 대한 선명한 자의식이 가능했다는 사실은 최인훈의 지성사적 감각이 지닌 문제적인 함의를 뚜렷하게 보여주고 있다.

독고준을 지배하는 또 하나의 감성은 자신이 소외된 예술가라는 인식이다. 남한에 아무런 인연도 없는 고아와 비슷한 처지에서 소설을 쓰는 독고준이 이러한 태도를 지니는 것은 한편 자연스럽다. 가령, 다음과 같은 예문에서 그러한 독고준의 소외된 예술가의식, 혹은 유목민 기질이 자연스럽게 드러난다.

봉건 시대의 저 표표한 보헤미안들. 영혼의 방랑자들. 벼슬에서 밀려나서 앙앙불락하는 수많은 선비들과는 구별해야 하는 그런 타입의 중세인들이 있었다. 벼슬과 쾌락을 뜬구름으로 보고, 오묘한 삶의 한복판에서 마음 쏟을 곳 없이 조용히 살다간 회의의 사람들, 그들이야말로 예술가였으리라. 그들은 한 줄의 글도 어쩌면 남기지 않았는지도 모른다. 우리 옛사람들은 있는 것보다

없는 것을, 많은 것보다 적은 것을 사랑했으니까 그들의 안목으로 본다면 그
들의 패배라고는 하기 어렵다. 준은 이런 사람들에게 자기를 비겨보는 것이었
다.(203)

독고준은 현실적인 이해관계에서 이탈했던 보헤미안과 방랑자들을
통해서, 어떠한 인연으로부터도 자유로운 남한에서의 삶을 영위하고 있
는 자신의 모습을 포개보는 것이다. 소설을 쓰는 대학생이야말로 상대
적으로 현실적인 생계나 압력으로부터 자유로운 존재라고 할 수 있을
터인데, 바로 이러한 독고준의 실존적 정황이 현실과 사회에 대한 자유
로운 사색과 몽상을 가능케 한 존재론적 조건일 터이다. 그러므로 독고
준은 들뢰즈식으로 표현하자면 모든 기성의 제도와 그물로부터 탈주한
'유목민적 주체'로 불릴 수 있을 것이다. 요컨대 『회색인』은 생활이라는
현실적 압력과 가족이라는 인연의 끈으로부터 자유로운 독고준의 다양
한 관념적 사색과 방황으로 이루어진 소설이다.

4. 한국문화의 정체성과 『회색인』의 문제의식

『회색인』을 관류하는 중요한 문화적 화두는 한국문화의 고유한 정체
성이 과연 존재하느냐의 문제이다. 전후 서구문화의 현란한 관념과 문
화적 두께에 절망하던 1960년대의 지식인에게 당면한 문제는 그 타자
의 문화와 구별되는 우리 문화와 우리 사회의 독창성이 과연 존재하는
가? 하는 차원의 절박한 물음이었다. 독고준과 김학 역시 이러한 지식
인 부류에 해당한다.

한국의 문학에는 신화(神話)가 없어. 한국의 정치처럼 말야. '비너스'란 낱말에서 서양 시인과 서양 독자가 주고받는 풍부한 내포와 외연(外延)이 우리에게는 존재치 않는단 말이거든. 서양의 빛나는 시어(詩語)나 관용어들이 우리의 대중 속에서 매춘부로 전락하는 사례를 얼마든지 들 수 있어. 가로되 '니콜라이의 종소리' '성모 마리아' '슬픔의 장미' '낙타의 신기루' '아라비아' 같은 거. 이런 말은 그쪽에서는 강렬한 점화력을 가진 말이야. 왜냐하면 그 말들 뒤에 역사가 있기 때문이야. '니콜라이의 종' 하면 희랍 정교회의 역사와 비잔틴과 러시아 교회와 동로마 제국의 흥망이 그 밑에 깔려 있는 게 아니겠나? '성모 마리아'는 더 말해서 뭣해? 바이블과 카톨릭 중세 기사들의 순례와 수억의 인간이 긋는 성호(聖號)가 이 고유명사를 받치고 있지 않아? (…중략…) 하늘을 나르는 모포와 사이렌의 피리는 살아 있다. 그러나 손오공의 여의봉은 어디에 있는가? 그들의 경우 과거와 현재는 이어져 있으나 우리는 끊어져 있다. (…중략…) 저들은 단단한 벽돌 위에 얹힌 풍차와 싸우고 있으나 우리는 허공중에 거꾸로 매달린 허깨비와 싸우고 있다.(14)

민족적 자기동일성에 근거한 신화 만들기로부터 한 발 떨어져서, 한국문화의 실상과 허상을 꿰뚫어보고 있는 위의 예문에서 우리 것과 우리 문화에 대한 근거 없는 미화는 전혀 찾아볼 수 없다. 어떤 면에서는 우리의 고유문화에 대한 지나친 비하감이 나타나기도 한다. 그리고 민족주의적 정서가 과잉 투사된 허구적인 전통의 연속성보다는 냉철한 전통단절론이 더욱 과학적이며 합리적인 태도에 가깝다면, 위의 예문에서 표출된 독고준의 현실 인식은 바로 철저한 전통 단절론에 해당된다. 한마디로 말해서, 위의 예문은 한국문화의 자기 정체성의 문제에 대해서 뼈아픈 질문을 제기하고 있는 것이다. 물론 전통과 현대의 연속성에 대한 다양한 연구가 진행된 이 시점에서 보면, 이러한 견해는 다소 급진적인 '전통단절론'에 해당된다.

독고준의 주장은 근본적으로 서구적 보편주의에 연계된 오리엔탈리즘에 침윤되어 있다는 비판으로부터 결코 자유롭지 않다. 그러나 이러한 한계와 별도로 위의 독고준의 주장을 우리 문화가 얼마나 제대로 극복했는가의 질문 앞에서, 만족스러운 답변을 내리기가 쉽지 않을 것이다.[12] 전통과 현대의 연속성이라는 문제의식에 입각한 여러 가지 연구들에도 불구하고[13] 근원적인 의미에서 볼 때, 이 땅의 현대는 서구적인 문화의 이식과정이라는 논리를 매끈하게 극복했다고는 볼 수 없을 것이다. 그러므로 『회색인』에서 제기된 문제의식은 여전히 유효하며 현재적이다. 한국문화사를 통해서 지속적으로 제기될 수밖에 없는 전통과 서구적 근대의 관계에 대한 질문이 바로 『회색인』을 통해 본격적으로 제기되고 있다고 평가될 수 있으리라.

서구 문화와 대비되는 한국사회의 결여사항을 냉철하게 인식하는 작업은 『회색인』 전반을 통해서 곳곳에서 드러나고 있다. 이를테면 "물론 우리는 원주민이다. 우리의 정치 제도는 우리가 싸워서 얻은 것이 아니다. 우리는 나사못 하나도 발명하지 않았다. 지성인이기 위해서는 될수록 많은 외국어를 알아야 할 형편이다. 우리는 쓰는 일용품 —정신적인 것이건 물질적인 것이건 —의 전부가 외래품. 럭키 치약이나 해태 캐러멜은 외래품이 아니라는 사람이 있다면 그는 좀 둔하다. 우리 조상은 가락엿을 애호했고 이빨에는 소금이 으뜸인 것으로 알았다는 의미에서 럭키 치약과 해태 캐러멜은 외래품이다"(101)라는 대목은 우리가 주체적이며 자생적인 것으로 간주하는 —흔히 국산이라는 표현으로 불리는 —물건들이 토착적인 우리 문화에 해당되지 않을 수도 있다는 인식을 담고 있다. 위의 예문은 다소 현실적 맥락을 간과한 극단적인 발언으로

---

12) 최준식의 『한국인에게 문화는 있는가—최준식 교수가 진단하는 한국인과 한국문화』(사계절, 1997)는 이러한 독고준의 주장이, 현금의 시점에서 학술적인 차원에서 보더라도 충분히 음미해야 할 진단이라는 사실을 보여주고 있는 저서이다.

13) 예컨대 자생적인 근대화이론의 경우, 역사의 연속성이라는 문제의식을 대상에 선택적으로 투사하는 목적론적 오류를 지니고 있는 것으로 보인다. 중요한 것은 우리 문화의 자생성과 연속성을 당위적인 차원에서 주장하는 것이 아니라, 그 자생성의 논리적 근거를 실증적으로 입증하는 작업일 터이다.

비판될 수도 있겠지만, 역설적인 의미에서 진정으로 한국적인 것은 무엇인가 하는 질문을 던지게 만든다. 무엇보다도 위의 예문은 다음과 같은 질문에 대한 부정적인 답변으로 해석된다.

> 그렇다면 어떻게 한국의 정체성을 확립할 수 있을까? 혹자는 한국적인 특질에 의해서라고 답할 것이다. 하지만 이 답은 매우 형식적이다. 왜냐하면 그럼 한국적인 특질이란 무엇이냐고 물을 수 있고, 그 답으로는 한국을 다른 나라와 구별해주는 그 무엇이라고밖에 말할 수 없기 때문이다. 결국 순환논리의 오류를 범하게 된다는 얘기다. 이 순환을 멈추게 하려면 한국적인 것이 무엇인가에 대해 알맹이 있는 답을 내놓아야 한다. 하지만 이 알맹이가 존재하는지조차 확실하지 않다.[14]

이러한 질문은 엄밀한 근거 없이 우리 문화의 자생성을 쉽게 운위하는 것보다 한층 엄정한 태도를 동반하고 있다. 이와 연관하여, 우리 문화의 고유한 정체성에 대한 근본적인 회의를 던지고 있는 독고준과 김학이 근거 없는 민족주의적 우월 의식과 섣부른 전통의 연속성 신화에 대해서 비판적인 태도를 표출하게 되는 것은 그 논리 전개상 당연하다. 다만, 이들의 주장이 현금의 시점에서 보면, 철저한 서구 중심주의에 기반한 '오리엔탈리즘'의 함정에서 결코 자유롭지 않다는 사실이 동시에 지적되어야 하겠다. 이들의 한계는 한국전쟁 후 채 10여 년이 지나지 않았던 당대의 지성사적 지평[15]에서는 흔히 발생하는 인식론적 미망에 가깝다.

여기서 그들은 당시 우리 사회와 한국문화의 문제점에 대한 냉철한 응시로 나아간다. 『회색인』의 등장인물들은 무엇보다도 한국문화의 후진성·결여·편협성 등을 강조하고 있다는 점에서 유사한 문화적 감각

---

14) 탁석산, 앞의 책, 30면.
15) 서구적 보편주의에 물들어, 동양을 서구인의 눈으로 해석하던 당시의 지성사적 풍경을 의미한다.

을 지니고 있다. 다음의 예문에서 그러한 모습이 전형적으로 드러난다.

> 어떤 시대의 청년들은 한 사람의 위대한 인간을 위해서 그의 말굽 아래 피를 흘려주는 것으로 넉넉히 행복할 수 있다. 어떤 시대에는 어떤 외국의 뒷골목 어두운 방안에서 적국의 요인(要人)을 쏘아 죽이는 계획을 하면서 보람을 느꼈다. 어떤 행복한 사람들은 관광 여행을 겸한 외국의 밀림 속에서, 어떤 표범의 산보를 회의해 보면서 거기서 인생의 심벌을 알아내 볼 수도 있었다. 그들은 행복했다. 그들에게는 목적이 있었다. 그러나 우리는 도대체 무어란 말인가? 원주민, 들켜버린 허약한 짐승들. 조지와 이반의 싸움에 징발된 똘마니들. 싸움도 싸움 나름이다. 정말 약이 오르고 울화통이 터져서 나 죽든 너 죽든 않을 수 없는 것이면 몰라도 기껏 주인들의 가랑이 사이에서 정강이 꼬집기나 한 대서야 무슨 사람 구실인가. 거짓말. 거짓말. 그리고 또 거짓말의 이 답답한 지층(地層). 사회를 개량한다는 일을 기껏 절망할 바에야 위생적인 환경에서 하고 싶다는 뜻으로밖에 받아들이지 못하는 인간. 그리고 서양 사람들은 우리를 누런 니그로쯤으로밖에 여기지 않으리라는 생각.(228~229)

위의 예문에서 표출된 독고준의 인식이 문화적 사대주의와 일정한 거리를 두고 있다는 점은 분명하다. 독고준의 견해는 오히려 당대 한국 사회의 한계와 문화적 식민주의에 대한 냉정한 진단에 가깝다. 실제로 서양 사람들에게 우리가 어떻게 받아들여지고 있는가를 엄밀하게 성찰하는 것이 의례적인 친선관계에 대한 자족이나 근거 없는 민족적 자부심보다 더욱 현실적인 태도일 것이다. 그리고 자기 자신의 비참한 현실을 제대로 인정하는 작업이 섣부른 낙관보다 더 성숙한 관점이라면, 그리하여 그 비관과 현실을 통과함으로써 미래를 향한 발걸음을 비로소 내딛을 수 있다면, 위의 자기 비하를 단지 냉소주의의 소산으로 볼 수는 없을 것이다. 그렇다면 이러한 철저한 자기 응시와 진단의 결론은 무엇인가? 그것은 다음과 같다.

그렇다면 춘향이가 이길 수 있는 가능성이 있는가? 한국 문화가 서양 문화를 몰아세울 앞날이 있는가? 난 없다고 봅니다. 춘향이는 어차피 퍼머를 할 것이고 자동차를 타고, 끝내는 재즈에 춤추고, 급기야 이몽룡과의 사랑에도 권태에서 오는 저 무서운 사랑의 파국을 겪게 되지 않겠습니까? 이것이 흐름입니다. 발상의 고삐야 누가 가졌든 게임의 승패는 분명해요.(189)

이러한 독고준의 현실 인식을 지금 이 시대의 한국문화가 과연 성공적으로 극복했다고 볼 수 있을까. 위의 발언은 우리의 민족적 주체성이나 문화적 독창성이 존재하지 않는다는 명제적인 차원보다는 현실적인 추세나 문화적 징후의 차원에서 수용되어야 한다. 위의 예문에서 나타난 독고준의 비관주의 역시 섣부른 절망과는 차원을 달리 한다. 그 절망과 좌절은 당시 남한 사회의 열악한 문화적 현실을 투명하게 응시하는 과정에서 생성된 태도일 것이다. 실상 『회색인』의 주제는 우리 사회와 문화에 대한 도저한 절망이 아닐까.

어떻게 보면, 1960년대에 이미 최인훈이 보여준 철저한 절망이 우리 문화 전반에 성숙하게 스며들기 못했기 때문에, 말하자면 제대로 절망하지 않았기 때문에 『회색인』의 주인공 독고준과 김학이 약 40년 전에 앓았던 증상을 지금도 여전히 유사한 형태로 앓고 있는 것이리라. 그러므로 독고준의 절망은 우리 것과 우리 문화에 대한 절절한 애정과 동전의 양면의 관계를 구성하고 있다는 사실도 여기서 지적되어야 할 것이다. 다만 이러한 독고준의 철저한 절망이 오리엔탈리즘을 극복하는 탈식민주의의 지평으로 충분히 진전되지 못한 점은 분명 아쉬운 대목이다.

5. 『회색인』의 현재성

『회색인』에서 개진되고 있는 관념적 대화와 한국사회에 대한 진단이 작품이 발표된 지 40여 년이 흐른 후에도 문제적인 맥락으로 수용되는 가장 커다란 이유는, 그 대화와 진단, 사색이 보여주는 선구적 문제제기와 현실적 설명력 때문일 것이다. 예컨대 이즈음 미당 서정주의 서거로 인해서 새롭게 점화되고 있는 친일문학 문제만 하더라도, 『회색인』에서 김학이 언급한 다음과 같은 대목이 지닌 문제의식을 결코 비켜갈 수 없을 것이다.

> 일제 말엽에 한국의 명사들이 학도들에게 지원병을 장려하는 망동을 하지 않았나? 그 사람이 어떻게 그랬을까 싶은 사람들까지도 그랬었던 말이야. 그 사람들의 생각은 이랬다는 거야. 일본을 넘어뜨리고 독립하기는 이제 틀렸다, 일본은 너무 강해졌다, 이런 현실에서 조선 사람들에게 반항을 설교한다는 것은 피해만 크고 이득은 적다, 거꾸로 우리가 그들에게 협력함으로써 우리들의 몫을 늘리자, 이 전쟁의 끝났을 때 우리는 백의 동포의 아들들이 흘려준 피의 값을 받게 될 것이다, 그렇게 해서 조금씩 자치를 실현해가자, 백만 학도여, 그대들은 역사 앞에 바쳐지는 순결한 어린 양이다, 겨레를 위해서 죽으라, 이것이 그분들의 논리였다는 거야. 국제 정세에 어두웠던 것은 용서해준다고 치더라도 이 얼마나 비열한 노예의 논리냐 말이야.(79~80)

물론 김학은 이러한 친일의 논리를 "비열한 노예의 논리"라고 비판하고 있다. 그러나 이러한 비판과 더불어, 위의 논리에서 주목해야 할 점은, 친일을 할 수밖에 없었던 사람들의 의식구조에 대해서 서술하고 있는 부분이다. 친일 행위에 대한 적절한 비판 역시 중요하지만, 동시에 친일 행위를 전개할 수밖에 없었던 의식구조, 즉 그 행위의 '내적 필연성'에 대한 면밀한 이해가 동반될 때, 친일 비판은 단순한 도덕주의적 질타에서 더 나아가, 친일 행위라는 검은 욕망의 심리적 기원과 그 모순된 행태의 뿌리에 대해서 한층 정교한 비판을 전개할 수 있을 것이다. 김학의 위의 발언은 친일 행위의 실제적 동기와 그 욕망의 심연을 적발하고 있다는 점에서, 설득력 있는 친일 비판의 선구적인 의미를 획득하고 있다.

당시 한국 교회에 팽배하던 문제점을 예리하게 짚어내는 다음의 예문 역시, 지금 이 시점에서 보더라도 일정한 현실적인 호소력을 지니고 있다.

> 교회는 많지만 이 교회가 한국사회의 정신적 향상을 위해서 과연 얼마나 힘을 미치고 있을까? 서양 나라들에 있어 기독교가 미치는 그러한 귀중한 대 사회적 정화력을 한국 교회가 오늘날 가지고 있는가? 누구의 눈에나 아마 아니라고 보이는 게 정말이 아닌가? 끊임없는 내부 싸움. 혁명이 아닌 그저 파벌의 싸움. 심지어는 폭력. 이것이 한국 교회의 오늘의 모습이 아닌가? 토착 종교도 아닌, 이 땅에 뿌리박은 지 지극히 연천한 종교가 벌써 이 정도로 타락했다면, 미래의 전망은 대단히 비관적이라고 볼 수밖에 없어. 이 땅에 기독교의 씨가 뿌려지고부터, 이 국민의 마음밭에서 기독교는 만족할 만한 꽃을 피우지 못했다는 것을 말해주는 게 아닌가?(174)

황선생이 김학과 대화를 나누면서 전개한 관념적인 장광설의 와중에서 피력된 한국 교회에 대한 진단은 1960년대 초반이라는 시대사적 배경을 지니고 있다. 그러나 위의 발언은 그로부터 40여 년이 지난 지금 이 시대에 횡행하는 종교 전반의 문제점을 지적하는 발언으로 보더라도 수긍할 대목을 담고 있다. 아울러 당시에 한국 교회의 장래와 연관하여, "지극히 연천한 종교가 벌써 이 정도로 타락했다면, 미래의 전망은 대단히 비관적이라고 볼 수밖에 없어"라고 예측하는 대목은 일부 교회에 국한된 것이긴 하지만, 교회 세습 문제를 비롯한 이 시대의 한국 종교의 부패와 연관하여, 문화적 퇴행성의 징후를 읽어내는 작가 최인훈의 날카로운 후각을 역력히 보여주고 있다. 다만 이러한 시각이 서양의 종교를 이상형으로 설정하고, 그 획일적인 기준으로 이 땅의 종교적·문화적 현상을 해석하는 '서구적 보편주의의 미망'으로부터 자유롭지 않다는 사실은 최인훈이 살았던 시대의 한계이자 최인훈의 한계일 것이다.

지금까지 살펴 왔듯이, 『회색인』은 한 마디로 말해, 소설의 형식을 빈, 당대 한국사회 진단이라고 할 정도로 당대의 한국 문화와 종교·사회·역사·민족성·정치 등등에 대한 다채로운 담론이 담겨 있다. 더군다나 그 상당수의 담론들은 오리엔탈리즘의 미망에서 자유롭지 않으며 탈식민주의의 전망을 보여주지 못한다는 한계에도 불구하고, 지금 이 시대에 읽어도 여전히 문제적이다.

최인훈의 『회색인』은 한국 문화의 정체성에 대한 근원적인 질문이 급격한 전통단절론과 오리엔탈리즘의 미망으로 수렴되는 과정을 보여준다. 그러나 이 한계조차도 당대 지성사의 한계와 맹목의 정확한 반영이리라. 최인훈의 『회색인』이 한국 문화의 정체성이라는 중대한 문제를 던지고 있는 문제작이라면, 지금까지 언급한 바로 이러한 문화사적 맥락 때문일 것이다. 이러한 의미에서 『회색인』에서 개진된 주장에 함축된 오리엔탈리즘의 한계를 냉철하게 응시하는 것도 대단히 유의미한 비평주제일 것이다.

6. 이 시대의 최인훈을 위하여

근본적으로 모든 문학적 논의는 과거와 현재의 대화에 해당된다. 가령, 신라시대에 발표된 향가에 대해서 탐구하더라도 그 향가를 조망하는 인식론적 지평은 지금 '현재'일 수밖에 없기 때문이다. 그러므로 그 '현재'의 시점이 지니고 있는 존재론적 구속성, 지식사회학적 편향, 학문적 추세 등이 필연적으로 '향가' 연구에 반영될 수밖에 없을 것이다. 이 점은 근본적으로 과거에 발표된 작품에 대한 문학 연구나 비평이 해석학적 대상이라는 사실을 의미한다. 이러한 의미에서 문학비평이 해석학 이론을 발전시킬 수 있는 중요한 분야로 취급받고 있다는 사실16)은 의미심장하다.

그렇다면 초고가 발표된 지 40년이 가까운 세월이 흐른『회색인』을 지금 이 시대의 시점에서 탐구하는 의미는 무엇일까?『회색인』이 비슷한 시기에 발표된 다른 어떤 작품보다도 현재적인 의미망을 지니고 있다는 사실이 그 의미를 설명해 줄 수 있을 것이다. 말하자면『회색인』은 현재와 과거의 대화라는 지평에서 볼 때, 지속적으로 이 현재의 시점에 문제적인 빛을 던지는 작품인 것이다.

최인훈은 만 27세에『회색인』의 기원이라고 할 수 있는『회색의 의자』를 발표하였다(『광장』은 만 25세 때 발표되었다). 한국 현대소설사에서 인문적 지성과 관념적 사유의 면에서 본다면 독보적인 봉우리에 올라 있는 최인훈의 대표작들이 20대에 발표되었다는 사실은 1960년대의 지성사가 도달한 높이와 깊이가 결코 녹록지 않다는 사실을 그 자체로 뚜렷하게 입증한다. 특정한 세대의 지성사적 높이가 다른 세대보다 높았다고 말하는 것은 문화적 편견에 해당된다. 예술이나 문화에서 진보의 개념이나 문학적 가치의 우열 관계를 시대적 혹은 세대적 차원에서 접근하는 것은 무리일 것이다.

그럼에도 불구하고, 우리는 이러한 질문을 우리 시대의 문학에 기꺼이 던질 수 있을 것이다. 〈이 시대의 젊은 소설가들이 보여주는 소설세계가 과연 최인훈의 도달했던 지성과 인문학적 교양에서 얼마나 더 나

---

16) D. C. Hoy, 이경순 역,『해석학과 문학비평』, 문학과지성사, 1988 참조

아갔는가?〉 이러한 질문에 대한 대답이 90년대부터 지금까지 수없이 발표된 작품 자체를 통해 문학적으로 드러나지 않는다면, 적어도 지성사적인 맥락으로만 한정한다면 20세기 말의 한국소설, 우리 시대의 한국소설은 문화적 퇴행의 징후로 수용될 수도 있을 것이다. 그 불길한 징후와 예감을 단번에 배반해줄 작가, 즉 최인훈의 지성에 비견되는 이 시대의 젊은 작가를 간절하게 만나고 싶다.

| 2001 |

예술을 위한 예술과 정치적 보수주의

이문열의 예술가소설에 대해

1. 예술가소설은 무엇인가?

다양한 소설 양식을 분류하는 수많은 기준 중에서 '예술가소설'이라는 개념은 예술의 본질 및 예술과 정치에 관한 사유를 탐문해 볼 수 있는 중요한 범주라고 할 수 있다. 무엇보다도 예술가소설에는 예술의 근원적 역할에 대한 내밀한 자의식이 가장 예민한 형태로 내장되어 있기 때문이다. 이와 연관하여, 허버트 마르쿠제는 "예술가소설이란 그 안에서 한 예술가가 고유한 생활양식의 대표자로서 환경 속에 개입되어 있는 소설"[1]이라고 언급한 바 있다. 여기서 '고유한 생활양식'이라는 개념은 바로 다른 소설과 구별되는 예술가소설의 특성을 의미한다. 또한

---

[1] Herbert Marcuse, 김문환 편역, 「독일 예술가소설의 의의」, 『마르쿠제 미학사상』, 문예출판사, 1994, 8면.

서재길은 "예술가를 주인공으로 설정하여, 삶과 예술 사이의 관계, 예술
가의 자의식 등을 탐구하는 소설 장르의 하위 유형"2)으로 '예술가소설'
을 규정한 바 있다. 그러므로 단지 예술가가 등장하여 이러저러한 행태
를 보여준다고 해서 곧바로 '예술가소설'의 범주에 귀속된다고는 할 수
없을 것이다.

　이러한 의미에서 보자면, 「금시조(金翅鳥)」·「들소」 등 이문열의 몇몇
소설들은 전형적인 의미에서 '예술가소설'에 해당된다. 예술가를 주인
공으로 등장시키고 있는 이문열의 소설들은 예술의 의미 및 정치와 변
별되는 예술의 고유한 역할에 대해서 지속적인 탐색과 진지한 관심을
보여주고 있다. 특히 「들소」(1979)·「금시조」(1981)·『시인』(1991) 등의 작
품들은 예술의 본질과 존재 의미에 대한 작가 특유의 현란한 관념이 적
극적으로 표출되고 있다는 점에서 주목할 필요가 있다. 또한 이 소설들
은 무엇보다도 예술과 정치, 예술과 도덕, 예술의 독자성과 예술의 실용
성 사이의 갈등을 집중적으로 보여주며, 궁극적으로 작가 이문열의 예
술관을 명료하게 드러내고 있다는 점에서 문제적인 작품이다.3)

　말하자면, 이문열의 예술가소설은 단지 예술가를 주인공으로 등장시
켰다는 소극적인 의미보다는 예술의 고유한 역할에 대한 성찰과 사유
가 깊이 있게 개진되고 있다는 측면에서 예술가소설의 소중한 성과라
고 할 수 있는 것이다. 그렇다면 작가 이문열은 다른 어떤 작가보다도
자신의 예술 행위에 대한 섬세한 자의식을 지니고 있다고 평가될 수 있
다. 이와 같은 '미학적 자의식'은 작가의 예술 행위에 대한 투명한 성찰
로 유도한다. 그러므로 이문열의 예술가소설에 대해서 탐구하는 작업은
이문열 문학의 의미와 한계를 추적하는 작업 및 예술가소설의 다양한

---

2) 서재길, 「1920~30년대 한국 예술가소설 연구」, 서울대 석사논문, 1995, 1면.
3) 이문열이 표출하고 있는 문학론 역시 미학적 자율성에 기반한 예술의 존재의미에
　대한 세심한 성찰을 전개하고 있다는 점도 주목해야 할 것이다. 이문열의 문학관이 명
　료하게 드러난 에세이로는 「부정(否定)과 물음의 사도(使徒)―어느 젊은 문우에게」(이
　문열 창작집 『달팽이의 외출』, 문학예술사, 1984)를 참조할 수 있다.

양상을 탐색하는 작업에 있어서 상당히 중요한 암시와 시사점을 제공
하게 될 것이다.

이러한 문제의식에 따라 이 글은 이문열의 예술가소설에 나타난 예
술적 사유의 전개과정과 맥락에 대해서 고찰함과 동시에, 작가가 상대
적으로 자신의 예술적 입장으로 수용하고 있는 것으로 보이는 예술의
자율성 이념과 '예술을 위한 예술'의 논리를 그의 문학론 및 정치적 태
도와 연관하여 탐구하게 될 것이다. 이는 곧 작가 이문열이 보여주고
있는 유미주의적 예술, 혹은 예술을 위한 예술의 논리가 그의 정치적
보수주의와 동전의 양면의 관계라는 사실을 인식하는 작업이기도 하다.

2. '예술을 위한 예술'의 시원(始原)-「들소」

1979년에 발표된 중편소설 「들소」는 신석기시대를 배경으로 하여, 예
술과 정치의 관계에 대한 집중적인 탐문을 시도하고 있는 작품이다. 이
소설은 이문열이 『동아일보』 신춘문예에 「새하곡」이 당선되면서 중앙
문단에 등단하던 1979년 『세계의문학』 가을호에 발표된 바 있다. 이문
열이 등단할 무렵에 이미 발표되지 않은 많은 작품들을 축적하고 있었
다는 사실을 고려한다면, 그는 등단 초기부터 예술의 고유한 기능에 커
다란 관심을 두면서 '예술가소설'을 창작하고 있었던 것이다. 이 점은
작가 이문열의 예술 및 예술가의 역할에 대한 관심이 일시적인 흥미에
서 배태된 것이 아니라, 이문열 문학의 핵심적인 테마라는 사실을 입증
한다. 사실 이문열의 예술가소설에서 자주 등장하는 '예술을 위한 예술'
에 대한 유다른 강조와 정치적 보수주의는 이 작품에서 이미 그 뚜렷한
경향성을 보이고 있다.

「들소」는 과연 작가의 예술적 취향 및 예술의 역할에 대한 사유가 인상적으로 드러나고 있다. 인간이 수행하는 대부분의 노동이 '사냥'이나 '전쟁'과 같은 일차원적 생존을 위해서 투자될 수밖에 없었던 신석기시대를 시간적 배경으로 한 「들소」를 통해 작가는 '예술이란 무엇인가', '예술은 무엇을 할 수 있는가' 라는 근원적인 질문을 던지고 있는 것이다.

「들소」의 주인공은 성인식을 앞둔 어느 소년이다. 거친 사냥이나 전쟁 연습에 몰두하는 대부분의 또래 소년들과는 달리, 유약하고 소심한 주인공은 직접적인 생존과 연관성이 희박한 일들, 가령 동물의 뼈나 돌에 장식이나 무늬를 새기는 일에 매달리게 된다. 소년의 이러한 취향과 행위는 오늘날의 시점에서 보면 예술적인 행위에 해당되는 것이다. 말하자면 현실적인 생존에 직접적인 연관성을 맺고 있지 않은 창조적 행위에 몰두하는 것, 칸트의 용어를 빌자면 무목적성의 논리에 흡사한 그러한 작업은 바로 예술가로서의 삶을 의미한다.

각자의 이름을 얻기 위해서 성인식의 마지막 절차로 진행된 소 사냥에서 주인공은 그에게 돌진하는 소를 피하다가 '소를 겁내는 자'라는 치욕스런 이름을 얻게 되고 영악한 '뱀눈'은 '뿔을 누른 자'라는 영광스러운 칭호를 얻게 된다.[4] 이 사건은 주인공의 앞날을 예시하는 중요한 '복선'의 기능을 수행한다. 결국 그는, 사냥과 같은 생존에 핵심적인 영역에서 벗어나, 이른바 '손의 동굴'에서 창자루나 화살에 그들 종족을 상징하는 무늬를 새기거나 장식을 다는 부차적인 분야에서 일하게 된다. 사냥 같은 일차적인 생존을 위한 일이 가장 중요했던 고대 원시사회의 논리에서 보자면, 주인공이 참여하는 일은 부차적인 중요성만을 띠고 있을 뿐이다. 이러한 그의 위치는 "천대받는 '손의 동굴'에 속한 하급장인일 뿐이었다"는 자조적인 표현으로 나타난다.

자신의 모든 열정과 지혜를 투여한 소중한 행위가 다른 상위의 가치

---

4) 이러한 대목은 마치 시민적인 견고한 일상에 적응을 못하고 예술가로서의 소외의식에 시달리는 토마스 만의 예술가소설 「토니오 크뢰거」의 주인공을 연상시킨다.

를 위한 단순한 쓰임새에 불과한 현실을 고통스럽게 승인하면서도 주인공은 생존의 논리에 따라 뱀눈의 제의에 의해 자의반 타의반으로 권력에 기생하는 기능공의 길을 묵묵히 걷게 된다.

이에 반해 '신비의 동굴'에서 일하는 사제 '큰 목소리'는 다음과 같이 주인공을 설득하면서 권력의 화신인 뱀눈의 제의를 단호하게 거절한다.

> 내가 노래를 부르는 것이나 네가 그림을 그리는 것이나 그것은 모두 우리 혈족 전체를 위한 것이어야 한다. 힘 있고 많이 가진 자를 위해 부르는 노래는 진정한 노래가 아니고 그들의 욕망을 표상하거나 주거를 장식해 주는 그림 또한 진정한 그림일 수 없어. 우리는 저 천상의 기억을—아니 우리의 예지가 닿는 한의 가장 완성한 세계의 이상을 혈족 모두를 위해 간직해야 하며, 우리의 영감에 와 닿는 불길한 징후는 아무리 사소한 것일지라도 그것을 경고해 주어야 한다. 그것이야말로 우리가 거부할 수 없는 약속이며, 자기들의 시선은 항시 먹이를 찾아 지상에 박혀 있으면서도 우리로 하여금 저 먼 하늘나라와 그 희미한 기억에 시선을 줄 수 있게 보살펴준 혈족들에 대한 보답이다.[5]

권력에 기생하는 예술을 단호하게 비판하는 이러한 큰 목소리의 관점이 한 마디로 '인간을 위한 예술', 즉 예술의 정치적 기능을 강조하는 실용적인 예술관에 연계되어 있음은 주목을 요한다. 이러한 큰 목소리의 주장에 대해서 주인공은 일면 그 논리의 맥락을 이해하면서도, 또 한편으로는 큰 목소리의 관점이 예술을 단지 정치의 부속물로 간주하는 뱀눈의 실용적 예술관과 권력욕을 유사한 방식으로 답습하고 있다는 사실을 분명하게 인식하게 된다. 가령 큰 목소리가 "그리고 또 약속했어. '뱀눈'의 음모만 막아내면 하늘과 위대한 정령의 이름으로 공이 있는 자들에게 특별한 명예와 이익을 주기로"라고 말하는 대목은 큰 목소리의 거사가 설사 성공하더라도 또 다른 의미에서 불평등한 권력구

---

5) 이문열, 「들소」, 『이문열 중단편전집』 제1권, 둥지, 1991, 176면.

조가 여전히 온존될 수도 있음을 암시하고 있는 것이다.

　그러므로 주인공은 당연히 큰 목소리의 편에도 흔쾌하게 설 수 없다. 여기서 지배이데올로기뿐만 아니라 거기에 반항하는 저항 이데올로기로부터도 일정한 거리를 두는 주인공의 태도를 확인할 수 있다. 이러한 태도는 정치적 보수주의와 연루된다. 어떠한 형태의 조직과 권력, 이데올로기부터도 거리를 두고자 하는 주인공의 태도는 그 진정한 의도와 관계없이 결과적으로 현존 질서에 대한 승인으로 귀결될 수밖에 없기 때문이다. 지금까지 설명한 주인공의 궤적은 작가 이문열의 세계관이 정치적 보수주의 언저리에서 배회하게 될 것임을 간접적으로 암시한다.6)(이 글에서 차차 살펴보겠지만 주인공의 예술관에는 작가 이문열의 음영이 짙게 배어 있는 것이다)

　그 후 큰 목소리가 뱀눈의 일당에 의해서 비참하게 제거되는 것을 목격한 연후에 주인공은 "내가 '뱀눈'에게 봉사하고 얻는 고기는 나의 소가 아니다"라는 인식에 도달한다. 이러한 인식은 뱀눈의 권력을 치장하는 작업에 머무르고 있는 자신의 예술 행위에 대한 음울한 자의식에 해당된다. 이와 연관하여, "예술가로서 그의 안에는 이상과 그 실현에 대한 형이상학적 동경이 깃들어 있지만, 그는 현실과 이상간의 거리를 인식하고 그 생활형식들의 왜소함과 공허함을 꿰뚫어 본다"7)는 마르쿠제의 지적은 바로 주인공의 예술적 경험과 겹쳐진다고 할 수 있다. 말하자면 자신의 예술적 이상과 주어진 현실 사이의 커다란 괴리가 주인공의 문제의식을 구성하는 근원에 해당되는 감정인 것이다. 이와 같은 자신의 종속적인 예술 행위에 대한 성찰은 다음과 같은 예술에 대한 견해로 귀결된다.

---

6) 김명인의 평문 「한 허무주의자의 길 찾기」(『이문열론』, 삼인행, 1991)는 이문열 문학의 이러한 보수적 이데올로기의 실체에 대해서 치밀하게 규명하고 있다.
7) 허버트 마르쿠제, 앞의 글, 16면.

지금까지 그가 추구해 온 것은 '그림 너머'의 혹은 '그림으로써' 얻어지는 어떤 것이었다. 말하자면 그림은 하나의 종속적 가치로서 어떤 목적을 위한 수단이나 도구였던 것이다. 그런데 이제 그가 새로운 추구의 대상으로 찾아낸 것은 그림 그 자체, 표상된 선과 색의 완전성이 가지는 가치였다.[8]

이러한 대목은 주인공이 궁극적으로 추구한 예술이 '인간을 위한 예술'이나 '권력을 위한 예술'이 아니라 '예술 그 자체를 위한 예술'에 가깝다는 사실을 알려주고 있다. 이를테면 다음과 같은 대목도 주인공의 예술관을 명료하게 드러내고 있다.

그때는 기껏 고기와 가죽을 얻기 위해서였지만 이제는 네 존재 자체이다. 이제 나는 너를 나만의 선과 색으로 영원히 잡아두고자 한다. 누구에게 바쳐지는 것도 아니고 영력(靈力)을 얻기 위해서도 아니다. 가장 가치 있는 것의 화체(化體) 바로 그림 자체를 위해서이다.[9]

그러나 문제는 기존 현실의 구조 속에서는 이러한 주인공의 소망이 온전히 실현될 수 없다는 사실이다. 그래서 주인공은 "내가 찾아낸 새로운 가치는 지금 이 땅에서는 시인될 수 없다"는 절망과 마주서게 되는 것이다. 그가 나의 선과 색으로 이루어진 나만의 소를 그리기 위해서 '신비의 동굴'로의 기나긴 여행을 떠나게 되는 것은 바로 이러한 인식이 가져온 자연스러운 수순(手順)일 것이다.

지금까지 설명한 「들소」의 서사구조는 '낭만적 예술가소설'에 가깝다. 허버트 마르쿠제는 예술가소설의 유형을 '사실적·객관적 예술가소설'과 '낭만적 예술가소설'로 나누면서, 낭만적 예술가소설의 특성에 대해서 다음과 같이 언급한 바 있다.

---

8) 이문열, 「들소」, 196면.
9) 위의 글, 161면.

낭만적 예술가소설에서는 예술가가 현재의 환경을 바탕으로는 더 이상 충족을 맛볼 가능성을 엿볼 수 없다. 따라서 그는 생활과는 거리가 먼 이상적인 꿈의 나라로 도피하여 거기에서 자기의 만족스러운 시화된 세계(poetisierte Welt)를 건설한다.[10]

「들소」에서 주인공의 행위는 바로 이러한 마르쿠제의 지적에 정확하게 부합된다. 예술적 현실과 이상 사이의 괴리에 착목한 낭만적 예술가소설은 "예술가는 현재의 환경을 그의 예술가됨의 기초로서 인정한다. 그러나 그는 그 생활형식들을 현실의 바탕 위에서 탈바꿈시키고, 영혼을 갖게 하며, 새롭게 하고자 노력한다"는 '사실적·객관적 예술가소설'의 입장과는 상반되는 미학적 구조를 지니고 있다.

소설 속의 주인공을 통해 개진되는 대사를 작가의 입장으로 기계적으로 수용하는 환원주의적 논리의 한계를 인정한다 하더라도, 「들소」에서 개진된 주인공의 예술관이 작가 이문열의 예술관과 상동관계를 맺고 있다는 사실은 어렵지 않게 확인할 수 있다. 이문열은 자신의 산문에서도 「들소」의 주인공과 같은 예술관을 유사하게 피력하고 있기 때문이다.[11] 작가 이문열이야말로 그의 작품과 에세이 등을 통해 어떠한 가치에도 종속되지 않은 예술의 독자성과 자율성을 끊임없이 강조해왔던 것이다.

---

10) 허버트 마르쿠제, 앞의 책, 17면.
11) 이문열, 「부정(否定)과 물음의 사도(使徒)—어느 젊은 문우에게」, 『달팽이의 외출』, 문학예술사, 1984.

3. 두 가지 예술관의 갈등과 낭만적 예술가소설 -「금시조」

　1982년 동인문학상 수상작인 「금시조(金翅鳥)」는 이문열의 예술관이
한층 정제된 논쟁의 형태로 드러나는 작품이다. 이 소설은 전통예술인
‘서화(書畵)’를 통해 기교로서의 예술(예술을 위한 예술)과 인격 수양으로서
의 예술(도道를 위한 예술) 사이의 갈등을 보여주고 있다. “웅혼한 필재와
유려한 문인화”로 유명하여 한말 3대가의 한 사람으로 손꼽히기도 하는
서화의 대가 ‘석담’ 선생과 그의 제자 ‘고죽’은 서화에 대한 서로 화합
할 수 없는 견해차12)를 노정하면서 서로에게 커다란 상처를 주고받는
다. ‘석담’의 예술관은 전형적으로 재도지기(載道之器)의 논리에 입각해
있다. 가령, 도(道)의 바탕 하에서만 비로소 진정한 글씨가 나온다는 석
담의 관점은 ‘도를 위한 예술’, ‘인생을 위한 예술’에 해당한다. 이는 인
간적인 수련 없이는 훌륭한 예술이 나올 수 없다는 논리에 귀결된다.
　이에 비해서 고죽의 예술관은 이른바 ‘패트론’이 사라진 서구의 근대
이후에 보편화된 ‘예술을 위한 예술’, 혹은 ‘유미주의적 예술’의 논리에
해당된다. ‘예술을 위한 예술’이라는 미적 이념은 “근대에 들어와 예술
성에 대한 자각과 함께 고조되었던”13) 것인데, 이러한 대목은 예술과
철학, 종교가 상호 융합되어 있다가 ‘분업화의 원리’에 입각한 근대 사
회에 접어들면서 예술이 독자적으로 분화되는 근대성의 경험과도 깊은
인식론적 연관성을 띠고 있다. 또한 “‘예술을 위한 예술’이라는 구호는
사실 한편으로는 산업주의와 보조를 같이하여 진행된 분업화의 표현이
며, 다른 한편으로는 산업화·기계화된 생활에 먹혀 들어갈 위험에서

---

12) 석담이 고죽의 글씨를 일러 “저 아이에게는 재기(才氣)가 너무 승하오”(「금시조」, 『이
　　문열 중단편전집』 제2권, 둥지, 1994, 84면)라고 말하는 대목은 바로 예술관의 차이를
　　암시하고 있다.
13) 편집부 편, 『미학사전』, 논장, 1988, 305면.

자기를 지키려는 예술의 방파제이기도"14)한 것이다. 그러므로 '예술을 위한 예술'이라는 미학적 입지는 근대사회에 접어들어, 예술의 고유성을 확보하려는 예술가의 필사적인 선택일 수 있다.

예술의 자율성 이념을 내면화하고 있는 근대적인 예술가상에 가까운 고죽에게는 서화 자체가 그 어떤 가치에도 종속되지 않는 독자적인 세계이자 목적 그 자체에 해당되는 것이다. 그래서 "고죽은 자기의 예술이 그 본질과는 다른 어떤 것에 얽매이는 것을 못 견뎌 했"던 것이리라. 다음과 같은 석담과 고죽의 대화는 서화에 대한 그들의 극심한 미학적 입장의 편차를 선명하게 보여주고 있다.

> "서화는 심화(心畵)니라, 물(物)을 빌어 내 마음을 그리는 것인즉 반드시 물의 실상(實相)에 얽매일 필요는 없다."
>
> "글씨 쓰는 일이며 그림 그리는 일이 한낱 선비의 강개(慷慨)를 의탁하는 수단이라면, 그 얼마나 덧없는 일이겠습니까? 또 그렇다면 장부로 태어나 일평생 먹이나 갈고 화선지나 더럽히는 것이 얼마나 부끄러운 일입니까? 모르긴 하되 나라가 그토록 소중한 것일진대는, 그 흔한 창의(倡義)에라도 끼여들어 한 명의 적이라고 치고 죽는 것이 더욱 떳떳할 것입니다. 그런데도 가만히 서실에 앉아 대나무 잎이나 떼어 내고 매화나 훑는 것은 나를 속이고 물을 속이는 일입니다."
>
> "그렇지 않다. 물에 충실하기로는 거리에 나앉은 화공이 훨씬 앞선다. 그러나 그들의 그림이 서 푼에 팔려 나중에 땅바닥 뚫어진 것을 메우게 되는 것은 뜻이 얕고 천했기 때문이다. 너는 그림이며 글씨 그 자체에 어떤 귀함을 주려고 하지만, 만일 드높은 정신의 경지가 곁들여 있지 않으면 다만 검은 것은 먹이요, 흰 것은 종이일 뿐이다."

"드높은 정신의 경지"를 강조하는 석담의 도를 위한 예술관과 서화

---

14) 아르놀트 하우저Arnold Hauser, 백낙청·염무웅 역, 『문학과 예술의 사회사 4—자연주의와 인상주의·영화의 시대』, 창작과비평사, 1999, 34면.

“그 자체에 어떤 귀함”을 부여하고자 하는 고죽의 유미주의적 예술관의 갈등은 스승인 석담이 죽을 때까지 지속된다. 그러나 죽음을 앞둔 순간 석담은 마침내 고죽을 받아들인다. 석담은 유언으로 관상명정(棺上銘旌)을 다름 아닌 고죽에게 부탁했던 것이다. 그러나 이 대목이 석담이 고집했던 도를 위한 예술의 포기로 해석될 수는 없을 것이다. 그것은 제자의 귀한 재능에 대한 마지막 애정이라고 해석되어야 할 것이다.

한편 “예술은 예술로서만 파악되어야 한다고 보는 고죽의 입장에서 보면 추사의 예술관은 학문과 예술의 혼동으로만 보였다”는 구절에서 인식할 수 있듯이, 평생 동안 예술을 위한 예술을 추구했던 고죽 역시 죽음을 앞두고 자신의 예술세계에 대한 혼란에 빠진다. 다음과 같은 예문은 그가 인생의 막바지에 들어와 그가 신봉해왔던 ‘예술을 위한 예술’의 논리에 대해서 근원적인 회의에 빠지고 있다는 점을 잘 보여주고 있다.

> 그런데 가장 세차면서도 일생을 되풀이 된 충동이 바로 미적 충동이었고, 거기에 충실하는 것이 그의 서화였던 것이다. 하지만 결국 그것이 내게 무엇을 줄 수 있었단 말인가. 고죽은 다시 자조적인 기분이 되면서 스스로에게 물었다. 아직도 그것이 내게 무엇을 줄 수 있다는 것인가.

물론 이러한 고민이 고죽이 일생 동안 추구했던 ‘예술을 위한 예술’의 전면 부정과 ‘도를 위한 예술’로의 인식론적 전환으로 해석될 수는 없다. 위의 대목은 예술을 위한 예술을 극한까지 추구했던 한 정신이 도달했던 공허함의 상징으로 해석되어야 한다. 이러한 고민의 과정 속에서 고죽은 자신이 지금까지 써 왔던 모든 작품들을 수소문하여 모은 뒤에 모두 불태워버린다. 이러한 행태는 도저한 이상주의자의 철저한 자기 부정에 가깝다. 그렇다면 이 행위를 낳은 심리적 기원은 무엇일까. 그것은 “미적 완성을 향해 솟아오르는 관념의 새”, 즉 ‘금시조’를 자신

의 그림에서 확인하기 위한 열망이었다. 그것은 다음과 같이 설명되고
있다.

> 그렇다면 고죽이 그의 일생에 걸친 작품에서 단 한번이라도 보고자 했던 것
> 은 무엇이었을까. 그것은 바로 그 새벽의 꿈에서와 같은 금시조였다. 원래 그
> 새가 스승 석담으로부터 날아올 때는 굳센 힘이나 투철한 기세 같은 동양적
> 이념미의 상징으로서였다. 그러나 고죽이, 끝내 추사에 의해 집성되고 그 학
> 통을 이은 스승 석담에게서 마지막 불꽃을 태운 동양의 전통적 서화론에서
> 벗어나게 되면서 그 새 또한 변용되었다. 고죽의 독자적인 미적 성취 또는 예
> 술적 완성을 상징하는 관념의 새가 되어 버린 것이었다.15)

고죽은 자신이 설정한 형이상학적이며 관념적인 예술적 완성이라는
척도를 기준으로 하여, 그러한 경지에 미달된다고 판단했던 자신의 모
든 작품을 불태웠던 것이다. 이러한 태도는 진정한 예술적 완성을 현실
에서는 불가능하다고 생각하는 철저한 이상주의적 태도에 해당된다. 미
적 완성과 유미주의를 철저하게 추구할 때, 이와 같은 태도는 필연적으
로 대두될 수밖에 없다. 아놀트 하우저는 키츠의 유미주의에 대해서 설
명하면서 "이때의 아름다움이란 생활이 아니라 생활의 부정이요 현실
의 부정으로서, 현실은 미의 심취자인 시인과는 영원히 분리되어 있는
것이며 마치 성자나 영웅이나 연인처럼, 그리고 모든 직접적인 것, 자연
적인 것, 자연발생적인 것처럼 시인으로서는 도달할 수 없는 것으로 남
아 있다"고 언급한 바 있는데,16) 이와 같은 지적은 그대로 고죽의 현실
부정적 태도에 대한 설명으로 대치될 수 있다. 현실에서 자신이 갈망하
는 이상적인 예술의 형태를 발견할 수 없을 때, 그는 궁극적으로 현실
을 부정할 수밖에 없는 것이다.

---

15) 「금시조」, 『이문열 중단편전집』 제2권, 둥지, 1991, 126면.
16) 아놀트 하우저, 반성완 염무웅 역, 『문학과 예술의 사회사—근세편 하』, 창작과비평
    사, 1985, 244면.

　지금까지 설명한 의미에서, 「금시조」는 '도의 예술'과 상반되는 '예술을 위한 예술'이 궁극적으로는 현실에서 불가능한 예술적 경지를 추구하는 이상주의적 예술관으로 귀결되고 있음을 인상적으로 보여주는 수작이라고 하겠다. 그렇다면 「들소」에서 주인공의 연모의 대상이었던 '초원의 빛'이 주인공에게 던지는 다음과 같은 발언, 즉 "당신은 무언가 다른 소를 좇고 있는데, 물론 잡을 수만 있다면 그 어떤 소보다 훌륭할 테지만 사실 그것은 잡을 수 없는 환상의 소예요"라고 말하는 대목은 바로 '예술을 위한 예술'을 추구하는 운명에 대한 정확한 비유에 다름 아닐 것이다. 말하자면, 「들소」와 「금시조」에서 추구되는 예술의 자율적인 가치를 향한 추구는 궁극적으로 현실적인 지평에서는 도달 불가능한 이상적인 예술적 경지에 대한 열망으로 귀결되는 것이다.17) 다만, 「들소」의 경우에는 그러한 열망에 대한 기대로 작품이 종결되는 것에 비해서, 「금시조」의 경우에는 그 열망이 현실적인 과정에서 실현되지 못했다는 것에 대한 참담한 자기 확인으로 귀결되고 있다는 점에서 차이가 있다. 예술을 위한 예술과 유미주의적 예술의 극한적인 추구라는 척도에서 본다면, 「금시조」가 미학적으로 한층 철저한 작품이라고 평가될 수 있다.

　「금시조」에서 작가 이문열의 예술적 태도가 고죽의 그것과 심정적으로 연계된다는 사실은 분명하다. 소설의 진행이 고죽이 자신의 과거를 회상하는 시점으로 전개된다는 점, 아울러 석담의 모습과 예술관이 고죽의 시점에 의해서 굴절되어 해석된다는 점, 고죽의 예술관이 평소에 작가 이문열이 주창해온 예술관과 일치한다는 점 등등이 이 사실을 설명해 준다. 작가의 애정은 현저히 고죽을 향해 있는 것이다. 그러므로 「들소」의 주인공과 「금시조」의 고죽의 초상에서 작가 이문열의 그림자를 발견할 수 있는 것은 자연스럽다.

---

17) 이러한 의미에서 두 소설은 마르쿠제의 분류에 따른다면 모두 '낭만적 예술가소설'에 해당된다.

4. 불립문자(不立文字)의 세계 - 『시인』

조선시대의 방랑시인 김삿갓(김병연)을 모델로 한 장편소설 『시인』은 불우한 지식인이었던 김삿갓의 일대기로 볼 수 있다. 동시에 이 작품은 시를 바라보는 김삿갓의 사유를 통해 시(문학)의 역할과 쓰임새에 대한 흥미로운 질문을 던지고 있는 일종의 예술가소설이다. 역적에게 항복한 조부의 행적 때문에 세속적인 출세의 기회를 박탈당한 김삿갓의 입장에서 볼 때, '시'는 신분상승을 도모할 수 있는 유일한 수단이었다. 그것은 다음과 같은 예문을 통해 확인할 수 있다.

> 독서인의 필수교양 또는 군자의 여기(餘技)로서였건, 과거에서 높은 점수를 받기 위한 수단으로서였건 학문의 일부로서 익힌 시에는 확실히 도구와 실용의 측면이 있다.[18]

이러한 주인공의 시관(詩觀)은 취옹이라는 늙은 노인과 만나면서 근본적인 변화가 발생한다. 『시인』에서 이 대목은 "그 늙은 시인과의 만남이 있고서야 그는 비로소 시인의 길에 접어들게 되므로"라는 표현을 통해 드러난다. 그렇다면 취옹이 생각하는 시의 기능은 어떠한가. 취옹은 다음과 같이 자신이 추구하는 시의 성격에 대해서 말하고 있다.

> 제 값어치로 홀로 우뚝한 시. 치자(治者)에게 빌붙지 않아도 되고 학문에 주눅이 들 필요도 없다. 가진 자의 눈치를 살피지 않아도 되고 못 가진 자의 증오를 겁낼 필요도 없다. 옳음의 자로써만 재려 해서도 안 되고 참의 저울로만 달려 해서도 안 된다. 홀로 갖추었고, 홀로 넉넉하다.[19]

---

18) 이문열, 『시인』, 미래문학, 1991, 69면.
19) 위의 책, 149면.

이러한 시관이 어떠한 목적에도 종속되지 않은 미적 자율성의 경지를 지향하고 있음은 분명하다. 취옹에게 있어서 진정한 시인이란 "시인은 바로 그러한 것들에서 벗어난 자다. 그 모든 것을 떨쳐버린 뒤에야 참다운 시인이 난다"는 주장에서 볼 수 있듯이 모든 실용적인 목적을 떨친 후에 도달하는 존재이다. 『시인』역시 주인공의 예술관은 '예술을 위한 예술'로 귀결된다.

작품 속에서 드러나는 취옹과 김삿갓의 예술의 목적과 기능에 대한 장문의 대화는 「금시조」에서 석담과 고죽의 대화의 복사판에 다름 아니다. "시는 도가 아니야. 도(道)도 틀림없이 만상의 원뜻을 보기는 하되 그걸 무언가 하나로 바꾸어 보지. 그러나 시는 있는 그대로 놓아두고 보네"라는 취옹의 언급은 바로 고죽의 관점과 흡사하다. 김삿갓은 이러한 취옹과의 대화를 통해, 자신이 신봉하고 추구했던 실용주의적 문학관에 대한 근본적인 성찰을 시도하게 되는 것이다. "시 그 자체만으로 충족되는 삶이 있을 수 있다는 가능성과 참다운 시인은 모든 걸 떨쳐버린 자라는 개념은 벌써 그때부터 그의 내부에서 강한 암시효과를 내고 있었다"는 구절은 김삿갓이 취옹과의 만남을 통해, 시를 위한 시, 즉 예술을 위한 예술의 경지로 관심이 이동하고 있음을 보여주고 있다. 여기서 시인은 단지 출세의 도구로서의 시나 목적으로서의 시와 변별되는 오로지 시를 위한 시를 쓰는 사람을 의미한다. 그렇다면, 김삿갓이 최종적으로 도달한 예술의 경지는 어떠했던가? 작품의 말미에서, 김삿갓은 20여 년 만에 취옹을 만나서 시에 대한 대화를 나누게 되는데, 이는 다음과 같이 묘사되고 있다.

거기서도 주고받은 그들의 말은 이미 이 세상의 말로는 잡기도 어려운 것이거니와 기록도 전문(傳聞)도 남아있지 않다. 그 뒤에 얻어진 그의 시도 마찬가지였다. 언제나 듣는 이를 상정한 쌍방 행위로만 인식되던 시가 일방성을 회복함으로써 들은 이도 없고 그 자신도 써서 남기지 않은 탓도 있지만, 설령 그가 문자

로 정착시키려 해도 그걸 잡아둘 문자는 없었을 것이다

—『시인』, 212~213면

이러한 세계는 불립문자(不立文字)의 경지에 가깝다. 한 사람의 시인의 일대기로서는 불립문자의 세계로 귀결되는 결말이 충분히 가능할 것이다. 대신 이러한 결말이 예술에 대한 진지한 사유의 중단을 의미하고 있다는 점은 지적될 수 있을 것이다.

『시인』은 정치적인 출세의 수단으로서의 시와 변별되는 예술의 자율성, 혹은 예술의 독자성에 대한 관심이 결말 부분에서 다소 비약적으로 불립문자의 세계로 이동하는 바람에, 그 분량에 비해서 예술에 대한 정교한 사유가 현실화되지 못한 작품이다. 언어를 벗어난 세계에서는 예술의 본질에 대한 사유가 진전될 여지가 없으며, 예술의 기능과 역할에 대한 어떠한 담론도 언어를 통해서 전개될 수밖에 없기 때문이다. 이러한 결말은 예술에 대한 극도의 이상주의가 역설적으로 예술 자체를 부정하고 있는 경지로 이행하는 과정을 보여준다. 불립문자의 세계는 「금시조」의 고죽이 자신의 작품을 불태운 것과 연장선상에 서 있다. 다만 예술가소설의 통시적인 맥락에서 보면, 『시인』은 출세의 수단으로서의 시의 역할이 지배했던 조선 후기 사회에서, 시 자체의 역할에 대한 성찰이 싹트기 시작하는 풍경을 소설화했다는 점에서 그 적극적인 의미를 인정받을 수 있을 것이다.

5. 예술의 자율성과 정치적 보수주의

지금까지 이 글은 이문열의 예술가소설 「들소」·「금시조」·『시인』을

대상으로 하여, 작품 속에 나타난 예술적 사유의 표출 양상 및 예술의
고유한 몫에 대한 작가의 관점을 구체적으로 탐문해 왔다. 그 결과 이문
열의 예술가소설에서는 공히, '예술을 위한 예술' / '인간을 위한 예술',
유미주의적 예술 / 공리주의적 예술, 가치의 상대주의 / 가치의 절대주의
의 명료한 이분법적 구도가 팽팽한 대립관계 속에서 현상되고 있다는
사실을 인식할 수 있었다. 그리고 그 대립구도 속에서, 작품의 주인공이
선택하는 논리는 공히 유미주의적인 예술, 혹은 예술을 위한 예술, 가치
의 상대주의 쪽이었다. 아울러 결말에서는 예술을 위한 예술을 극한적
으로 추구한 나머지 현실에서는 도달할 수 없는 관념적인 미적 이상이
나 불립문자의 세계로 경도되고 있다는 점도 주목되어야 할 것이다.

그 과정은 두 가지 예술관의 갈등을 통해 새로운 예술적 자아를 발견
하는 도정에 연계된다. 이러한 궤적은 이문열의 예술가소설들이 교양소
설적 요소를 지니고 있다는 점을 의미한다. 오한진의 주장대로 "교양소
설에서는 단순한 삶의 행로 그 자체를 서술하는 것이 목적이 아니라 그
러한 행로의 체험을 통해 인간의 자아 완성이란 이상을 향해 노력하는
과정을 중시하고 있다"[20]고 한다면 「들소」·「금시조」·『시인』 등의 소
설들은 예술적 입장에 대한 갈등을 통해 새로운 자아의 발견 및 예술적
자아의 완성을 추구하고 있다는 점에서 교양소설의 개념에 정확히 부
합된다고 하겠다.

그렇다면 이러한 이문열의 예술가소설에서 나타나는 특성은 그의 문
학적 에세이와 어떠한 연관성을 맺고 있는가? 그리고 그의 예술관은 그
가 보여준 정치적 태도 및 문학적 입장과는 과연 어떠한 관계가 존재하
는가?

이문열의 문학적 에세이 중에서 그의 문학에 대한 입장을 가장 선명
하게 드러내고 있다고 판단되는 「부정(否定)과 물음의 사도(使徒)―어느

---

20) 오한진, 『독일 교양소설 연구』, 문학과지성사, 1989, 14면.

젊은 문우에게」(이문열 창작집 『달팽이의 외출』, 문학예술사, 1984)라는 글은 이른바 '분화의 원리'에 입각하여 문학에 대한 이문열의 입장을 명료하게 드러내고 있다는 점에서 주목된다. 이 글에서 이문열은 자신이 문학을 선택하게 된 운명에 대해서 말하면서 이 시대 문학의 존재 방식에 대해서도 언급하고 있다.

그는 우선 "불행히도 내가 받아온 교육과 환경은 쓴다는 일―특히 현대적인 의미의 문학―에 그리 우호적인 것은 못되었습니다"[21]라고 말하고 있다. 그리고 "그런 사회에서는 자연히 도덕이나 문학은 수단적인 위치로 전락하고 예(藝)나 기(技)는 다시 그 하위에 놓이지 않을 수 없게 됩니다. 다시 말해, 문학이 학문이든 예술이든 그 자체가 완성된 가치 형태를 띨 수는 없게 되는 것입니다"[22]라고 설명하고 있다.

문학과 예술의 독자적인 역할을 적극적으로 인정하지 않는 고향의 분위기에서, 자신이 참여하고 있는 행위에 대해서 남다른 자존심을 가진 작가가 선택할 수 있는 길 중의 하나는 자신이 선택한 문학의 길이 다른 어떤 상위 가치에 의해서도 종속되지 않는 독자성과 자율성을 지니고 있다는 점을 입증하는 것이다.

그는 전통 사회를 지배했던 가치 융합과는 달리 현대 사회는 '가치 분화'의 원리에 따라서 구성된다고 한다고 주장하면서, "우리가 선택한 가치보다 하위의 가치가 없다는 것과 마찬가지로 상위가치도 인정할 필요가 없다는 것―그리하여 이제는 우리의 쓰는 행위가 다른 무엇에 종속되거나 바쳐질 필요가 없으며 우리 자체가 목적이라는 것은 긴 문학의 역사에 비추어보면 분명 귀한 위로와 격려가 아닐 수 없습니다"[23]라고 천명하고 있다. 가치의 상대주의에 입각하여 예술의 독자적 가치

---

21) 이문열, 「부정(否定)과 물음의 사도(使徒)―어느 젊은 문우에게」, 『문학이란 무엇인가』(권성우 편), 문학동네, 1994, 212면.
22) 위의 글, 212면.
23) 위의 글. 218면.

를 적극적으로 옹호하는 이러한 목소리는 바로 「들소」의 주인공의 독백이자, 「금시조」의 고죽의 목소리이며 『시인』에 등장하는 취옹의 주장이 아닌가.

요컨대 가치 분화의 원리에 근거한 예술의 자율성과 독자성의 강조는 이문열의 창작과 문학적 에세이를 통해서 마치 유기적인 톱니바퀴처럼 맞물리고 있는 것이다. 이문열이 주장하고 있는 '예술을 위한 예술'의 이념은 사실 이중적인 성격을 지니고 있다. 그것은 예술의 자율성을 억압하는 권력으로부터 예술이 저항하는 과정에는 커다란 도움이 되지만, 예술의 복합적인 사회적 맥락을 차단시키는 방패의 역할도 수행하는 것이다.

예술의 자율성에 대한 이문열의 입장을 그 자체로 존중하면서도, 아울러 그의 예술가소설이 담보하고 있는 문학성을 인정하면서도 우리는 다음과 같은 문제제기를 던질 수 있을 것이다. 우선 이문열이 자신의 예술가소설과 문학적 에세이에서 지속적으로 추구했던 예술적 입장은 현대 사회의 분화의 원리에 입각한 예술의 자율성과 예술의 독자성에 대한 강조였다. 그렇다면 이러한 관점을 지닌 그가 『선택』이나 『아가』에서 드러나듯이 가부장적인 공동체주의에 대한 향수와 전근대적인 세계에 대한 동경을 공공연하게 표출하고 있는 것은 일종의 논리적 모순에 해당된다. 그가 문학적 에세이나 예술가소설에서 줄기차게 열망했던 예술의 자율성의 논리는 현대사회에서 들어와 형성된 분화의 원리에 연계된다. 그렇다면 그가 공공연하게 표출하는 '현대성의 경험에 대한 적대감'24)과 철저한 위계서열 구조로 존재하는 가부장적 공동체사회에 대한 감미로운 회고는 이러한 예술관에 비추어 자연스럽게 설명되지 않는 것이다.

두 번째로는 어떠한 상위 가치에도 종속되지 않는 예술의 자율성을

---

24) 황종연, 「이문열 소설 '아가'를 읽고」, 『조선일보』, 2000.3.27.

지속적으로 강조해온 작가, 즉 '가치의 상대주의'의 입장에서 각각의 가치가 지닌 고유한 역할을 존중하는 작가가 신문의 사회비평란에 자주 등장하여 계몽주의적 논조를 통해 자신과 다른 타자의 주장을 적극적으로 배척하는 경우가 빈번하게 발생하고 있다는 점, 아울러 마광수 필화사건에 대한 이문열의 태도에서 여실히 볼 수 있듯이 자신이 옹호하는 고급문화를 척도로 하여 자신과 다른 문화적·정치적 관점을 배척하거나 학벌로 상처받은 그 자신이 오히려 제도권 등단을 기준으로 마광수의 글쓰기를 자격 미달로 몰아붙이고 있다는 점 등등에 관한 문제제기25)도 가능할 것이다.

이문열이 주창하고 있는 '예술을 위한 예술'이라는 미적 이념과 예술의 독자성이라는 입론은 충분히 존중되어야 마땅하다. 그러나 이문열의 예술적 행위와 글쓰기 행위 전반을 통해 그 자신의 미학적 입장이 일관성 있게 관철되지 못하고 있다는 점이 문제인 것이다.

지금까지 설명한 논리에서, 예술지상주의 혹은 예술을 위한 예술이라는 미학적 이념이 어떠한 정치적 입장과 연계되어 있는가를 탐문하는 작업은 이문열 문학의 실체를 규명하기 위해서 대단히 소중한 의미를 지니고 있다. 단순한 논리로 보면, 예술의 자율적인 가치를 철저하게 추구하는 입장에 설 때, 그 예술은 어떠한 정치적 이데올로기도 거부하게 마련이다. 그러나 이러한 진술은 표면적인 진실만을 담고 있을 따름이다.

말의 엄밀한 의미에서 어떤 정치적 입장으로부터도 자유로운 예술이 과연 존재할 수 있는지에 대해서 물어야 한다. 근본적으로 "모든 예술 창작은 작자가 아무런 실제적 목적을 갖지 않고 쓴 작품이더라도 사회적 인과관계의 표현이고 그 수단으로 간주될 수 있"26)는 것이다. 작가

---

25) 이러한 문제의식은 강준만의 『이문열과 김용옥 상권―문화특권주의와 지식폭력』
(인물과사상사, 2001)에서 개진되고 있다.
26) 아르놀트 하우저, 백낙청·염무웅 역, 『문학과 예술의 사회사 4―자연주의와 인상주
의·영화의 시대』, 창작과비평사, 1999, 35면.

이문열의 경우도 그가 표면적으로 추구하는 예술관과는 달리, 항상 정치적으로 예민한 선택을 해 왔으며, 특정 진영에 대한 지지와 특정 진영에 대한 반대의 입장을 소설이나 여타의 공적인 지면을 통해 끊임없이 밝혀왔던 것이다. 그리고 그 선택은 대체로 정치적 보수주의에 해당되는 차원이었다. 이러한 이문열의 태도는 비평가 김명인의 주장에 따르면 "이 세계에 대한 모든 변혁지향적 노력과 그 이념태에 대한 회의와 조소가 뒤따르며 이는 점차 세계발전의 법칙성을 포함한 모든 절대적 가치와 진리의 존재와 대한 회의와 불가지론, 상대주의, 때로는 종교적 신비주의로까지 발전한다. 그렇게 되면 칼 포퍼의 감동적 넌센스인 '어두운 밤길을 걷는 인간의 조심스런 발걸음과 그 발밑을 겨우 비출만한 작은 등불 하나일 뿐이다"[27]라고 규정되는 세계로 귀결되는 것이다.

물론 이문열의 정치적 발언 자체를 부정할 필요는 없을 것이다. 예술가에게 정치적인 선택을 하지 말라는 주장은 또 다른 지적 폭력에 해당된다. 문제는 결국 일관성이다. 이문열의 예술지상주의가 그 내적 일관성과 합리성을 인정받으려면, 자신의 입장과 미학적 이념이 다른 선택으로부터 간섭받거나 훼손되기를 원하는 않는 것처럼 그 역시 그 자신과 다른 미학적 입장과 선택에 대한 섣부른 조소나 냉소를 보여서는 안될 것이다.

결론적으로 말해서, 작가 이문열의 예술가소설은 유미주의적 예술, 혹은 예술을 위한 예술의 논리가 작가의 정치적 무의식과 맺고 있는 연관성을 구체적으로 탐문하는 작업에 중요한 시사점을 던지는 소중한 텍스트이다. 좀 더 구체적으로 말하면, 이문열의 예술가소설은 일면 사회적이며 정치적인 세계에서 탈피한 듯이 보이는 예술을 위한 예술의 이념도, 궁극적으로 특정한 정치적 태도로부터 자유롭지 않다는 사실을 환기시킨다. 여기서 예술의 자율성, 혹은 예술을 위한 예술이라는 이념

---

27) 김명인, 앞의 글, 173면.

이 선험적으로 존재했던 것이 아니라, 특정한 계층의 이해관계와 밀접한 연관성을 맺고 있으며 "실제 생활로부터 예술의 분리가 시작된 과정"을 인식할 수 있게 해준다는 페터 뷔르거(Peter Burger)의 견해28)를 참조할 수 있겠다.

또한 "20세기 초엽(와일드·게오르그·벤·파운드·발레리·다눈치오 등) 이래로 예술을 위한 예술의 의무가 있는 문학은 모든 사회적이고 정치적인 문제들을 외면한다. (…중략…) 예술을 위한 예술은 자신의 형식주의와 세계 변혁적 유미주의를 '안정'(루카치)된 시대의 특징으로 만든다"29)는 관점도 '예술을 위한 예술'의 이념적 특성을 살피는 작업에 있어서 그 나름의 준거가 된다. 그리고 "'예술을 위한 예술'은 낭만주의자에게 모든 실제 행동으로부터 자기를 막는 상아탑이 된다. 기성의 질서를 묵인하는 대가로 그들은 안전을 도모하고 순전히 관조적인 태도의 우월성을 추진 받는다"30)는 하우저의 견해도 참조할 수 있다.

이러한 논리들에 의하면, 미학적인 차원에서의 '예술을 위한 예술'의 이념이 정치적으로는 보수주의와 연루되어 있다는 논리를 구체적으로 입증하는 문학텍스트가 바로 이문열의 예술가소설인 것이다. 이문열의 정치적 행보는 파운드·와일드·벤 등의 바로 예술을 위한 예술을 주창했던 예술가들의 보수적인 정치적 행보와 일맥상통한다. 물론 여기서 문제가 되는 것은 정치적 보수주의 그 자체가 아니라 이문열의 정치적 행위와 예술의 자율성이라는 미학적 이념 사이의 일관성 여부일 것이다.

그러므로 정치적인 지평의 논리가 이문열의 예술가소설이 담보하고 있는 소중한 문학적 성과를 근원적으로 훼손시킬 수는 없다는 사실도 인정되어야 할 것이다. 적어도 「들소」·「금시조」·『시인』 등의 작품이 한국 현대소설사에서 기억될 만한 뛰어난 예술가소설이라는 사실은 분

---

28) 페터 뷔르거, 최성만 역, 『전위예술의 새로운 이해』, 심설당, 1986, 제2장 참조.
29) Wolfhart Henkmann·Konrad Lotter, 김진수 역, 『미학사전』, 예경, 1999, 231~232면.
30) 아르놀트 하우저, 앞의 책, 33면.

명하다. 이문열의 문학적 성과와 정치적 행동은 한편으로는 동전의 양면의 관계를 구성하고 있으면서도, 또 다른 한편으로는 기묘한 길항(拮抗) 관계를 이룬다. 당연하게도 보수적인 이념을 선택했다는 자체가 그의 문학작품의 소중한 성과를 부정하는 논리로 이행되어서는 안 될 것이다. 이문열의 문학을 논하면서 정치적인 선택의 논리로 전적으로 포괄될 수 없는 문학성의 실체에 대한 지속적인 질문을 던져야 하는 이유가 바로 여기에 있는 것이다.

| 2001 |

도시산업화시대의 문학적 대응
최인호론

1. 대중작가라는 편견을 넘어

최인호는 고등학교 3학년에 재학중이던 1963년 만 18세의 나이로『조선일보』신춘문예에 입선하여 소설가로 데뷔한 후 현재에 이르는 45년의 오랜 세월 동안 소설 창작에 매진해 온 우리 문단의 중견소설가이다. 소설가 최인호에게는 당대의 베스트셀러작가, 혹은 대표적인 대중작가라는 닉네임이 마치 낙인(烙印)처럼 붙어 있다. 또한『별들의 고향』·『바보들의 행진』·「깊고 푸른 밤」 등의 소설이 베스트셀러가 되면서 동시에 영화로도 높은 인기를 구가함에 따라, 아울러 한때 영화감독을 하기도 했던 최인호의 이력에 따라 그를 영화와 문학의 접점을 추구했던 작가로 인식하고 있기도 하다. 물론 이러한 세평이 그른 것은 아니다. 다만 최인호 문학의 온전한 가치를 인식하는 과정에서, 그가 베스트셀러

작가라는 사실은 최인호 소설의 문학성을 온전히 규명하는 데 일종의
장애물로 작용하고 있는 것으로 보인다. 여기서 필요한 일은 최인호 소
설의 미학성을 작품 그 자체에 대한 합리적 분석을 통해 정치하게 해명
하는 작업일 터이다.

1970~80년대 초반에 발표한 최인호의 중단편소설은 당대의 다른 작
가의 작품이 제대로 담보하지 못한 고유한 현대성의 미학과 소설사적
가치를 지니고 있다. 「타인의 방」·「처세술개론」·「깊고 푸른 밤」 등이
바로 그러한 예에 해당된다. 이 작품들을 통해 최인호는 산업화시대의
고독한 개인의 초상을 정교하게 해부함과 더불어 물신주의의 폐해를 절
묘하게 풍자하고 한국사회의 폭력성에 대해 미학적으로 성찰하고 있다.

물론 최인호는 최근에도 『상도』·『유림』 등의 장편소설을 발간하는
등 여전히 창작에 몰두하고 있고 지속적으로 문제작을 출간하고 있지
만, 문학사적 평가나 평단의 호응이라는 측면에서 볼 때 최인호 문학의
진정한 전성기는 초기 평판작인 「타인의 방」(『문학과지성』, 1971 봄)에서
이상(李箱)문학상 수상작인 「깊고 푸른 밤」(『문예중앙』, 1982 봄)에 이르는
시기라고 할 수 있다. 이러한 문제의식에 따라 이 글에서는 그의 대표
적인 중단편소설인 「타인의 방」과 「깊고 푸른 밤」을 중심으로 최인호
의 문학세계가 지닌 남다른 매력과 개성적인 소설미학에 대해 심층적
으로 고찰해보고자 한다.

2. 산업화시대의 고독―「타인의 방」의 문제의식

1971년 봄에 발표된 최인호의 「타인의 방」은 당시 산업화시대에 본격
적으로 접어들던 한국의 수도 서울에서 일상을 영위하는 고독한 도시인

의 초상을 인상적으로 보여주고 있다. 「타인의 방」의 공간적 배경이 아파트라는 사실은 이 작품의 이해에 소중한 정보와 맥락을 제공한다.

한국사회에서 아파트의 탄생은 일제시대로 소급된다. 1932년 일본에 의해 세워진 서울 충정로의 5층 유림아파트가 근대 이후 최초의 아파트였다. 해방 이후에는 1961년 대한주택공사가 서울 마포지구에 도화 아파트를 건설하여, 근대식 아파트를 처음으로 도입했는데 이 무렵부터 한국에서 아파트 시대가 막을 열었다. 「타인의 방」이 발표되었던 1971년은 제2차 경제개발계획과 맞물리면서 서울에 아파트 건설이 본격적으로 시작되던 시기이다. 당시 존재하던 아파트는 마포아파트, 1970년에 붕괴된 와우아파트, 힐탑아파트, 홍제동·문화촌 등의 소규모 아파트, 한강맨션 아파트 등에 불과했다. 그러므로 그즈음 아파트에 거주하는 인구는 극소수였다. 이러한 서울의 아파트 건립사를 감안하면 1971년 봄 당시 아파트 생활을 소재로 소설을 쓴다는 것은 풍속사적 감각을 선취(先取)하는 상당히 신선한 소재였음을 알 수 있다. 이러한 점은 새로운 생활 감각에 대해 순발력 있게 접근한 최인호의 문학적 재능에서 비롯되었을 것이다.

공간의 변화가 소설적 상상력의 새로운 물꼬를 틀 수 있다는 점에 착안한다면, 최인호의 「타인의 방」이 보여준 새로움은 기실 서울이라는 도시에 당시 비로소 등장하고 있던 아파트라는 공간의 새로움에서 발원한다. 이렇게 볼 때 소설의 제목이 「타인의 방」이라는 점은 의미심장하다. 왜 '우리의 방'이나 '나의 방'이 아니라 '타인의 방'인가? 이 제목은 이제 전통적인 공동체적 주거공간이 아파트라는 사적인 주거공간으로 대체되면서 형성되기 시작한 새로운 인간관계의 윤리학을 상징한다. 전통적인 주택에 비할 때, 아파트는 바로 옆에 누가 사는지 알 필요도 없고 알 수도 없는 철저한 익명의 사적 공간이다.

가령 오랜만에 출장에서 돌아온 「타인의 방」의 주인공이 잠긴 아파트 문을 열기 위해서 계속 현관문을 두드리자, "그 집엔 아무도 안 계신

모양인데 혹 무슨 수금 관계로 오셨나요?”, “벌써부터 두드린 모양인데 아무도 없는 것 같소, 그러니 그냥 가시오. 덕분에 우리집 애가 깨었소”라고 주위에 있던 사람들이 그에게 반문하는 대목, 이에 대해 그가 “전 이 집의 주인입니다”라고 그가 항변하자, 사람들이 “우리는 이 아파트에 거의 삼 년 동안 살아왔지만 당신 같은 사람을 본 적이 없소”라고 냉랭하게 응수하는 대목은 아파트 생활이 초래하기 마련인 ‘인간관계의 단절현상’을 상징적으로 보여주고 있다. 주위의 이웃 누구도 그가 주인이라는 사실을 전혀 모르는 것이다. 주변의 모든 사람, 심지어는 같은 집안에 살아가는 사람까지도 ‘타인’이라는 호칭으로 부를 수밖에 없는 인간관계의 변화는 바로 아파트라는 주거공간이 가져온 현대 도시사회의 새로운 풍속에 해당된다.

인간관계의 단절은 궁극적으로 주인공에게 자신에 대한 성찰과 고독의 감정을 느끼게 만든다. 「타인의 방」 곳곳에는 고독한 자신을 투명하게 응시하는 주인공의 형상이 부조되어 있다. 예컨대 “그는 심한 고독을 느꼈다. 그는 벌거벗은 채, 스팀 기운이 새어 나갈 틈이 없어 후텁지근한 거실을, 잠시 철책에 갇힌 짐승처럼 거닐었다”, “그는 반사적으로 주위를 둘러본다. 그는 엄청난 고독감을 느낀다”, “그는 한층 더 깊은 피로를 느끼면서 거실로 돌아와 술병의 술을 잔에 가득히 부어 단숨에 들이마셨다. 그러자 그는 아주 쓸쓸하고 허무맹랑한 고독감을 느꼈다” 등등의 예문에서 이러한 고독감이 반복적으로 묘사되어 있다. 고독감은 자연스럽게 자신에 대한 실존적 응시를 동반한다. 그 응시의 모습은 아래와 같다.

> 그는 우울하게 서서 엄청난 무력감이 발끝에서부터 자기를 엄습해오는 것을 느꼈으며 욕실 거울에 자신의 얼굴이 우송되는 소포처럼 우표가 붙여진 채 부옇게 떠오르는 것을 보았다.

이러한 고독과 무력감, 우울함은 공동체적 사회에서는 전면화되지 못했던 산업화된 도시 사회의 증상일 것이다. 물론 대도시의 아파트라는 폐쇄된 공간적 조건이 이러한 주인공의 고독과 무력감을 초래하는 중요한 요인이라고 하겠다.

인간과의 단절로 인한 고독감은 주인공에게 사물과의 교감을 추구하게 만든다. 그것은 고독이 극한도로 엄습했을 때 인간이 취할 수 있는 유력한 태도일 것이다. 「타인의 방」에서 주인공은 아파트 내의 온갖 사물이나 곤충과 대화를 시작한다. "방 모퉁이 직각의 앵글 속에서 한 놈이 용감하게 말을 걸어온다. 벽면을 기는 다족류 벌레의 발소리가 들려온다. 옷장의 거울과 화장대의 거울이 투명한 교미를 하는 소리도 들려온다", "잘 들어요. 소켓이 속삭인다. 마치 트랜지스터 이어폰을 꽂은 것처럼 그의 목소리는 귓가에만 사근거린다. 오늘 밤 중대한 쿠데타가 있을 거예요. 겁나지 않으세요?" 등의 예문이 그러한 주인공과 사물의 대화를 잘 보여준다.

이러한 장면은 "인간과 사물의 가치가 전도된 상황에 대한 비판의 의미"[1]로 해석될 수 있으며 또한 고독의 극한에 다다른 인간이 취할 수 있는 자연스러운 현상으로 바라볼 수 있을 것이다. 인간과의 단절로 인한 고독은 필연적으로 사물과의 대화를 동반하게 되는 것이다. 소설의 말미에서 주인공의 아내는 아파트에 돌아온 연후에 다음과 같이 행동한다.

> 그러나 그녀는 곧 잃어버린 것이 없는 대신 새로운 물건이 하나 놓여 있는 것을 발견했다. 그 물건은 그녀가 매우 좋아했던 것이었으므로 며칠 동안은 먼지도 털고 좀 뭣하긴 하지만 키스도 하긴 했다. 하지만 나중엔 별 소용이 닿지 않는 물건임을 알아차렸고 싫증이 났으므로 그 물건을 다락 잡동사니 속에 처넣어버렸다.

---

1) 소영현 · 이순옥, 「70년대적 '모던'을 사는 몇 가지 방식」, 『20세기 한국소설 30권－최인호, 박범신 외』, 창비, 2005, 271면.

그 물건은 물론 '남편'일 것이다. 자신의 남편을 일종의 '물건'으로 간주하는 아내의 행동을 묘사한 위의 문단은 인간적인 교류가 단절되어 모든 관계가 사물화된 현대 산업사회의 징후를 섬뜩하게 포착하고 있다.

「타인의 방」은 지금까지 언급한 공간적 상상력과 함께 당시 만 25세였던 유망주 소설가의 젊고 재기발랄한 상상력이 돋보이는 작품이다. 소설의 곳곳에 박혀 있는 "접속이 나쁜 형광등이 서너 번 채집병 속의 곤충처럼 껌벅거리다가는 켜졌다", "그는 키 큰 맨드라미처럼 우울하게 서서 그를 노려보고 있는 샤워기 쪽으로 다가갔다" 등의 신선한 비유와 감각적인 문장은 「타인의 방」을 당대의 문제작으로 만든 또 하나의 문학적 매력일 것이다.

3. 미문의 매력과 사회적 상처의 소설화―「깊고 푸른 밤」

1982년에 발표된 중편소설 「깊고 푸른 밤」은 최인호에게 제5회 '이상문학상'을 안겨준 문제적 작품이다. 이 작품을 통해 최인호는 단지 베스트셀러를 양산하는 대중작가가 아니라, 흡인력 있는 감각적 문장 및 인간과 사회, 문명에 대한 세련된 성찰이 돋보이는 본격작가로 거듭날 수 있었다.

「깊고 푸른 밤」은 미국 서부를 배경으로 하여 한때 한국에서 노래를 부르던 가수 준호와 그의 고등학교 2년 선배인 주인공이 샌프란시스코에서 로스앤젤레스로 차를 몰고 돌아가는 여정(旅程)을 다룬 소설이다. 준호는 한국에서 제법 이름이 알려진 가수였지만 대마초를 피운 죄로 무대에서 물러난 뒤 곡절 끝에 미국에 오게 된다. 뉴욕과 시카고를 거쳐 로스앤젤레스에 오게 된 그는 가족을 한국에 남겨두고 아예 그곳에 불법 정착을 시도하고 있다. 그리고 작가 최인호의 분신으로 생각되는 소설을 쓰는 주인공은 인간과 세상을 향한 분노와 일상생활에서 탈출하여 미국으로 온다. 그는 자신이 도망쳐 왔다기보다는 망명해 온 것이 아닌가 하는 느낌을 받는다.

미국에서 만난 준호와 주인공은 로스앤젤레스에서 샌프란시스코로 여행을 왔다가 다시 로스앤젤레스로 돌아가는 여정 속에서 여러 가지 에피소드를 겪는다. 그 과정에서 그들은 미국의 지극히 아름다운 자연을 향유하는 동시에 좌절된 그들의 욕망을 응시하고, 더 나아가 한국사회와 미국에 대한 서늘한 성찰을 보여준다.

이들의 미국생활과 여행을 지배하고 있는 분위기는 단연 자유다. 준호가 자주 피우는 마리화나, 정처 없는 여행, 새벽까지 진행되는 광란의 파티, 도색잡지 『펜트하우스』에서 잘라낸 여인들의 벌거벗은 사진들, 야자수 나무, 이국땅이라는 배경 등은 이 소설을 지배하는 자유의 정서를 역연히 보여준다. 그런데 이 소설에서 진정 주목할 점은 소설의 등장인물들이 누리는 그 자유는 진공 속의 존재가 아니라는 사실이다.

그들의 자유에는 조국을 떠날 수밖에 없었던 자의 절박한 상처가 배어 있다. 이를테면 왜 한국으로 돌아가지 않느냐는 주인공의 질문에 준호는 "무서운 나라야. 난 악몽에서 깨어난 것 같아. 씨팔 난 미국에서 살거야"라고 응수하고 있는데, 이러한 대목은 준호가 한국에서 받은 엄청난 상처를 인상적으로 환기시키고 있다. 준호의 상처는 다음과 같은 문장을 통해 한층 구체적으로 짐작할 수 있다.

그는 알고 있었다. 준호를 위시해서 많은 젊은 가수들이 마약중독자로 몰려 두들겨 맞았으며, 정신병원에 수용되기도 했으며, 끝내는 사회의 도덕적 패륜아로 지탄받고 격리되었던 쓰라린 과거를. 그들을 만약 단순한 범법자로 다루었다면 길어야 일 년, 집행유예 정도로 끝났을 것이다. 그러나 그들은 사회적 여론으로 두들겨 맞았으며, 그리고 언제까지라고 정해지지 않은 이상한 압력으로 재갈을 물리고, 격리되었던 것이다. 그것이 우연히 해외로 나온 여행에서 그를 밀입국자 신세로 전락시키게 한 동기가 되었을 것이다.

이러한 문장을 통해 우리는 1970~80년대를 지배했던 한국사회의 폭력과 야만성, 국가주의가 조장하는 문화적 획일성을 씁쓸하게 확인할 수 있다. 또한 모든 것에 분노한 끝에 미국으로 온 주인공이 "나는 무엇인가, 무엇을 위해서 망명을 한 것일까. 보다 큰 자유를 위해서 망명을 떠나온 것일까, 분노로부터의 망명인가, 숨 막힌 일상으로부터의 망명인가"라고 스스로 질문하는 대목에서 우리는 1980년을 전후로 벌어진 한국사회의 야만적 폭력이 한 사람의 지식인이자 작가에게 커다란 상처로 다가왔음을 짐작할 수 있겠다. 주인공의 분노는 미국의 풍요로움과 극적으로 대비된다. 아래의 문장을 보자.

미국의 풍요가 내게 무엇이란 말인가. 미국의 자유가 내게 무엇이란 말인가. 미국의 병정인형과 아름다운 정원이, 웅장한 저택과 핫도그와 아이스크림이, 사막과 설원이 내게 무엇이란 말인가. 그의 가슴 속에는 터질 듯한 분노 이상의 아무런 감정도 존재하지 않고 있었다.

미국의 풍요와 아름다움은 역설적인 맥락에서 주인공 자신의 패배한 욕망과 상처를 덧나게 한다. 더 나아가 주인공이 접했던 미국사회의 무한정 주어진 자유는 당시 한국사회의 암울함과 폭력을 되비추게 하는 것이다. 미국에 와서도 주인공의 온 신경과 욕망은 자신을 분노하게 만든 한국사회의 불합리와 폭력을 향해 있는 것이다.

물론 「깊고 푸른 밤」에는 정치·사회적인 문맥에서 해석할 수 있는 주인공들의 상처가 등장하지만, 이 작품을 그러한 문맥에서만 읽는 것은 이 뛰어난 소설의 문학적 스펙트럼을 빈곤하게 만들 수도 있다. 「깊고 푸른 밤」을 관류하는 커다란 매력은 한 시대를 풍미했던 최인호의 빛나는 문장과 감각적인 수사학이다. 가령, 아래의 문단을 보자.

시속 칠십 마일의 빠른 속도로 스쳐 지나가는 차창에 잠시 머물다 스러지는 저 풍경은 또다시 만나지 못할 것이다. 한 번의 만남이 영원한 과거로 소멸되고 말 것이다. 저 끝 간 데를 모르는 벌판, 초록의 융단 위에 구름이 가리어진 빛의 그늘이 대지 위에 이따금 그림자놀이를 하고 있었다.

「깊고 푸른 밤」의 도처에서 발견할 수 있는 이러한 감각적인 문장들은 최인호 소설의 남다른 매력이라고 할 수 있다. 최인호에게 샌프란시스코의 태양은 "무지막지한 햇빛의 광채가 수천 개의 플래시를 일제히 터뜨리듯 그들의 얼굴을 공격했다"는 식으로 신선한 감각적 비유를 통해 전달되며, 구름과 태양이 겹쳐지는 장면은 "구름의 검은 띠가 태양을 납치해 가며 어디로 끌려가는가 상상할 수 없게 태양의 눈을 가리고 입에 재갈을 물리고 있다"고 절묘한 의인법을 통해 묘사되고 있다. 또한 저녁놀이 지는 장면은 "빛을 모반하는 저녁노을이 혁명을 일으켜 피와 같은 붉은 노을을 깃발처럼 드리운다. (…중략…) 하늘은 저문 태양의 마지막 각혈로 붉게 물들어 있다"고 현란한 문체를 통해 형상화되고 있다. 소설의 매력 중의 하나가 문장과 수사학의 매력이라면 최인호의 소설을 읽는 즐거움은 바로 그 감각적 문장과 비유에서 연유한다.

소설의 말미에서 준호는 가족에 대한 그리움 끝에 다시 돌아가겠다는 결심을 하며, 주인공은 인적이 드문 바닷가에서 거대한 파도를 바라보면서 자신의 분노를 잠재운다. 또한 "우리가 왜 이곳에 앉아 있지. 이곳은 남의 땅이야. 왜 우리가 이곳에 있는지 난 그 이유를 모르겠어. 난 아무것도 얻을 수 없고 구할 수도 없어"라는 준호의 절규는 그가 미국에서의 자신의 처절한 패배를 있는 그대로 인정하기 시작했다는 사실을 의미한다.

이제 그는 원한도, 증오도, 적의도, 미움도, 아무 것도 가질 이유가 없었던 것이다. 그는 비로소 한국으로 돌아가야 한다고 다짐한다. 이들이 샌프란시스코에서 로스앤젤레스로 돌아가는 여정은 자신들의 욕망의 심연과 상처를 있는 그대로 응시하는 해탈의 과정이었던 것이다.

4. 최인호 초기 중단편소설의 재평가를 위해

이 땅의 독서대중에게 최인호는 최고 인기작가의 상징이었지만, 그러한 평가가 평단과 문단에도 그대로 부합되는 정서는 아니었다. 지금은 그러한 관행이 많이 사라졌지만, 1980년대 이후 1990년대 초반까지 이 땅의 비평계와 문학장은 당대의 정치적 모순과 불의에 전면적으로 저항하는 작품에 대해 적극적으로 평가하는 관행을 지니고 있었다. 이러한 문학적인 정황과 비평적 유행으로 인해 최인호의 초기 중단편소설은 그 매력과 가치에 부응하는 평가를 받지 못했다. 이는 특정한 문학에콜이나 문학세력에 기대지 않고 오로지 고독하게 자신만의 길을 걸어온 최인호의 문학적 운명이기도 했다.

지금 이 시점에서 보면, 최인호의 소설이 지닌 문학사적 가치와 매력은 우리 현대소설의 다양성이라는 맥락에서 재평가될 필요가 있다. 「타인의 방」·「깊고 푸른 밤」을 위시한 최인호의 초기 중단편소설들은 소설에 있어서 문체와 미적 감각이 얼마나 중요한 것인지를 여실히 보여주고 있다. 최인호의 소설은 정치·사회적 소재를 다룰 때조차 감각적이며 처연한 아름다움으로 빛난다. 그것은 한국소설이 도달한 드문 문체미학의 세계이다. 이러한 의미에서 지금 이 시대에 최인호를 다시 읽는다는 것은 오랫동안 문학사의 창고 속에 처박혀 있던 한국 현대소설사의 숨겨진 보고(寶庫)를 다시 발견하는 작업에 다름 아닐 것이다.

| 2006 |

문체, 지성, 풍속

김훈, 정찬, 김원우의 소설에 대해

1. 김훈의 문체

김훈의 『남한산성』(2007.4)은 저자의 이름을 지우더라도, 그 작품의 문체와 묘사만으로 작가를 인지할 수 있는 소설이다. 이러한 표현은 이 작품이 작가 특유의 군더더기 없는 문장과 서늘한 묘사를 전형적으로 보여준다는 것을 의미한다. 실로 『남한산성』의 곳곳에는 "삶 안에 죽음이 있듯, 죽음 안에도 삶은 있다", "삶은 돌이킬 수 없고 죽음 또한 돌이킬 수 없을진대 저 먼 길을 다 건너가야 비로소 삶의 자리에 닿을 수 있을 것이옵니다"는 투의 아포리즘에 가까운 김훈의 독특한 문장이 수시로 등장한다. 이러한 문장의 매력을 느끼는 것은 김훈의 다른 소설과 마찬가지로 『남한산성』을 접하는 우리의 커다란 즐거움일 것이다.

『한국일보』 문학기자 시절부터 시작된 그의 감성적이면서도 매력적인 문체는 많은 독자들로 하여금 김훈의 책을 지속적으로 찾게 만드는 중요한 요인이리라. 『풍경과 상처』·『문학기행』·『내가 읽은 책과 세상』 등의 산문집에서 아름답고 개성적으로 분출한 그의 문체미학은 『칼의 노래』·『현의 노래』·『강산무진』 등의 소설들에서도 다양하게 변주되어 만개하고 있다.

『남한산성』의 경우 그가 이전의 다양한 글쓰기에서 보여주었던 문체미학이 한층 절제되고 단아한 문장으로 구현되고 있다. 예를 들어 "흰 성벽은 단정하고 날카로웠다", "빛들은 차갑고 가벼웠다"는 식의 사물과 인생의 핵심과 비의(悲意)에 곧바로 육박하는 이러한 문체의 힘을 통해, 작가는 여느 역사소설보다도 인물의 실존과 마음 풍경에 대한 깊이 있는 묘사를 보여준다. 가령 『남한산성』의 경우 김상헌과 최명길의 때로는 강고하면서도 때로는 복잡한 내면 정경은 작가의 문체에 의해 한층 생생하게 부조된다. 그러나 김훈이 『남한산성』에서 구사하고 있는 모든 문장이 적재적소에 사용되었다고 할 수는 없을 것이다. 때로 작가의 문체는 예를 들어, "당면한 일을 당면하려 한다", "저녁이 되고 아침이 되니, 아침이 되고 저녁이 되었다"는 구절에서 볼 수 있듯이 만약 김훈이 아닌 다른 작가가 구사했더라면, 관점에 따라 말장난에 가깝다고 볼 수 있는 표현들이 존재한다. 김훈의 글쓰기 자체이기도 한 그의 문장들이 때로 일종의 상투어구로 작용하고 있다는 사실을 지적하기로 하자.

『남한산성』은 지난 연대의 역사소설이 지닌 역사에 대한 비장감이나 영웅주의, 민족주의적 정서로부터 완연히 탈피하여 일반 백성의 비루한 욕망과 일상을 담담하게 보여준다는 점에서 이 시대의 탈민족주의적인 흐름과도 연관된 문학적 성취라고 할 수 있다. 예를 들어, 김상헌이 남한산성으로 가기 위해 강을 건너는 과정에서 만난 사공은 "물고기를 잡아서 겨울을 나려느냐"는 김상헌의 질문에 대해 "청병이 오면 얼음 위로 길을 잡아 강을 건네주고 곡식이라도 얻어 볼까 해서"라고 답한다.

평범한 서민들의 입장에서 보면, 임금이 청나라 군대에게 쫓겨서 남한산성으로 도피했다는 거창한 사실보다는 하루 먹고 사는 일상이 월등 중요했을 터이다. 그 어떤 커다란 역사적 치욕에도 불구하고 견고한 일상은 그대로 전개되는 것이다. 이러한 사공의 대답에 대해 김상헌은 "······ 이것이 백성인가, 이것이 백성이었던가······"라고 탄식하는데, 이러한 대목은 '백성'이라는 개념 속에 무의식적으로 내장된 민족 서사와 충효의 이데올로기가 파열되고 있음을 인상적으로 보여주고 있다. 이런 측면에서 볼 때 『남한산성』에서 김훈이 말하고자 했던 것은 '민족의 치욕', 항복 등의 민족주의적 역사 인식과는 전혀 연관성이 없다. 단지 김훈은 치욕스러운 상황에 처한 다양한 인간군상의 내면과 실존의 풍경을 담담하게 묘사하고자 했을 뿐이다.

『남한산성』을 읽으면서 무엇보다도 궁금했던 것은 이 작품이 불과 몇 달 만에 수십만 부가 팔린 베스트셀러가 된 맥락이었다. 그 이유로는 작가의 기발하면서도 적절한 소재 선택, 매력적인 문체를 우선적으로 들 수 있을 것이다. 또한 김훈 소설의 인기를 포스트 IMF시대의 중년남성의 심리와 연관하여 해석한 발상도 그 나름의 근거가 있는 것으로 보인다(김영찬, 「김훈 소설이 묻는 것과 묻지 않는 것」, 『창작과비평』, 2007 가을). 그리고 보면, '치욕'과 어떻게 대면할 것인가를 주제로 한 『남한산성』의 서사는 IMF 이후 치열한 경쟁사회 속에서 수많은 구조조정을 통한 치욕을 견뎌온 중년남성의 심리와 닮아있기도 하다.

이에 덧붙여 나는 소설가 김훈이 지닌 브랜드 가치가 이제 문학시장에 성공적으로 안착했다는 사실도 『남한산성』이 베스트셀러가 된 또 하나의 중요한 요인이라고 생각한다. 거의 대부분의 작가가 소설쓰기를 통해 최저생계비에도 미달하는 수익을 얻는다는 점을 고려할 때, 이러한 사실은 작가 김훈에게 엄청난 축복이자 행운일 것이다. 새로운 소재 개발과 미려한 문체미학을 향한 김훈의 끊임없는 노력과 열정, 문학적 재능 등이 이러한 축복의 모태가 되었을 것이다. 그러나 나는 이러한

행운이 김훈의 문학세계의 신선한 갱신을 위해서는 항상 유리하지만은
않을 것이라는 점을 동시에 지적하고 싶다.

『남한산성』이 지닌 수다한 문학적 매력과 장점에도 불구하고, 간간히
보이는 지나치게 전형적이고 상투적인 문장들, 다소 헐겁게 맞물리는 서
사의 전개방식은 이제 그에게 말의 진정한 의미에서 새로운 문학적 갱신
이 필요하다는 것을 말해주고 있는 것이 아닐까. 이러한 의미에서『남한
산성』은 김훈 문학의 중요한 갈림길이라고 할 수 있다. 개인적으로 역사
소설도 매력적이지만, 「화장」이나 「언니의 폐경」과 같은 현대의 일상을
다룬 김훈의 소설들에서 한층 서늘한 문학적 감동을 받았다. 독자의 한
사람으로서, 김훈이 우리 시대에 미만해 있는 현대성의 그늘과 일상에
대한 본격적인 소설적 묘사를 자주 보여주기를 고대한다.

| 2007 |

2. 정찬과 지성

한국 현대소설사에서 관념과 지성에 대한 정교한 묘사를 보여준 소
설을 발견하는 작업은 결코 쉽지 않다. 이상·최명익·장용학·최인
훈·이청준·박상륭·이인성 등으로 이어지는 지성적 작가의 계보는,
1990년대 후반 이후 그 입지가 한결 축소되고 있는 느낌이다.

세기말의 현란한 모더니티와 대중문화가 소설 속에 틈입해오기 시작
한 이후, 그리하여 언어에 대한 장인적 묘사나 관념에 대한 치열한 탐
구보다도 이미지에 대한 탐닉과 영화적 문법에의 종속이 세기말의 신
세대소설을 지배하고 있는 이후, 관념에 대한 밀도 깊은 탐색과 지성의
농익은 향취를 보여주는 소설들은 현저하게 줄어들고 있다. 무엇보다도

관념소설이나 지식인소설은 매력적인 문화상품이 될 수 없다는 사실이, 그러한 세계에 자신의 모든 열정과 노력을 투자하는 소설가들의 숫자를 감소시키는 유력한 요인 중의 하나이리라.

그러나 이러한 추세에도 불구하고, 여전히 관념적이고 지성적이며 형이상학적인 소설 세계를 소신 있게 고집하면서 자신만의 고유한 소설세계를 일구어나가는 일군의 소설가들이 있다. 최윤·정찬·이승우·고종석 등의 소설가들을 그 대열에 포함시킬 수 있을 터인데, 정찬은 그중에서도 누구보다도 뚜렷하게 신과 인간, 역사와 권력, 욕망과 지성 등의 중대한 소설적 주제에 대한 심화된 탐구를 지속적으로 보여준 바 있다. 그리하여, 『기억의 강』(1989)으로 시작되어 『완전한 영혼』(1992)·『아늑한 길』(1995)·장편소설 『세상의 저녁』(1998)을 거쳐 최근에 발간된 장편소설 『황금 사다리』에 이르는 정찬의 문학적 궤적은 인간의 관념과 욕망과 폭력을 누구보다도 진지하게 천착했던 한 소설가의 고집스런 순례기라고 할 수 있을 것이다. 이러한 정찬의 문학세계는 이른바 내면성과 트리비알리즘에 함몰된 1990년대 문학에 대한 강력한 항체에 다름 아니다. 정찬의 소설들은, 사소함과 상투적 내면성으로 채워진 1990년대 한국소설의 고만고만한 숲으로부터 탈주하여, 관념에 대한 형이상학적 모험을 추구해나가는 소중한 오솔길이다.

최근에 발간된 정찬의 두 번째 장편소설 『황금 사다리』는 이러한 정찬 문학의 한 정점을 이루는 문제작이다. 이 장편소설은 애초에 『문학과사회』 1991년 봄호에 발표되었던 중편소설 「얼음의 집」을 장편으로 개작한 작품이다. 보통 중편소설을 장편으로 개작하는 작업은, 은밀하게 혹은 노골적으로 출판자본의 의도가 개입되는 경우가 많다. 장편소설이야말로 출판산업의 가장 잘 나가는 효자상품이기 때문이다. 그러나 『황금 사다리』의 경우는 이러한 추세와 하등의 연관성이 없다. 『황금 사다리』와 「얼음의 집」을 통독해보면, 『황금 사다리』는 「얼음의 집」의 심화이자 구체화 혹은 성실한 문학적 보완작업이라는 사실을 명확하게 인식할 수 있다.

한 마디로 말해서 『황금 사다리』는 권력이라는 욕망에 대한 놀라울 정도의 냉철하고 섬뜩한 묘사로 이루어져 있다. 이 소설은 "나는 고문 기술자였다. 대 일본제국이 배출한 최고의 고문 기술자 하야시의 유일한 후계자"라고 자신을 인식하는 주인공이 자신의 사상에 영향을 미친 아나키스트 박열과 그의 연인 후미코, 그리고 후미코의 영향을 받아 천황 암살을 기도하는 정준영 등의 풍모를 권력과 권력에 대한 저항이라는 구도 속에서 묘사하고 있다. 그런데 이 소설이 천황 암살을 도모하는 아나키스트들에 대한 묘사에서 더 나아가, 권력의 본질에 대한 심오한 통찰을 가능하게 한 결정적인 이유는 이 소설의 사실상의 주인공이라고도 할 수 있는 하야시가 지니고 있는 권력에 대한 복합적인 탐구에서 비롯된다. 하야시와 그의 후계자인 나의 존재는, 이 소설로 하여금 권력을 비판하는 입장에서 권력을 묘사하는 구도를 탈피하여, 권력을 행사하는 주체의 생생하고 집요한 내면에 대한 서늘한 통찰을 보여주는 것을 가능케 만들었다.

하야시에 있어서 권력은 '고문'이라는 가장 폭력적이며 적나라한 행위를 통해 인간 존재의 육체적 한계를 시험하는 '게임'의 일종이다. 그리하여, "권력자는 황홀을 추구한다. 무엇으로 추구하는가? 폭력으로써 추구한다. 허약하기 짝이 없는 살과 뼈로 된 고문 대상자를 짓이길 때, 살을 찢고 뼈를 바술 때 쾌락은 폭포수처럼 흘러내린다. 온몸을 적시다 못해 세포 하나 하나, 신경 한 올 한 올을 짜릿짜릿 일으켜 세운다"라는 구절에서 볼 수 있듯이 고문을 자행하는 권력 행사자의 야수적 내면을 적나라하게 묘사하는 이 소설은 그 무수한 권력 비판 소설이 개척한 윤리적 차원에서 이탈하고 있는 것이다. 이것은 일종의 '폭력의 미학'으로 불릴 수 있는 경지이다. 만약 권력에 대해서 접근하는 소설이 '휴머니즘'에 근거한 윤리적 비판이라는 차원에서 전개되었다면, "고문 대상자를 사물로 인식하는 것. 이것이야말로 내가 창조한 권력의 새로운 불이다"라는 식의 하야시의 견해가 결코 성립될 수 없었을 터이다. 그러니, 인간의 삶과 행위에 관한 다채로운 진실은 때로 도덕적이며 윤리적 차원으로 해명될 수 없는 경우가 존재하는 것이리라.

『황금 사다리』에 따르면, 권력 비판자 못지않게 권력 행사자의 내면 역시 중요한 소설적 탐구의 대상이다. 지금까지 한국소설은 거의가 권력을 비판하는 영웅적 주인공이나 희생적 인물에 대한 감동적 묘사에 커다란 비중을 두어 왔다. 그러나 권력을 직접 행사하는 주체의 내면에 대한 풍부한 묘사가 결여되었을 때, 한국소설은 단순한 윤리학의 차원에서 머물러 있을지 모른다. 따라서 다음과 같은 박정희에 대한 언급은 이 소설의 주제와 연관하여 주목할 만한 대목이다.

> 권력의 본질을 꿰뚫고 있었던 박정희야말로 탁월한 권력자였다. 권력의 궁극은 살아 남음이라고 스승은 일찍이 말하지 않았던가. 누구도 빠져 나올 수 없었던 죽음의 그물에서 벗어난 그는 자신의 내면에서 휘황하게 빛나고 있는 권력의 불을 보고 전율했으리라. 그가 군사반란을 일으킨 것은 지극히 당연했다. 내면의 불은 누구도 끌 수 없음을 그는 너무나 잘 알고 있었다. 그 불을 끌 수 있는 유일한 이는 자신이다. 하지만 그것은 얼마나 가혹한 인내를 요구하는가.

이 구절을 박정희의 군사쿠데타를 용인하는 것으로 바라보는 것은 이 소설에 대한 지독한 오독이다. 이 소설은 권력의 윤리학에 대해 말하는 것이 아니라, 권력의 생태학에 대해서 묘사하고 있는 것이다. 박정희의 정치적 선택을 정치적 도의와 민주주의를 잣대로 삼아 비판하는 관점은 중요하다. 그러나 정찬이 『황금 사다리』를 통해서 독자에게 전달하려고 하는 진실의 모습은 그러한 계몽주의적 비판이 충분히 포착할 수 없는 '권력적 욕망의 섬뜩한 속성'에 관한 것이다. 그 권력은 불과 같아서, 참으로 휘황하게 빛나는 매력이지만 정작 그 속으로 들어갔을 때 '죽음의 더미'로 귀결될 수밖에 없다. 과연 누가 그러한 권력의 매혹에서 완전히 자유로울 수 있을까?

정찬의 『황금 사다리』는 이제 한국소설이 권력의 윤리학 차원에서 벗어나, 권력의 속성에 대한 미시적인 탐구에까지 그 묘사 영역을 넓히고 있음을 보여주는 중요한 이정표이다. 이러한 의미에서 정과리의 지적대로 이 소설은 임철우의 「붉은 방」이 개척한 성과를 계승하고 있다. 정찬과 임철우가 이러한 소중한 영역을 개척한 것은 그들이 다른 소설가보다도 인간과 권력, 역사, 사회, 욕망의 이중성과 다양성, 양가성에 대해서 밀도 깊은 사유를 진행해왔다는 점에 연유하지 않을까 싶다.

소설을 쓴다는 것은 어떤 의미에서는, 상투적 사유나 지배적인 관습과 결별하겠다는 의지의 표명일 것이다. 자신만의 독창적인 세계 인식을 소신껏 보여주는 소설가가 많아질 때, 한국소설도 그만큼 풍요로워질 것이다. 관념적이며 형이상학적 사유를 향한 성실한 탐색을 보여주는 정찬의 존재가 너무나 소중한 이유가 바로 여기에 있는 것이다. 문화산업의 휘황찬란한 매혹은 소설가 정찬의 편이 아닐는지도 모르겠다. 그러나 먼 훗날 작성될 문학사는 기꺼이 그의 편이 되어줄 것이다.

| 1999 |

3. 김원우와 풍속

소설가가 갖추어야할 덕목으로 여러 가지를 들 수 있지만, 우리는 무엇보다도 당대의 풍속도에 대한 구체적이며 정밀한 장악을 뛰어난 소설가가 갖추어야 할 자질 중의 하나로 들고자 한다. 이러한 기준으로 볼 때, 김원우는 이 불길한 세기말에도 여전히 주목하지 않을 수 없는 작가이다. 또한 그는 복거일과 더불어, 우리 지식인 사회에서 자신의 개성적이며 소신 있는 견해를 지속적으로 표출하고 있는, 즉 자신만의 고유한 목소리를 지닌 드문 지성인으로 평가받는 소설가일 것이다. 김원우의 소설·산문·시평을 읽어보면, 그는 대다수가 상식적으로 선택하는 안이한 지성의 편안한 대로를 거부하고 오랜 사색과 책읽기로 연마된 비범한 지성의 '고독한 오솔길'을 뚜벅뚜벅 걸어가고 있다는 사실을 인식할 수 있다.

김원우는 당대의 풍속과 세태에 대한 관심 외에도, 뛰어난 소설가가 갖추어야 할 덕목 중에서 지속적이며 성실한 책읽기를 누구보다도 열정적으로 수행하고 있는 것으로 보인다. 단순히 기이한 체험이나 예술적 광기, 섬세한 감수성만으로 좋은 소설을 쓸 수 없다는 것, 끊임없이 지속되는 다채로운 책읽기와 꾸준히 연마된 지성이야말로 일급 소설가가 되기 위한 가장 긴요한 조건 중의 하나라는 점을 최인훈·이청준·김원일·이문열·복거일·김원우 등을 통하여 확인할 수 있는 것이다.

김원우의 전작장편소설 『모노가미의 새 얼굴』(상·하)을 읽어보면 제대로 된 소설가가 된다는 것이 얼마나 어려운 일인가를 여실히 느낄 수 있다. 이를테면 엄청난 독서와 소설에 대한 남다른 열정, 타인들의 삶에 대한 정교한 관찰, 인간의 문화와 역사에 대한 해박한 지식, 당대의 풍속과 세태에 대한 현미경적 응시가 적절히 조화되었을 때 비로소 한 편의 소설다운 소설이 탄생하는 것이리라. 그렇다. 『모노가미의 새 얼굴』은 나로서는 오랜만에 접하는 소설다운 소설이었다. 이 소설은 일부일처제로 고착화된 현대의 결혼제도에 대한 근원적인 문제제기와 더불어 1988년 올림픽 이후의 현대 한국사회의 성풍속도에 대한 세밀한 묘사를 작가 특유의 냉정한 세태 관찰을 통해 보여주고 있다.

이 소설의 주제는 "인류가 문명생활을 영위롭게 구현한다는 구실 아래 사랑의 제도화 자체에다 사람의 진정하고 순결한 본능에 무작정 반하는 숱한 위선을 깔아왔다는 사실을 간과했다"는 정순달이라는 인물이 주인공에게 보낸 편지의 한 구절로 압축할 수 있을 것이다. 좀 더 구체적으로 말하면 현대의 문명사회에서 대부분 당연시하고 있는 일부일처제로 대변되는 결혼제도가 최근 한국사회에서 심각한 위기에 도달했다는 것이 작가 김원우의 현실진단에 해당된다. 이 소설의 화자에 따르면 인간의 성적 욕망은 근원적으로 일부일처제라는 제도와 끊임없는 길항 관계에 놓여있는데, 1988년 올림픽 이후 한국사회의 장삼이사(張三李四)들은 그 제도적 금기를 급속도로 위반하기 시작했으며 어떤 면에서는 그 위반이 생성해내는 '금기의 신비감'을 향유하기 시작했다는 것이다.

『모노가미의 새 얼굴』은 성과 사랑의 문제를 표피적이며 자극적으로 묘사하는 지점에서 멀찍이 벗어나 인간사를 기본적으로 지탱해 온 제도의 문제와 그 제도가 곳곳에서 균열되는 과정에 주목함으로써, 우리에게 있어서 결혼이란 무엇인가? 일부일처제로 대변되는 현대사회의 결혼생활은 진정으로 합리적인가? 인간의 성적 욕망을 충족시키는 결혼제도는 과연 무엇인가? 등등의 근원적인 질문을 통렬하게 제기하고 있다.

이 소설은 최근 문화계에서 최대의 유행하는 담론이자 뜨거운 감자인 '성'문제를 본격적으로 다루고 있다는 점에서는 다른 작품과 문제의식을 공유한다. 그러나 그 문제가 기반하고 있는 제도적 차원에까지 날카로운 문제의식을 들이대고 있다는 점에서 단지 유행적인 차원에서 '성'에 관한 묘사를 보여주고 있는 여타의 문화적 담론들과 명백하게 구별된다.

사실 마광수·장정일의 글쓰기가 성에 대한 이중적인 가치관을 지니고 있는 한국의 성문화에 대한 일면 '신선한 전복 효과'를 동반하고 있다는 점은 충분히 인정된다. 그리고 장정일의 표현대로 『내게 거짓말을 해봐』, 『너희가 재즈를 믿느냐』를 비롯한 그의 일련의 소설들을 '자기 모멸'이라는 주제를 극한까지 밀어붙인 것이라고 생각하는 작가의 의도 역시 우리 사회의 경직된 문화풍토에 생산적 균열을 야기할 가능성이 있다는 점을 인식할 필요가 있을 것이다. 그러나 우리가 그들의 작품이 담보한 심미적 가치에 대한 일말의 유보를 하지 않을 수 없는 이유는 그들의 소설에 현상된 성에 대한 직설적 묘사가 제도적인 차원에 이르는 근원적인 문제제기를 동반하지 못하고 있기 때문이다. 현란하고 자극적인 성 풍속 너머에 존재하는 서늘한 진실을 끄집어내는 것이 진정한 문학의 임무가 아닐까(물론 마광수나 장정일이 그의 글쓰기로 인해 사법적인 처리의 대상이 된다는 사실 자체에 대해서 우리는 단연코 반대한다).

바로 이러한 문제의식에서 볼 때, 김원우의 『모노가미의 새 얼굴』은 돋보인다. 불륜과 혼외정사, 쾌락으로서의 성, 중년여성들의 노골적인 성적 욕망 등등이 본격적으로 묘사되고 있는 이 소설에는 섹스 행위 자체에 대한 자연주의적 묘사는 거의 존재하지 않는다. 그러나 이 『모노가미의 새 얼굴』은 독자들로 하여금 어떤 소설보다도 자신의 성적 욕망과 결혼의 의미, 사랑의 의미에 대해서 진지하게 되돌아보게끔 만든다. 이러한 의미에서 이 작품은 소재주의와 선정주의의 늪에 빠진 세기말의 한국문학에 새로운 문학정신을 수혈하고 있는 주목할 만한 성과라고 말할 수 있으리라.

그렇다면 『모노가미의 새 얼굴』이 성취한 이러한 성과는 작품의 기법 및 작가정신과는 어떠한 연관성이 있는 것일까. 일단 무엇보다도 작가 김원우 특유의 세밀하고도 냉철한 풍속 묘사에 대해서 주목해야 할 것이다. 『짐승의 시간』・『아득한 나날』 등에서 능숙하게 구사되었던 작가의 현미경적 세태 묘사는 『모노가미의 새 얼굴』에서 주제를 드러내는 방법론적 차원에서 대단히 효과적인 경지에 도달하고 있다. 현미경적인 상상력이라 불릴 수 있는 김원우의 미세한 관찰력이야말로 당대 사회의 풍속에 대한 본격적인 풍자와 비판을 가능케 만들고 있는 것이다.

이 소설의 주인공은 "88 서울 올림픽 개최를 전후한 시기가 우리 사회의 풍속, 가령 여성 일반의 소비 행태, 여성 자가용족의 급증, 여성의 윤리 의식 붕괴 같은 조짐들이 거의 폭발적으로 떠들고 일어난 분기점"이라고 판단하면서 자신의 눈에 비친 한국사회의 성풍속—물론 여기에는 자기 자신과 아내 정선옥의 불륜도 포함되어 있다—에 대해 차분

하리만큼 냉정하게 관찰하고 있다. 그 풍속 중에서 가장 도드라진 것은 다음의 예문이 여실히 보여주는 바와 같이 '일부일처제의 위기'라고 칭할 수 있는 성의식의 변화이다.

일부일처제의 일대 위기야. 인류의 긴 공동생활 역사에 비춰볼 때 일부일처제는 물론 그 역사가 너무 짧지만 그나마도 이제 너들너들 삭아빠진 제도가 되고 말았어. 어쩔 수 없이 그렇게 됐어. 누구나 인정하고 있기도 하고 실제로 다들 일부다처제나 일처다부제를 실천하고 있기도 해, 비록 잠정적일 망정. 물론 새삼스러울 것도 없는 원론적인 이야기지만.

어제 오늘의 일도 아니잖아. 한계 많은 제도로서. 일부의 사람들에게는 경제력으로나 성능력으로나 정서적으로나 일부일처제는 거의 따분한 고문이야. 굳이 말한다면 나도 정서적으로는 일부일처제가 못마땅해.

주인공의 친구인 이시인과 정순달의 대화에서 뽑아낸 위의 구절은 이제 한국사회의 성문화가 일상인들에게도 일부일처제의 완고한 규율에 대한 근원적인 회의를 가능케 만들 정도로 어떤 분기점에 도달해 있다는 점을 인상적으로 보여주고 있다. 그들의 계속된 대화에 의하면, 그 제도적 금기에 대해서 저항하느냐, 순응하느냐, 표면적으로는 성실하게 지키는 척하면서 뒤로는 다른 행동을 취하느냐는 전적으로 각자의 취향일 따름이다.

이러한 풍속의 변화는 물론 여성, 특히 집안에 있는 여성들에게서 한결 민감하게 나타난다. 다음의 예문을 보자.

그리고 현대인이라면 누구나 이른바 문화생활에 길들여질 수밖에 없는데 그것을 더 풍족하게, 더 세련되게, 더 만만하게 꾸려나가는 발버둥이 끝없이 이어지듯이 살림하는 여편네들의 사교 활동도 늘 성에 안 차서 몸부림을 칠 정도로 방만하게 그 범위를 무한정 넓혀 간다. 떼를 지어 각자의 집을 중심으로 집밖에서 배돌아다니는 그런 일련의 선바람난 행태를 적극적으로 부추기는 것은 자가용과 전화와 외식이고, 거기에는 쓸 만큼 써도 늘 허덕거리는 돈을 서로 빌려주고 돌려받는다는 빌미가 따르며, 각자가 어디서 물어온 온갖 쓰잘데없는 정보들이 서로의 상대적인 결핍감을 더욱 부채질한다. 그 상대적인 결핍감은 대체로 세 꼭지점을 향해 경쟁적으로 치닫지 않을까 싶다. 심신의 권태감, 물욕 추구에의 갈급증, 성적 불만감이 그것이다. 물론 이 세 가지 상대적 결핍감은 사람에 따라 정도의 차이가 유별나다.

작가는 개개인의 차이를 들어 이러한 지적이 모든 여성들에게 기계적으로 적용되지는 않는다는 토를 달고 있지만, 신예비평가 신수정의 지적처럼 이러한 여성들의 행태가 일부 중산층 여성에 국한된 것이 아닌가 하는 의문을 십분 감안해야 할 것이다. 아울러 위의 발언에서 노골적으로 드러나는 여성 차별적 표현이나 남성 중심적 태도는 지적받아 마땅하다. 그럼에도 불구하고 위의 지적은 지나친 과장이라고만은 할 수 없을 정도로 한국사회에 나타나고 있는 모종의 징후와 풍속도를 생생하게 묘파하고 있다.

여기서 어떤 시대적 유행과 추세도 모든 사람들에게 해당되는 보편성을 담보하지는 못한다는 사실을 인정해야 할 것이다. 어떤 사람에게는, 『모노가미의 새 얼굴』에 묘사된 성풍속이 딴 세상의 일로 받아들여질지 모른다. 그럼에도 불구하고, 『모노가미의 새 얼굴』에서 묘사된 성윤리의 변화에 대한 묘사는 현 한국사회의 성풍속도와 문화적 정황을 일정하게 반영하고 있는 것이 아닐까.

우리가 『모노가미의 새 얼굴』에서 발견할 수 있는 또 하나의 미덕은 작가의 관점이 성문제에 대한 다소 고리타분한 도덕주의적 시선을 비껴나 있다는 사실이다. 예컨대 주인공은 아내의 간통을 접하면서 아래와 같이 독백한다.

한편으로 아내의 그 간통 행위가 본능적 욕구에 휘말린 결과였다면 나는 더

욱이나 이해할 수밖에 없는 노릇이었다. 상대가 누구든 남녀 모두 그런 욕망
은 다 가지고 있으며, 나 자신도 한때 미스 구와 그런 욕망을 아낌없이 나눈
경험자였다. 또한 아내가 그 본능을 용케도 억누르고 정절을 지켰다고 해서
도덕적으로 완벽한 주부일 수 없음도 나는 시인할 수밖에 없었다. 바로 말하
면 외간사내와 욕망을 불사르려는 기회를 스스로 만드는 주부와 그런 기회를
우연히 맞은 주부가 있을 뿐이다. 성(性)에 대한 잡스런 정보가 넘쳐나고, 온
갖 생활의 편리와 여유가 넘실거리는 오늘날에는 특히 그렇다. 좋게 봐줘서
아내는 그런 기회와 맞닥뜨렸을 뿐이고, 장난처럼 그 호기를 낚아챈 주부에
지나지 않는다.

위의 장면은 이 소설이 성문제에 대해서 접근하는 태도를 상징적으
로 보여준다. 작가는 간통과 불륜, 성적 욕망의 문제를 개개인적 차원의
일탈과 취향의 문제로 바라보지 않는다. 말하자면 작가는 아내의 간통
문제를 단지 자신과의 신의를 배반했다는 개인적인 차원에서만 바라보
지 않고 그러한 성적 욕망이 인간에게 내재된 보편적인 욕망일 수 있다
는 사실을 십분 고려하면서 아내의 일탈을 부추긴 문화적 배경을 세심
하게 짚어보고 있는 것이다. 따라서 금기를 위반한 개인에 대한 도덕적
단죄가 문제의 해결책이 될 수 없음은 자명한 사실이다. 제도에 대한
근원적인 문제의식이 결여된 채, 그 제도를 일탈한 개인에 대한 도덕적
비난에 의해 '제도의 합리성'을 복원하려는 행위는 일과성에 그칠 수밖
에 없는 것이다. 그러한 임시적인 방편이 통용될 때, 개인은 처벌받고
상처받지만, 제도는 불가사리처럼 온존하게 되는 것이다.
바로 그렇기 때문에, 소설의 말미에서 주인공은 결국 아내와의 '이혼'
을 선택할 수밖에 없었으리라. 그것은 아내에 대한 사랑의 완전한 상실
을 의미하는 것만은 아니다. 차라리 주인공의 선택은 일부일처제가 유
명무실해진 현대사회의 결혼제도의 현실을 꿰뚫어보았다는 사실에서
연유한다. 주인공은 더욱 근본적으로 '사랑'의 감정 자체에 대해서 신뢰
하지 않는다. 왜냐하면 '사랑'의 감정도 역시 그 자체로 순수한 것이 아

니라, 서로에 대한 독점욕을 정당화시키기 위한 모종의 제도적 함의에서 배태된 것이기 때문이다. 따라서 주인공이 자식의 결혼에 대해서 상상하면서 "나는 성년이 된 후의 그들의 결혼을 굳이 반대하지는 않겠지만, 지금 같아서는 도저히 상정할 수 없다. 그들이 사내애들이라고 해도 마찬가지겠는데, 결혼을 사람으로서 꼭 해야만 하는 어떤 의무의 관습으로 보지 말고, 각자가 평생토록 하고 싶은 일에 매진하며 살아가기를 바랄 뿐이다. 요컨대 결혼이라는 멍에로부터 완전히 자유로운 여성으로서 살아가야만 그들이 제 엄마가 걸어왔고, 또 앞으로도 그렇게 걸어갈 속물에의 길에서 얼마쯤 일탈하는 지름길일 테니까"라고 자신 있게 천명하게 되는 것은 자연스러운 논리적 수순이겠다. 안이한 도덕주의와 '낭만적 사랑의 신화'의 허구를 꿰뚫어본 작가 김원우의 냉철한 자세가 이 소설로 하여금 제도 속의 검은 심연을 조우케 한 것이리라.

보여줄 것은 최대한 야하게 보여주면서, 혹은 묘사할 것은 최대한 자극적으로 묘사하면서 막판에 가정으로 다시 돌아가자는 투의 사이비 도덕주의를 내세우는 소설이나 연극에 비하면 작가 김원우의 근본 지향적 사유는 상대적으로 정직한 것이 아닐까.

모든 견고한 것이 대기 속에 녹아 사라지는 불확실한 시대일수록, 문학은 풍속과 현상에 대한 피상적인 묘사에서 더 나아가, 근원적인 것을 향해 민감한 촉수를 끊임없이 들이대고 제도의 휘장 속에 숨겨진 본질을 집요하게 파헤쳐야 한다. 그토록 자극적이며 매혹적인 성과 사랑, 낭만적 결혼의 이데올로기, 영원한 사랑의 관념, 현란한 문화산업의 배후에 존재하고 있는 제도의 문법과 권력의 책략을 날카롭게 짚어내는 것이 바로 이 시대 문학의 임무가 아닐까. 그 임무의 수행에 성공한 작품이 바로 김원우의 『모노가미의 새 얼굴』이다.

| 1996 |

짧은 만남, 긴 여운

허만하, 최윤, 김원일, 정길연, 서정주

1. 청춘의 시―허만하의 신작시

생물학적 젊음과 다른 차원에서 시적인 젊음이란 무엇일까. 이즈음 『문학과사회』·『문예중앙』·『문학동네』 등의 유력한 문예지 봄호에 일제히 발표된 허만하의 신작시편을 읽어내려 가면서 나는 새삼스럽게 '진정한 문학적 젊음이란 무엇인가?'라는 질문을 던져본다.

그가 1999년 가을, 고희(古稀)를 3년 앞두고, 30년 만에 두 번째 시집 『비는 수직으로 서서 죽는다』(솔)를 발간했을 때, 그것은 그 자체로 세기말 현대시사를 마감하는 장관이자, 부박한 문학적 속도전에 대한 저항이었다. 그 풍경은 한 비평가에 의해 "지난 천년의 막바지에 마치 스톤헨지의 유적처럼 발굴되었다"(정과리)는 표현을 얻는다. 시집에 대한 비평으로는 이례적인 이 표현은 물론 일종의 '수사'겠지만, 그것이 근거 없는 것은 아니었다. 첫 시집 이후, 30년의 세월 동안 시인이 묵묵히 축적해 온 단단한 지성의 향취, 문명이 뿌리내리지 않은 오지까지 찾아가는 다채로운 여행 편력, 자연과 유적에 투사된 시원적 상상력, 견고한 절대 고독의 정서, 시적인 현대성에 대한 갈망 등이 『비는 수직으로 서서 죽는다』에 은은하게 응축되어 있기 때문이다. 그러니, 『비는 수직……』은 오랫동안 기다려왔다가 한순간에 터지는 불꽃놀이처럼 세기말의 시단을 수놓았던 것이다.

시인은 그 폭발을 일시적인 현상이라고 생각하는 선입견을 비웃기라도 하듯, 이 새 봄에 한꺼번에 신작들을 발표하고 있다. 과연 허만하의 신작시들은 『비는 수직……』의 성과가 결코 우연이 아니라는 사실을 여실히 보여주고 있다. 가령 "아득히 저무는 들녘 끝에 눈부신 외로움처럼 서 있는 한 그루 미루나무 밑 캄캄한 토사층을 지하수처럼 흐르고 있는 목마름의 청렬한 뒤척임을 본다"(「육십령재에서 눈을 만나다」)에서 묘사되는, 겨울나무로 표상되는 절대 고독의 정서는 얼마나 청아한가.

그 고독의 정서는 센티멘탈리즘을 탈피하여, 의미의 골이 깊은 시적 표현을 통해 하나의 미적 에피퍼니에 이른다. 그래서 시인은 "단아하게 흩어져 있는 크고 작은 섬 그늘진 암벽에 주라기의 소금처럼 아침 노을이 묻어나기 시작하는 순간, 나는 잠에서 깨어나는 잔잔한 다도해가 사막의 다른 얼굴이란 사실을 깨달았다"(「검은 염소떼와 미루나무」)고 '인식의 전환'을 노래하는 것이다. 다도해에서 사막을 연상하는 시인은 또한 "썰렁한 초겨울 논두렁 끝에 외로운 눈부심처럼 수직으로 서 있는 잎 진 한 그루 미루나무"를 통해, 쓸쓸히 사라진 노인을 연상한다.

그러고 보면, 수직으로 서 있는 그 미루나무는 시인 자신의 비유가 아닐까. 그렇다면 미루나무 밑을 흐르는 "목마름의 청렬한 뒤척임"은 바로 시인 자신이 오랜 세월 동안 간직해온 시적 욕망의 메타포일 것이다. 이제야 알겠다. 왜 그토록 시인이 겨울나무를 노래했는지를. 외롭게 수직으로 서 있는 청정한 겨울 나무는 "언제나 싱싱한 에스프리를 지닌 신인으로 있고 싶습니다"(『비는 수직으로……』 자서)며 시적인 젊음을 여전히 유지하고 있는 시인의 초상에 다름 아니다.

외로움도 오랜 세월이 흐르면 하나의 경지에 이르는 법. 이제 시인의 외로움은, "시원한 동태국에 고춧가루를 풀어 땀을 뻘뻘 흘리며 밥을 말아먹고 있는 중년 사나이의 외로운 숟가락질이 슬프다"(「세계는 숨기고 있다」)라는 구절에서 볼 수 있듯이 타인에 대한 연민과 조우하게 된다. 수직으로 서 있는 겨울나무로 표상되는 절대 고독이 "세계는 얼마나 많은 배고픔을 숨기고 있는가"라고 표현되는 인식의 세계와 만나서 형성될 또 다른 시적 갱신이 궁금해진다.

그 갱신이 성공하기 위해서는 실제로 지팡이를 짚고 다니는 시인의 연세에도 불구하고, "문단의 변방에 있으면서 중심에 편입되어서는 안 되는 인간의 자유, 정신의 자유, 그 끝을 지키고 싶습니다"고 말할 수 있는 유목민적 자존이 온전히 지켜져야 할 것이다. 때문에 시인은 그의 시적 성가가 높아져 갈수록, 스스로 그 세계로부터 탈주해야 하는 모순된 운명에 처한 셈이다. 그 운명을 기꺼이 감당할 수 있을 때, 그는 영원히 젊은 시인으로 남을 것이다. 그는 정말 젊은 시인이다.

| 2000 |

2. 육체적 감각의 진실─최윤의 「느낌」

어느 순간, 아주 사소한 육체적 감각이나 느낌이 급작스럽게 우리의 생을 뒤흔들며 존재의 전환을 가져올 수도 있지 않을까. 때로 삶이란 논리적으로 포착되지 않는 무수한 우연과 충동적인 욕망, 미묘한 느낌들의 연쇄고리인지도 모른다. 그 우연과 욕망과 느낌에 대해서 우리 인간들은 속수무책으로 노출되어 있다. 그러한 풍경들을 형상화하는 것 역시 문학의 중요한 역할일 것이다. 소설이 무엇보다도 '인간학'이라고 말할 수 있다면, 바로 그러한 인간 육체의 미묘한 느낌과 세밀한 내면 심리를 정교하게 묘사할 수 있는 매체가 다름 아닌 소설이기 때문이리라.

최윤의 신작 단편 「느낌」(『동서문학』, 2000 여름)은 한 마디로 인간의 육체적 감각이 얼마나 섬세하고 민감한 것인지에 대해서 말하고 있는 소설이다.

여기 감각과 느낌에 무척이나 예민한 여자가 있다. 그녀는 사무실에서 자신을 도와주는 한 남자사원과의 사소한 신체적 접촉 때마다, 이를테면 사무적인 일 때문에 남자의 손이 그녀의 손에 닿을 때마다 이상한 파장의 느낌을 가지게 된다. 그러한 느낌은 "당장은 정체를 알 수 없는 일종의 한 감각, 그것은 약 5초간, 놀라운 속도로 그녀의 온몸을 돌고 난 후 그녀의 몸 안에 갇혀버렸다"는 표현을 얻는다. 그 기묘한 감각은 이후 그녀의 일상을 강력하게 지배하게 된다. 예컨대, 그녀는 그 느낌과 감각을 다시 느끼기 위해서, 일부러 그 남자와의 접촉을 시도하게 되며, 혼자 있는 경우라도 그 느낌을 다시 상상하며 애초의 황홀했던 감각의 복원을 시도하게 되는 것이다.

그 과정을 작가는 이렇게 묘사하고 있다. "그녀는 밤이 되기를 기다리면서 다시 한 번 문제의 느낌을 불러내 본다. 그것은 잘 입력된 프로그램처럼 그녀의 부름에 순순히 되살아온다. 뿐만 아니라, 그녀의 몸은 건드리기만 하면 울리는 악기라도 되는 것처럼 그 감각의 재생을 극적으로 연장할 줄도 안다."

애인이 있음에도 불구하고, 다른 남자와의 사소한 신체적 접촉으로 인해 생성된 미묘한 육체적 느낌을 스스로 즐기며, 그 느낌의 정체를 분석하고자 욕망하는 주인공의 모습은 일상적인 도덕이나 상식의 세계 너머에 존재하는 육체의 진실을 섬뜩하게 전달하고 있다. 그 자극적이며 매혹적인 '감각의 미궁'에 홀린 여자에게 사회적 지평이나 도덕적 당위의 세계는 부차적인 관심의 대상일 뿐이다. 이러한 의미에서 볼 때, 그녀가 즐겨보던 저녁 뉴스를 그냥 지나치거나 남자친구의 방문을 일부러 따돌리는 장면은 바로 감각의 미궁에 갇혀버린 자의 들린 표정을 실감나게 보여주고 있다.

그러니, "그녀는 처음으로 남자친구의 목소리가 자신의 취향이 아니라는 것을 분명히 알아본다"는 대목은 이제 감각의 재생에 모든 관심을 투여하고 있는 주인공의 몰입 상태를 상징하고 있는 것이 아닐까. 점차 감각은 그녀의 일상을 잠식하는 단계에까지 이르며, 종국에는 "그녀에게 손과, 손이 유발한 느낌은 거의 종교적인 수준에 다다른다"는 표현에서 볼 수 있듯이 감각의 물신화로 나아가게 된다.

최윤의 「느낌」은 우연한 계기에 의해 사소한 육체적 감각에 지배당하게 되는 주인공의 내면 심리를 절묘하게 묘파하고 있는 수작이다. 그러나 결말 부분에서 진행되는, 주인공이 자신을 강렬히 지배했던 느낌으로부터 자유로워지는 과정에 대한 묘사가 너무 소략한 것이 아닐까. "한순간 연기처럼 사라져 버렸기에 그녀는 정확히 얼마간이나 이 느낌이 지속되었는지도 알 수 없을 정도다"라는 표현으로 정리되기에는 주인공을 지배했던 그 미묘한 감각이 너무나 선명하고 매혹적인 것이 아니었던가. 아, 여기까지 말하니 이해가 된다. 참으로 황홀한 느낌은 결코 지속적으로 존재할 수 없는 것, 그것은 한 순간에 사라지는 연기와도 같은 것이니까.

| 2000 |

3. 영롱한 무지개의 미학 – 김원일의 「손풍금」

올해(2002) 봄에 화갑을 맞이한 김원일이 소설가라는 칭호를 얻은 지
도 어언 36년의 세월이 흘러갔다. 김원일 문학 36년을 관통하는 문학적
화두가 있다면, 그것은 무엇보다도 '분단'이라고 할 수 있으리라. 이러
한 의미에서, 작가 김원일에게 '분단'이라는 소재는 영원히 마르지 않는
샘이 아닐까.

김원일이 최근에 발표한 중편소설 「손풍금」(『문학인』, 2002 여름)은 분단
을 소재로 한 또 한 편의 역작이라고 할 수 있다. 소설은 역사를 전공한
대학원생 경식과 여든에 이른 경식의 큰 할아버지 박도수의 시점이 교
차되면서 전개된다. 경식은 우연히 분단의 희생양으로 파란만장한 삶을
영위했던 작은 할아버지 박광수의 삶에 접근하게 되고, 급기야는 그의
생애를 주제로 하여 「인민 박광수 연구 – 분단시대 어느 사회주의자의
생애」라는 제목의 석사논문을 쓰기로 마음을 먹는다. 경식이 논문을 쓰
기 위해서 박광수의 생애를 집요하게 복원하는 궤적은 한국현대사를
관통한 분단의 비극이 한 가족사에 드리운 서늘한 파노라마를 구체적
으로 확인하는 과정이기도 하다.

여기 북한 땅 개천을 고향으로 둔 형제가 있다. 형은 6 · 25때 월남하
여 새로운 가정을 꾸려가지만, 동생은 고향에 남는다. 5 · 16 쿠데타가
일어나기 몇 달 전 동생 박광수가 공작차 북에서 남으로 넘어와 형을
찾게 되면서, 형제의 인생은 '분단의 질곡'이라는 거대한 회오리에 휩싸
이게 되거니와, 「손풍금」은 바로 그들의 역정에 관한 이야기이다.

그 이야기의 줄기에 이른바 월남민들의 고달픈 생활사와 습속, 평생동
안 사회주의자로서 북한정권을 옹호했던 동생 박광수의 풍모가 점점이
박혀 있다. 21년이라는 기나긴 세월동안 감옥에 있었던 박광수와 유사한
삶을 선택했던 사람들을 일컫는 다양한 용어들을 우리는 알고 있다. 비전

향장기수, 간첩, 신념 있는 사회주의자, 민족해방 투사, 꽉 막힌 원칙주의자······ 또한 그들을 서글픈 마음으로 바라볼 수밖에 없었던 가족들의 안타까움을 우리는 알고 있다. 박광수와 그들의 가족에 대한 핍진한 묘사과정에서 작가 특유의 역사적 균형 감각은 빛을 발한다. 그래서 이념적으로는 급진적이되, '손풍금'이 상징하듯이 인간적으로는 매력적인 박광수의 캐릭터는 특정한 이념을 넘어서 살아있는 개성을 성취하는 것이다.

「손풍금」은 이제 이 땅의 작가들이 분단으로 인한 무의식적 억압이나 유무형의 검열에서 분명하게 탈피하고 있음을 인상적으로 보여주고 있는 작품이라는 점에서 소중한 소설사적 의미를 획득하고 있다. 분단의 희생양인 동생 박광수를 반면교사로 삼았기에, 평생 동안 종교를 믿으면서 북한을 부정하던 박도수의 내면은 소설의 말미에서 대반전의 모습을 보이면서 동생에게 다가간다. 그는 이른바 해방공간 동안의 북한시절을 다음과 같이 아련하게 추억하고 있는 것이다. "광수와 나의 청춘은 해방과 전쟁 사이 우리 가족이 한 울타리 안에 살았던 한 시절이었고, 그 한때는 분명 한 여름날 소나기 끝에 보게 되는 오색찬란한 무지개, 그렇게 영롱한 시간대였다." 이러한 발언을 단지 역사적이며 정치적인 차원에서 이해한다면, 박도수의 내면에 대한 핍진한 이해에 도달할 수 없다. 위의 표현은 차라리 가족과 함께 보낸 격동적인 세월에 대한 도저한 그리움으로 해석되어야 한다. 그러므로 그토록 강인한 생활력을 지녔던 현실주의자 박도수의 뒤늦은 감상적인 독백은 따뜻한 감동으로 다가오는 것이다.

「손풍금」은 우리 소설이 견결한 사회주의자의 생애를 어떠한 이념적 편견도 없이 투명하게 묘사할 수 있으며, 해방공간의 북한사회를 아련한 추억으로 회상할 수 있는 단계에까지 이르렀다는 사실을 보여주는 작품이다. 아마도 황석영의 『손님』과 김원일의 「손풍금」을 통해 분단문학은 새로운 지평을 열어 제치게 될 것이다.

| 2002 |

4. 대필작가의 운명–정길연의 「몸살」

　가령, 독자 여러분이 자서전 대필자라고 생각해 보자. 실제로 자신이 작성한 자서전이 공전의 히트를 기록한다면, 그리하여 그 자서전으로 인해 명목상의 저자가 글도 잘 쓰며 지성과 교양을 지닌 스타로 거듭난다면, 자서전 대필자인 당신의 마음은 어떠할까? 보람, 뿌듯함, 재능의 확인……. 그러나 과연 그것뿐일까.

　보다 근본적으로 그 마음의 무늬는 '존재의 통렬한 분열'을 동반하지 않을까 싶다. 그 존재의 분열은 자신이 지닌 '글쓰기의 재능'이 타인의 명성을 드높이는 수단으로밖에 활용될 수 없다는 절망에서 연유한다. 글 쓰는 사람에게 자신의 고유한 이름, 즉 자기정체성에 대한 갈망은 거의 본능적인 욕망이다. 바로 그 갈망과 욕망이 실제로 최저생계비에도 못 미치는 수입에도 불구하고 무수한 소설가지망생을 낳게 만드는 주요한 모티프가 아닐까. 그렇다면, 대필작가의 경우는 어떠한가. 그들은 자신의 이름을 문학사에 남기고자 하는 불멸의 욕망을 포기하는 대신, 보다 현실적인 처세를 선택한 경우이다.

　정길연의 신작단편 「몸살」(『동서문학』, 2000 봄)은 바로 이러한 대필작가의 미묘한 심리를 참으로 섬세하게 묘사하고 있는 수작이다. 여기 한 사람의 대필작가가 있다. 그는 어느 날 우연히 한 여자를 만나게 된다. 그녀는 자신이 십오륙 년 전에 출판사에서 일할 무렵, 거의 새로 쓰다시피 하면서 다듬었던 어설픈 소설의 명목상의 저자인 박채선이다. 그 만남은 출판사에서의 경험을 살려 아직까지도 대필작가의 삶을 영위하고 있는 주인공에게 뚜렷하게 설명할 수 없는 불편함과 존재의 찢김을 동반한다. "내가 절대로 잊어서는 안 되는 건 결국 그 작업의 결실은 여자의 이름으로 세상에 내보여진다는 점이었다. 제대로 말하면 나는 여자의 이름으로 한 편의 자전적 소설을 쓴 셈이었다"는 주인공의 고백은 이러한 대필작가의 착잡한 내면을 인상적으로 드러내고 있다. 그 체험은 주인공에게 일종의 운명의 계기로 작용했다. 그 이후로 주인공은 본격적인 대필작가가 되었던 것이다.

그런데 그 박채선이 이제 주인공과 만난 자리에서 자신의 이름으로 출판된 소설들을 다 회수하고 불태워버렸다며, 자신만의 새로운 글쓰기에 대한 다짐을 말하고 있지 않은가. 그러나 주인공에게 그녀의 이러한 행동은 또 하나의 허위의식일 따름이다. 그것은 "나는 충분히 번민했으므로, 충분히 고통스러웠으므로, 양심의 굴레에서 벗어날 자격이 있다"는 것을 미묘하게 전달하는 행태인 것이다. 어느 날 우연히 만난 자리에서 글쓰기의 양심을 운위하는 박채선에게 대필작가로서의 삶이 지닌 당당함을 내세우는 것, 바로 그것만이 주인공의 훼손된 자존심을 회복하는 길일 터이다.

이렇게 본다면, 이 소설의 새로움은 무엇보다도 '글쓰기의 순정성'이라는 상투적 결론을 탈피하고 있다는 사실에 있다. "강조하지만, 내 꿈과 그 꿈에 기대는 동안 감수해야 할 남루를 벗어버리자 내 삶은 눈에 띄게 풍요로워지고 달콤해졌다. 그런가⋯⋯미스 송은 자신의 이름으로 글을 쓰고 싶지 않아요? 그 여자, 박채선의 마지막 말에 나가떨어질 만큼 나는 나약하지 않다"고 말하는 주인공의 마음의 무늬는 무엇일까.

자신이 실제로 쓰지 않은 책들을 불태워버렸다는 박채선에 맞서서, 대필작가의 전문성을 끝끝내 마음에 새기고 있는 주인공의 내면은 글쓰기의 순정성에 대한 욕망도 또 다른 의미의 허영심이나 허위의식의 일종일 수 있다는 사실을 함축하고 있다. 여기서 순정성은 자신의 이름에 대한 갈망에 다름 아니다. 그러니, 어느 순간 자신의 이름을 남기려는 글쓰기의 순정한 욕망과 대필작가의 전문적인 분업으로서의 글쓰기의 관계가 역전되어 버린 것이다. 그 유쾌한 역전을 바라보는 것은 고통스럽지만 의미 있는 독서 체험이다.

| 2000 |

5. 논쟁의 균형 감각―서정주

　　고은 시인의 미당 비판을 둘러싸고 미당의 시적 성과와 정치적 선택
을 둘러싼 논의들이 몇몇 일간지를 중심으로 각종 지면과 인터넷 공간
에서 동시다발적으로 전개되고 있는 이유는 무엇일까. 이것은 단지 저
널리즘의 화제성 기획만으로는 설명될 수 없는 복합적인 맥락을 함축
하고 있다.

　　이미 고인이 된 한 문학평론가의 표현을 빌리자면, 미당의 존재는 그
자체로 우리 문단의 '뜨거운 상징'이다. 시인의 삶 혹은 정치적 선택과
시적 성과를 둘러싼 근원적이면서도 예민한 쟁점들이 다름 아닌 미당
을 통해서 얘기될 수 있기 때문이다. 미당을 둘러싼 최근의 논의들은
우리 문단도 이제 제대로 된 비판과 평가, 기록과 성찰의 문화가 정착
되어야 한다는 소중한 과제를 던져준 것이 아닐까?

　　고은의 미당 비판이 발표된 직후에는 문정희·이근배·이남호에 의
해서 미당의 문학적 성과를 적극 평가하는 입장에서 씌어진 미당 옹호
론이 발표되었다. 그 후 김지하·황현산·김진석에 의해 미당의 정치적
선택과 훼절이 그의 미학적 한계와 밀접한 인식론적 연관성이 있다는
주장이 속속 발표되었다. 이러한 논의는 이미 몇 달 전에 진중권이 주
장했던 바, "'생명'의 신비를 노래하던 그 입이 동시에 침략전쟁을 일으
킨 '죽음'의 전사들을 찬양할 수 있었다는 것", 그리하여 "서정주 비판
은 바로 이 기괴한 콘트라스트를 이루는 그의 감성에 대한 비판"이 되
어야 한다는 주장과 접맥된다. 나는 기본적으로 시인의 삶과 문학적 성
과를 분리해서 사유하는 입장에 반대한다. 다만 이제 미당에 대한 비판
은 그의 정치적 선택에 대한 단죄에서 한 발 더 나아가, 그의 정치적 삶
과 글쓰기 사이의 섬세한 관계를 탐문하는 작업으로 이행되어야 할 것
이다.

　이러한 의미에서라도 미당의 문학과 삶에 대한 단순한 찬반론을 탈피하여, 그의 정치적 선택과 그의 문학적 세계가 동전의 양면의 결과일 수 있다는 사실을, 그리하여 삶과 문학 사이에 존재하는 긴밀한 내적 연관성을 치밀한 텍스트 독해 작업을 통해 분석하는 작업이 요청된다. 아울러 미당에 대한 무수한 비판들이 수행된 다음에도 끝끝내 남는 미당 문학의 '미학적 자율성'이란 무엇인가에 대해서도 물어야 하는 것이 아닐까 싶다.

　이 시대에 미당 서정주를 읽는다는 것은 정치적 압력에 쉽게 자신의 문학적 자존심을 포기한 한 뛰어난 시인의 상처와 재능을 똑바로 응시한다는 것을 의미한다. 또한 그것은 역사라는 괴물에 온몸으로 노출된 한 시인의 인간적 욕망과 현란한 수사학, 뛰어난 문학적 역량, 비극적 처세술 등을 구체적으로 탐구해가는 과정이기도 하다. 그것은 슬픔이자 연민의 체험일 것이다. 모순 그 자체인 그 절묘한 이중성의 논리를 한편으로는 이해하고 한편으로는 비판하는 과정을 통해, 우리의 문학도 그만큼 성숙해질 수 있는 것이 아닐까.

　지금까지 설명한 의미에서 미당의 시와 삶을 읽는다는 것은 그 자체로 소중한 문학교육이자, 인문적 경험일 것이다. 그 훼절과 오점에 대한 독서조차도. 그래서 나는 다시 말한다. 미당은 우리에게 '뜨거운 상징'일 뿐만 아니라 '슬픈 상징'이기도 하다고. 그 슬픔을 제대로 이해하고 응시할 때, 우리 문학은 앞으로 그러한 안타까운 슬픔의 체험을 다시는 반복하지 않을 것이다.

| 2001 |

망명, 디아스포라, 그리고 서경식

1. 비평 대상의 확장을 위하여, 혹은 에세이를 위한 변명

진영이나 입장과 관계없이 지금까지 수많은 비평가들이 '비평의 위기'와 '비평의 타락'을 때로는 절박하게 때로는 관성적으로 언급해 왔다. 그럼에도 불구하고 정작 비평의 위기를 돌파하기 위한 구체적인 대안이나 실질적인 모색은 아직 뚜렷하게 보이지 않는다는 것이 문제이다. 그렇다면 지나치게 식상한 '비평의 위기'와 연관된 타성적 담론은 이제 역설적인 의미에서 주류 평단의 헤게모니를 강화하는 역할을 수행하는 것 아닐까. 위기는 항상적으로 존재하되, 그 해결방안에 대한 구체적이며 실질적인 모색은 찾아보기 힘들다는 것, 바로 이 점이 이 시대 평단이 지닌 모종의 허위의식을 스스로 보여주는 증거가 아닐까. 그러하다면, 비평의 위기, 혹은 비평계의 완강한 관행을 돌파하기 위한 현실적 방책을 모색하는 작업은 참으로 긴요하다. 그 과정은 이 시대 비평의 정체성과 비평 대상의 범주에 대한 근본적인 물음을 동반하게 될 터이다.

나는 이 시대의 비평이 비평대상에 대한 근본적 전환과 확장을 꾀할 필요가 있다고 본다. 이런 맥락에서 보면 기존의 비평가들이 비평대상을 선택하는 관성에 대한 전복적 시선이야말로 지리멸렬한 비평의 위기를 돌파하는 소중한 계기의 하나가 될 수 있을 것이다. 이 점과 연관하여 문제적인 현상은 이즈음 활동하는 대부분의 비평가들이 비평의 대상을 한국어로 발표된 시와 소설에 한정하고 있다는 사실이다. 그러니, 몇몇을 제외한 대다수의 비평가들이 지금 문학제도가 허여(許與)한 시스템 안에서만 비평 활동을 수행하고 있는 것이 아닐까. 그들은 한국문학과 중심장르의 외부를 상상하지 않는다.

여기서 구체적인 예를 들어보자. 가령, 재일 디아스포라 서경식의 산문집(번역본)에 대한 본격적인 비평이 거의 존재하지 않는다는 사실은 이 시대 비평 행위를 둘러싼 시스템과 습속에 관한 의미심장한 진실을 전달하고 있다.

개인적으로 재일 디아스포라 에세이스트 서경식의 산문집과 기행집은 근래 몇 년 동안 내가 체험한 가장 감동적이며 뜻 깊은 독서체험에 해당한다. 『나의 서양미술 순례』(1992)에서 시작하여 『청춘의 사신』(2002), 『소년의 눈물』(2004), 『디아스포라 기행』(2006), 『난민과 국민 사이』(2006), 『시대의 증언자 쁘리모 레비를 찾아서』(2006), 『교양, 모든 것의 시작』(공저, 2007), 『사라지지 않는 사람들』(2007), 『시대를 건너는 법』(2007), 『만남―서경식·김상봉 대담』(2007)[1]으로 이어지는 책읽기를 통해 나는 이 시대와 역사, 그리고 고통과 마주하는 인간의 운명에 대한 곡진한 슬픔을 느꼈다. 개인적으로 더욱 중요한 사실은 서경식의 산문집과의 만남이

---

1) 서경식의 저서 뒤의 연도는 일본어판이 출간된 연도가 아니라 한국어 번역본이나 한국어판이 출간된 연도를 의미한다.

이 시대 비평가로서의 내 자신의 정체성을 근원적으로 되돌아보게 만들었다는 점이다.

애초에 일본어로 발표되어 한국어로 번역·소개된 서경식의 산문집들은 일본사회와 재일 한인(조선인)사회에 대해서는 물론이거니와, 우리 사회의 현실에도 충분히 통용될 수 있는 뜨거운 진실의 목소리를 담고 있다. 그래서 나는 서경식의 책들을 통해 이 땅에서 한국어로 발표된 어떤 소설책이나 시집에 못지않은 밀도 깊은 성찰과 생생한 육성의 진실, 서늘한 우수(憂愁), 담백하면서도 아름다운 문체, 감동적인 사유의 궤적을 확인할 수 있었던 것이다. 그렇다면 다시 물어보자. 왜 이 시대의 무수하게 발표되는 문학비평들은 서경식의 뛰어난 산문집을 다루지 않는 것일까? 이러한 물음은 이 시대 비평이 선택하는 대상과 범주에 대한 근본적인 질문을 함축하고 있다. 그것은 구체적으로 다음과 같은 두 가지 방식의 성찰적 문제제기를 포함한다.

우선 외국어로 발표되고 한국어로 번역된 글이 한국문학 비평의 대상일 수 있는가 하는 물음이 가능하겠다. 전통적으로 통용되는 한국문학의 범주 설정에 따르면, 외국어로 발표된 작품은 원천적으로 한국문학의 범주에서 제외된다. 그러나 특정한 분과학문이나 국가주의에 귀속된 개별국가의 문학이라는 울타리를 벗어나 비평적 문제의식을 강조하는 입장에 선다면, 그와는 다른 답변이 도출될 수 있을 것이다.

외국어로 발표되어 우리 문화에 소중한 자극과 성찰을 주는 작품이 비평의 대상이 되는 것은 온전히 가능하고 한층 권장되어야 한다. 구체적인 예를 들면 밀란 쿤데라(Milan Kundera)의 『참을 수 없는 존재의 가벼움』이나 움베르토 에코(Umberto Eco)의 『장미의 이름』, 무라카미 하루키[村上春樹]의 『상실의 시대』에 대한 비평은 분명히 필요하고, 이미 몇 편이 발표된 바 있다. 세계문학전집을 위시한 번역된 시나 소설, 기행문, 산문집들이 학술적인 경계에 따른 한국문학의 범주에 속한다고는 할 수 없을 테지만, 문화적인 견지에서 볼 때 그 번역본들은 엄연히 우리 문화의 자산이다. 그 책들은 또한 타자의 상상력을 통해 우리사회와 문화에 새로운 문화적 자극을 제공하게 될 것이다.

여기에 덧붙여, 식민지시대의 이중 언어 글쓰기, 그리고 해방 이후의 디아스포라 문학에 대한 연구, 최근의 한민족문화 연구, 다문화사회와 문화융합 등에 대한 관심 등이 전반적으로 활성화된 이 시점에서 보면, 단지 한국어로 씌어졌다는 사실이 비평 대상의 필수적인 요건이라고 할 수는 없을 것이다.

그리고 과연 서경식이 누구던가! 재일조선인 2세로 태어나 이 땅의 분단으로 인한 두 형(서승, 서준식)의 비극적이며 핍진한 인생궤적을 온몸으로 목도한 전형적인 소수자이자, 디아스포라가 아니었던가. 그렇다면 서경식의 글쓰기는 궁극적으로 우리 사회의 현실이나 문화와도 결코 무관한 것이 아니기에 서경식의 산문집 번역본은 마땅히 비평의 대상이 되어야 할 것이다.

두 번째로 번역본·국내서를 막론하고 대부분 문학비평의 대상이 시와 소설이라는 중심 장르에 한정되어 있다는 현상에 대해 비판적으로 탐문할 필요가 있다. 이미 유종호가 오래 전에 「변두리 형식의 주류화」라는 글을 통해, 뛰어난 산문이나 에세이, 자서전 등의 변두리 장르를 "문학으로 수용하지 못하는 문학관은 옹졸하고 편협한 것임을 면치 못할 것"이라고 역설한 이래 산문과 수필에 대한 비평의 중요성을 일부 비평가들이 강조해왔다.[2] 그러나 비평의 대상을 관행적으로 시와 소설에 한정하는 현상이 아직 시원스럽게 극복되지 않고 있다. 변두리 장르에 대한 비평적 홀대라고 말할 수 있는 이러한 비평가들의 편향으로 인해 서경식을 포함하여, 박완서·유종호·김윤식·김병익·김현·김화영·박노자·고종석·진중권·최윤·이인성·이성복·김연수·김선우 등이 발간한 뛰어난 산문집과 기행문집들이 그 소중한 문제의식과 깊

---

2) 유종호, 「변두리 형식의 주류화」, 『사회역사적 상상력』, 민음사, 1995; 권성우, 「동경과 분석, 그리고 유토피아」, 『비평의 매혹』, 문학과지성사, 1993.

은 성찰, 예리한 현실 인식, 매혹적인 문체에 합당한 비평적 조명을 거의 받지 못하고 있는 것 아닌가. 바로 이 점이 서경식의 산문집에 대한 본격적인 비평이 존재하지 않는 또 하나의 중대한 이유일 것이다.

그래서, 단순한 맥락에서 이렇게 말할 수 있겠다.

‘한국에는 두 가지 부류의 비평가들이 존재한다. 일본어로 발표된 재일 디아스포라 서경식의 산문집이 본격적인 비평 대상이 되어야 한다고 생각하는 비평가와 그렇지 않은 비평가로 나눠진다.’ 당신은 어느 편인가.

지금까지 설명한 의미에서 서경식의 번역산문집들은 당연히 비평과 논의의 대상이 되어야 할 것이다. ‘비평의 위기를 돌파하는 새로운 갱신’과 연관하여 무엇보다 필요한 과정이 문학의 외연을 넓히고, 문학비평의 대상을 확장하는 것이라면, 서경식의 산문집이 바로 그 적절한 대상이 되어줄 수 있을 것이다. 이 시대 비평과 문학이 스스로를 갱신하기 위해서는 편협한 문학제도 내부의 울타리에서 벗어나, 문학의 외부에서 다양한 현실과 접속할 필요가 있다는 사실을 인식해야 하리라.

그렇다면 재일조선인 디아스포라라는 ‘외부’의 위치에서 발화된 서경식의 산문들은 우리사회 ‘내부’에 있는 사람들이 미처 인식하지 못한 우리사회의 현황과 모순과 미덕과 편향을 정확하게 간파하고 있다는 점이 주목되어야 한다. 『시대를 건너는 법』을 비롯하여 몇 권의 산문집에서 서경식이 펼쳐놓은 한국사회에 대한 문제제기는 조국에 대한 뜨거운 애정의 다른 표현일 것이다. 그리고 서경식의 산문집이 이 시대의 어떤 문학작품보다도 문학적 향기와 품격, 인문적 교양, 유려한 문체를 지닌 아름답고 감동적인 문학작품이라는 사실이 다시금 환기되어야 할 것이다. 바로 이런 점들이 나로 하여금 이 글을 쓰게 만들었다.

이 글은 서경식의 산문집과 기행문집3)을 ① 미술과 역사의 만남, ② 소

---

3) 이 글에서 주로 다루어질 서경식의 책들은 다음과 같다.
　①『나의 서양미술 순례』 개정판, 박이엽 역, 창작과비평사, 2002.

년과 난민 사이, ③자기 성찰의 풍경과 타자에 대한 상상력 등의 세 가지 주제로 분류하여 재일 디아스포라 에세이스트 서경식의 산문에 피력된 주요한 메시지와 그 심미적 가치 및 역사적 의미에 대해 탐구하고자 하는 시도이다.

2. 미술과 역사의 만남

서경식이라는 이름이 한국의 독자들에게 최초로 알려진 것은 1992년에 창작과비평사에서 번역되어 출간된 『나의 서양미술 순례』(박이엽 역)로 인해서였다. 이 얇은 책의 문제의식은 결코 얇지 않다. 이 책을 통해 그때까지 서양의 고전적인 미술 정전(正典)에 대한 유파 중심의 다소 공허한 형식주의적 해설에 익숙해 있던 이 땅의 독자들은 신선한 충격을 경험하게 된다. 『나의 서양미술 순례』에서 언급되고 있는 그림들 대부분이 통상적인 미술책에서는 보기 어려운 작품이라는 점에서, 그리고 그 그림들을 해석하는 저자 서경식의 개성적 관점으로 인해서 그러한 충격이 생성되었으리라.

서경식은 벨기에 브뤼주, 이탈리아 피렌체, 프랑스 아비뇽, 스페인 마드리드, 영국 런던 등지의 미술관, 박물관을 돌아다니면서 자신이 커다

---

②『청춘의 사신』, 김석희 역, 창작과비평사, 2002.
③『소년의 눈물』, 이목 역, 돌베개, 2004.
④『디아스포라 기행』, 김혜신 역, 돌베개, 2006.
⑤『난민과 국민 사이』, 임성모·이규수 역, 돌베개, 2006.
⑥『시대의 증언자 쁘리모 레비를 찾아서』, 박광현 역, 창비, 2006.
⑦『시대를 건너는 법─서경식의 심야통신』, 한승동 역, 한겨레출판, 2007. 앞으로 인용문 바로 뒤의 괄호 속 숫자는 위의 해당 책의 번호와 그 책의 면수를 의미한다.

란 인상을 받았던 감동적인 그림들에 대해 자세히 언급하고 있다. 이 책에서 다루어진 화가들은 대부분 남다른 고통과 처절한 역사적 비극을 체험하거나 그러한 세계를 작품으로 묘사한 바 있다.

예를 들어 서경식은 다비드의 〈캄비세스왕의 재판〉이라는 그림을 통해, 가죽 벗김을 당하는 형벌의 희생자를 생생하게 묘사하는 장면에 대해 말한다. 그는 "나는 무엇보다도 우선 흐르는 피 한방울까지도 놓치지 않고 그려내려고 하는, 가열한 사실정신(寫實精神)에 압도당했다"(1-12)면서 고통당하는 자의 처참한 육체를 정밀하게 형상화한 작가정신에 대해 주목하는 것이다.

과연 무엇 때문에 서경식은 다비드의 〈캄비세스왕의 재판〉에 대해 각별한 느낌을 받았던 것일까? "여기서 솔직한 고백을 하자면 나는 이 그림에서 곧바로 아버지의 죽음을 연상하고 있었다"(1-3)는 발언에 그 해답이 있다. 말하자면 서경식은 상처받고 고통당하는 사람들을 충격적으로 묘사한 그림에 자신의 비극적인 가족사와 부모, 형제들이 체험한 역사적 상처들을 포개서 바라보고 있는 것이다.

또한 서경식은 미켈란젤로의 〈반항하는 노예〉를 감상하면서 "'노예'는 나의 형인 것이다. 나는 그것을 감상하고 있는 것이다"(1-60)라고 말하면서 이른바 '재일유학생간첩단' 사건에 연루되어 조국의 감옥에 수감되어 있는 형들의 모습을 떠올린다. 서경식이 지배이데올로기에 대해 끝끝내 반항하고 저항했던 예술가의 풍모에 대해 감동하게 되는 것은 바로 이러한 연유에서다. 그는 피카소의 〈게르니카〉 진품을 직접 목도하면서 "여기서 우리가 볼 수 있는 것은, 군국주의 스페인의 5백 년의 전통, 그 중후하면서도 저열하기 이를 데 없는 정신에 대하여 한 사람의 그림장이의 거대한 불기(不羈)의 정신이 대항하고 엎치락 뒤치락한 끝에 마침내 승리하는 모습이다"(1-88)라고 말한다. 그는 피카소를 통해 19년, 17년을 감옥에 있으면서 목숨을 걸고 강제적인 사상 전향을 거부했던 서승·서준식 두 형을 연상했던 것이 아닐까.

서경식에게 거장들의 위대한 미술작품은 단순히 낭만적인 동경(憧憬)의 대상이 아니라, 자신과 가까운 이들의 비극적인 실존을 환기시키는 처절한 존재에 가깝다. 그는 겉으로 보기에 아름답기 이를 데 없는 그림에 대해서도 철저하게 역사적 맥락에서 바라본다. 그래서 "청순한 종교화의 그늘에도, 처참하기 그지없는 정치와 인간의 드라마가 감춰져 있음에 틀림없으리라는 확신을 갖게 된다"(1-35)는 인식으로 나아가는 것이다.

주목해야 할 점은 『나의 서양미술 순례』 곳곳에서 서경식이 죽음과 고통을 응시하고 있다는 사실이다. 예컨대 다음 문장과 같이. "백년전쟁, 십자군, 흑사병, 채찍순례, 이단 사냥, 이교도 살육…… 수없는 잔학과 흉행(兇行)을 상상하며 켜켜이 쌓이는 주검들을 생각했다."(1-194) 그는 그러한 무수한 죽음이 단지 과거의 비극이 아니라, 지금 이 시대에도 언제 어디서나 발생할 수 있는 개연성 있는 사건이라고 생각하는 있는 듯하다. 역사상 존재했던 그 수많은 죽음과 학살은 넓게 보면 서경식의 가족들을 헤집고 간 고난의 여정과 접맥되는 것이다.

『나의 서양미술 순례』를 관통하는 주된 정서는 서경식의 우울하고 처연한 내면이다. 이 책의 바탕이 된 유럽기행은 1983년 최초의 외국나들이 형태로 이루어졌다고 한다(그 후 서경식은 일곱 차례에 걸친 유럽과 미국 여행을 통해 『나의 서양미술 순례』(개정판)에 수록되어 있는 수많은 미술작품을 둘러보았던 것이다). 그 당시 조국의 감옥에 갇혀 있는 두 형, 평생 동안 고향을 그리워하다가 일본에서 돌아가신 부모님, 1980년의 5월 광주를 위시한 조국의 악몽 같은 역사적 현실 등은 저자의 내면에 커다란 마음의 생채기를 남겼다. 그 후 몇 년이 지난 뒤에 그는 『청춘의 사신』에 등장하는 에곤 실레의 〈죽음과 소녀〉를 접하던 당시 자신의 내면을 이렇게 고백한 바 있다.

그때 나는 이미 30대 중반을 넘어섰지만, 부모님이 두 분 다 세상을 뜨신

직후였고, 나 자신은 가족도 일정한 직업도 없었다. 나에게 있는 것이라고는 승리를 기약하기 어려운 지루한 투쟁, 이루지 못한 꿈, 도중에 끝나버린 사랑, 발버둥치면 칠수록 서로 상처밖에 주지 않는 인간관계, 구덩이 밑바닥 같은 고독과 우울, 그런 것뿐이었다. 내가 너무 보잘것없다는 생각에 끊임없이 시달리면서, 그래도 이 세상에서 무언가 의미있는 존재가 되고 싶다는 욕망을 떨쳐버리지 못했다. 어떻게 살면 좋을까? 아무리 생각해도 모든 것이 막연했다. 죽고 싶다고 절실하게 생각한 적은 없지만, 죽음이 항상 내 곁에서 숨쉬고 있는 듯이 느껴졌다.(2-75~76, 강조는 인용자)

그러니 알겠다. 서경식이 왜 그토록 그림에 나타난 죽음의 이미지에 집착했는지를! 죽음이 늘 어른거리던 서경식의 심리 상태는 당연히 미술 작품을 바라보고 해석하는데 결정적인 영향을 미쳤으리라. 그래서 『나의 서양미술 순례』 전편을 통해 곳곳에서 죽음·주검·피·고통·추방·학살·가난을 목도할 수 있는 것이 아닐까.

『청춘의 사신』은 『나의 서양미술 순례』의 후속편이라고 할 수 있다. '20세기의 악몽과 온몸으로 싸운 화가들'이라는 부제에서 인식할 수 있듯이, 저자는 역사적 비극과 추방당한 소수자의 설움을 온몸으로 형상화한 20세기의 화가들과 그들의 작품을 탐문하고 있다. 이 책에는 에드바르크 뭉크의 〈생명의 춤〉, 파블로 피카소의 〈자화상〉, 케테 콜비츠의 〈죽은 아이를 안고 있는 어머니〉, 구스타프 클림트의 〈베토벤 프리즈―적대하는 힘〉, 조르주 루오의 〈거울 앞의 여인〉, 파울 클레의 〈새로운 천사〉, 에곤 실레의 〈죽음과 소녀〉, 마르크 샤갈의 〈탄생〉 등을 비롯하여 31명의 화가가 그린 작품 32점이 소개되고 있다.

서경식은 20세기라는 근대적인 시대에 출몰했던 수많은 전쟁과 추방, 파시즘, 인종차별, 학살 등으로 커다란 고통을 체험한 예술가, 즉 20세기의 악몽과 정면으로 사투한 예술가들의 삶과 작품에 대해 주목한다. 말하자면 그는 근대성의 검은 심연과 새로운 야만에 주목한 화가들에 대해 친화감을 느끼고 있는 것이다.

『청춘의 사신』에서도 서경식은 자신의 가족 및 주변 인물의 험난했던 인생여정과 이 시대의 역사적 현실을 그가 탐문한 화가들의 작품과 겹쳐서 성찰하고 사유한다. 그는 케테 콜비츠의 〈희생〉을 통해 재일 교포 1세 여성들의 초상을 발견하고, 같은 작가의 〈죽은 아이를 안고 있는 어머니〉를 통해 그 후 전개될 세계대전의 참화와 비극을 예감한다. 또한 펠릭스 누스바움의 〈유대인 증명서를 들고 있는 자화상〉에서 유대인이라는 추방자 신분의 음울한 상징을 목도한다. 펠릭스 누스바움과 그의 아내는 1944년 7월 20일 벨기에 은신처 다락방에서 독일 친위대에 체포되는데, 곧바로 7월 말에 둘은 아우슈비츠로 이송되어 살해당했다고 한다. 서경식은 이러한 추방자로서의 누스바움의 비극적인 여정에서 재일 조선인 디아스포라의 슬픈 운명을 포개보고 있었던 것은 아니었을까.

여기서, 서경식이 펴낸 두 권의 미술기행이 지닌 의미를 제대로 포착하기 위해서는 서경식의 예술관에 다가설 필요가 있다. 서경식에게 예술의 의미는 과연 무엇일까. 그는 "나에게 예술은 그 숨막히는 지하실에 뚫린 작은 창문 같은 것이었다"(2-9)고 천명한다. 서경식이 보기에 이런 예술관을 대표적으로 보여주는 화가는 바로 고야이다. 다음의 예문을 보자.

고야는 궁정화가이면서 자유주의를 신봉했고, 그 자유주의를 조국 스페인에 가져다줄 줄 알았던 나폴레옹 군대의 잔학함을 보다 못해 〈전쟁의 참화〉 연작을 제작했다. '근대'의 문턱에 서서 그 밝음과 어둠을 응시하고 묘사해낸 고야. 그리고 자신도 찢기듯 죽어간 고야는 나에게 지하실 벽에 뚫린 작은 '창(窓)'이었다. 고야처럼 괴로워하고, 고야처럼 싸우고, 고야처럼 죽자. 그 동경이 곧 '창'이었다. 미켈란젤로, 렘브란트, 고흐…… 이들은 모두 나에게 이런 '창'이었다.(2-10)

서경식이 고야의 삶과 예술적 태도에 대해 깊은 공감을 느끼는 대목
은 참으로 인상적이다. 그가 억압당하고 추방당한 자의 고통을 증언하
는 예술에 대해 각별한 유대감을 느끼는 것은 바로 "숨막히는 지하실에
뚫린 작은 창문"으로 대변되는 예술관에서 연유하는 것이다. 이렇게 보
면 서경식의 예술관은 역시 고야의 그림을 보면서 "그 그림들에서, 그
래서 나는 예술이란 고통하는 자의 소리이며 고문(拷問)하는 자의 소리
라는 오래 전부터의 내 생각을 다시 확인할 수 있었다"(『김현예술기행』)고
말했던 비평가 김현의 예술관과 상당 부분 겹쳐진다.

관점에 따라서는 서경식의 『나의 서양미술 순례』와 『청춘의 사신』이
미술작품을 지나치게 역사적·사회적 맥락과 화가 자신의 개인사적 관
점에서 조망하는 것이 아닌가 하는 문제제기가 가능할 것이다. 실상 서
경식은 두 권의 책에서 미술작품의 형식적 측면이나 재료·구도·색감
에 대해서는 그다지 비중 있게 언급하지 않는다.

다만 여기서 지적되어야 할 점은 누구나 자신의 체험과 취향, 예술적
관점대로 작품을 볼 수밖에 없다는 것, 역사적 맥락에서 미술을 해석하
는 서경식의 관점은 결코 단순하거나 환원론적이지 않다는 사실이다.
가령 다음의 인용문을 보자.

예술은 예술가의 삶에서 떼어내어 작품 자체로서 평가해야 한다고 주장하
는 이들이 있다는 것도 잘 알고 있다. 아무리 훌륭한 인생을 산 예술가라 해
도 그 작품이 시시하면 높이 평가할 수 없다는 것은 새삼 말할 필요도 없다.
하지만 그 반대는 어떨까?

뛰어난 예술가란 독창적이고자 하는 격렬한 욕망에 항상 몸을 불사르는 사
람일 것이다. 그들은 이 정체 모를 욕망에 사로잡혀, 시대와 인생에 대한 따분
하고 판에 박은 상식을 돌파하려고 쉬지 않고 싸운다. (…중략…)

잘 살지 못하는 예술가한테서는 좋은 작품이 나올 수 없다. 이것은 말할 나
위도 없는 일이지만, 여기서 '잘 산다'는 것은 '착하다'거나 '모범적'이라는 것
과는 전혀 다르다. 예컨대 샤임 쑤띤(chaim Soutine)은 내가 유달리 좋아하는 화

가의 한 사람인데, 시민적 도덕의 기준으로 보면 빈말로라도 모범적이라고 말할 수 없는 인물이었다. '잘 산다'는 것은, 쑤띤이 그러했듯이, 무엇보다도 창조의 욕망에 충실하게 산다는 뜻이다.(2-12)

이러한 서경식의 예술관은 예술과 도덕을 기계적으로 연계시키거나, 정치적 관점의 올바름을 곧바로 작품 자체의 탁월함으로 전이시키는 소박한 도덕적 관점과 분명한 거리를 두고 있다. 서경식의 산문집들이 정치적인 관점을 떠나 서늘한 문학적 향기와 인문학적 품격을 담보하고 있는 것도 바로 이러한 균형 잡힌 예술관에서 비롯되었으리라.

서경식은 이즈음 한국에서 안식년을 보내면서도 열심히 미술관에 다니고 있다. 그는 서울시립미술관에서 열린 반고흐전에 다녀온 후에 고흐의 그림 〈피에타〉(들라크루아 모작)에 대해 "나는 이 처절한 블루에서 짙은 '죽음'의 그림자를 봤다. 하늘색은 폭풍의 전조를 고하는 불길한 저녁 하늘처럼 보였다. 괴로운 듯 몸을 비튼 예수의 주검은 고흐 그 자신의 모습으로 비쳤다. 고흐는 아를의 별이 빛나는 하늘을 우러러보며 죽음을 생각했다"4)고 해석하고 있다.

물론 고흐의 그림을 죽음과 고뇌의 징조로 바라보는 서경식의 시선은 자신의 역사적 체험과 예술관에서 자유롭지 않을 것이다. 서경식이 반 고흐를 바라보는 시선 역시 이런 예술관의 연장선상에 있다. 그가 "고흐는 혁명가였다. 만사를 상품가치로 환산하지 않고는 못 배기는 자본주의 사회 속에서 금전으로 표현할 수 없는 삶의 가치를 위해 끝까지 싸웠다"5)면서 고흐에게서 혁명가의 초상을 발견하는 대목도 흥미로운 해석이다. 고흐가 동생 테오에게 보낸 편지(반 고흐, 신성림 역, 『반 고흐, 영혼의 편지』, 예담, 2005)를 면밀하게 검토해 보면, 서경식의 이러한 추단이 충분한 설득력을 지닌 견해라는 사실을 알 수 있다. 반 고흐는 엄청나

---

4) 서경식, 한승동 역, 「반 고흐 전에서 본 고뇌의 원형」, 『한겨레』, 2008.2.16.
5) 위의 글, 2008.2.16.

게 성실한 독서가였고, 폭넓은 인문적 교양을 지니고 있었으며, 당시의 제도와 예술적 흐름에 대해 대단히 비판적이었다. 그리고 그는 죽음을 분명히 의식하고 있었다.

서경식은 고흐에 대해 이렇게 마무리 짓고 있다.

장 콕토는 어느 미국인에게 말했다. "당신들은 고흐를 신처럼 생각하고 있다. 하지만 그가 가난 속에서 무명으로 죽은 사실을 잊고 있다. 당신들은 타인의 고뇌에 흥미를 보이지만 자기 스스로 고뇌를 감수하려고 하진 않는다." 고흐전을 본 사람들 중 다수도 "자기 스스로 고뇌를 감수하려고 하진 않을" 것이다. 그럼에도, 하고 나는 생각한다. 설령 소수라 할지라도 그들 중 몇 명인가는 고흐의 색채에 마음을 빼앗겨 이윽고 거기에 응축돼 있는 고뇌에 공감할 게 분명하다. 그것이야말로 예술의 힘이라는 것이다
— 서경식, 한승동 역, 「반 고흐 전에서 본 고뇌의 원형」, 『한겨레』, 2008.2.16.

여기서 무슨 말을 더 보탤 수 있을까. 다만 나는 이런 질문을 던져볼 뿐이다. 당신은 왜 고흐를 좋아하는 것인가?

3. 소년과 난민(디아스포라) 사이에서

『소년의 눈물』은 특정한 사회적 입장이나 세계관 이전에, 저자 서경식의 원초적 감성과 생래적 기질, 어린 시절의 추억을 생생하게 목도할 수 있다는 점에서 흥미로운 책이다. 한마디로 말해 이 책은 저자의 소년시절의 독서 편력기이자 영혼의 성장담이라고 할 수 있다. 번역자 이목의 간명한 소개가 『소년의 눈물』의 핵심을 훌륭하게 요약하고 있어 소개한다.

『소년의 눈물』은 역사의 소용돌이에 휘말려 이국의 땅에서 태어난 저자가 성숙한 인간으로 자라기까지 질풍노도와 같은 불안과 고통, 소수자의 심리와 절망을 생의 원천으로 승화시키기까지의 역정을 점묘(點描)해놓은 자전적 에 세이다.(3-253)

그렇다. 『소년의 눈물』은 지금 현재의 서경식을 형성한 원초적 체험과 상처, 자의식의 기원, 애잔한 내면이 생생하게 부조되어 있다. 초등학교에서 고등학교 시절에 이르는 세월 동안 서경식의 영혼을 뒤흔들었던 13권의 책과 그 책에 서린 추억, 독서에 대한 단상, 가족과 학창시절의 에피소드가 이 책을 아름답고 단아하게 채우고 있는 것이다. 『소년의 눈물』에서 서경식이 소개하는 13권의 책 중에는 루쉰의 『고향』, 토마스 만의 『마의 산』, 프란츠 파농의 『대지의 저주받은 사람들』, 다자이 오사무의 「추억」, 김소운의 『조선시집』 등이 포함되어 있다. 서경식은 소년시절의 독서의 추억에 대해서 이렇게 말한다.

지금도 이따금, 위기를 모면하고 용케 책장과 서랍 속에 살아남은 낡은 책들을 펼쳐들 때가 있다. 낙서와 손때로 지저분해진 책을 한 장 한 장 들추고 있노라면, 어린 시절 기뻐하고 슬퍼하던 감정들이 가슴 깊은 곳에서 어수선하게 꿈틀거리기 시작한다. 성장에 대한 동경과 두려움, 자부심과 열등감, 희망과 실의가 격렬하게 교차하던 그 나날들이.6)

서경식의 민감한 자의식과 여린 감성을 확인할 수 있는 대목이다. 소년시절의 서경식에게 책읽기는 존재의 근거 그 자체였다. 그는 자신을 "캠핑 따위보다는 집에서 책읽기를 더 좋아했던" 소년으로 묘사하고 있다. 이 점은 "초등학교 시절 운동능력 면에서 나는 최하위 그룹에 속해 있었고, 스스로도 그러한 사실을 절실하게 느끼고 있었다"는 사실과 흥

---

6) 서경식, 이목 역, 『소년의 눈물』, 돌베개, 2004, 17면.

미로운 대조를 이룬다. 이렇게 보면, 그가 자신의 "독서에 대한 오만한 자부심"을 품고 있었던 이유 중의 하나는 역설적으로 "운동능력에 대한 열등감"이었던 것이다. 중학교 때 이미 그는 '시(詩)'에 대한 열망과 동경이 싹텄으며 "형들에게 '시인'이라는 별명으로 불리고 있었다."

서경식은 『소년의 눈물』로 1995년 일본 에세이스트클럽상을 받는다. 생각해보면 이 사실만큼 모국어(母國語)가 한국어이고 모어(母語)가 일본어인 재일 디아스포라의 찢겨진 운명을 상징하는 사건은 달리 없을 것이다. 모국어를 잃어버린 자신을 차별하고 자신의 할아버지 세대를 억압한 식민제국의 언어를 아름답게 구사했다고 받은 이 상이 서경식에게 한편으로는 커다란 격려이자 또 다른 한편으로는 아이러니컬한 상처로 다가왔으리라. 더군다나 수상의 주된 이유가 "빼어난 일본어 표현"이 아니었던가. 그래서 그는 일본 에세이스트클럽상 수상 인사말에서 자신을 "언어의 감옥에 갇힌 수인(囚人)"으로 표현하게 되는 것이다.7) 그러나 역으로 생각해보면, 이 점은 서경식의 일본어 문장력과 표현력, 『소년의 눈물』이 도달한 심미적 가치를 웅변하기도 한다. 실상 내용도 내용이지만 정갈하고 담백한 문체야말로 서경식 산문의 남다른 매력이다. 번역본에서도 그 진솔하면서도 치열한 성찰과 아름다운 문체가 느껴질진대, 원문이라면 더더욱 그 문체의 매력이 크게 다가오지 않을까.

서경식은 1970년대 말 당시 한국의 감옥에 있던 셋째형(서준식)이 자신에게 보낸 편지의 내용("나에게 독서란 도락이 아닌 사명이다")을 소개하면서 다음과 같이 고백하고 있다.

> 한 순간 한 순간 삶의 소중함을 인식하면서, 엄숙한 자세로 반드시 읽어야 할 책들을 정면으로 마주하는 독서. 타협 없는 자기연찬으로서의 독서. 인류사에 공헌할 수 있는 정신적 투쟁으로서의 독서. 그 같은 절실함이 내게는 결여돼 있었다.(3−146)

---

7) 서경식, 김상봉 역, 『만남』, 돌베개, 2007, 81면.

속마음은 어떨지라도 담대하고 강건한 투사 이미지에 가까운 서준식에 비해 서경식은 보다 예술적이며 감성적인 기질을 지니고 있다. 그는 자신을 소심하고 겁이 많은 사람이며 회의주의자라고 고백하기도 한다. 독서취향 역시 마찬가지였으리라. 자신의 독서에 대한 위의 인용문은 두 형이 감옥에 있는 가운데서도 매년 그림을 보러 유럽의 박물관과 미술관을 떠돌아다니던 서경식이 지닐 수밖에 없는 모종의 자의식을 표상하는 것이 아닐까.

그러나 아우슈비츠 이후에도 수많은 아름다운 서정시가 씌어졌다는 사실을 우리는 잘 알고 있다. 누구나 자신의 취향대로 예술과 독서를 향유할 권리도 인정해야 할 것이다. 물론 서경식의 유럽여행은 한편으로는 두 형의 억울한 실상을 구미의 인권기관이나 운동단체에 호소하기 위한 도정이기도 했다. 그럼에도 분명한 사실은 감옥에 있는 두 형의 존재가 늘 서경식의 내면에 일종의 원죄처럼 다가왔으리라는 점이다. 그는 "내 형제가 아니었다고 해도 누군가가 시시각각 고문을 받고 있는데 일과 취미, 식사와 섹스, 즉 일상생활에 어떤 의미나 중요성이 있다는 걸까 ……"(6-142)라고 다른 책에서도 자문한 바 있다. 두 형을 생각하면 서경식의 유럽여행은 불편하고 죄스러운 여정일 것이나, 동시에 우울하고 답답한 현실 속의 그에게 그림을 보러 유럽으로 향하는 길은 바로 "숨막히는 지하실에 뚫린 작은 창문"이었으리라.

『소년의 눈물』에서 눈여겨 보아야 할 또 하나의 인상적인 대목은 서경식이 이미 소년시절부터 일본의 주류사회와 거리를 둔 채 소수자로서의 감성을 키워나가고 있었다는 사실이다. 예컨대 다음의 예문은 소년 서경식을 뒤흔들었던 자의식의 기원을 보여준다.

> 실제로 당시 어린 나의 머릿속에 민족이나 국가 같은 거창한 관념은 싹트지 않았었다. 하지만 나 자신이 주위의 아이들과 다른 소수파라는 사실을 잘 알고 있었기에 그 점을 막연하게나마 불행으로 인식하고 있었던 것이다.(3-46)

내 출신과 문화를 홀로 등에 짊어진 채 나는 다른 모든 학생들과 정면으로 대치하고 있는 듯한 기분이었다.(3-114)

위의 예문에는 소년 서경식이 자신이 일본사회에서 소수자이자 외부자라는 사실을 자각하는 장면이 선연하게 묘사하게 있다. 그 소년은, 스스로 인식하기 시작한 소수자라는 자각이 자신의 평생을 지배하는 디아스포라로서의 여정으로 이어질 것이라고는 적어도 그 당시에는 짐작하지 못했으리라.

책을 좋아하는 감성적인 소년, 동시에 자신이 속한 사회에서 소수자라는 점을 뼈아프게 인식하게 된 소년은 어엿한 지성인으로 성장하여, 자신을 둘러싼 슬픈 운명과 역사적 조건에 대해 한층 논리적이며 날카롭게 통찰하게 된다. 그는 이제 자신의 인생을 분명하게 "모어의 공동체로부터 떼어져 다른 언어 공동체로 유랑해간 디아스포라"라는 맥락에서 바라보고 있는 것이다. 『디아스포라 기행』과 『국민과 난민 사이』는 바로 그러한 인식의 소산이다.

『디아스포라 기행』은 일본의 월간지 『세카이[世界]』에 2004년 6월부터 2005년 4월까지 11회에 걸쳐 연재한 에세이 「디아스포라 기행」을 가필한 것이다. 이 책은 서경식이 영국의 런던, 한국의 광주, 독일의 카셀, 벨기에의 브뤼셀, 오스트리아의 잘츠부르크·오스나브뤼크, 프랑스의 파리 등을 방문하여 그 지역과 연관된 디아스포라의 인생역정을 탐문한 기행문집이다. 그 기행의 과정에 디아스포라의 찢겨진 운명, 재일조선인, 일본사회, 모어와 모국어, 한국사회 등에 관한 저자의 다양한 사색과 단상이 펼쳐지고 있다.

『디아스포라 기행』을 관류하는 핵심적인 화두는 제목 자체에서 분명히 인식할 수 있듯이 '디아스포라'의 가혹한 운명과 상처이다. 그래서 이 책에서 서경식은 여러 도시를 여행하면서 마르크스·프리모 레비·

윤이상·니키 리·시린 네샤트·조양규·자리나 빔지·펠릭스 누스바움·슈테판 츠바이크·장 아메리·파울 첼란 등 예술가들의 흔적을 탐방하거나 그들의 작품을 감상한다. 가령 서경식은 영국 런던의 하이게이트 공동묘지에 있는 마르크스의 무덤을 둘러보는데, 그에게는 런던으로 망명한 "그(마르크스) 역시 한 사람의 디아스포라였던 것이다."(4-35) 이렇듯 『디아스포라 기행』에서 등장하는 예술가들은 공히 자신의 조국을 떠나 망명하거나 조국에서 추방당한 난민들이다.

디아스포라 예술가들의 고난에 찬 역정과 망명자로서의 삶은 서경식 자신의 정체성을 되돌아보게 했으리라. 그래서 서경식은 "세계 각지를 여행한 지 어언 20년이 된다. 돌이켜보면 여행 중 나의 눈과 마음을 끄는 것들은 항상 어딘가 디아스포라와 연관되어 있었다. 그건 내가 디아스포라기 때문이다"(4-13)라고 말하고 있는 것이다.

이 책을 관류하는 또 하나의 중요한 문제의식은 국가주의나 민족주의에 대한 비판이다. 베네딕트 앤더슨의 『상상의 공동체』에서 제기된 민족은 인위적으로 구성되었다는 인식에 따라 서경식은 국민국가의 폭력과 획일성, 국민 만들기에 입각한 배제와 차별의 논리에 대해 냉철하게 진단한다. 왜냐하면 근대 국민국가 만들기라는 프로젝트가 바로 수많은 망명과 이산, 추방자와 디아스포라, 학살과 전쟁을 낳은 이론적 토양이기 때문이다.

그러므로 서경식이 "근대 국민국가의 틀로부터 내던져진 디아스포라야말로 '근대 이후'를 살아갈 인간의 존재형식이 앞서 구현되고 있는 것이라 생각한다"(4-6), "우리 디아스포라들은 근대 국민국가를 넘어선 저편에서 '진정한 조국'을 찾고 있는 것이다"(4-7)라고 말하는 것은 응당 공감할 수 있는 구상이자 희망이다. 그가 보기에 디아스포라야말로 단일한 국가주의의 영토에 포획되지 않는 문제적 존재인 것이다. 서경식이 자신을 포함한 재일조선인의 정체성을 설명하는 다음 대목들이 바로 이 점을 여실히 보여준다.

나는 '한국인'이라는 말을 민족의 총칭으로 삼는 것은 부적절하다고 생각한
다. '한국'이란 민족 전체의 광대한 생활권의 관점에서 보면, 그 일부를 차지
할 뿐인 국가의 호칭에 불과하기 때문이다. 따라서 '한국인'이라는 호칭은 국
민적 귀속을 나타내는 한정된 의미로 사용되어야 한다. 앞에서도 말했듯이,
나는 재일조선인 2세지만 국적은 '한국'이다. 내 경우 민족적으로는 '조선인'
이며 국민으로서는 '한국인'인 것이다.(4-17)

그런데 오늘날까지 여전히 '조선적'을 지니고 있는 사람들이 존재한다. 그
중에는 자각적으로 북한의 국민이고자 하는 사람들도 있지만, '본시 조선은
하나'라는 생각을 소중히 간직하려는 사람들, 재일조선인이 형성된 역사의 기
록을 지키고자 하는 사람들, 자발적인 난민으로서 기꺼이 불리한 지위를 택하
고자 하는 사람들, 또는 단지 기재변경을 할 기회가 없었던 사람들 등 다양한
입장이 뒤섞여 존재한다.(4-23)

나는 개인적으로 위의 사안에 대해 우리 사회에서 열린 마음으로 토
론할 필요가 있다고 본다. 이 문제는 단지 이념적인 국가 선택의 차원을
넘어 한국현대사와 재일조선인의 복잡한 역사 자체에 연동되어 있다.
『디아스포라 기행』은 말하자면 서경식이 자신의 착잡하고 복잡한 정
체성을 탐문하는 자기 성찰적 기획에 다름 아니다. 이 과정에서 그는 망
명자·추방자·디아스포라였던 수많은 예술가들의 삶과 죽음, 고통과
상처, 비극적인 내면을 목도한다. 궁극적으로 이러한 도정은 "여자에게
마음이 끌릴 때마다 끊임없이 '나는 누구인가' 하는 물음을 주체할 수가
없었"던 서경식 자신과 그가 속해 있는 재일조선인 디아스포라의 정체
성을 제대로 이해하는 과정이기도 했으리라.
그렇다면 우리 사회와 지식집단은 그들의 역사적 상처와 비극적 숙명
을 제대로 이해하고 있는가. 서경식은 일본 사회에 대해 다음과 같은 통
렬한 질문을 던지고 있다.

가장 가까이 있는 디아스포라인 재일조선인의 존재를 이해하지 않으려는
사람들이 어떻게 다른 디아스포라 예술을 느끼고 받아들일 수 있을까.(4-162)

서경식이 제기한 위의 질문은 실상 우리 사회에 던져져야 하는 것이
아닐까. 과연 당신은 어떤가.

『난민과 국민 사이』는 지금까지 다루어 온 책들과는 달리 역사 인식
의 문제, 재일조선인론, 국가론 등 보다 이론적이며 사회과학적인 글들
이 묶여 있다. 무엇보다 이 책은 지금 이 시대의 일본사회를 바라보는
저자 서경식의 관점이 선명하게 드러나 있다는 점에서 주목할 필요가
있다. 서경식은 새로운 반동이 대두하는 일본사회 속에서 진보적이거나
자유주의적이라 여겨왔던 이들의 무관심·무기력·방관적 태도에 대해
분노하고 질타한다. 예컨대 다음의 주장을 보자.

> 1990년대를 거치면서, 종래 민주주의의 선도자를 자임하며 우경화의 견제
> 세력으로 일정한 기능을 맡아왔던 시민과 자유주의 세력은 내셔널리즘적 정
> 서, 자기중심주의, 냉소주의의 경향이 강해졌다. 많은 지식인들과 언론인들이
> 진지하고 솔직한 언어, 정의를 향한 순수한 희구, 타자에 대한 동정과 공감,
> 성실한 내부성찰과 자기-비판에 야유와 냉소를 던지고 있다. 그 배경에는 냉
> 전체제가 허물어지고 시장경제가 전지구로 확산됨으로써 그들 다수가 이념의
> 좌표축을 상실해버렸다는 현실이 놓여 있다.(5-10)

이러한 사회적 정황은 정도의 차이는 있을지 모르겠지만 참여정부
이후 한국사회와 지성계, 문학비평계가 마주하고 있는 풍경과도 유사한
대목이 많다. 한때 순수한 열정과 진보, 개혁을 상징했던 386세대는 참
여정부의 위기와 더불어 환멸과 배신을 상징하는 명칭이 되었다. 물론
특정세대에 대한 이런 획일적인 판단은 결코 온당하지 않을 것이다. 문
제는 이로 인해, 개혁과 진보에 대한 허무주의와 냉소주의가 사회 전반

적으로 확산되었다는 사실이다.

내부 고발자는 성격에 문제가 있는 이상한 사람으로 치부되고, 완강한 보수적 제도에 대한 비판을 전개하는 논자는 따돌림을 당하는 상황이 한국 지식사회와 평단의 어떤 모습이었다고 말해도 과언은 아닐 것이다. 이제 한국사회도 일본과 유사하게 그야말로 "정의를 향한 순수한 희구"가 조롱받는 사회로 변한 것이다. 이렇게 본다면 서경식의 발언은 곧바로 우리 사회의 현실을 겨냥한 얘기라고 할 수 있을 정도로 적실성을 획득하고 있다.

실제로 서경식은 올해 일본으로 돌아가기 직전에 한 신문과의 인터뷰에서 "정의에 대해 운운하는 것이야말로 이 사람들에게 불편하죠. 어떤 자리에 정의로운 사람이 끼어있으면 불편하니까 정의에 대해 얘기하는 사람을 고립화시키려고 해요", "그러니까 정의에 대해 호소하는 사람들은 다 주변화된 힘이 없는 사람들밖에 안남게 되죠"8)로 요약되는 일본 지식인 사회의 분위기를 이 시대 한국 지식인 사회가 그대로 닮아가고 있다고 말한 바 있다.

정의에 대한 희구와 자기 성찰, 타자와의 연대를 강조하는 서경식의 관점은 그가 대학재학 시절 프랑스 68혁명의 사상적 세례를 받았다는 점과 밀접한 연관성이 있는 것으로 보인다. 서경식은 자신의 대학시절의 주요 관심사에 대해 아래와 같이 말하고 있다.

> 전세계적으로 학생반란이 일어난 다음 해인 1969년, 와세다 대학 프랑스문학과에 입학했지만, 내 관심은 정통 프랑스문학이 아니었다. 학생반란의 과정에서 열광적으로 재평가되었던 폴 니장(Paul Nizan)이나, 정신과 의사이자 알제리 민족해방전선(FLN)의 이론가였던 프란츠 파농(Frantz Fanon)이었다.(5-5)

물론 수십 년 전의 프란츠 파농의 문제의식이 지금 이 시대에 그대로

---

8) 「'도쿄경제대 복귀', 서경식 성공회대 연구교수 인터뷰」, 『경향신문』, 2008.2.27.

적용될 수는 없을 것이다. 초거대기업과 거대언론, 정치권의 이해관계가 복합하게 결합된 지금 이 시대가 마주하고 있는 문제는 대단히 복합적이며 다층적이다. 단순한 도덕적 열정이나 과거의 운동권적 마인드로는 이 시대의 현안을 제대로 해결할 수 없다. 그래서 서경식은 말한다. "전지구가 단일 시장권으로 편입된 오늘날, 교묘하게 은폐된 억압과 수탈에 대한 투쟁, '점령군'뿐만 아니라 다국적 기업이나 거대 미디어와 맞서는 그 투쟁이 복잡하고 곤란하다는 것은 두말할 필요도 없다"(5-30)고. 서경식은 문제의 복잡함을 인식하는 데서 더 나아가 끊임없이 일본 사회의 반동화 경향에 대해 구체적으로 지적하고, 억압된 타자와 소수자들의 고통에 공감하려는 노력을 시도한다.

『난민과 국민 사이』의 마지막 글인 「끊임없이 진실을 말하려는 의지 ─에드워드 사이드를 기억하다」에서 서경식은 에드워드 사이드의 삶과 실천, 비판적 비평에 대해 남다른 애정을 보여주고 있다. 생각해 보니, 에드워드 사이와 서경식 사이에는 여러 가지 공통점이 존재한다. 둘 다 디아스포라는 점, 자신이 속한 사회의 전형적인 소수자였다는 점, 그리고 둘 다 한편으로는 여린 감성의 소유자이면서도 다른 한편으로는 정의를 향한 불굴의 의지를 지니고 있었다는 점 등이 그것이다. 이런 측면에서 서경식이 수많은 이론가 중에서 유독 에드워드 사이드에 대해 높이 평가하면서 그의 실천적이며 투쟁적인 인생에 경외감을 느끼는 것은 자연스럽다. 그는 사이드의 저항과 고독에 대해 다음과 같이 문학적으로 서술한다.

사이드는 "멸망할 운명임을 알고 있다"고, 그럼에도 불구하고 "우리는 앞으로 나아가고 싶다"고 말한다. "거의 승산이 없음에도 불구하고 계속해서 진실을 말하려는 의지"를 표명했다. 마치 한 편의 시와 같은 말이다.(5-314)

사이드는 고독하다. 그는 미국에서 많은 사람들이 그를 이해해주지 못했고,

또한 팔레스타인에서도 많은 이들이 그를 이해하지 못했다. 물론 다른 의미이
지만, 그는 두 곳 어디에도 어울리지 않는 '이방인'이었다.(5-320)

서경식은 사이드의 이러한 모습에서 자신의 초상을 엿보았던 것이
아니었을까. 아마도 그는 에드워드 사이드가 밟아나간 문제적 여정을
기꺼이 따르고 싶었으리라. 아니 그는 지금 그 길을 가고 있다. 그렇다
면 사이드처럼 평생 동안 자신을 '난민'이라는 입장에서 바라본 서경식
이 꿈꾸는 사회는 어떠한 곳인가. 그는 이렇게 말하고 있다.

향후의 일을 생각하면, 지구상의 모든 인간이 어떤 국가의 국민으로 질서
정연하게 정돈되는 일은 가능하지도, 바람직하지도 않을 것입니다. 오히려 난
민의 시대를 거쳐서 모든 사람들이 국가에 속하지 않고, 즉 국민이 되지 않고
도 기본적 인권을 보장받고 인간적 생활을 향수할 시대가 도래해야 할 것입
니다.(5-233)

나는 이러한 서경식의 구상에서 가라타니 고진이 『세계공화국으로』
에서 개진한 어소시에이션(Association)의 기획을 연상했다.9) 자본＝네이
션＝국가라는 강고한 매듭에서 탈주하려는, 즉 근대적인 국민국가를
지양하려는 가라타니의 기획은 국가에 얽매이지 않는 자유를 주창하는
서경식의 구상과 매우 유사하다. 물론 이러한 서경식의 소망이 현실화
되기는 결코 쉽지 않을 것이다. 그럼에도 불구하고 서경식이 이러한 희
망의 구상이라도 할 수 있었던 것은 역설적인 의미에서 한 번도 온전한
국민이 되어본 경험이 없었던 재일 디아스포라 조선인이라는 그의 존
재조건에서 비롯되었을 것이다.
　그렇다면 국민국가에 전적으로 포섭되지 않는 고난의 디아스포라라
는 사실, 그것이야말로 서경식을 진정한 자유인으로 만든 존재론적 토

---

9) 가라타니 고진의 어소시에이션(Association)의 기획에 대해서는 이 책 1부에 수록된 「이
　론의 매력과 비평의 전회」를 참조할 것.

양에 다름 아닐 것이다.

4. 자기 성찰의 풍경과 타자에 대한 상상력

서경식은 1996년 이탈리아 토리노를 방문하여 1987년 자살한 쁘리모 레비의 흔적을 탐방한다. 1919년 토리노에서 태어난 쁘리모 레비는 이탈리아계 유대인으로 2차대전 말기에 파시스트 괴뢰정부에 대항하는 빨치산 운동에 가담했다가 체포되어 아우슈비츠로 이송된다. 이곳에서 그는 일 년여의 수용소 생활을 거쳐 구사일생 끝에 생환하여 고향 토리노로 돌아올 수 있었다. 아우슈비츠로 이송되는 과정에서 쁘리모 레비가 탄 화물칸에는 모두 45명이 있었는데, 그 중 생환한 사람은 4명뿐이었으며, 그는 그래도 그중 "가장 운이 좋은 화물칸"에 타고 있었다고 한다.10) 생환 후에 쁘리모 레비는 아우슈비츠 체험을 밀도 깊게 형상화한 『이것이 인간인가』를 발표하는데, 이 작품은 홀로코스트 증언문학의 백미라고 할 수 있다.

그러나 쁘리모 레비는 아우슈비츠에서 생환한 지 40년도 더 지난 1987년 토리노의 자택에서 투신자살했다. 서경식은 바로 이 문제에 대해 집중적으로 천착한다. 상식적으로 생각해서 그 지옥의 나락 아우슈비츠에서 끝내 생존한 사람이라면 누구보다도 생명에 대한 욕구가 강할 수밖에 없다. 그런데 왜 쁘리모 레비는 자신의 목숨을 스스로 끊을 수밖에 없었을까.

토리노에 이르는 여정을 통해, 서경식이 『시대의 증언자 쁘리모 레비

---

10) 서경식, 『시대의 증언자 쁘리모 레비를 찾아서』, 창비, 1987, 90면.

를 찾아서』를 집필한 것은 다름 아닌 이 궁금증을 해명하기 위해서였다. 서경식은 만약 쁘리모 레비가 자살하지 않았더라면 토리노에 이르는 여행에 나서지 않았을 것이라고 고백한다.

그렇다면 하필이면 왜 쁘리모 레비인가. 무엇보다도 쁘리모 레비의 문제적인 삶이 서경식의 근본적인 정체성과 역사의식을 환기시켰던 것이 아닐까. 좀 더 구체적으로 말해서, 쁘리모 레비가 이탈리아계 유대인이라는 소수자였다는 점, 아우슈비츠 수용소로 상징되는 엄청난 역사적인 비극을 직접 겪었다는 점, 자신이 겪은 참화와 극적인 체험을 증언하기 위해 작가가 되었다는 점, 그러나 결국 역사와 인간에 대한 절망 끝에 자살했다는 점 등이 서경식으로 하여금 자신의 두 형이 겪은 역사적 체험과 글 쓰는 자로서의 정체성을 돌아보게 만든 것이 아닐까. 그렇기에 서경식은 쁘리모 레비의 삶과 자살, 자신과 가족이 겪은 역사적 상처라는 두 가지 서사를 교차 서술하는 방법으로『시대의 증언자 쁘리모 레비를 찾아서』를 집필했던 것이리라.

죽은 자는 말이 없기에, 쁘리모 레비가 자살한 이유를 명쾌하게 단언하기는 어렵다. 그러나 쁘리모 레비가 남긴 저술과 당시의 역사적 맥락을 면밀하게 탐구하는 과정을 통해 서경식은 그의 자살에 대한 충분히 설득력 있는 통찰을 전개하고 있다.

아우슈비츠에서 생환 후 꿈에 그리던 가족의 품에 안긴 다음에, 쁘리모 레비를 진정으로 절망하게 만든 것 중의 하나는 그 참담한 역사적 상처를 겪은 자신을 대하는 가족과 주위 사람들의 둔감한 일상적 태도였다. 가령 꿈의 형태로 제시되는 그 풍경은 아래와 같다.

거기에서는 이랬지 하고 생존자가 말한다.
그러자 그리운 가족들과 친구들은 상냥하게 이렇게 말한다.
굉장했겠는걸, 심했겠는걸, 힘들었겠는걸,

그러나 대화는 곧 끊어지고 만다. 그들은 쁘리모의 말을 건성으로 듣는다. 다음 순간에 가족이나 친구들은 이렇게 말하기 시작한다.

그런데 오늘 밤 식사는 뭐로 하지? 내일부터 어떻게 살아갈 생각이니? 슬슬 사회로 복귀할 준비를 해야지.

사회라고…… (6−239, 강조는 인용자)

위의 대화를 통해 우리는 쁘리모 레비에게는 평생을 지배할 미증유의 상처가 다른 사람들에게는 곧 다음 식사를 생각할 만큼의 가벼운 대화거리에 불과하다는 커다란 인식의 낙차를 확인할 수 있다. 죽음의 터널에서 구사일생으로 살아온 사람의 막막하고 참담한 심경과는 별도로, 그 극도의 비극적인 체험을 공유하지 못한 사람에게는 한 끼의 저녁식사가 더 중요할 수 있는 것이 세상의 이치이기도 한 것이다. 이러한 주위 사람들의 일상적 감각 앞에서 쁘리모 레비는 절망할 수밖에 없었을 터이다.

쁘리모 레비를 더욱 처참한 절망으로 이끈 것은 아우슈비츠의 수용소에 있었던 공장 I. G. 파르벤에 근무했던 뮐러와의 20여 년 만의 만남이었다. 뮐러는 쁘리모가 수용소의 실험실에 배치되어 강제노동을 하고 있을 때, 대화를 나누었던 독일인 과학자였다. 말하자면 그도 아우슈비츠 학살의 공모자이자 방조자였던 것이다. 그 만남에 대해 서경식은 이렇게 전하고 있다.

아우슈비츠에서 해방된 지 20년 이상이 지나 유령처럼 나타난 뮐러, 정직하고 무기력한 평균적인 독일인인 그는 '과거의 극복'을 말하는 한편, I. G. 파르벤을 변호하고 유대인이 학살된 사실은 "몰랐다"고 한다.(6−227)

아울러 쁘리모 레비가 자살하기 직전인 1986년부터 서독에서 이른바 '역사가 논쟁'이 불거졌는데, 그 과정에서 "가스실은 없었다"로 상징되는 황당무계한 아우슈비츠 부정론이 주장되기도 했다는 점, 홀로코스트에서 살아남은 유대인들이 건설한 신생국가 이스라엘이 레바논을 침략하고 대학살 사건을 일으켰다는 점 등은 그에게 근본적인 절망감을 주었으리라.

쁘리모 레비의 자살은 우리에게 진실을 제대로 기억하고 알리는 것이 얼마나 어려운 일인가?, 고통을 당한 자의 입장에서 사유하는 것이 얼마나 지난한 일인가?, 엄청난 학살의 피해자들이 새로운 대학살의 주체가 되는 통렬한 아이러니를 어떻게 볼 것인가? 등의 진중한 질문들을 제기하는 것이다.

『시대의 증언자 쁘리모 레비를 찾아서』는 무엇보다도 폭력과 학살, 전쟁을 방조하는 사회에 대한 자기 성찰이라는 맥락에서 읽혀져야 한다. 예컨대 다음과 같은 구절을 보자.

> 독일어를 쓰는 것, 쏘시지를 좋아하는 것, 라인강을 아름답다고 느끼는 것 등을 부끄럽게 여길 필요는 없다. 그러나 자신들에게 친숙한 생활양식이나 사고방식 중 무엇인가가 나치즘의 기반을 만들어냈을지도 모른다는 의심이나 불안을 느끼지 않으면 안될 것이다. 나치즘을 낳고 키우고 묵인하고 지지하며 그것에서 이익까지 얻은 독일 국민의 일원으로서 느끼는 치욕감, 그 감각에 가능한 한 민감할 필요가 있다.(6-213)

위의 인용문은 대개의 독일인이 너무나 당연하게 여기는 친숙하고 일상적 감각 자체가 나치즘과 유대인대학살을 낳은 요인이라고 설명하고 있다. 즉 "미증유의 범죄행위를 실행한 개개의 범죄자들 배후에는 그것을 지지하고 그것에서 수혜받으며 이를 묵인한 대다수 '독일인'이 있었다"(6-220)는 점이 인식되어야 한다는 것이다. 쁘리모 레비가 끝내 저항하고자 했던 것도 바로 아우슈비츠를 한때의 악몽으로만 여기는 평범한 사람들의 둔감한 태도였으리라.

이 대목에서 나는 유대인 사상가 한나 아렌트(Hannah Arendt, 1906~75)가

창안했던 '악의 평범성'이라는 개념을 떠올리게 된다. 한나 아렌트에 의하면 유대인 학살의 실제 집행자였던 아이히만은 재판과 탐문 과정에서 대단히 정상적이고 바람직하며 긍정적인 사람임이 드러난다.[11] 말하자면 그는 악마나 살인마가 아니었던 것이다. 그는 단지 자신에게 주어진 명령을 충실하게 수행한 스페셜리스트였다. 그러니 "인류에 대한 가장 커다란 범죄였던, 나치에 의한 유대인 대학살(홀로코스트)은 '끔찍하게도 또 전율스럽게도 정상적인' 인간이었던 아이히만에 의해 자행되었다"[12]고 말할 수 있는 것이다. 또한 이 대목은 "우리들의 적이 숨어 있다면 그곳은 아름다운 꽃밭 속일 것입니다"(「현대사 연구 1」)라고 노래했던 고(故) 고정희 시인이나 엄청난 고문을 자행한 형사가 집에서는 참으로 자상한 남편이자 가장일 수 있다는 섬뜩한 진실을 보여준 「붉은 방」에서의 임철우의 문제의식을 연상시킨다.

서경식은 『나의 서양미술 순례』에서 할머니·어머니·딸 3세대의 우아하고 조용한 아침을 묘사한 일본인 화가 코이소 료헤이[小磯良平]의 그림 〈아침의 한때〉를 보면서 다음과 같은 사색에 잠긴 적이 있다.

> 어쩌면 일본 중간계급의 뱃속은 이만큼 깊은지도 모른다는 것이다. 병사들이 타국을 침략해서 타민족을 살육하고 있던 때에도, 또한 전국민이 '신절'이니 하는 허위의 미의식에 의하여 죽음으로 내몰리고 있던 때에도, 이 중류 상층계급의 가정에서는 3세대 — 곧 침략전쟁으로 지새었던 일본의 근대 — 에 걸쳐서, 한결같이 조용한 아침이 되풀이 되어 왔는지도 모른다.(1-76~77)

아마도 이것이 세상이리라. 누구나 다른 생각과 세계관을 가지고 살아갈 수밖에 없을 테니 말이다. 서경식이 보기에 중요한 것은 한 사회의 지식인이다. 그들이 이러한 일상의 전체주의에 민감하게 반응하거나

---

11) 한나 아렌트, 김선욱 역, 『예루살렘의 아이히만』, 한길사, 2006, 79면.
12) 정화열, 「악의 평범성과 타자 중심적 윤리」, 『예루살렘의 아이히만』(한나 아렌트, 김선욱 역), 한길사, 2006, 42면.

저항하지 않을 때, 언제 어디서든지 아이히만 같은 인물이 생긴다는 것, 새로운 홀로코스트가 발생할 수 있다는 것이 위의 인용문을 통해 서경식이 전하고자 했던 메시지가 아닐까. 그렇다면 서경식은 쁘리모 레비의 자살을 통해서, 폭력과 역사적 상처에 둔감한 이 시대의 지식인들에 대해 경고하고자 했던 것이리라. 그는 최근의 저서 『시대를 건너는 법』에서 이제 아무도 이라크 전쟁의 불의에 대해 발언하지 않는 한국사회의 둔감함, 거대한 폭력을 방조하는 한국 지식사회의 불성실에 대해 질타하고 있다.

요컨대 서경식이 『시대의 증언자 쁘리모 레비를 찾아서』를 통해 궁극적으로 전하고자 하는 메시지는 폭력과 파시즘을 낳게 만드는 문화에 대한 자기 성찰이다. 그것이 기본적으로 신뢰감을 얻는 이유는 그가 자신의 한계와 편향까지도 포함하여 늘 진지한 자기 성찰의 모습을 보여주기 때문이다.

서경식은 『시대의 증언자 쁘리모 레비를 찾아서』의 후기에서 이렇게 말하고 있다.

> 무시무시한 정치 폭력의 세기였던 20세기가 끝나려 하고 있다. 하지만 금세기에 일어난 일이 앞으로 두 번 다시 일어나지 않으리라는 근거는 없다.
> 다음 세기에도 인류는 스스로 경험하고도 아무것도 배우지 못하는 어리석음을 보이게 될까? 나의 예견은 비관적이다.(6-287)

그의 예측이 현실화되는 것을 막기 위해서 우리가 할 수 있는 아주 작은 일 중의 하나는 서경식의 저작에 대한 활발한 논의일 것이다.

『시대를 건너는 법—서경식의 심야통신』은 서경식의 단독 저서로는 가장 최근에 발간된 책이다. 여기에는 그가 『한겨레』에 2005년 5월부터 2007년 4월까지 연재한 칼럼 '서경식의 심야통신'과 『중앙일보』에 수록

했던 칼럼들이 묶여 있다(그는 2006년 봄부터 2008년 봄까지 한국에서 2년간 안식년을 보낸 후에 일본으로 돌아간 이후에도 '디아스포라의 눈'이라는 제목으로 『한겨레』에 칼럼을 연재하고 있다). 이 책에 포함된 글의 반은 일본에서 씌어졌고, 반은 한국에서 씌어졌다.

『시대를 건너는 법』은 이런 이유로 그가 펴낸 다른 어느 책보다도 한국사회, 한국의 지성, 한국 생활, 부모님과 가족에 관한 애기가 자주 등장한다. 물론 그가 지속적으로 다루어왔던 디아스포라나 재일조선인 문제, 일본사회의 반동화 등에 대한 언급도 여전히 포함되어 있다. 또한 한국에서의 여행, 학창시절의 추억, 독일여행, 윤이상, 쁘리모 레비, 에드워드 사이드를 비롯한 디아스포라 예술가나 지식인, 음악과 미술, 영화, 연극, 오페라, 콘서트, 시(詩), 중국, 베트남전쟁, 교양, 예술 등등에 대한 그야말로 문화적으로 다양한 내용들이 『시대를 건너는 법』에 담겨 있다. 그러니, 이 책을 통해 재일조선인 디아스포라 서경식의 드넓은 인문적 교양과 다채로운 관심사, 문화적 취향, 투철한 역사의식, 애잔한 가족사 등을 유감없이 확인할 수 있을 것이다.

표면적인 소재의 다양성에도 불구하고, 이 책의 내용을 관통하는 화두는 몇 가지로 압축될 수 있다. 그것은 타자, 디아스포라, 문화적 체험, 한국사회와 일본사회 등이다. 그중에서 다른 지면에서 본격적으로 등장하지 않았던 '타자'라는 주제에 대해 살펴보자.

『시대를 건너는 법』에서 서경식이 무엇보다 강조하는 것은 타자의 고통에 대한 공감할 수 있는 능력이다. 그는 다음과 같이 말한다.

> 현대인에게 요구되는 교양이란 한마디로 타자에 대한 상상력이라고 나는 생각한다. 폭탄공격을 당하는 쪽의 고뇌와 아픔을 상상하는 힘은 전쟁에 저항하고 평화를 쌓기 위한 기초적 능력이다.(7-36)

아울러 서경식은 전남대에서 이루어진 강연에서 "선생님은 팔레스타인 난민과 같은 '타자'의 고통에 대한 상상력의 필요성을 강조하는데 어떻게 하면 그런 상상력을 지닐 수 있는지 모르겠다"(7-262)는 한 학생의 질문에 아래와 같이 답변하고 있다.

> 그대들 말대로 타자의 고통이나 과거의 고난에 대한 상상력을 지니기란 어려운 일이다. 나에게 그런 상상력이 있다고 간단히 얘기하는 건 불성실하며 심지어 위선일 수 있다. 하지만, 우리는 애써 '상상력이 미치지 못한다'는 것이 얼마나 두려운 일인지 자각하지 않으면 안된다. 그것을 방기하는 순간 시니시즘(냉소)이 개가를 울리고 참극은 반복된다.(7-265)

서경식이 그토록 '타자의 고통에 공감하는 능력'을 강조하는 것은 그 자신 늘 주류와는 거리가 먼 차별받고 억압받는 타자의 입장이었다는 사실과 연관될 것이다. 디아스포라야말로 곧 타자 아닌가. 그러나 동시에 이러한 개인사적 차원만으로 서경식의 주장을 수용하는 것은 적절하지 않다. 현대인이 '타자의 고통에 공감하는 능력'을 갖추어야 하는 이유는 개인적 체험이나 피해의식 차원에서가 아니라, 그런 능력 없이는 평화와 민주주의에 대한 희망을 모색할 수 없기 때문이다. 서경식이 보기에 진정한 교양은 바로 이러한 '타자에 대한 상상력'을 키우는 훈련에 다름 아니다. 그 과정을 통해 모든 인류와 민족·인종·집단은 서로의 문화적 다양성을 이해하면서 함께 살아가야 하는 지구촌의 일원이라는 사실을 공감할 수 있는 것이다.

특히 "감성이 아직 개발되지 않아 타자에 대한 상상력이 미처 발달하지 못한 젊은이들"(7-44)에게 '타자의 고통에 공감하는 능력'이 더더욱 필요하리라. 그런 능력이 없을 때, 무수한 차별과 배제, 문화적 편견, 집단 따돌림, 지역감정, 더 나아가 전쟁과 학살, 절멸(絶滅), 인종차별, 홀로코스트가 발생하는 것이다. 그래서 서경식은 말한다. "타자에 대한 상상력; 대화할 수 있는 이성, 무엇보다도 평화를 향한 강한 의지가 지금처럼 절실한 때도 없었다"(7−72)고.

『시대를 건너는 법』에 수록된 글들 중에서 개인적으로 내 마음을 가장 아프게 울린 글은 「재일조선인 내 아버지의 초상」이다. 특히 다음 대목이 그렇다.

> 자식들이 재판받던 날 부모는 서울까지 방청하러 갔다. 거기서 아버지가 목도한 것은 심한 화상으로 얼굴에 붕대를 둘둘 감은 아들의 모습이었다. 말없이 교토의 집으로 돌아온 아버지가 방바닥에 퍼질러 앉아 다다미를 치며 호곡하던 모습을 잊을 수가 없다. (…중략…) 아버지를 인생의 승자라고 부를 만한 구석은 어디에도 없다. 아버지는 강하지도 영웅적이지도 않았다. 하지만 그 고단했던 인생에는 식민지배와 민족분단의 역사가 아로새겨져 있다. 그것은 바로 이 민족 역사의 일부다. 아버지 이름은 서승춘이다.(7−305)

서승, 서준식 두 아들이 조국 유학을 결정했을 때, 아버지는 누구보다 기뻐했다고 한다. 그 마음에는 6살에 일본에 건너와 평생 동안 일본에서 소수자, 차별받은 자로서 기구한 인생을 영위한 재일조선인 1세대의 한이 켜켜이 스며들어 있는 것 아닐까. 그러나 꿈에 그리던 조국으로 유학을 한 두 아들은 당시 남한의 물정에 어두운 상황에서 순수한 동기로 비롯된 방북으로 인해 간첩으로 몰려 감옥에 갇힌다. 그중 서승은 혹독한 고문 끝에 혹시 자신의 허위 자백으로 주위에 피해가 갈 것을 두려워한 나머지, 근처 난로의 경유를 온몸에 뿌리고 불을 붙여 분신을 시도한다. 위의 인용문에서 "심한 화상으로 얼굴에 붕대를 둘둘 감은 아들"이 바로 서승이다. 누구보다 조국을 사랑했던 아들이 조국의 재판정에서 드러낸 그 참담한 모습을 목도한 아버지, 어머니의 심경은 어떠했을까. 그리고 그 장면을 부모님으로부터 전해들은 서경식의 심정은 어떠했을까. '깊은 슬픔'이라는 단순한 표현으로 도저히 감당할 수 없는, 언어의 한계를 느끼는 장면이 아닐 수 없다. 서승은 1심에서 사형,

2심에서 무기징역을 선고받고, 19년을 감옥에서 보낸 끝에 1990년 석방
된다.

서경식이 1983년 이후 거의 매해에 한 두 번씩 해외의 박물관과 미술
관을 찾으며, 누구보다 미술과 음악, 문학, 연극, 오페라 등의 다양한 예
술을 향유하는 것은 역설적인 의미에서 그 커다란 슬픔을 내면화하기
위한 여정이 아니었을까 싶다. 번역자 한승동의 적확한 표현대로 "서
교수의 글을 읽으면 언제나 슬픔이 힘이 된다는 역설을 체감한다. 그의
글엔 도처에 슬픔이 깔려 있다."(7-335)

그 슬픔을 자신과 가족, 그리고 일본·조국·역사에 대한 진지한 통
찰로 승화시켜온 서경식은 무려 16년에 걸쳐서 『나의 서양미술 순
례』(일본어판, 1991)에서부터 『시대를 건너는 법―서경식의 심야통
신』(2007)에 이르는 아름다운 자기 성찰의 기록을 남겼다. 그야말로 슬픔
이 힘이 된다는 사실을 실감하지 않을 수 없다.

5. 글을 맺으며―고통스러운 아름다움에 대해

기나긴 여정이었다. 개인적으로 『나의 서양미술 순례』에서부터 『시
대를 건너는 법―서경식의 심야통신』에 이르는 글쓰기 도정은 지금까
지 내가 밟아온 어떤 길보다도 흥미롭고 뜻 깊은 시간으로 채워졌다.

서경식의 산문은 이 시대 한국문학이란 무엇인가? 비평이란 무엇인
가? 라는 근원적인 질문을 던지게 만든다. 그의 산문에는 이 시대 한국
문학이 아직 충분히 펼쳐놓지 못한 타자와 소수자, 디아스포라에 대한
곡진한 공감과 진지한 자기 성찰이 있고, 억압받는 타자에 대한 따뜻한
연대의 마음이 존재한다. 한마디로 말해서 서경식의 산문에는 이 시대

한국문학이 놓쳐버린 그 무엇이 존재한다. 타인이 고통과 상처에 공감하여, 그것을 한 편의 텍스트로 변용시키는 것이 문학의 소임 중의 하나라면 서경식의 산문은 이 시대 한국어로 발표된 어떤 문학텍스트 못지않게 그 기능을 넉넉하게 담당하고 있다.

서경식의 산문이 우리에게 마음 깊은 곳에서부터 솟아나오는 먹먹한 감동을 선사하는 이유는 무엇보다 그의 글들이 '고통스러운 아름다움'을 내장하고 있기 때문이다. 그의 글은 어떤 시나 소설, 산문보다도 고통과 번민·좌절·절망·추방·망명·죽음·학살·홀로코스트 등에 대해 자주 말한다, 그러나 동시에 그것들을 말하는 서경식의 문체는 담백한 아름다움으로 오롯이 빛난다. 아마도 자신과 가족의 비극적인 역사적 체험에서 우러나오는 진정성과 지독하게도 성찰적인 지성이 그런 '고통스러운 아름다움'을 비로소 가능케 했으리라.

서경식은 평생을 역사적 진실을 얻기 위한 투쟁에 헌신한 또 다른 디아스포라 에드워드 사이드의 생과 운명에 대해 언급하면서 "사람은 승리가 약속되어 있어서 싸우는 것이 아니다. 불의가 넘쳐나기 때문에 정의에 대해 묻고, 허위가 뒤덮고 있기 때문에 진실을 말하기 위해 싸운다"(5-314)고 말한 바 있다. 진실에 대한 헌신, 그것이야말로 서경식의 온 인생을 관류하는 가장 궁극적인 화두가 아니었을까.

세계관과 문학적 입장에 따라 서경식의 산문집에서 피력된 내용에 대해서 몇 가지 비판적 문제제기를 펼칠 수도 있을 것이다. 예를 들어 그의 문화적·지적 정보와 상상력이 지나치게 서유럽 지향적이라는 점, 경우에 따라 한국사회와 한국의 고전문화에 대한 이해가 취약하다는 점, 오페라나 클래식 등의 고급문화에 대한 적극적 탐닉에 비해 대중문화나 민중문화에 대한 관심이 희박하다는 점 등을 지적할 수 있을 것이다. 아울러 그의 비관주의와 회의적 세계관에 대해서도 문제제기가 가능할 것이다. 그러나 나는 이 대목을 치명적인 한계라기보다는 누구나 지닐 수밖에 없는 취향과 기질의 문제로, 그리고 서경식이 마주한 특수한 역사적 조건의 문제로 이해한다. 역설적인 의미에서 그가 소심하고 비관적인 회의주의자이기에, 개인적으로 그의 글과 삶에 대한 더 깊은 신뢰감을 지닐 수 있었다.

　다가오는 시대에는 서경식의 비관주의와 회의적 세계관이 더 짙어지지 않기를 마음 깊이 고대한다.

| 2008 |

보유_ 이 소박한 글이 그나마 발표될 수 있었던 것은 서경식의 산문집을 원문에 비견되는 아름다운 우리말로 옮겨준 탁월한 번역자 박이엽·김석희·한승동·이목·김혜신·임성모·이규수·박광현 제씨의 노고에 의해서라는 점을 분명히 밝혀두고 싶다.

만남의 글쓰기, 혹은 에세이의 매혹

1970년대 김현 글쓰기의 한 풍경

1. 김현을 탐구하기 위한 새로운 지평

비평가 고(故) 김현에게 1970년대는 다재다능한 문학적 역량을 본격적으로 발휘하기 시작했던 문학적 전성기였다. 1962년에 등단한 그는 1960년대에는 『존재와 언어』(1964)라는 단 한 권의 비평집만을 발간했을 뿐이다. 그러나 1970년대에 들어와서 김현은 왕성한 비평적 활동을 펼치면서, 문학비평·문학사·에세이·예술기행·프랑스 문학 연구·번역 등등의 다방면에서 기념비적인 저서들을 출간했다. 우선 문학사 및 문학개론 종류의 책으로는 『한국문학의 위상』(1977)·『한국문학사』(김윤식과의 공저, 1973) 등이 발간되었고, 본격적인 문학비평집으로는 『상상력과 인간』(1973)과 『사회와 윤리』(1974)가 간행되었다. 그리고 『시인을 찾아서』(1975)·『우리 시대의 문학』(1979) 등의 비평적 에세이와 『김현예술기행』(1976)이라는 제목의 예술기행문을 주목하지 않을 수 없다. 이 책들은 에세이 양식에 대한 김현의 각별한 관심을 보여주고 있는 흥미로운 저서들이다. 그런가 하면 가스통 바슐라르(Gaston Bachelard)의 『몽상의 시학』(1978)과 『불의 정신분석』(1977) 등의 문학이론 번역서와 랭보의 『지옥에서 보낸 한 철』(1974), 발레리의 『해변의 묘지』(1973), 베케트의 『몰로이』(1973), 생텍쥐페리의 『어린 왕자』(1973) 등등의 번역서들도 바로 1970년대에 이루어진 김현 작업의 소산이었다. 또한 『문학이란 무엇인가』(1975)와 같은 유익한 편서를 통한 문학교육에 대한 관심과 탐색도 이처럼 김현이 1970년대에 골몰했던 작업 중의 하나였다.

그렇다면 김현은 1970년대부터 본격적으로 다양한 방면에 걸친 왕성한 글쓰기를 전개해나갔다고 할 수 있다. 그리고 훗날 비평가 김현을 수식했던 다양한 표현들, 이를테면 '공감의 비평', '만남의 비평', '유려하고 부드러운 문체', '작품의 섬세한 감별사' 등등의 문학적 특장이 뚜렷하게 태동했던 시기가 바로 1970년대였다. 한 마디로 말해서 1970년대의 김현 비평은 문학청년의 열정과 실험의식으로 무장되어 있었던 1960년대의 김현 비평이 뚜렷한 방향성을 잡아나가면서 화려하고 튼실하게 꽃피우던 시기였다. 1970년대의 김현 비평은 수많은 시인과의 폭넓은 만남과 바슐라르를 비롯한 세련된 프랑스 이론에 힘입어 왕성한 실제비평을 정열적으로 수행했다.

이렇게 볼 때, 1970년대에 이루어진 김현의 글쓰기에 대한 탐구는 대단히 폭넓은 시야와 다방면에 걸친 면밀한 탐색이 요청된다. 그러므로 한두 편의 글로 1970년대에 이루어진 김현 문학이라는 거대한 산맥을 온전히 탐사할 수는 없을 것이다. 이러한 의미에서 이제 김현에 대한 연구는 비평가 김현이 참여했던 다양한 장르의 글쓰기와 전방위적인 문제의식을 각 시대별로 면밀하게 검토하는 미시적인 탐구로 이동되어야 한다.[1]

지금까지 서술한 문제의식에 근거하여 이 글은 1970년대에 이루어진 비평가 김현의 작업 중에서 『김현예술기행』과 『시인을 찾아서』를 중심으로 김현 비평의 형식적 역동성과 독특한 비평적 실험의 의미에 대해 탐구하기 위해서 씌어진다. 『김현예술기행』은 기행문의 형태로 발표된 일종의 자유로운 에세이비평에 해당되며, 『시인을 찾아서』는 김현이 당대의 시인과 직접 만나는 과정을 통해서 시인의 내면과 심리, 문학세계의 비밀 등등을 섬세하게 해독한 비평적 실험에 가깝다.

이 두 저서는 무엇보다도 기존의 천편일률적인 비평과는 달리, 에세이 형식을 기반으로 자유로운 형식실험을 보여준다는 점에서 각별하게 주목되어야 한다. 아울러 이즈음 이른바 '논문 중심주의'에 대한 비판과 문제제기가 진행되면서 비평 분야에서도 새로운 글쓰기 방식에 대한 신선한 논의가 진행되고 있는 지성사적 풍경[2]을 감안해 보면, 기존의 상투적인 비평 형식에서 탈피하여 주체의 내면을 섬세하게 보여주고 있는 김현의 비평적 에세이와 기행문들은 소중한 비평사적 의미를 담보하고 있다. 이 글은 김현의 비평적 작업 중에서 지금까지 별다른 탐색과 주목을 받지 못했던 변두리 장르에 해당하는 글쓰기 형식에 대한 적극적인 의미부여를 수행하게 될 것이다.

2. 예술기행의 의미와 에세이비평

김현은 1974년 10월부터 1975년 5월까지 약 7개월 간 프랑스 스트라

---

1) 예를 들어 김현의 외국문학이론 수용이나 문학사 탐구, 에세이적 글쓰기 등등에 대한 심화된 논의가 절실하게 요청된다.
2) 이에 대해서는 다음과 같은 글을 참조할 수 있다. 김영민, 「논문 중심주의와 우리 인문학의 글쓰기」, 『탈식민성과 우리 인문학의 글쓰기』, 민음사, 1996; 권성우, 「비평의 새로운 역할」, 『비평의 희망』, 문학동네, 2001.

스부르대학에서 유학한 바 있다. 그 목적은 무엇보다도 바슐라르를 제대로 공부하기 위함이었다. 7개월 동안의 프랑스 유학생활 이후, 한국으로 돌아온 김현은 그 유학체험을 약 1년 후에 『김현예술기행』이라는 독특한 형식의 글쓰기에 담았다.

『김현예술기행』은 I부 「광대의 옷을 빌어 입고」와 II부 「미술 기행」, III부 「문학 기행」으로 구성되어 있다. 프랑스를 비롯한 유럽의 문화적 체험이 짙게 스며들어 있는 기행문들로 이루어진 이 책은 에세이 비평의 매혹과 특성을 인상적으로 보여준다. 특히『김현예술기행』에는 다양한 형식의 글쓰기를 통해 당대의 사회와 문화를 예리하게 성찰하고 비판하는 비평가의 혜안이 담겨 있다. 또한 이러한 다양한 형식의 글쓰기는 훗날『행복한 책읽기』나『책읽기의 괴로움』과 같은 독특한 형식의 비평적 에세이의 기원 역할을 하고 있다는 점에서도 각별한 주목의 대상이 될 수 있을 것이다.『김현예술기행』에 나타나 있는 특징은 다음과 같은 네 가지 차원에서 얘기될 수 있을 것이다.

1) 성찰과 문화적 다양성

『김현예술기행』에는 비평가 김현이 세계와 예술을 해석하고 조망하는 근본적인 태도가 암시되어 있다. 그것은 '성찰'과 '문화적 다양성의 존중'으로 요약된다. 이러한 태도는 김현의 글쓰기를 관류하는 중요한 특징이다.『김현예술기행』의 서문에서 김현은 다음과 같이 언급하고 있다.

> 외국에서 공부할 수 있다는 것은 내가 보기에는 단 하나의 장점을 갖고 있다. 그것은 자기가 속한 사회에서 벗어나, 다시 말해서 일상적인 관습에서 벗어나 자기 자신을 냉철하게 관찰할 수 있다는 것이다. 자기에게서 멀리 떨어질수록 자기에게로 가까이 간다![3]

위의 인용문은 자신이 속해 있는 사유구조의 자기동일성에서 탈피하여 타자의 존재를 통해 자신의 편견에 대해서 스스로 성찰한다는 의미를 지니고 있다. 그것은 "인간은 자기가 예견한 것만을 본다"(『기행』, 19면)는 메시지와 접맥된다. 말하자면, 자신이 속한 선입견과 문화적 편견을 인정하면서 자신이 시선이 지닌 숙명적 한계에 대해서 진지하게 성찰하고자 하는 주체의 입장이 이러한 발언들에 스며들어 있는 것이다. 이와 같은 김현의 태도는 다음과 같은 국수주의적 사고에 대한 경계와 맞닿아 있다.

> 나는 방콕을 떠나는 비행기 속에서, 한국을 떠나면서 머릿속에 가지고 온 반만년 배달민족이니, 우수한 재능을 가진 민족이니 하는 따위의 말들을 지워버리기로 작정하였다. 그렇게 하니까 비행기 속에서 갑자기 한국이 견딜 수 없이 작은 나라로 느껴지기 시작하였고, 그 작은 나라에 대한 뜨거운 사랑이 내 몸 속에서 솟아나오는 것을 느꼈다.
>
> —『기행』, 21면

이러한 김현의 진술은 그가 자신의 조국 한국이 부여하는 문화적 편견 및 근거 없는 우월감으로부터 멀찍이 떨어져 있음을 인상적으로 보여주고 있다. 이러한 대목에서 우리는 스스로가 소속한 문화권의 자장과 압력으로부터 자유로워지려고 노력하는 한 냉철한 지성의 풍모를 엿볼 수 있다. 한 마디로 말해서 김현이 다양한 문화를 조망하는 시각은 '편견으로부터의 탈주'라고 정리될 수 있다. 아울러 위의 진술은 글 쓰는 주체, 즉 '나'를 선명하게 드러내고 있다는 점에서도 김현 특유의 진솔한 에세이비평 스타일을 엿볼 수 있다고 하겠다. 이러한 열린 태도는 세계의 다양한 문화적 유산에 대한 깊이 있는 시선을 동반한다. 아

---

3) 김현, 『김현 예술기행—반고비 나그네 길에』(김현문학전집 제13권), 문학과지성사, 1993, 15면.(앞으로 본문 속의 인용문에서는 『기행』이라고 약칭함)

래의 예문을 보자.

하루 정도의 시차(時差)를 두고 보게 된 방콕의 불교문화와 로마의 기독교 문화는 나에게 많은 당혹감을 불러일으켰지만, 반면에 하나의 확신을 나에게 전해주었다. 그것은 세계는 넓다는 것, 세계에는 여러 형태의 인간들이 살고 있으며, 그 인간들은 어떤 형태로든지 서로의 의사를 소통하고 있다는 것이다. 불교문화는 기독교문화를 통해서, 기독교문화는 불교문화를 통해서, 그 자신의 것과 다른 형태의 인간이 다른 문화를 산출해냈다는 것을 확인하고, 그럼으로써 인간의 다양함을 깨닫는다. 그 깨달음이야말로 인간을 갇혀 있게 하지 않는 힘이다.

—『기행』, 23면

이러한 김현의 언급은 지금 이 시대의 인식론적 지평에서 보더라도 소중한 혜안이 아닐 수 없다. 말하자면 타자의 문화를 있는 그대로 이해하겠다는 열린 사유가 위의 발언에 스며들어 있는 것이다. 문화적 차이를 존중하는 김현의 관점은 다양한 타자의 문명을 어떠한 편견이나 선입관 없이 정직하게 조망하는 것을 가능케 하는 원동력이다.

그렇다면 김현은 자국의 문화에 대해서 별다른 애정이 없는 코스모폴리탄에 가까운 것인가? 물론 그렇지는 않다. 다음의 예문은 궁극적으로 타자에 대한 이해가 조국의 문화에 대한 뜨거운 애정의 다른 표현이라는 사실을 극명하게 보여주고 있다.

방콕과 로마의 사원을 보고 난 뒤에 나는 극동의 한반도에 자리 잡고 있는 주변 문화국의 문화 현상을 생각해보았다. 파리로 가는 비행기를 타기 위해서 로마의 공항에서 서너 시간을 기다리면서 생각한 나의 조국은 방콕에서 생각한 것보다 더욱 작았고, 대신 더욱더 반사적으로 조국에 대한 사랑은 내 가슴속에서 뜨겁게 타올랐다. 마침내 비행기가 로마 공항을 떠날 때 귀가 멍멍해진 것은 갑작스러운 이륙으로 생긴 공기의 압력 때문이 아니라, 내 가슴속에서 불타고 있던 조국에 대한 사랑 때문이었다. 우리도 우리를 억압하는 힘과 싸워 그것을 승화시키지 않으면 안 되는 것이다.

—『기행』, 24면

위에서 인용된 김현의 언급은 그의 문화적 다양성에 대한 너그러움
과 타자에 대한 열린 시선이 거시적으로 조국과 민족에 대한 진정한 애
정에 기반하고 있다는 사실을 암시하고 있다. 자신을 제대로 아끼고 존
중할 줄 아는 자가 타자에 대해서도 열린 시선을 지닐 수 있는 것이다.
다만 당시의 지식사회학적 정황에서는 김현과 같은 열린 사고의 소유
자라 할지라도, 기본적으로 민족주의적 감성으로부터 자유롭지 않았다
는 사실을 우리는 인지할 수 있다. 말하자면 어떠한 문화적 편견도 거
부하는 열린 시선이 결국은 조국에 대한 본능적인 애정으로 귀결되는
것은 한편으로는 열린 문화를 강조하는 애초의 문제의식을 희석시키는
면도 존재한다고 볼 수 있는 것이다. 이 점은 당시 시대의 지식사회학
적 정황에서 연유한다. 동시에 이러한 김현의 태도는 자신의 문화적 기
원이나 소속감으로부터 완전히 자유로운 열린 입장이 존재하기 힘들다
는 사실을 뼈아프게 일깨우고 있다. 이 점은 모든 문화인의 숙명적인
한계일 수도 있으리라.

2) 단장(epigram) 형식의 에세이

『김현예술기행』에 수록된 「아르파공의 절망과 탄식」이라는 제목의
글은 모두 52개의 짧은 단장(斷章)으로 이루어져 있다. 대체로 3줄에서
10줄 내외의 짧은 단장들은 비평가 김현의 사유와 내면을 대단히 인상
적으로 보여주고 있다. 이러한 단장 형식을 통해 김현은 문화와 인간,
예술과 사회에 대한 촌철살인(寸鐵殺人)적 혜안과 예리한 비판을 수행한
다. 글의 주제로 보면, 그 단장들은 참으로 다양한 내용으로 이루어져

있다. 자신의 고독에 대한 응시, 근원적인 허무감, 고국에 대한 그리움, 치열한 성찰 등을 비롯한 다채로운 테마가 「아르파공의 절망과 탄식」을 풍성하게 채우고 있는 것이다. 그러나 그 다양한 단장들을 일관하여 흐르고 있는 정서는 프랑스 문화에 대한 분석적 비판4) 및 성찰, 그리고 철저한 자기 응시이다. 그리고 그러한 지적인 욕망의 주위를 근원적인 고독감이 흐르고 있다. 가령 다음과 같은 6번 단장을 보자.

> 모르는 사람들 틈에 있고 싶다. 매일 나무 우거진 공원길을 산보하고 싶다. 오후 7시면 카페에 나가 모르는 사람들 틈에 끼여 맥주를 마신다. 그래 네가 그토록 원하던 모든 것을 이제는 할 수 있다. 그러니 행복한가?
>
> ─『기행』 31면

이러한 대목은 프랑스문학을 전공한 한국의 지식인 김현의 고뇌를 실감 있게 전달하고 있다. 그리하여, 거시적인 지평에서 보자면, 인연과 연고주의에 의해서 움직이는 한국사회, 진정한 근대적 주체를 확립하지 못한 한국 지식인사회, 온전한 개인성을 억압하는 한국사회 등에 대한 환멸과 거부의 심정이 위의 예문에 배어들어 있는 것이다. "네가 그토록 원하던 모든 것"이라는 간절한 표현이 바로 이러한 고뇌를 실감 있게 전달한다.

여러 가지 공적인 관계망과 공동체적인 연고에 의해서 사적인 개인성이 훼손당했던 한국사회에서 벗어나서 프랑스로 떠난 김현에게 그곳은 '온전한 개인성'을 담보할 수 있는 아늑한 공간이었으리라. 모든 관계와 연고로부터 단절되어, 오로지 혼자만의 자유를 만끽하는 것이 김현이 소망하는 정서이자 자유 그 자체였으리라. 이러한 근원적인 고독

---

4) 프랑스 문화와 습속을 냉철하게 분석하고 비판적으로 조망하는 김현의 시선은 프랑스의 풍경과 예술로부터 근원적인 동경을 느끼는 김화영의 시선과 매우 다르다. 이에 대해서는 「동경과 분석, 그리고 유토피아」(권성우, 『비평의 매혹』, 문학과지성사, 1993)를 참조할 것.

의 정서는 「아르파공의 절망과 탄식」을 관류하고 있다. 그 고독은 "세계가, 내가 없어도 내가 있을 때와 같이 똑같이 활기를 띠고 진행되리라는 것을 느낄 때의 허무감"(『기행』 39면)과 같은 니힐리즘의 정서와 더불어 김현의 내밀한 세계관을 구성하고 있다.

그러나 김현은 단지 감상적인 고독과 소극적인 허무주의에 머무르지 않는다. 자신을 알아보는 사람이 전혀 없는 낯선 외국에서 김현은 고독과 사투하면서도, 그 사회와 문화를 냉철하게 응시하는 '비판적 지성'의 풍모를 보여주는 것이다. 단지 고독한 개인성에 머무르지 않는 김현의 입장은 자신에 대한 철저한 성찰로 이행한다. 아래의 단장을 보자.

도서관에서 책을 읽다가 나는 왜 자기 정신의 발전에 대하여 사람들이 잘 모르는가 하는 이유를 발견했다. 사람들은 자신 속의 내적 힘 때문에 자신을 객관화시키기가 힘든 것이다. 그 내적 힘을 가능한 한 의식화시킨다. 그래서 자신의 욕망을 밖으로 드러낸다. 그것이 자아 관찰이라는 것에 합당한 것이 아닐까. 욕망이여, 네가 바라는 것을 말해다오 그러면 나는 너에게 네가 무엇인가 하는 것을 말해주겠다. 자기 자신의 발전의 단계가 환히 보일 때까지, 자기를 객관화할 것.

―『기행』, 33면

위의 단장은 자기 자신의 열정과 욕망까지도, 그리고 그 열정을 드러내는 자신까지도 성찰의 대상으로 삼는 서늘한 자기 돌아봄의 어떤 풍경을 보여준다. 이러한 자신에 대한 철저한 객관화는 자신의 편향과 한계에 대한 응시를 가능케 해주면서 동시에 타자에 대한 열린 이해를 도모하게 만든다. 자신에 대한 치열한 성찰은 타자에 대한 깊이 있는 관찰과 동전의 양면의 관계를 맺고 있다. 그래서 다음과 같은 프랑스 문화와 사회에 대한 진지한 통찰이 가능해지는 것이다.

프랑스의 지적 힘은 사회의 한구석에서 일어나고 있는 일을 구석의 일로만

남겨두지 않고, 그것을 사회의 문제로 확대시키는 데 있다. 내가 알 게 뭐냐가 안 되는 것이다.

> 텔레비젼을 보고, 식량 문제의 심각성을 절실하게 느꼈다. 프랑스가 세계의 지성을 대표할 수 있다고 한다면 우선 자기에게 관계없는 것처럼 보이는 것이 자기에게 관계없는 것이 아니라는 것을 프랑스가 알고 있기 때문일 것이다. 자기에게 관계없는 것이 세계에 어디 있으랴. 인간이나 세계를 이해해 가는 과정은 자기에게 관계없는 것처럼 보이는 것이 적어져 가는 과정과 대응한다.
>
> —『기행』, 34면

위의 단장들은 당시 한국과는 다른 프랑스 문화 및 지식인사회의 특성과 성향을 간명하게 요약하고 있다. 즉, 위의 예문은 사소하며 일상적인 문제를 그 사회와 세계를 둘러싼 제도적 차원의 문제와 자연스럽게 접맥시키는 프랑스 지식인사회의 거시적 시야를 인상적으로 보여준다. 이는 그가 한국 지식인사회와 프랑스 지식인사회를 면밀하게 비교함으로써 얻어진 소중한 인식일 터이다.

물론 김현은 프랑스 지식사회와 문화의 장점만을 선전하지 않는다. 그는 29번 단장에서, 도서관에서 크로스워드에 열중하고 있는 한 노신사를 통해 전체적 통찰이 결여된 기능적 지식에 대한 혐오를 노골적으로 드러낸다.[5] 말하자면, 광범위한 지식을 단지 하나의 단어에 집약시키고 있는 그 노신사야말로 "모차르트나 바흐의 음악을 들으면서 태연히 인간을 학살할 수 있는 개 같은 자식의 후예"(『기행』, 38면)라는 것이다. 이러한 대목에서 김현은 애초에는 마법으로부터의 해방이라는 비판적 기능을 지녔던 서구사회의 이성 중심주의가 '도구적 이성'으로 변질되면서 파시즘과 홀로코스트를 낳았다는 사실을 강조하고 있다.

---

5) 권성우, 「동경과 분석, 그리고 유토피아」, 『비평의 매혹』, 문학과지성사, 1993, 22~23면.

김현은 「아르파공의 절망과 탄식」의 마지막 52번 단장에서 후진국 지식인의 비애에 대해서 각별하게 강조하고 있다. 아마도 문화적 선진국 프랑스를 제대로 체험한 한 후진국 지식인의 운명은 결국 자신의 현재적 정황에 대한 뼈아픈 응시로 연결되는 것이 아니었을까 싶다. 예컨대 김현은 "호텔 주인이, 동양인들은 왜 그리 자주 웃는지 모르겠다는 말을 하는 것을 들었다. 나는 서양인들이 너무 착취를 해서, 그 고통을 숨기기 위해 동양인들은 자주 웃는 것이라고 대답했다"는 언급을 통해서 "선진국 지식인들에게 지적(知的)으로 강간당하고 그들의 프로파간다에 속아 보편인이라는 환상을 깊게 가슴속에 간직한 후진국 지식인의 불행한 운명"을 떠올리는 것이다. 이 점은 김현이 프랑스의 찬란한 문화와 선진적 제도에 대한 일방적인 찬탄보다는 합리적인 비판에 더욱 커다란 관심을 기울이고 있음을 보여주고 있다.

단장의 말미에서 김현은 "나는 내가 태어난 땅과 헤어질 수 없게 운명지어진 것이다. 다시 선택하라 하더라도 나는 한국에 태어나겠다고 할 수밖에 없다. 그곳은 나의 고향인 것이다"라고 언급하고 있다. 한편으로는 서구 문화의 합리성과 찬연함에 커다란 매혹을 느끼면서도, 또 다른 한편으로는 그 찬란한 예술의 그늘에 스며들어 있는 제국주의적 요소를 인식한 한 동양의 비평가는 궁극적으로 자신이 소속된 문화권에 대한 본능적인 귀소본능을 느낄 수밖에 없었던 것이다.

3) 고통의 예술과 전복(顚覆)정신―김현의 미술 에세이

『김현예술기행』의 제2부는 가우디·피카소·고야·브뤼겔·고흐·드가·앙리 루소·자코메티·로댕 등의 미술작품을 찾아가는 미술기행과 미술비평에 해당되는 글들로 채워져 있다. 주로 프랑스와 스페인의 여러 미술관을 섭렵하면서 김현은 대가들의 미술작품을 열심히 둘러본다. 김현은 한 시대를 풍미한 이들 미술가들과의 만남을 통해, 예술은 무엇보다도 '고통'의 소산이라는 주장을 전개하고 있다. 예를 들어 아래의 예문들을 보자.

> 그 그림들에서, 그래서 나는 예술이란 고통하는 자의 소리이며 고문(拷問)하는 자의 소리라는 오래 전부터의 내 생각을 다시 확인할 수 있었다.
>
> ─「고야」

> 낭만주의자들에 의해 발견되어 그 의식과 풍습의 아름다움을 인정받은 저 중세의 하늘밑에 낭만주의자들이 보지 못한 인간의 아픔과 고통과 절망이 있었던 것이다.
>
> ─「브뤼겔」

> 미쳐서 결국은 자살까지 한 한 미치광이 예술가에게서, 그의 고통과 아픔을 보는 대신에, 미치는 시늉을 함으로써 그를 이해·모방하려고 하는 예술가들의 제스처. 고흐의 그림은 그러나 예술이 제스처가 아니라 바로 고통 그 자체임을 보여준다.
>
> ─「고흐」

> 고통하지 않고 그린다? 그럴 리가 있는가. 그의 기교 속에 얼마나 많은 고통이 숨어 있는가.
>
> ─「드가」

위의 예문들은 비평가 김현이 서구의 미술적 거장들의 작품들을 섭렵하면서 '고통'이라는 화두를 중심으로 그들의 예술을 바라보고 있음을 역연히 입증해주고 있다. 그는 기교와 낭만주의, 아름다움, 서구적 세련성의 휘장에 숨겨져 있는 '고통'의 실체에 대해서 주목하면서, 이러한 견해를 자신이 예술을 바라보는 근본적인 관점으로 간주하고 있다. 그래서 "고문하지 않는다면, 이 세계의 의미에 대해서 다시 질문하지 않는다면, 이 세계가 과연 살 만한 세계인가 아닌가에 대해 다시 묻지 않는다면 예술이란 과연 무엇일까”라는 김현이 고야의 미술작품을 감상하면서 던질 질문은 바로 김현의 문학관이기도 한 것이다.

김현은 훗날 무엇보다도 문학이 “이 세계가 과연 살 만한 세계인가 아닌가에 대해” 묻는 방법이라고 주장했다. 이 대목에서 김현이 강조한 ‘고통으로서의 예술’에 대한 부연설명이 필요할 것이다. 말하자면 김현은 진정한 고통과 가식적 제스처를 분명하게 구별했다. 그는 고흐의 아픔에 대해서 언급하면서 “진짜 고통하는 사람은 자신이 거기에서 벗어나야 한다는 것을 알고 있다. 그러나 가짜로 고통하는 사람은 오히려 그것을 즐긴다. 그것은 아프지 않기 때문이다”라고 말하고 있다. 이러한 대목이야말로 김현의 비평적 혜안과 내공이 섬광과 같이 빛나는 부분이 아닐까.

고흐의 절망과 슬픔, 고통에 대해서 언급하거나 그 흉내를 내는 것은 어려운 일이 아닐지 모른다. 진정으로 어려운 것은 자살로 마감되는 고흐의 삶이 말해주듯이 그 고통을 온몸으로 받아들이는 과정이리라. 그러므로 “고흐의 그림은 그러나 예술이 제스처가 아니라 바로 고통 그 자체임을 보여준다”는 발언이 가능해지는 것이다. 고통을 즐기는 것은 일종의 허위의식이라는 것, 그러므로 진정한 고통은 통렬한 아픔이 동반된 고통이라는 것을 김현은 분명히 강조하고 있는 것이다.

‘고통’과 더불어 김현이 서구의 미술작품과 문화를 조망하면서 강조하고 있는 또 하나의 화두는 ‘상투적인 것에 대한 저항’이다. 좀 더 구체적으로 말하자면, 기존의 세계 인식에 대한 치열한 전복정신이야말로 김현이 서구의 미술 대가로부터 이끌어낸 예술의 가장 중대한 목표라고 볼 수 있다. 가령 김현은 로댕을 “한 시대의 도식적 세계 인식에 저항하여 일생 내내 싸움의 소용돌이 속에서 산 한 위대한 조각가”로 평가하고 있으며 자코메티의 작품에 대해서는 다음과 같이 언급하고 있다.

상투적인 세계 인식과 인간 이해에 저항한 예술가들의 작품이 그들의 의사와
관계없이 기구화되고 제도화되어버렸다는 사실처럼 그 사회에 저항한 예술가들
에게 향하는 잔인한 복수가 없는 것처럼 나에게는 인식된 것이다.

—『기행』, 66면

이러한 인식에 따르면 비평가 김현이 예술가를 바라볼 때 가장 중요
한 잣대는 '상투적인 것에 대한 저항'으로 수렴된다고 말할 수 있겠다.
『김현예술기행』의 곳곳에서 김현의 이러한 예술관과 문화관을 발견할
수 있다.6) 그런데 그 저항적이며 전복적인 예술이 미술관이나 박물관이
라는 근대 자본주의사회의 문화제도 속에서 수많은 대중들에게 소비되
고 유통되고 있다는 점은 일종의 아이러니이다. 그래서 김현은 아래와
같이 말하고 있다.

고흐의 광기(狂氣)마저 그 사회가 흡수했다는 것을 보여주려 하는 한 상징
인 듯, 그 현대식 미술관은 넓은 공간과 밝은 빛으로 나를 내리눌렀고, 초라하
게 찌그러져서 쓰라린 내부의 소리를 내지르고 있으리라 생각한 고흐를 관광
객에게 싸구려로 팔고 있었다. 다른 사람들이 수집한 고흐에게서 고흐만의 고
통을 보여달라고 요청한다는 것은 지나친 일인지 모른다. 그 미술관에 갇혀
있는 고흐보다는 저 남불(南佛)의 하늘 밑에서 미쳐 가는 그를 생각하는 것이
오히려 나를 편안하게 만들었다.

—『기행』, 51면

상투적 인식과 인습화된 제도적 예술에 대한 처절한 저항과 전복마

---

6) 김현은 「억압으로부터의 해방과 그 싸움」이라는 글을 다음과 같이 시작하고 있다.
"모든 싸움은 관습과 상투화된 사고에서 벗어나려는 자유스러운 정신과 그것을 계속
해서 관습의 틀 안에 묶어두려는 정황과의 싸움이다."(『기행』 109면) 김현에게 상투적
인 사고에서 벗어나려는 부정정신은 그의 전 실존을 지배했던 근본적인 태도였던 것
으로 보인다. 아도르노를 비롯한 프랑크푸르트학파의 '부정적 사유의 변증법'이 김현
의 이러한 정신적 태도에 미친 영향을 탐문하는 작업은 김현의 사유구조와 비평적 입
장에 대한 이해에 중요한 실마리를 제공하게 될 것이다.

저도 하나의 문화상품으로 취급되는 현대 자본주의사회에 대한 우울한 진단이 이러한 김현의 독백에 오롯이 담겨 있다.

그럼에도 불구하고 김현은 궁극적으로 현대사회에서 예술의 비판적 기능과 부정정신에 대해서 마지막 기대를 걸고 있다. 그는 「프랑스의 정신적 풍토」라는 글에서 "새로운 미학을 수립하려고 애쓰다 쓰러진 아도르노는 그의 『부정 정신』에서 다음과 같이 묻고 있다. 아우슈비츠에도 이후에도 사람들은 시를 쓸 것인가. 그 질문이야말로 서구 부르주아 사회의 비인간화 경향에 대한 심각한 회의를 보여주고 있다"고 언급하고 있다. 설사 체제에 대한 저항과 제도적 인습에 대한 전복 자체가 상품 유통구조로부터 자유롭지 않다고 할지라도, 저항과 전복, 비판, 회의의 역할은 결코 포기될 수 없는 것이다. 말하자면 지배이데올로기와 인습적 예술에 대한 비판과 전복의 필요하다는 사실과, 그 비판과 전복이 문화산업의 논리로부터 자유롭지 않다는 사실은 이질적인 층위에 존재하는 것이다. 그러니, 그 두 가지 사실은 범주가 다른 차원의 문제인 것이다. 당겨 말하자면, 한 사회에 대한 비판이나 저항 자체가 제도화되어 상품미학의 논리에 의해 휘둘리고 있다는 사실에 대해서 본격적으로 문제제기할 수 있는 것도 바로 비판과 전복의 고유한 몫인 것이다. 바로 이러한 이유 때문에, 김현은 "우리에게 희망이 주어지는 것은 희망이 전혀 없었던 사람들에 의해서다"라는 발터 벤야민의 메시지를 인용하면서 "희망은 부정을 통해서 확인되는 모양이다"고 말했던 것이 아니었을까.

4) 바슐라르와의 만남—현장 취재를 통한 글쓰기

『김현예술기행』의 3부에 수록된 「가스통 바슐라르를 찾아서」와 「인간의 고향을 찾아서—미셸 망수이 교수와의 대화」는 비평가 김현의 또 다른 개성적인 글쓰기 방법을 보여주고 있다는 점에서 주목에 값한다. 이 글들은 김현이 자신에게 커다란 영향을 미친 철학자이자 문학비평가인 바슐라르의 흔적을 찾아 탐방하는 과정을 흥미롭게 보여주고 있다. 김현은 현장 취재를 적극적으로 활용하면서 바슐라르의 사상과 글쓰기를 한국의 독자들에게 충실하게 소개하고 있다.

그렇다면 김현이 바슐라르에게 그토록 커다란 관심을 기울이면서 급기야는 그의 흔적과 체취를 찾아 프랑스까지 방문한 심리적 기원은 무엇일까. 다음과 같은 예문은 김현과 바슐라르의 첫 만남을 인상적으로 보여주고 있다.

> 가스통 바슐라르의 저서를 내가 처음으로 대한 것은 1962년 서울대학교 문리대 불문과 연구실에서였다. 그의 상상력 연구에 결정적인 역할을 한 그의 『물과 몽상』을 처음으로 읽었을 때, 나는 그의 자유분방한 필체와 이미지의 깊이 있는 해설에 완전히 압도되었었다
>
> —『기행』, 81면

이러한 매혹과 갈증이 있었기에 김현은 기꺼이 바슐라르를 찾아 머나먼 이국 땅 프랑스까지 날아갈 수 있었던 것이리라. 실상 김현의 프랑스행은 바슐라르의 흔적과 만나기 위한 여정이 아니었던가. 그리하여 김현은 바슐라르의 흔적을 찾아서, 프랑스의 디종을 거쳐 파리에서 바르 쉬르 오브로 이어지는 학술기행에 착수한다. 그 결과가 바로 「가스통 바슐라르를 찾아서」와 「인간의 고향을 찾아서」로 현상되었던 것이다. 김현은 그 기행의 의미에 대해서 다음과 같이 언급하고 있다.

> 그의 거의 모든 글과, 그에 관한 거의 모든 논문들을 모으면서 나는 그의 삶의 흔적들이 가장 많이 남아 있는 그의 고향과, 디종, 그리고 파리를 두서없이 찾아다녔다. 이 글은 한 사람의 문학비평가가 그를 깊게 충격한 한 상상력의 철학자의 자취를 찾아다닌 여행기다. 그것은 그러나 단순한 여행기가 아니라 그와의

정신적 교감으로 가득 차 있었던 한 이방인의 여행기이다.

—『기행』, 82면

위의 예문은 김현이 바슐라르를 이해하기 위해서 얼마나 커다란 열정을 지니고 있었는지를 유감없이 보여준다. 그 열정이야말로 김현에게 바슐라르와 연관된 모든 것을 찾아 나서게 만드는 심리적 동인이었던 것이다. 그래서 김현은 바슐라르가 10년 동안 강의했던 디종의 대학촌을 찾아 나서는가 하면, 파리에 남겨진 바슐라르의 흔적을 찾아 모베르 광장, 소르본느 대학 주변을 탐방한다. 파리의 국립 라디오·텔레비젼 공사 문서 보관실을 들러, 그곳에 소장되어 있는 바슐라르가 출연했던 라디오·텔레비젼 프로들을 시청하면서 바슐라르의 생생한 육성을 접하기도 한다.

파리에 존재하는 바슐라르의 흔적을 세세히 탐구한 김현은 다시 바슐라르의 고향인 '바르 쉬르 오브'로 떠난다. 그곳에서 그는 바슐라르로(路)에 있는 바슐라르 중학교를 방문하고 바슐라르의 제자를 만나 바슐라르의 사상에 대해서 대화를 나누기도 하며 그의 무덤을 둘러본다. 특히 바슐라르의 제자와의 대화를 통해, 바슐라르와 연관된 여러 가지 에피소드를 듣는 대목은 김현에게 바슐라르의 정확한 이해와 연관하여 중요한 암시를 던진다. 예컨대, "그는 정말 구식(舊式) 집들을 좋아했어요. 고리 다락방과 지하실이 있는 집 말이에요"라는 발언은 바슐라르의 공간의 시학이 탄생한 소중한 모티프일 것이다.

이 같은 과정에서 볼 수 있듯이, 김현은 바슐라르의 흔적이라면 지구 끝까지 쫓을 각오가 되어 있던 것이 아니었을까. 그렇다면 바슐라르의 삶과 사상과 관련된 모든 정보들을 찾아 나서는 비평가 김현의 열정은 무엇을 의미하는가? 그것은 대상(작품)을 둘러싼 현장 감각의 확보를 통해 그 대상을 가장 정확하게 이해할 수 있다는 김현의 비평적 사유에서 솟아 나온 것일 터이다. 실상 김현이 프랑스로 유학을 떠난 것도 바슐라르 전문가인 미셸 망수이(Michel Mansuy) 교수 밑에서 바슐라르에 대해서 연구하기 위해서였다. "1973년 겨울에 나는 스트라스부르 대학의 미셸 망수이 교수에게서 한 통의 편지를 받았다. 그의 밑에서 한 1년 공부하고 싶다는 나의 편지에 대한 회답이었다. 그의 편지를 받은 지 거의 2년 후에 나는 그를 그의 연구실에서 만났다"라고 시작되는 「인간의 고향을 찾아서」라는 글이 바로 그 점을 입증한다.

프랑스에서 김현은 바슐라르의 모든 것과 만나고 싶었던 것이다. 바슐라르의 실제 텍스트에 대한 이해 못지않게, 바슐라르의 일상사, 집, 묘지, 제자, 거리, 녹음된 육성, 바슐라르 연구자와의 만남 등등이 바슐라르를 제대로 이해하는 작업에 절실하게 필요하다는 사실을 비평가 김현은 본능적으로 체득하고 있었던 것이다. 이러한 방법을 우리는 '현장과의 만남'을 통한 글쓰기라고 부를 수 있으리라. 이제 이러한 직접적인 만남과 현장 취재를 통한 비평적 에세이가 한국의 현대시인에 대한 탐색에 어떻게 적용되고 있는가를 살펴보기로 하자.

3. 만남을 통한 공감의 글쓰기―『시인을 찾아서』

김현이 『김현예술기행』을 통해서 보여준 섬세한 직관, 대상과의 직접적인 만남을 통한 공감의 비평, 에세이적 글쓰기 등의 특징은 사실 김현이 프랑스로 떠나기 전에 이미 그 뚜렷한 단초를 보여주고 있었다. 이러한 의미에서 1975년 발간된 『시인을 찾아서』는 김현 비평의 독특한 방법론과 매력을 보여주는 저서로『김현예술기행』의 자유분방한 에세이적 비평을 낳은 문학적 모태에 해당된다. 이 비평집을 관류하는 비평방법은 무엇보다도 '직접 만남을 통한 공감의 비평'이라고 부를 수 있다. 당시 30대 중반의 젊은 비평가였던 김현은 이 책에서 김춘수·김수영·김종삼·전봉건·박성룡·박재삼·고은·황동규·정현종 등 당대의 일급 시인들을 직접 찾아가 만나면서 대화를 시도한다. 그 대화를 통해 김현은 시인의 내밀한 심경과 시창작을 둘러싼 심리적 정황, 일상사의 풍경, 글쓰기 습관 등을 지극히 세심하게 짚어내고 있다. 이러한 김현의 글쓰기 방식은 『시인을 찾아서』의 서문으로 작성된 다음과 같은 대목을 통해서 확인할 수 있다.

> 시의 이해는 두 개의 자아가 마주치고 부딪치는 순간에 이루어진다. 마주치거나 부딪치지 않고 이해되는 것은 없다. 학습의 과정에서까지도 작품 이해의 기본 조건은 마주침이다. 마주치거나 부딪치지 않는 시나 시인은 초보적인 학습의 대상이며 지식의 내용에 지나지 않는다. 그것이 시로서 독자들에게 이해될 때는 그것이 독자들에게 부딪쳤을 때인 것이다. 한 편의 시가 어떤 경우에는 지극히 감동적으로 받아들여졌다가 어떤 경우에는 아무 감동 없이 받아들여지는 것도 그것 때문이다. 앞으로 씌어질 시 혹은 시인에 대한 나의 소견은 나와 그것 사이에 마주침에 대한 기술(記述)이다. 그러므로 그것만이 가장 올바르고 가장 객관적인 것이라고 주장할 만한 배짱을 나는 갖고 있지 못하다. 그러나 대신 가장 정직한 것 중의 하나라는 생각은 하고 있다. 가능하다면 회견기(會見記)·추억담(追憶談)·사신(私信), 사석(私席)에서의 대화 등등을 광범위하게 재료로 사용하여, 어떤 시와 그것을 산출할 수 있었던 어떤 개인의 마음자리를 나의 상상력으로 재구성해보겠다. 엄밀하게 말해서 그것은 그러므로 시인론도 아니고, 내 자신의 수필도 아니다. 그것은 중간 단계의 것이다.[7]

이러한 김현의 언급은 두 가지 점에서 문제적이다. 우선 첫 번째로 위의 김현의 언급은 비평이 단지 텍스트에 대한 분석적 탐색만으로 이루어지는 것이 아니라, 정신과 정신과의 만남, 영혼과 영혼과의 만남,

---

7) 김현, 『상상력과 인간／시인을 찾아서』(김현문학전집 제3권), 문학과지성사, 1991, 380～381면.

시인과 비평가와의 만남, 창작과 비평의 만남으로 이루어진다는 사실을 인상적으로 보여주고 있다. 김현은 실지로『시인을 찾아서』에서 텍스트만으로는 도저히 인식할 수 없는 시인의 내밀한 면모와 사유의 흔적을 치밀하게 복원하고 있는 것이다. 그러므로 김현의 비평은 텍스트에 갇힌 비평이 아니라, 기본적으로 텍스트에 충실하면서도 텍스트 너머에 존재하는 시인의 초상을 면밀하게 탐색하는 글쓰기라고 할 수 있다.

두 번째로 김현은 다양한 변두리 장르 형식을 최대한 활용하는 방법을 통해, 새로운 비평적 실험의 가능성을 모색하고 있다. 예를 들어, 『시인을 찾아서』의 형식에 대해서 언급하면서, "엄밀하게 말해서 그것은 그러므로 시인론도 아니고, 내 자신의 수필도 아니다. 그것은 중간 단계의 것이다"라고 말한 대목은『시인을 찾아서』의 글쓰기 방식이 수필과 비평의 접경지대에 존재하는 독특한 형식이라는 사실을 암시한다. 이러한 비평의 방식을 '에세이 비평'이라고 칭할 수 있을 것이다. 에세이 비평은 기존 비평 양식과 비교하여, 비평가 개인의 내면과 사유를 자유롭게 드러내면서 비평의 매혹을 적극적으로 보여주는 글쓰기를 의미한다.8) 일찍이 비평가 루카치는『영혼과 형식』이라는 저서를 통해 에세이 장르의 매혹과 특성에 대해서 간파한 바 있다.9)

그렇다면, 김현은『시인을 찾아서』에서 어떠한 방식으로 시인을 찾아서 그 섬세하기 이를데없는 만남의 기록을 남기고 있는가. 가령 다음과 같은 예문을 보자.

---

8) 권성우, 「동경과 분석, 그리고 유토피아」,『비평의 매혹』, 문학과지성사, 1993, 11~18면.
9) 루카치 연구자인 반성완은 루카치의 에세이론을 소개하면서 다음과 같이 언급한 바 있다. "루카치에 의하면, 에세이라는 글쓰기 형식은 다른 어떤 문학 형식에 의해서도 표현될 수 없는 특정한 삶의 문제와 체험을 표현하는 형식이다. 에세이가 다루는 이러한 삶의 체험이란 삶의 근원적이고도 직접적인 문제에 대한 물음이고 또 좀처럼 붙잡기 힘든 인간 영혼의 가장 은밀한 곳에 자리 잡고 있는 마음 상태와 동경을 표현하려는 욕구이다. 루카치, 반성완 역,『영혼과 형식』, 심설당, 1988, 역자 해설.

유류 파동이 일어나기 전이었는데도 동양고속 서울 터미널은 사람들로 북
적거리고 있었다. 나는 선배 시인 한 사람과 함께 대구로 경북대학교 국문과
에 재직 중인 김춘수(金春洙)씨를 방문하러 가는 길이었다. 사정인즉 이러하
다. 그와 나는 한 일주일 전쯤 싸구려 소주집에서 술을 마시다가 우연히 김춘
수씨에 화제가 미치었는데, 나도 그도 다 같이 그를 한 번도 본 적이 없다는
사실에 깜짝 놀랐다. 더구나 그가 대단한 위 수술을 받아서 몸을 잘 움직이지
못한다는 항간의 소식과 최근의 그의 시와 산문에 죽음의 그림자가 서려 있
다는 느낌 때문에 우리는 서둘러서 그를 한 번쯤 만나보는 것이 좋을 것이라
는 데 의견의 일치를 보았다.

—『상상력과 인간 / 시인을 찾아서』, 382면

위의 대목은 김현이 김춘수를 만나러 가기 전까지의 심리적 정황을
담고 있다. 흥미로운 사실은 그 만남이 우연한 대화를 통해 이루어졌다
는 점이다. 물론 당시 김현이 「시인을 찾아서」라는 제목의 비평적 에세
이를 시전문지인 『심상』에 연재하고 있었다는 사실이 이러한 돌연한
방문의 숨은 동기로 작용했을 것이다. 그럼에도 불구하고 한 번도 만나
보지 못한 선배 시인을 단지 그가 최근에 쓴 글에 "죽음의 그림자가 서
려 있다는" 이유로 직접 만나기 위해서 대구까지 내려간다는 것은 당시
의 관행으로 보아서도 이례적인 행동에 가깝다. 그런데 곰곰이 생각해
보면, 바로 이러한 파격적인 행동에 김현 비평의 소중한 비밀이 존재하
고 있다. 자신을 매혹시킨 문학적 대상—그것이 시가 되었건 시인이
되었건 간에—과 직접 만나서 그 영혼의 불꽃과 교류하고자 하는 김현
의 욕망이 바로 이러한 행동을 낳은 심리적 기원일 터이다. 김춘수와
김현이 만나서, 즉 시인과 비평가가 만나서 생성되는 마음의 교류, 정보
의 교환은 다음과 같은 풍경을 보여준다.

우리는 저녁 7시 5분에 대구에 도착했다. 대구 고속터미널에서 시내에 들어
가 그에게 전화를 걸었다. 다행히 그는 집에 있었으나 몸이 불편해서 시내에

나올 수 없다는 얘기였다. 우리는 다음날 11시에 시내 다방에서 만났다. 회색 홈스팡에 짙은 회색 바지를 입고, 검은 조끼에 홈스팡과 같은 색깔의 넥타이를 맨 초로의 멋쟁이 신사였다. 베레 모자를 쓰고 있었는데 나중에 알고 보니 머리가 자꾸 빠져 쓰고 다닌다는 것이었다. 나는 그에게 내가 알고 싶은 것들을 성급하게 더듬거리며 물었다. 그 결과 내가 알게 된 것은 대체로 다음과 같은 것들이었다. 그는 통영 지주 출신으로, 바닷가 사람답게 바닷고기를 좋아하며, 그것 때문에 이번에 수술을 한 위궤양과 변비 외에는 다른 질병은 갖고 있지 않았다. (…중략…) 운동은 구기(球技)를 좋아하며, 바둑·화투 같은 잡기는 하지 않는다. 그는 일본의 일본대학 예술과를 중퇴한 학력밖엔 갖고 있지 않았다. 그때 그는 매달 1백 원 상당의 생활비를 썼다고 한다.

—『상상력과 인간/시인을 찾아서』, 385~386면

위의 예문은 김현이 김춘수와의 대화를 통해 텍스트를 둘러싸고 있는 시인됨의 인간적인 실체에 대해서 접근하고 있다는 사실을 흥미롭게 보여주고 있다. 실제로 김현은 시인의 유년시절이나 심리적 상처가 그의 문학에 어떻게 반영되어 있는가 하는 차원에서 비평을 진행되는 일종의 정신분석학적 비평에 커다란 재능을 지니고 있으며, 김춘수의 시에 대한 해석에도 이러한 비평방법을 활용하고 있다. 이를테면 "「신화적 인물의 시적 변용」에서 나는 그의 시에 앙상한 늑골이라는 시어가 많이 나온다는 점을 들어 혹시 옆구리를 앓는 것은 아닌지라는 지적을 한 적이 있었는데"라는 김현 자신의 발언이 이에 해당된다.

또한 「정현종을 찾아서」에서는 "그는 서울출신이지만 시내에서 태어나지 않았기 때문에, 자연의 아름다움을 '행운으로' 할 수 있었고, 6·25를 통해 인간의 추악함, 특히 죽은 시체를 봄으로써 인간 육체의 유한성에 대한 자각을 하게 된다. 가벼움과 정다움, 그리고 떨어짐과 치열함의 대위법은 그러한 그의 성장 과정에서도 그대로 드러난다"라고 말하면서 정현종의 시와 삶을 연계시키고 있다. 요컨대, 김현은 시인의 삶이 시에 세밀하게 반영되어 있다는 전제 아래, 심리학적 비평을 시도하

고 있거니와, 그가 수많은 시인과 직접 문학적 대화를 진행하는 것도
바로 이러한 비평적 전략에서 비롯되는 것이다.

　시 자체에 대한 이해와 더불어 시인에 대한 김현의 관심과 애정은 김
현이 이 글을 쓸 당시 이미 고인이었던 김수영 시인에 대한 글에서도
인상적으로 드러나 있다. 그는 김수영에 관한 글을 쓰면서, 자신과 김수
영이 만났던 추억, 누이 김수명의 오빠 김수영에 대한 견해 등을 종합
적으로 참고하여 김수영의 문학적 흔적을 생생하게 복원하고 있다. 그
런가 하면 고은에 대해서 얘기하기 위해서 김현은 직접 고은의 집을 방
문하여 산책을 함께 하고 대화를 나누기도 한다.

　이러한 김현의 '만남의 비평'은 『시인을 찾아서』에서 등장하는 김종
삼·전봉건·박성룡·박재삼·황동규에 대한 글에서도 지속적으로 관
철되고 있다. 여기서 주목해야 할 사실은 김현은 결코 시인의 삶과 시
를 기계적으로 연계시키지 않는다는 사실이다. 예컨대 「정현종을 찾아
서」에 등장하는 다음의 예문을 보자.

> 　나 자신도 그를 1965년경 포장도 되지 않은 신촌 거리에서 처음 만났을 때
> 경쾌한 에피큐리언으로 이해했었다. 그의 미식취(美食趣)·멋냄·연애 취미,
> 재치 있는 담화 등은 그런 그에 대한 인식을 더욱 촉진시킨다. 아무리 주머니
> 속이 비어 있더라도 그는 궁색한 모습을 드러내지 않는다. 아무리 슬프고 아
> 무리 화가 나도 그는 쉽게 울지 않고 쉽게 화내지 않는다. 그리고 날카로운
> 유머로 그것을 객관화시킨다. 나는 그런 그를 에피큐리언이라고 규정하고 가
> 볍게 그를 사귀기로 작정했다. 그러나 그는 그러한 나의 인식을 시로써 멋있
> 게 배반한다. 그의 시는 내가 아는 한 가장 치열한 싸움의 소산이다.
>
> 　　　　　　　　　　　　—『상상력과 인간 / 시인을 찾아서』, 460면

　이러한 대목은 비평가 김현이 시인과 시 사이에는 역설적인 거리가
있다는 사실, 그리하여 때로 시는 시인의 표면적인 삶을 창조적으로 배
반한다는 사실을 분명하게 인식하고 있음을 알려준다. 물론 김현은 기

본적으로 시인의 삶과 일상사가 그의 시에 커다란 영향력을 미치고 있다는 점을 인정하면서, 다양한 시인과의 만남을 시도하지만, 동시에 진정한 시는 시인의 삶에서 환원되지 않는 아름다운 여백을 지니고 있다는 사실을 깨닫고 있는 것이다.

그렇지만 이러한 시인의 삶과 글쓰기 사이에 놓인 심연에도 불구하고, 비평가 김현이 시인의 삶과 상처에 대한 풍부한 이해를 통해 시인의 문학적 성과를 입체적으로 조망하고자 남다른 노력을 기울였다는 사실은 분명하다. 시인과의 직접적인 대화를 통해, 텍스트만으로는 온전히 짚어낼 수 있는 섬세한 마음의 기미와 일상사, 취향, 편견들을 이해하면서 그는 시인과 시에 대한 이해를 획기적으로 증진시켰던 것이다. 훗날 김현이 어떤 비평가보다도 창작자의 내밀한 심리를 면밀하게 짚어내는 '공감의 비평가'로 평가되었던 사실의 이면에는 바로 지금까지 언급한 김현의 엄청난 노력이 자리 잡고 있었던 것이다.

4. 글을 맺으며–김현 비평과 에세이의 매력

지금까지 이 글은 비평가 김현의 비평적 에세이에 해당되는 『김현예술기행』과 『시인을 찾아서』를 통해 1970년대 김현 비평의 소중한 성과에 대해서 검토해 보았다. 그 결과 김현은 어떤 비평가보다도 자유로운 글쓰기 실험을 통해 독특한 산문(에세이)의 매혹을 보여주었다는 사실을 확인할 수 있었다. 그것은 다음과 같은 두 가지 차원에서 정리될 수 있다.

우선 김현은 비평적 에세이와 단장 형식이라는 파격적인 형식을 최대한 활용하면서, 기존의 정형화된 에세이나 비평이 보여줄 수 없는 신선하면서도 '역동적 형식'을 보여주었다. 두 번째로 김현은 현장 취재와

직접 대화를 통해, 텍스트 너머에 존재하는 글쓰기 대상의 다양한 일상
적 풍경과 내밀한 문학적 취향에 대한 깊은 이해를 보여주었다. 이러한
만남을 통해 김현은 대상의 속살 깊숙이 들어가, 그 대상의 개성적인
정서와 문학적 비밀에 대한 심층적인 이해에 도달했던 것이다.

　흥미로운 사실은 김현이 『김현예술기행』과 『시인을 찾아서』에서 보
여준 이러한 특징들이 이후 전개된 그의 비평과 문학적 사유의 근본적
인 태도를 구성하고 있다는 점이다. 김현은 1970년대 이후에도 지속적
으로 비평적 에세이·일기·단상·기행문 등등의 다양한 형식의 글쓰
기를 시도하면서, 어떤 비평가나 에세이스트보다도 자유로운 비평적 실
험을 전개해왔다. 이 점이야말로 김현이 내용뿐만 아니라, 글쓰기 형식
에서도 끊임없이 혁신을 추구했던 비평가로 인정받는 이유일 것이다.
김현의 의욕적인 비평적 실험과 매혹적인 에세이를 통해, 이 땅의 비평
과 산문은 한층 다양한 형식을 추구할 수 있는 소중한 기반을 다질 수
있었던 것이다.

| 2002 |

성찰적 유미주의자의 열린 시선

고종석의 『모국어의 속살』에 대한 몇 가지 단상

1.

고종석의 『모국어의 속살』(마음산책, 2006.4)은 최근 몇 년 사이에 내가 접할 수 있었던 한국 현대시에 관한 가장 뛰어난 에세이라고 할 수 있다. 소월·백석·정지용에서 시작하여 서정주·김수영·신동엽을 거쳐 강정·나희덕·신현림에 이르는 50명의 시인들이 펴낸 시집들을 고종석의 개성어린 필치로 묘파한 이 책의 진정한 매력은 그 시인들의 다양한 시세계와 대화하는 고종석의 마음풍경에 있다. 그래서 에세이스트 고종석이 50명의 시인과 만나 형성된 그 보석과도 같은 섬세한 미학적 파장을 천천히 음미해보는 것이야말로 『모국어의 속살』을 읽는 소중한 즐거움이리라. 가령 고종석의 제안대로 그가 『모국어의 속살』에서 애무한 시집들을 고종석의 글과 포개놓고 읽어내려 가면서 시인의 목소리와 고종석의 목소리가 만나 형성된 '수정의 메아리'를 감상해보는 것은 현대시를 사랑하고 고종석의 언어에 매력을 느끼는 사람이 누릴 수 있는 최고의 행복한 독서체험일 것이다. 또한 그 독서체험은 한국현대시와 고종석 글쓰기의 매력을 함께 접할 수 있다는 의미에서 두 겹의 행복한 독서체험이 될 수 있다. 그 행복의 여운과 부수적인 성찰거리를 나는 많은 이들과 공유하고 싶다.

2.

저자가 '책머리에'에서 밝힌 대로 『모국어의 속살』에서 선택된 50명의 시인이 한국의 현대시의 넓이와 깊이를 온전히 대변한다고 말할 수는 없을 것이다. 물론 고종석의 선택은 존중할 만한 문학적 감각이자 독자적인 취향일 것이다. 그러나 이런 생각을 해본다. 만약 내가 50명의 시인을 고른다면 고종석의 그것과 어떠한 차이가 있을까? 우선 고종석이 『모국어의 속살』에서 제외시킨 한용운·윤동주·황동규·정현종·김광규·김명인·김용택·박노해·기형도·안도현·유하·이정록·장석남·허수경·문태준 등의 시인을 포함시키고 그가 선택한 몇 명의 시인들을 제외했으리라. 저자의 선택 자체에 대한 왈가왈부는 어떤 면에서는 무의미하다.

다만 그의 발언 중에서 "재능의 모자람에다 요절까지 겹친 시인들도, 특별한 사회적·문화적 맥락의 도움을 받으면, (부당한) 문학사적 위세를 누리기도 한다. 이상(李箱)이나 윤동주가 그런 경우다"(253 : 이하 괄호 속의 숫자는 『모국어의 속살』의 해당 면수를 의미한다)라는 주장에 대해서는 다른 생각을 가진 문인이나 학자도 많을 것이다. 나로서는 그가 말한 사회적·문화적 맥락이 특정한 시인이나 시집의 문학성과 전연 별개로 존재할 수 없다고 생각하는 편이다. 이러한 의미에서 고종석이 폄하한 임화의 시까지도 그 나름의 미학적 몫과 자리를 지니고 있는 것이 아닐까. 어쨌든 고종석의 과감한 판단에 대한 좀 더 구체적인 근거를 그의 다른 글에서 보고 싶다. 유사한 맥락에서 고종석이 『모국어의 속살』에서 포함시킨 몇몇 시집과 시인에 대해서는 그 선택의 내적 필연성에 대해 흔쾌하게 동의하지 않는 경우도 가능할 것이다. 그러나 이마저도 궁극적으로 개인적 취향과 우연의 문제로 이해하고 싶다. 고종석이 선택한 50권의 시집과 그 시인들의 시세계에 대한 해석이 그가 대상으로 삼은 기존의 시인들의 문학세계에 대한 통상적 해석을 전면적으로 수정할 만한 비상한 독창적 관점을 보여주는 것은 아니다. 그렇지만, 그 점을 감안해도 『모국어의 속살』은 커다란 매력으로 다가온다. 그 매력의 상당 부분은 아름다운 감성과 적확한 판단으로 채워진 고종석 글쓰기의 매력에 힘입고 있다.

3.

　고종석이 지금 이 시대에 현대시의 정수(精髓)와 만난 이유는 무엇일까? 소설도 에세이도 아니고 정치칼럼도 아니고 왜 시일까? 이 문제는 누구보다도 모국어에 대한 사랑과 전문적 관심을(『국어의 풍경들』·『감염된 언어』·『언문세설』·『사랑의 말, 말들의 사랑』 등등) 지속적으로 보여준 고종석의 글쓰기 여정을 지켜봐온 사람이라면 충분히 짐작 가능하리라. 지금도 그렇지만, 고종석은 최근 10여 년간 한국어의 특성과 맥락, 한국어의 표현 가능성, 한국어의 아름다움에 대해 가장 민감한 글쟁이였던 것이다.

한국어의 아름다운 표현 가능성에 대해 궁극적으로 탐구하는 이라면, 그는 필연적으로 '시'의 풍경들과 만나게 되는 운명에 처한다. 왜냐하면 한 언어의 섬세한 속살과 다양한 표정을 가장 밀도 깊게 보여줄 수 있는 것이 무엇보다도 '시'이기 때문이다. 그래서 "시는 그 문학적 아름다움의 가장 윗자리에 있다"는 표현이나 "시 없는 삶은, 그것도 삶은 삶이겠으나, 정신의 윤기를 잃은 삶일 것이다"라는 저자의 표현이 가능해지는 것이다. 시에 대한 고종석의 이러한 순정(純情)이야말로 그로 하여금 무엇보다도 한국의 현대시에 대한 에세이로 다가가게 만든 욕망의 기원이 아닐까. 이렇게 볼 때, 책 제목이 『모국어의 속살』인 것은 그 자체로 자연스럽다. "시인은 모국어의 속살에 도달한 사람의 이름"이기 때문이다. 우리는 시를 통해 모국어가 도달한 가장 부드러운 속살과 만날 수 있는 것이다.

그러니, 고종석이 『모국어의 속살』에 수록된 글들을 '시인공화국'이라는 제목으로 『한국일보』에 연재한 것은 그의 글쓰기 여정에서 필연적인 귀결이라고 할 수도 있겠다. 『모국어의 속살』은 실상 고종석이 열망해오던 필생의 글쓰기 프로젝트 중의 하나가 아닐까.

4.

고종석이 『모국어의 속살』에서 다루고 있는 50명의 시인들은 그 각각의 미학적 편차가 대단히 크다. 그 편차는 신동엽과 김종삼, 김남주와 오규원, 박노해와 김혜순, 정지원과 강정 등의 대립 쌍에서 극명하게 드러나듯이 문학적으로 극과 극에 걸쳐 있다. 이러한 사실은 저자가 대단히 스펙트럼이 넓은 문학적 감수성을 지니고 있다는 사실을 의미한다. 고종석은 자신의 취향과 거리가 있는 문학작품이라도 그것이 일정한 미학적 경지에 오른 작품이라면 그 문학적 의미를 충분히 자기 것으로 소화한다. 동시에 "시를 정념의 전시장이라고 생각하는 낭만적 독자들이라면 전람회 『눈이 오지 않는 나라』의 관람을 싱겁고 지루하게 느낄 수도 있을 것이다"(71)에서 보다시피 자신과 다른 미학적 감성을 지닌 사람들을 그 내부의 시점에서 이해하는 고종석의 열린 타자성은 『모국어의 속살』을 시에 관한 어떤 에세이집이나 평론집보다도 드넓은 시적 파노라마로 채우는 것을 가능케 한다. 이렇게 볼 때, 『모국어의 속살』에 등장하는 시집의 다양성만큼 그에 접근하는 고종석의 감성과 애정의 밀도도 다양한 것이 아닐까. 고종석은 하나의 미학적 경향에만 경도되거나 열광하는 스타일이 아니다. 그럴 때 그는 한국현대시사에 수놓아진 다양한 성좌의 미학적 필연성에 대해 충분히 이해하고 감응하는 뛰어난 비평가이기도 하다.

5.

한국현대시사의 다양한 질감과 시적 육체에 대한 고종석의 폭넓은 이해와 문학적 균형감각에도 불구하고, 『모국어의 속살』에는 어쩔 수 없이 고종석의 문학적 편향과 취향이 비교적 선명하게 드러나 있다. 물론 이 책에 포함된 50여 명의 시인들은 저자가 그 참신한 개성과 우뚝한 미학적 경지를 인정한 한국현대시의 소중한 성과일 테지만, 그 선택 내에서도 고종석이 내보이는 애정의 열도의 편차를 감지하기란 어렵지 않다.

이 책을 통독하면, 고종석이 싫어하는 시는 문학적 허세로 가득찬 시, 자기 드러냄이나 과잉의 나르시시즘으로 뒤범벅된 시라는 것을 알 수 있다. 이를테면 고종석이 박인환을 논하면서 "그의 '모더니즘'은 1980년대의 민중문학 못지않게 감상주의에 감염돼 있었다"(257)고 얘기할 때 감상주의는 다소 부정적인 뉘앙스를 지니고 있다. 또한 고은에 대해서는 "『해변의 운문집』은 이렇게 말초적이면서도, 큰 틀에서는 남성적 허세로 호방하다. 이런 야누스의 얼굴은 어쩌면 시인 자신의 기질과 관련돼 있을지도 모르고, 또 그것은 오늘날 고은이라는 이름이 정당하게든 부당하게든 한국 시문학을 대표하게 된 비결인지도 모른다"(370)라고 말하고 있는데, 이러한 지적이 고은의 시적 성과에 대한 인정과 더불어 고은 시의 어떤 대목에 대한 치명적인 비판을 담고 있다는 사실을 발견하기란 어렵지 않다. 단도직입적으로 말하면 그는 시적 허세를 싫어하는 것이다.

그런가 하면 황지우의 『새들도 세상을 뜨는구나』를 논하면서 "「신림동 바닥에서」 같은 서정시에서 드물게 화자의 객관화가 이뤄지곤 있지만, 이 시집은 지나친 자기연민이 낳은 엄살로, 자학의 분무기를 통한 자기현시로, 요컨대 자기집착으로 잉잉거린다. 시인의 재능은 자신을 감추는 데보다 드러내는 데 더 있는 것 같다"(106)라고 말할 때, 지나친 자기연민과 자기현시에 대한 고종석의 거부감은 선명하게 확인된다. 특히 고종석은 무엇보다도 언어적 긴장이 풀어진 시에 대해서는 어떤 시적 경향보다도 단호한 비판을 전개하고 있다. 그는 황지우의 시 「에프킬러를 뿌리며」에 대해 논하면서, "「에프킬러를 뿌리며」 같은 시행들에서는 아무런 언어적 긴장도 없다. 이것이 시라면, 김수영이 박인환을 욕하며 발설한 '신문기사만도 못한 시'일 것이다"라고 말하고 있다. 문학적 형식과 절제미, 언어적 밀도에 커다란 관심을 기울이는 고종석의 문학적 취향을 인식할 수 있는 대목이다. 그는 누구보다도 역사·사회·공동체·문학적 내용에 많은 관심을 지니고 있지만, 그는 그 이상으로 글쓰기에서 형식과 언어적 긴장의 중요성을 인지하고 있다. 이러한 절묘한 문학적 균형 감각은 그의 체질인 것으로 보인다.

6.

그렇다면 고종석이 좋아하는 시는 어떠한 경향이라고 할 수 있을까? 자기과시적인 드러냄과 언어적 밀도를 상실한 센티멘털리즘에 대한 고종석의 혐오와는 달리 그는 『모국어의 속살』을 통해 일정한 단계에 도달한 유미주의적 작품을 높이 평가한다. 『모국어의 속살』 내내 고종석은 유미주의 혹은 탐미주의에 대한 경사와 아름다움에 매혹된 자신의 정서를 진솔하게 드러낸다.

이러한 점과 연관하여, "문학은 사람이 만들어낸 가장 아름다운 액세서리다"(「책머리에」)라는 고종석의 발언은 문학을 탐미적인 관점에서 조망하는 그의 태도를 여실히 보여주고 있다. 『모국어의 속살』에서 가장 현란하고 아름다운 언어의 향연을 통해 숭상되는 시인이 서정주와 강정이라는 사실은 의미심장하다. 젊은 시인 강정의 『처형극장』을 얘기하면서 고종석은 "누가 아름다움을 위해 순교할 수 있을까?"라고 묻고 있는데, 이 대목은 강정 시인에 대해 "문학은 인류가 만들어낸 가장 아름다운 장신구다. 인간이 공작새나 벚꽃보다 아름다울 수 있는 것은 보이지 않는 이 장신구 덕분이다. 『처형극장』은 아름다운, 너무나 아름다운 장신구다. 그 검붉게 화려한 말의 잔치상 앞에서 독자는 어질어질하다. 이 시집 하나로 강정은 우뚝한 시인이다"(218)라고 말하는 대목과 함께 고종석의 탐미주의적 취향을 인상적으로 보여주고 있다. 고종석이 시의 평가기준으로 가장 우선적으로 고려하는 것은 단연코 '아름다움'이다.

그것은 언어의 선택과 미적 직관, 형식적 완성도, 시인의 개성이 함께 버무려진 문학적 경지를 의미한다. 고종석이 시의 아름다움에 취할 때, 나는 그 시의 아름다움에 취하는 고종석의 언어에 다시금 매혹된다.

고종석은 『청록집』의 존재의미에 대해 언급하면서, "어떤 역사적 격랑 속에서도 (경우에 따라서는 그 격랑이 거셀수록) 인간에게는 사적 정서를 향유할 권리가 있고, 그 권리를 심미적으로 행사하도록 돕는 것이 문학적 욕망의 한 가닥임을 드러내기 위해서다"(343)라고 말하고 있다. 기꺼이 수긍할 수 있다. 아니 전적으로 동의한다. 그에게는 분명 사회적·역사적 문맥보다 문학 자체의 내적 아름다움이 문학을 구성하는 한층 본질적인 요소이다.

고종석이 누구보다도 탐미주의의 매력에 깊게 빠져 있다는 것은 분명하다. 그런데 여기서 흥미로운 사실은 고종석이 단지 탐미주의자의 자장에만 머무르기에는 너무나 인간과 사회, 역사에 대한 관심과 호기심이 많다는 점이다. 그가 단지 유미주의자로 머무르기에는 그의 지성은 너무나 날카롭고 그의 회의와 성찰은 근본적이다.

이런 표현이 허용된다면 고종석은 '성찰적 유미주의자'라고 할 수 있을 것이다. 그는 누구보다도 아름다움의 드높은 경지에 매혹을 느끼면서, 동시에 대개의 탐미주의자들이 삭제해버린 역사적·사회적 의미망에 대한 성찰을 시도한다. 유사한 맥락에서 그는 탐미주의의 극한을 제대로 향유할 수 있는 유려한 감성을 지니고 있지만, 동시에 그 아름다움의 세계에만 진득하게 머물지 못하는 문학적 유목민이다. 아니 그에게는 고도의 정치적이며 사회적 통찰 자체가 또 하나의 아름다움의 세계로 보일지 모른다.

7.

고종석이 어떤 시인보다도 미당 서정주에 대해서 높이 평가하는 것도 유미주의에 대한 그의 깊은 경사와 밀접한 연관성을 지니고 있다. 그는 서정주의 『화사집』에 대해 논하면서 "스물여섯 살 난 청년이 낸 이 얇은 시집은 한국어가 감당할 수 있는 감각의 가장 아스라한 경지에 우뚝 서 있다"(56), "『화사집』과 나란히 놓일 때 싱거워 보이지 않는 한국어 텍스트를 찾는 것은 만만한 일이 아니다"(56), "『화사집』의 세계를 한국어가 도달할 수 있는 감각의 끝간데라고 말할 수 있는 것은"(58), "미당의 시 언어들은 지난 세기 한국어에 벼락같이 쏟아진 축복이었다"(59)라고 거듭 표현 가능한 최고의 찬사를 반복하고 있다. 나는 누구보다도 냉철하고 균형 감각이 있는 고종석이 이 정도의 극찬을 연발하는 경우를 거의 보지 못했다. 그래서 『모국어의 속살』에서 서정주에게 바쳐진 찬사는 김영랑·신동엽·김수영 등에 대한 일정한 유보, 그리고 박인환·황지우의 어떤 부분에 대한 단호한 비판과는 극적으로 대비된다. 고종석이 서정주에 대해 느낀 감정만큼은 아니지만, 서정주 시문학의 독보적인 경지에 대해서는 기본적으로 동의한다.

다만 흥미로운 사실 하나. 고종석의 서정주에 대한 관점은 그와 유사한 정치적 태도를 보여준 논객들이 서정주에 대해 보여준 입장과는 상당히 다르다. 이를테면 고종석과 절친한 친구인 김진석이 서정주에 대해서 내리고 있는 다소 비판적 평가(「초월적 서정주의에 스민 파시즘적 탐미주의」)와 고종석의 관점은 확연하게 대비된다. 더 나아가 이른바 비판적 글쓰기 진영의 논객들이 서정주 논쟁에서 보여준 입장과 고종석의 입장은 분명하게 다르다. 넓은 의미에서 비판적 글쓰기 쪽에 가까웠던 고종석이 서정주에 대해 취하고 있는 문학적 입장은 남진우의 그것과 유사하다. 서정주에 대한 그의 입장에 대한 동의 여부와 별도로, 고종석의 이러한 입장이야말로 그가 어떤 진영이나 섹트, 패거리에서도 전적으로 자유로운 주체적인 개인주의자라는 사실, 진정한 자유주의자라는 사실을 잘 보여주고 있는 것이 아닐까.

8.

한국문학사에서 정치적 혜안과 미학적 품격이 행복하게 만난 경우는 흔치 않다. 미당 서정주의 경우에서 전형적으로 볼 수 있듯이, 많은 문인들이 그 문학적 자리를 높이 평가하는 문인들의 상당수는 정치적인 의미에서 백치이거나 크고 작은 문제를 지니고 있던 경우가 많았다.

고종석은 시인 백석과 미당을 비교하면서 "그가 북쪽에 남음으로써, 한국문학사는 '정치적으로도 올발랐던 미당'을 가질 기회를 잃었다"고 말한다. 정치적으로도 올바르면서도 아름다움의 드높은 경지를 보여주는 예술가가 고종석이 지향하는 예술가라면, 그러한 표현이 되돌려져야 할 몇몇 예술가 중에는 고종석 그 자신도 포함될 수 있을 것이다.

9.

고종석은 에세이스트이자, 칼럼니스트이며 소설가이기도 하고 이 글을 쓰는 현재 『한국일보』 객원논설위원이다. 또한 그를 국어연구자 혹은 언어연구자라고 불러도 커다란 무리가 없을 것이다. 그의 다양한 정체성은 근대적인 장르 체계와 글쓰기의 분류를 가로지르며 그만의 자유로운 글쓰기 형식을 다채롭게 개척하고 있다. 『모국어의 속살』은 고종석이 시도한 또 하나의 혁신적인 글쓰기 양식이다. 이 책은 문학비평이기도 하고 에세이이기도 하며, 근본적으로 근대적인 분류의 체계로는 잴 수 없는 독특한 글쓰기 양식이기도 하다. 누구보다도 다채롭고 개성적인 글쓰기를 시도해 온 그에게 고정된 장르체계는 제도적 구속에 불과할지도 모른다. 한 가지 정체성으로 환원되지 않는 그의 혁신적인 글쓰기는, 내용의 면에서뿐만 아니라 형식의 면에서도 그가 소수자의 감성에 서 있다는 사실을 잘 보여준다.

10.

고종석의 글을 아끼고 사랑하는 고종석 고정 마니아가 많은 것 같다. 그의 인터넷 팬카페도 있는데, 일 년에 한두 번씩 고종석과 직접 만난다는 얘기도 인터넷 어디선가 본 듯하다. 그의 단정하고 예리하면서도 고아한 문체, 매혹적인 내용, 그의 정치적 균형감각과 소신을 높이 평가하는 나 역시도 넓은 의미에서 고종석 마니아 중의 한 사람이라고 할 수 있다. 그러나 그는 문단의 주류와는 전혀 거리가 멀다. 『기자들』이후로 그는 15년에 가까운 세월 동안 모두 15권의 책을 출간했다. 물론 그의 글을 '문학'이라는 범주로 가둘 필요는 전혀 없지만, 고종석의 글쓰기가 어떤 문인의 글과 비교해도 뒤지지 않는 문학적 품격과 문학적 아름다움을 지니고 있다는 점은 분명하다.

누구보다도 아름다운 글을 쓰며, 그 또래의 누구보다도 모국어의 표현 가능성을 넓힌 그에게 주류 문단이나 지식사회에서 그 노력에 상응하는 보상이 있었던 적은 한 번도 없었다. 그는 아직도 고정된 직업이 없으며, 그 흔한 문학상 한 번 받아보지 못했다. 이러한 그의 운명은 자신의 정당한 소신에 대해서는 한 치의 굽힘도 없는 자존심 강한 성정과도 일정한 연관성이 있는 것이 아닐까.

생각해 보면, 평균 한 해에 한 권 씩 발간되는 그의 책들은 그 자신의 생존의 근거였다. 진정으로 놀라운 것은 그의 책 한 권, 한 권이 각기 자신의 표정과 빛나는 개성을 지니고 있다는 사실이다. 지금까지 발간된 그의 책 중 어떤 것도 나를 실망시킨 것은 없었다. 모국어의 아름다움의 극치를 표현한 이 땅의 시인들에 대해서 다시 고종석 식으로 메타언어의 세공을 가한 『모국어의 속살』도 이 점에서는 예외가 아니다. 그러나 시·소설·비평 등으로 구획된 문학제도의 울타리 속에서 과연 이 보석 같은 책이 그 밀도와 깊이, 아름다움에 상응하는 평가를 받을 수 있을까 하는 점에 대해서는 나는 아직도 유보적이다.

그런데 더욱 중요한 사실은 고종석에게 소외·소수자·배제의 운명은 역설적으로 글쓰기의 동력으로 작용하기도 한다는 점이다. 그의 글을 위해서 유목민적 자유로움과 강한 자존심은 과연 축복일까? 구속일까? 당연히 나는 축복이라는 쪽에 걸겠다. 진정한 자유주의자 고종석에게 축복을!

| 2006 |

박노자에 관한 몇 가지 단상

『당신들의 대한민국』에 대하여

1. 새로운 논객의 출현

언젠가부터 『한겨레』에 일주일 간격으로 등장하던 박노자의 칼럼들을 읽으면서, 나는 드디어 새로운 논객이 혜성처럼 등장했다는 사실을 거의 직감적으로 느낄 수 있었다. 생각건대, 당시에 접했던 박노자의 글들은 단 한편도 나를 실망시키지 않았던 것이다. 날카로운 문제의식과 튼실한 역사적 맥락에 의해서 정초된 그의 주장들은 그 치열한 문제제기에 부합되는 선연(鮮然)하면서도 정확한 한국어문장을 동반하고 있었다. 그 무렵부터 신뢰하는 글쟁이를 만나면 '박노자의 글을 읽어보았느냐?, 그의 글에 대해서 어떻게 생각하느냐?'는 질문을 던졌던 것 같다. 그래서 최근 지식사회 일각에서 나타나고 있는 일종의 박노자 신드롬이 한편으로는 참으로 자연스러운 흐름으로 여겨지면서, 동시에 그에 대한 짝사랑(?)이 나만의 것이 아니었음을 확인하게 만드는 일종의 아이러니로 다가오기도 한다.

최근 박노자가 지금까지 발표한 칼럼들을 묶은『당신들의 대한민국』을 읽으면서, 이러한 나의 생각이 크게 어긋나지 않았다는 사실을 다시금 확인할 수 있었다. 사실 남의 글을 읽고서 그 내용과 형식, 밀도와 완성도, 사유의 주형에 대해서 면밀하게 탐색하면서, 과연 이 글이 진짜일까 하는 차원의 딴지 걸기에 익숙한 '비평가'라는 직함을 지니고 있는 나에게, 상대방의 주장에 거의 전면적인 동의를 보내게 되는 이러한 독서 체험은 정말 흔치 않은 것이다.

박노자의 글들은 매번 뒤통수를 때리는 듯한 새로운 각성과 인식의 충격을 동반하게 만든다. 설사 그것이 이미 충분히 인지하고 있는 주제라고 하더라도, 박노자의 글쓰기는 과연 내가 그 주제에 대해서 얼마나 제대로 인식하고 있으며, 얼마나 절실하게 느끼고 있는가에 대해서 스스로 되묻게 만든다. 예컨대『당신들의 대한민국』에 수록된, 한때 몽골의 대학교수였다가 한국사회에서 불법 외국인노동자 신세로 전락한 바트자갈의 험난한 인생 역정은 나에게 불법 외국인노동자 문제를 비롯한 인종차별에 대한 한층 근본적인 고민을 던져주었다. 누군들 인종차별 문제에 대해서 무심할 수 있을까마는, 한 외국인노동자의 처절한 육성을 담은 박노자의 문제제기는 우리들에게 한층 서늘하고 구체적인 고민을 하게 만든다. 그래서『당신들의 대한민국』을 읽으면서, 지금까지 내가 생각한 인종차별에 대한 문제의식이 책상물림의 가짜일수도 있다는 착잡한 회한과 마주하게 되었다. 비슷한 논리에서, 대학문제에 국한하더라도, 시간강사나 조교 문제를 비롯한 대학사회의 어두운 심연에 대해서 박노자 만큼 발본색원(拔本塞源)적인 문제제기를 수행하는 논자를 나는 거의 보지 못했다. 동시에 나는 최근에 박노자의 에세이나 칼럼만큼 한국사회의 모순과 문제점에 대해 통렬하게 짚어내는 문학작품을 거의 보지 못했다.

이러한 의미에서, 박노자의 글을 읽는 것은 고통스러우면서도 즐거운 체험이다. 고통스럽다는 것은 내가 타성적으로 스쳐 지나쳤던 몇몇 문제들이 얼마나 절박한 사안인가에 대해서 인식하게 된다는 의미이며, 즐겁다는 것은 그럼에도 불구하고 박노자의 글들은 내 자신과 한국사회, 이웃, 다른 인종 등등에 대한 한층 근본적인 성찰을 통한 성숙으로 이끄는 매개라는 의미이다.

박노자가 러시아 태생이며 2002년 현재 서른이 안 된 한국사 전공의 벽안의 젊은이라는 사실을 알게 된 것은 그의 글을 한참 접한 후의 일이었다. 또한 그가 한국여자와 결혼하여 한국에 귀화했으며, 현재는 노르웨이 오슬로 국립대학의 한국학 담당 교수로 재직하고 있다는 사실도 흥미로웠다. 물론 박노자라는 인물을 둘러싼 이러한 사적인 정보가 그의 글에 대한 관심과 흥미를 배가시킨 점이 있을 것이다. 그러나 근원적인 의미에서 박노자 글의 진정한 가치는 글 자체가 함축하고 있는 폭발적인 문제의식과 논리적 설득력, 아젠다 설정 능력 등에서 비롯되는 것이리라. 말하자면 글 자체의 논리만으로 평가하더라도, 박노자의 글은 지금 이 시대 지식인들의 사유 중에서도 가장 문제적인 경지에 도달해 있는 것이 아닐까. 아울러 갓 서른에 불과한 외국인이 이처럼 논리적이며 단단한 한국어 문장을 구사하는 경우를 나는 거의 보지 못했다.

나는 이 짧은 서평을 통해, 박노자의 『당신들의 대한민국』이 제기하고 있는 몇 가지 문제에 대해서 스스로 사유해보는 소중한 시간을 가지게 되었다. 이 글은 바로 이러한 단편적이며 자유로운 사유의 결과물이다.

2. 투철한 윤리적 감수성

우선 『당신들의 대한민국』을 통해서 내가 제기하고 싶은 문제는 이른
바 한국 사람보다도 한국사회를 정확하게 파악하고 있는 박노자의 진지
하면서도 매서운 한국사회 비판이 과연 어떠한 감수성과 지적 능력에서
연유하는가 하는 차원의 질문이었다. 우선 박노자의 한국사회 및 한국
역사에 대한 이해가 남다른 전문성을 확보하고 있다는 사실을 지적할
수 있겠다. 가야사에 관한 박사학위 논문을 비롯한 한국사에 대한 전문
적인 식견을 담은 학술논문들, 박경리·김원일·송영 등의 주요작가의
문학작품을 러시아로 번역할 정도의 한국문학과 문화에 대한 폭넓은 관
심, 그리고 10여 년간 지속된 한국생활 등이 그를 한국사회 및 역사에
대한 고도의 전문가적 통찰력으로 이끈 요인이리라. 그러나 이 정도의
사항만으로 『당신들의 대한민국』을 관통하고 있는 혁신적이며 통렬한
문제의식을 충분히 설명해줄 수는 없을 것이다. 한국사회에 거주한 기
간이나, 한국문화 및 역사에 대한 학술논문을 기준으로 한다면 박노자
의 오른편에 설 수 있는 사람은 드물지 않다. 그렇다면 또 다른 어떤 요
인을 들 수 있을까. 그것을 나는 두 가지 차원에서 해석하고 싶다.

그 하나로 한국역사와 한국사회에 대한 박노자의 각별한 애정을 들
수 있겠다. 10대에 처음 접한 북한영화 〈춘향전〉에 대해서 "그야말로
환상적이었다. 그때부터 나는 러시아에서 구할 수 있는 한국 고전소설
번역판을 닥치는 대로 구해서 탐독하기 시작했다"라고 말할 수 있는 도
저한 애정이 바로 박노자의 예리한 비판을 관통하는 근원적인 정서가
아닐까 싶다.[1] 그 정서는 다음과 같은 아름다운 고백에서 한층 구체성

---

[1] 홍세화의 『쎄느강은 좌우를 나누고 한강은 남북을 가른다』에서 느낄 수 있을 터이
지만 과감하고 예리한 비판은 진실한 애정과 동전의 양면의 관계를 이룬다고 보아야
할 것이다.

을 얻는다.

> 이남과는 아직 관계가 없었고, 이북에도 가기가 그리 쉽지 않던 그 시절, 나는 "샘물 소리 높은 바위틈에서 흐느끼고, 햇빛이 푸른 솔에 차갑기만 한"(泉聲咽危石 日色冷靑松) 명시(名詩) 속 산수의 실제 풍경을 내 눈으로 직접 감상할 날이 오리라고는 감히 상상도 못했다. 그래서였을까. 나중에 관악산과 도봉산에 오르면서 나는 말로 표현할 수 없을 만큼 벅찬 감격을 느꼈다. 샘물이 흐느끼는 계곡을 볼 때마다, 구름이 낀 봉우리를 볼 때마다 내가 외우던 그 시 속의 정경이 선연하게 떠올랐기 때문이다.
>
> —『당신들의 대한민국』, 14~15면[2]

위의 예문에서 우리는 한시의 유현(幽玄)한 세계에 본능적 친화감을 느끼는 박노자의 남다른 문학적 감수성을 인식할 수 있다. 물론 그 감수성은 자신이 한시에서나 상상하던 풍경을 직접 대면했을 때의 환희로 연결되는데, 이러한 감각은 이 땅에 대한 참으로 따뜻한 애정에 다름 아닐 것이다. 애정 있는 대상에 접근할 때, 그 주체의 열정이 가장 적극적으로 샘솟는다는 사실은 학문 탐구에 있어서나 연애에 있어서나 만고의 진리일 것이다.

두 번째로는 박노자가 러시아에서 교육받은 진보주의적 이상이 그로 하여금 부패한 러시아사회 및 남한사회의 각종 모순에 대한 준열한 질타를 하게 만든 지성사적 감각을 형성한 요인일 것이다. 실제로 박노자는 현실 사회주의의 한계에 대해서 분명히 시인하면서도, 사회주의 이념의 진보적 대의와 휴머니즘적인 사유에 대해서 커다란 친화감을 느끼고 있다. 이러한 점이야말로 근본적으로 휴머니즘을 신봉하는 진보적 지식인 박노자의 소중한 정체성이 아닐까. 이러한 자기 정체성은 박노자로 하여금 휴머니즘에 어긋나는 어떤 형태의 독재와 전체주의, 비인

---

2) 앞으로 인용문 뒤의 숫자는 『당신들의 대한민국』의 해당 면수를 의미한다.

간적 폭력, 파시즘에 대해서도 치열한 비판을 전개하게 만드는 것이다.

한 마디로 박노자의 투철한 윤리적 감수성은 그가 비인간적인 모든 제도와 모순을 기꺼이 비판하고 고발하게 만드는 원천이다. 박노자가 진보적 운동권 학생들의 전근대적 행태에 대해서 비판하거나, "친구에게서 영적인 동질성과 도덕적인 지도를 요구하던 사회적 풍토가 '네가 나를 밀어주면 나도 보답하겠다'는 식의 새로운 '친구' 관계로 전락하는 것을 '문화의 진보'로 볼 수 있겠는가"면서, 친구 관계의 타락을 지적하는 대목들도 바로 이러한 맥락에서 이해할 수 있을 것이다.

3. 통시적인 역사적 맥락에 근거한 비판

박노자의 한국사회 비판은 선진국과 한국을 단순 비교하여 한국사회의 모순과 단점을 질타하는 여타 한국 비판서와는 근본적으로 구별된다. 박노자는 무엇보다도 한국사회의 후진성과 전근대성의 원인을 역사적 맥락에 대한 성찰을 통해 그 내부의 시점에서 이해한 연후에 설득력 있는 비판을 전개하고 있다. 말하자면, 한국사회가 왜 그렇게 될 수밖에 없었느냐에 대한 냉철한 역사적 통찰 하에서 전개되는 박노자의 비판은 통시적 맥락이 거세된 채 수행되는 단순비교에 의한 비판과는 그 질을 달리하는 것이다.[3] 따라서 다음과 같은 박노자의 주장은 비판의 진정성

---

3) 이러한 측면에서 박노자의 비판은 홍세화가 『쎄느강은 좌우를 나누고 한강은 남북을 가른다』에서 전개한 한국사회 비판보다도 한 걸음 더 나아가 있다고 생각된다. 물론 홍세화의 비판은 선진국을 이상적인 모델로 삼아 한국사회를 질타하는 그 지독히도 상투적 비판과는 전연 차원을 달리한다. 기본적으로 홍세화의 비판은 한국사회에 대한 남다른 애정에서 솟아오른 엄정한 문제제기에 해당된다. 그러나 때로 홍세화의 비판은 프랑스사회의 습속 및 문화, 행태를 한국사회의 그것들과 평면적으로 비교하

및 비판의 설득력과 연관하여 한번쯤 제대로 음미해야 할 대목이다.

이전에도 이 주장을 몇 번 한 바 있지만, 30년 전에 '따이한'들에게 만행을
당한 베트남의 농부나, 한국에서 말 그대로 박대를 받은 제3세계 출신 노동자
라면 몰라도, 원칙적으로 서방 출신 외국인은 한국의 특수한 관습이나 일상을
'비판'할 입장이 전혀 못 된다고 생각한다(물론 보편적인 인권의 침해에 대한
지적은 타당하다고 본다). 미국을 비롯한 서방 열강의 동의와 칭찬 속에서 대한
제국이 일본에 병탄당한 1910년에도, 미·소 양국이 적국도 아닌 한국을 군사
점령하여 분단시킨 1945년에도, 대부분의 서양 주류 지식인들이 열강들의 국제
적인 횡포를 비판하지 않았다. 그렇다면 이 횡포의 직접적 결과인 현재의 남한
상황을 과연 '비판'할 명분이 서는가? (…중략…) 지금 한반도의 끝나지 않은
비극의 주범들인 주변 열강 출신들이 자국의 기준에 의거하여 현재 한국의 생
활상을 '비판'한다면 이는 역사적 책임의 망각 이상으로 평가하기 어렵다.(168)

이러한 박노자의 발언은 진정으로 의미 있는 비판이 무엇인가 하는
질문을 우리에게 던지고 있다. 요컨대, 비판 대상의 역사적 맥락에 대한
정확한 이해를 통해 그 대상의 상처와 편향 및 치명적인 한계까지도 열
린 마음으로 이해하는 것이 절실하게 필요한 것이다. 그 작업은 또한
다음과 같이 숨겨진 역사적 맥락을 복원하는 과정이기도 하다. 예를 들
어, 1946년부터 1960년대 중반까지 남한 정치사의 배후 실력자였던 미
군의 하우스만 대위가 당시 남한에서 자행한 역할을 지적하는 대목에
서 나는 일종의 부끄러움을 느꼈다. 한국 현대문학 전공자인 나 자신도
제대로 인식하지 못했던 중요한 역사적 맥락을 러시아 태생의 박노자
로부터 배운 것이다. 박노자는 다음과 같이 주장하고 있다.

고 있다. 이에 비해 박노자는 비판을 전개하는 과정에서, 그 비판 대상의 모순과 부정
적 습속이 생성된 역사적 기원에 대한 성찰을 분명하게 보여주고 있다. 물론 이러한
발언은 그 두 가지 비판에 대한 가치평가를 수행하기 위한 것이 아니다. 따지고 보면,
홍세화의 과감한 비판이 있었기에 박노자의 역사적 성찰에 근거한 비판이 가능해졌던
것이리라.

충성스러운 친일파들의 보호자이자 민중항쟁 토벌의 귀재, 대미의존적 극우
체제 형성의 중심적 인물이며, 체제의 광기를 상징하는 인물이었던 하우스만.
나는 그가 한국사 교과서에서 꼭 등장해야 한다고 생각한다. 그 이유는 간단
하다. 장차 대미의존성을 극복하고 진정한 자주의 주역이 되어야 할 한국의
젊은 새싹들이 그들이 배우지 못한 또 다른 현대사 속에 어떤 모습들이 감추
어져 있는지, 현대사에서 대미관계가 어느 정도 종속적이었는지 하는 것을 확
실히 알아야 하기 때문이다.(133)

이러한 역사적 성찰 위에서 전개되는 박노자의 한국사회 비판은 비
판의 대상(자)에게 어떤 불쾌감을 불러일으키기보다는 고통스러운 되돌
아봄의 기회를 제공하는 것이다. 박노자의 비판 태도는 비판적 글쓰기
의 방법과 연관해서도 소중한 암시를 던진다. 비판 대상의 부정적 행태
를 즉자적으로 지적하는 것도 그 나름대로 중요하지만 동시에 그 부정
적 형태의 역사적 기원, 제도적 배경에 대한 면밀한 고찰이 전개되었을
때, 그 비판은 한층 소중한 성과를 거둘 수 있는 것이다.

4. 타자에 대한 이해와 자기 성찰

박노자의 비판은 근본적으로 윤리적인 감수성 하에서 전개된다. 이
방인 · 일탈자 · 주변인 · 불법취업자 · 외국인노동자 · 시간강사 · 조교 ·
양심적 병역 거부자 등 그 사회의 주류나 중심에서 배제된 존재들에 대
한 따뜻한 시선을 통해 박노자는 한국사회의 모순과 비인간적 습속을
자연스럽게 드러낸다. 가령, 다음과 같은 대목을 보자.

서해에서의 교전 결과, 북한 함정이 격침되어 북쪽 군복을 입은 젊은이들이

30여 명이나 바닷속에서 고통스럽게 죽어갔다는 것은 다들 익히 아는 사실이다. 그런데 나를 정말 놀랍게 만든 것은 이 사실을 아주 자세히 보도한 국내의 언론이 대부분 이 사태의 전략적 결과들이니, 안보의식의 고취니, 남북 군사력의 비교니, 대북 협상·사업의 전망이니, 국내외의 정치나 '돈'에 관한 문제에 초점을 맞추었지 불과 연기 속에서 사라진 동족 30여 명의 비참한 최후에 대해서는 별다른 언급을 하지 않았다는 사실이다. 시체도 남지 않았을 그 젊은이들의 횡사를 슬프게 여기지 않는 것은 그렇다 치고, 일부 언론은 남쪽의 '승리'를 자랑으로 여기고, 일찌감치 컴퓨터화한 국군의 '적군'에 대한 우월성에 찬사를 아끼지 않았다.(138)

위의 대목은 남북대결 구도에 근거한 우리 사회의 감정적인 냉전의식이 어떠한 방식으로 기본적인 휴머니즘조차 상실하게 만드는가 하는 점을 극명하게 보여주고 있다. 30여 명에 이르는 동족 젊은이들의 비참한 죽음은 국가안보라는 상징적인 거대담론 속에서 마치 없었던 일처럼 여겨지고 있는 것이 아닌가. 생각해 보니, 이 사회의 어떤 부류들에게는 북한의 군인들이 전혀 동족이 아닐지도 모르겠다.

승자·중심·주류·그리고 그 동일자들의 이데올로기에 의해서 다양한 형태의 소수자, 타자가 억압받고 있는 우리 사회의 현실에서 박노자는 누구보다도 그 배제된 타자들의 존재를 따뜻하게 감싸 안는다. 그래서 미국의 융단폭격으로 인해, "폭파의 불과 연기 속에서 단말마의 고함을 지르며 엄마의 이름을 부르던 유고나 아프가니스탄 주민들의 피"를 생각하는 박노자의 마음속에서 우리는 평화를 향한 조그마한 희망의 씨앗을 발견하는 것이다. 그 마음이 단순한 동정의 산물이 아님은 명확하다. 그것은 철저한 자기 반성에 기초한 한편 최대한 상대편의 입장에서 사유하는 열린 자세에서 우러나온다. 그래서 박노자는 신화적 민족주의와 국가주의를 시종일관 비판하고 운동권학생들이 국가주의와 군대의 부정적 유산에 대해서 순응하는 태도를 지적하면서도 다음과 같이 고백하고 있는 것이다.

물론 나는 그때나 지금이나 유교적 유산을 물려받은 데다 미 제국주의로 인
한 분단과 학살로 쑥밭이 된 나라에서 사는 그들을 '비판'할 생각이 추호도
없다. 그들의 집요한 '국가 정신'에 의문이 생길 때면 나는 언제나 '역지사지'
를 시도한다. 만약 나도 남의 군대가 주둔하고 수백억 달러 어치나 되는 무기
를 거의 강제로 '사주어야'하는 분단국가에서 살았다면, 과연 국가와 민족을
우선시하지 않았겠느냐고 스스로 묻는 것이다.(21)

박노자의 이런 면모를 통해, 치열한 비판정신과 진지한 자기 성찰은
애초에 한 몸이라는 사실을 다시금 깨닫게 된다.

5. 짧은 단상 – 외부로부터의 비판, 그 의미

우리와는 다른 체제 하에서 성장하고 교육받은 박노자의 과감한 주
장들은 한 집단이나 사회에 대한 근원적인 비판이 '외부의 시점'에서
더욱 효과적으로 전개될 수 있는 것이 아닌가 하는 생각을 하게 만든
다.[4] 특정한 집단이나 조직 내부에서 전개되는 비판은, 때로 그 비판마
저 그 내부사회의 습속이나 행태에서 자유롭지 못할 수 있으며 내부의
모순을 전면적으로 포착하지 못할 가능성이 크다. 이것은 한 사회의 주
변인이나 이방인에게, 그 사회의 그늘과 어두운 심연이 더욱 선명하게
보이는 것과 같은 이치일 것이다. 그러니, 유사한 의미에서 대학 비판을
대학교수에게만 맡겨 놓는 것이야말로 대학사회의 어두운 심연에 대한

---

4) 언론학자인 강준만에 의해서, 어떤 문학평론가보다도 한국문단과 문인들의 부정적
  행태에 관한 신랄하고 과감한 비판이 전개되고 있는 것도 이와 유사한 선상에서 이해
  할 수 있을 것이다. 이에 대해서는 강준만의 저서 『문학권력』(2001) 및 『한국문학의
  위선과 기만』(단행본 『인물과사상』 20호, 2001)을 참조할 수 있다.

정확한 포착을 방해할 수도 있다.

6. 박노자, 그 이후

　박노자의 『당신들의 대한민국』에 대한 리뷰 중에서, 박노자의 주장에 대한 전면적인 비판에 해당되는 글을 찾을 수 없었다. 적어도 이번 경우에는 비판정신에 투철하지 않았기 때문에 이러한 결과가 나왔다고는 생각하지 않는다. 우리는 박노자와의 대화를 통해 조금 더 침잠과 고뇌의 시간을 가져야 하는 것이 아닐까. 그 대화와 침잠의 시간 속에서 다시 새로운 사유와 입장들이 생성되리라. 그래서 지금 이 시점에서는 박노자의 글쓰기에 의해 한국 지식인사회의 비판적 사유가 새로운 경지에 도달하게 되었다는 사실을 흔쾌하게 인정하고 싶다. 앞으로 많은 논자들이 박노자와의 대화를 통해서 비판의 영역을 넓히고, 다양한 형태의 문화적·사회적 금기를 과감하게 해체하게 될 것이다. 그러한 과정을 충실하게 통과했을 때, 우리는 비로소 박노자와 제대로 된 논쟁적 대화를 전개할 수 있는 것이 아닐까.

| 2002 |

보유 _ 이 글이 발표된 이후에 철학자 김진석이나 진중권 등에 의해 박노자에 대한 비판이 전개되었다. 그 핵심은 박노자의 한국사회 비판이 지나치게 근본주의적 성향을 지닌다는 것인데, 이러한 비판적 대화를 통해 박노자의 글쓰기에 대한 심화된 통찰이 가능해질 것이다.

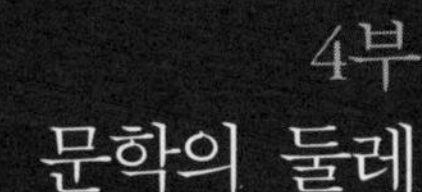

4부
문학의 둘레

문학과 영화
영상시대의 문학교육에 대해

문학과 역사, 그 행복한 만남을 위해

문학과 여론
선택과 배제의 딜레마

문학과 영화

영상시대의 문학교육에 대해

1. 영상문화와 문학교육의 혁신

문학이 근본적으로 당대 사회의 변화와 시대적 요청으로부터 자유로울 수 없다는 사실을 인정한다면, 문학을 가르치는 방법 및 교과과정(curriculum)을 둘러싼 새로운 모색은 끊임없이 이루어져야 한다. 최근 인문학의 위기, 대학의 위기, 대학개혁 등의 용어들이 일종의 유행처럼 등장하는 것도 바로 인문학을 비롯한 여러 분과 학문이 새로운 변화와 혁신을 요청받고 있다는 사실의 또 다른 표현일 것이다. 상대적인 차원에서 시대와 풍속의 변화에 휘둘리지 않은 채, 전통적인 교육과정을 고수해 왔던 한국문학 교육 분야에도 최근 몇 년 사이에 눈에 띄는 새로운 변화의 추세가 감지되고 있다. 그 변화의 흐름 중의 하나로 영상문화의 영향력이 한국문학, 특히 그중에서도 현대문학 교육과정과 교육환경에 다양한 방식으로 반영되고 있다는 점을 들 수 있을 것이다.

영상문화가 한국문학 교육과정과 교육환경의 변화를 가져온 예는 대체로 다음과 같은 세 가지 차원에서 나타나고 있다.

① 문학과 영화를 포괄한 학제간 과목의 개설
② 문학과 영화의 관계를 둘러싼 학제간 연구의 활성화
③ 영상문학(문화) 및 희곡론 교수의 새로운 충원

우선 영상문화와 문학을 학문적으로 결합시킨 학제간 교과목이 상당 수의 대학에서 다양하게 개설되고 있는 현상을 주목하지 않을 수 없다. 예컨대 내가 조사한 몇몇 대학으로 한정하더라도, '한국문학과 영화'(서울대), '소설과 영화'(한양대), '문학과 영화'(이화여대), '문학과 영화의 만남'(성신여대), '문학과 영상'(동덕여대) 등의 학제간 과목들이 개설되어 있음을 확인할 수 있었다. 이렇게 문학과 영상을 포괄하는 간학문적 교과목이 증가하는 이유는 분과 학문의 좁은 울타리로는 접근할 수 없는 복합적인 학문적 영역에 다가갈 필요가 있다는 학문내적인 차원에서 비롯된다고 할 수 있다. 현대의 학문세계에는 전통적인 분과 학문의 울타리로는 효과적인 접근을 도모할 수 없는 새로운 학문영역이 지속적으로 등장하고 있다. '문학과 영화', '현대물리학과 동양사상'과 같은 학제적 영역이 바로 이에 해당된다.

그러나 또 다른 한 편으로 볼 때 이러한 현상은 수강생 숫자가 현저히 줄어든 '문학개론'이나 '문학의 이해', '현대문학의 이해' 등의 전통적인 교과목들을 대체하기 위한 불순한(?) 의도로 인해 발생하기도 한다. 좀 더 구체적으로 말하자면, 신세대 대학생들이 많은 관심을 지닌 영상(영화)을 문학교육 영역에 도입하여 문학 교과목의 새로운 혁신을 꾀하려는 위기 탈출 차원의 동기가 이러한 변화를 추동하는 또 다른 요인이라고 볼 수 있는 것이다.[1) 또한 전통적인 문학 강좌라 하더라도 수업과정에 문학과 영화의 비교라는 차원에서 영상(영화)을 부분적으로 활용하는 강좌는 이즈음 드물지 않게 발견된다.

두 번째로 최근 몇 년 사이에 문학과 영상 사이의 관계에 대한 다양한 학제적 연구 성과와 번역서들2)이 왕성하게 간행되고 있다는 점을 눈여겨볼 필요가 있다. 이 점은 '문학과 영상학회'나 '한국영상문화학회' 등의 학술단체들이 구성되어 문학과 영화를 둘러싼 인문학적 담론을 전문적으로 탐색하기 시작한 사실과도 밀접한 연관성이 존재한다. 근본적으로 이러한 학문적 흐름은 "영화가 문학에 중요한 반항을 일으키고, 어떤 면에서는 현대적 글쓰기에 중요한 영향을 끼쳤다는 사실"3)에 대한 학문적 대응이라고 할 수 있을 것이다. 그리고 문학교육의 측면에서 이러한 흐름은 문학을 문화현상의 하나로 보고 새로운 문학교육을 도모하는 최근의 입장과도 통한다.4) 이러한 일련의 추세와 연관하

---

1) 이와 연관하여 성경준은 다음과 같이 주장하고 있다. "학생들의 흥미를 유발하고 그들이 학기 내내 강의에 흥미롭게 참여하도록 만드는 것이 아주 중요하다. 필자의 경험으로는 그러한 강의를 만드는 데 있어 중요한 도구 중의 하나는 영화인 것 같다." 성경준, 「미국소설 강의에서 영화텍스트의 사용」, 『문학과 영상』 창간호, 2000, 98면.
2) 그 대표적 실례로 다음과 같은 저작과 번역서들을 들 수 있을 것이다.
〈국내저작〉
김성곤, 『문학과 영화』, 민음사, 1997.
민병기 외, 『한국의 영상문학』, 문예마당, 1998.
김중철, 『소설과 영화』, 푸른사상, 2000.
문학과영상학회 편, 『영화 속 문학이야기』, 동인, 2002.
문학과영화연구회, 『우리 영화 속 문학 읽기』, 월인, 2003.
최동호 외, 『영화 속의 혹은 영화 곁의 문학』, 모아드림, 2003.
백문임, 『형언―문학과 영화의 원근법』, 평민사, 2004.
〈번역서〉
시모어 채트먼, 김경수 역, 『영화와 소설의 서사구조』, 민음사, 1990.
요아힘 패히, 임정택 역, 『영화와 문학에 대하여』, 민음사, 1997.
로버트 리처드슨, 이형식 역, 『영화와 문학』, 동문선, 2000.
스튜어트 외, 윤여복 역, 『문학과 영화』, 형설출판사, 2002.
프랑시스 바누아, 송지연 역, 『영화와 문학의 서술학』, 동문선, 2003.
3) 로버트 리처드슨, 이형식 역, 『영화와 문학』, 동문선, 2000, 7면.
4) 우한용, 『문학교육과 문화론』, 서울대 출판부, 1997, 제1장 문학교육의 문화론적 기초 참조

여, 이즈음 문학과 영화 간의 학제간 연구는 현대문학 연구 분야에서 새롭게 각광받는 대표적 분야라고 생각된다. 최근에 〈한국현대소설학회〉에서도, '소설과 영화'라는 특집기획5)을 통해 소설과 영화의 다양한 연관 양상을 탐색한 바 있는데. 이제 이러한 새로운 학문적 시도는 지속적으로 심화·확대될 것이다.

세 번째로 각 대학의 한국문학 전공에 영상문학, 혹은 영상문화를 전공한 교수진이 새롭게 충원되고 있다는 점을 들 수 있다. 2004년을 기준으로 최근 일이 년 사이에 연세대 국문과는 '영상문학론', 경희대 국문과는 '영상문화론' 분야의 신임교수를 공채하였으며, 숙명여대·부경대 등의 몇몇 대학도 최근에 '영상문학' 및 시나리오 분야로 교수초빙 공고를 낸 바 있다. 또한 지금까지 희곡 전공이 없었던 서울대·서강대·동아대·충남대·전남대 국문과 등에서 최근에 희곡론(극문학) 전공교수를 채용한 사실도 넓은 의미에서 공연예술과 영상문화까지 염두에 둔 교육적 포석이라고 보인다. 아울러 문예창작과에서도 시나리오 작가나 희곡작가, 혹은 다매체 전공의 연구자를 전임교원 및 겸임교원으로 채용하는 사례가 점차 증가하고 있다.

그렇다면 위에서 언급한 일련의 새로운 흐름을 근본적으로 어떻게 보아야 하는가? 이러한 흐름은 시대와 문화적 감성의 변화에 따라 새로운 학문적 영역을 개척하기 위한 학문적 대세인가? 아니면 인기가 떨어진 문학 강좌를 '영화(映畵)'라는 미끼를 통해 다시 예전의 영화(榮華)를 회복하기 위한 방책인가? 또한 한층 근본적인 의미에서, 영상문화와 인터넷에 익숙한 이 시대의 대학생들로 하여금 문학과 책읽기로 관심을 유도하는 방법은 무엇일까? 이 질문들은 이 시대에 문학을 가르치는 사람이라면 누구나 고민하지 않을 수 없는 숙명적인 화두라고 할 수 있을 것이다.

나는 기본적으로 문학교육이 현대사회의 변화에 따라 다양하게 전개

---

5) 한국현대소설학회 편, 『현대소설연구』 22호, 2004.6, 기획특집 참조.

될 필요가 있다는 사실에 대해 공감한다. 이러한 의미에서 문학교육에서 영상(영화)을 활용하고자 하는 새로운 시도는 사회적·문화적 변화를 문학교육에 적극적으로 반영하고자 하는 의지의 소산일 것이다. 문제는 어떤 식으로 영화를 문학교육에 개입시키느냐 하는 것이다. 활용방법에 따라 영화는 문학교육의 독(毒)이 될 수도 있고 약(藥)이 될 수도 있다는 것이 이 글의 기본 전제이다.

그렇다면 문학교육에서 어떠한 방식으로 영화를 얘기해야 문학교육 고유의 목적을 달성할 수 있는 것인가? 이 글은 바로 이러한 문제에 대한 모색의 일환으로 기획되었다. 구체적으로 이 글은 문학교육에 영화를 도입시키는 새로운 시도의 공과(功過) 및 그 의미와 한계에 대해서 논의하게 될 것이다. 궁극적으로 이 글을 통해 이른바 영상과 인터넷시대에 바람직한 문학교육의 새로운 위상에 대해서 탐색하고자 한다.

2. 문학교육이 영화를 바라보는 세 가지 시선

영상시대의 바람직한 문학교육을 모색하기 위해서 우선적으로 필요한 작업은 이 시대 문학 전공 대학생들의 문학과 영화 수용 실태를 실증적으로 검토하는 작업이다. 이러한 구체적 현실을 염두에 두지 않는 문학 교과과정의 개편이나 제도 개혁은 강의 공급자(교수, 대학당국)의 주관적인 관념론에 머물 가능성이 크다. 이 시대의 대학생들, 특히 그 중에서도 심지어 한국문학을 전공하는 대학생들조차 문학이나 책읽기보다 영상문화의 수용에 한층 적극적이라는 통설은 과연 구체적인 근거가 있는 것인가? 바로 이 문제를 구체적으로 검증하기 위해 나는 2003년 문학평론가 서경석, 조성면, 문화일보사 등과 공동으로 문학과 영화

가 국문과 대학생에게 어떠한 비율로 수용되고 있는가를 실증적으로
분석하기 위한 설문조사를 진행하였다. 그리하여 경원대·숙명여대·
인하대·한양대 등 4개 대학의 국문과에 재학 중인 255명의 대학생6)들
을 대상으로 아래와 같은 문항으로 구성된 설문지를 제시하고 각 문항
마다 답변을 받았다.

설문번호	설문내용
1	이만교 원작의 소설 『결혼은 미친 짓이다』를 읽었는가?
2	유하 감독의 영화 〈결혼은 미친 짓이다〉를 보았는가?
3	톨킨 원작의 『반지의 제왕』을 한 권이라도 읽었는가?
4	톨킨 원작의 『반지의 제왕』을 전권 다 읽었는가?
5	영화 〈반지의 제왕〉을 보았는가?
6	이청준 원작의 소설 「서편제」를 읽었는가?
7	임권택 감독의 영화 〈서편제〉를 보았는가?
8	마이클 크라이튼의 소설 『쥬라기 공원』을 읽었는가?
9	스티븐 스필버그 감독의 영화 〈쥬라기 공원〉(1편)을 보았는가?

　　설문 조사 결과, 각 해당 항목에 긍정적으로 응답한 학생 수와 그것
을 백분율로 환산한 숫자를 표와 그래프로 제시하면 다음과 같다.

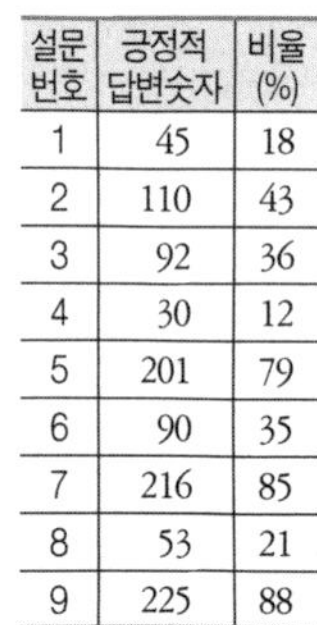

설문번호	긍정적 답변숫자	비율(%)
1	45	18
2	110	43
3	92	36
4	30	12
5	201	79
6	90	35
7	216	85
8	53	21
9	225	88

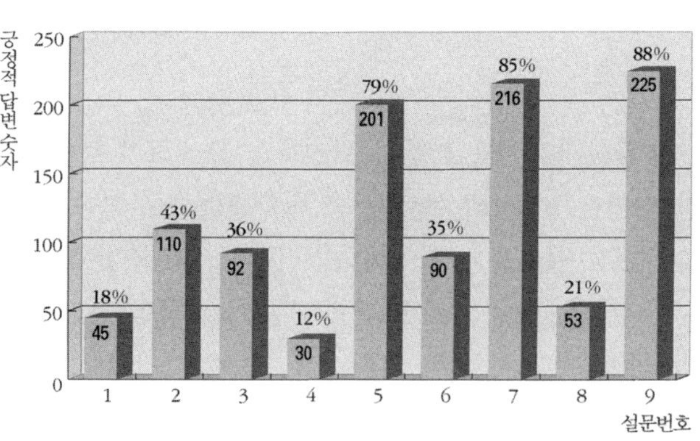

---

6) 구체적인 설문 대상은 다음과 같다 : 경원대 국문과 68명, 숙명여대 국문과 67명, 인
하대 국문과 40명, 한양대 국문과 80명, 설문 기간 : 2003년 5월 12~19일. 이 설문 결과
는 『문화일보』 2003년 5월 27일 자에 소개된 바 있다.

위의 조사 결과는 한국문학을 전공하는 대학생들도 원작 소설 읽기보다는 영화 보기에 현저하게 기울어져 있다는 사실을 분명하게 보여주고 있다. 설문 문항에 따라 다소간의 격차가 있지만, 대체로 원작 소설을 읽은 학생들의 숫자는 해당 영화를 본 학생들에 비할 때 약 15~35%에 불과한 실정이다. 더군다나, 설문 대상 학생들이 대체로 현대문학 과목을 듣는 국문과 학생이라는 점을 감안하면, 일반 대학생들을 대상으로 설문조사를 수행했을 경우, 긍정적 답변의 비율이 한층 낮게 나왔을 것이다. 또한 대체로 대학생들에게 폭넓은 읽히는 소설을 대상으로 이러한 결과가 도출되었다는 점을 감안하면, 문학성을 위주로 한 소설의 경우에는 이러한 비율이 더욱 낮게 나올 가능성이 크다고 생각된다.

어쨌든 이러한 결과는 이른바 '문학의 위기'를 불러온 문화사적 배경에는 '영상문화의 대중적 수용'이라는 현상이 일정하게 자리하고 있음을 실증적으로 드러내고 있다. 이제 한국문학 전공을 포함한 상당수의 대학생들은 문학적 고전(古典)이나 양서를 읽을 시간에 영상과 인터넷의 바다를 항해하고 있는 것이다. 적어도 이러한 경향과 습속에 대한 면밀한 검토와 고민이 결여된 문학교육과정은 이 시대의 대학생들에게 효과적으로 다가가지 못할 것이다.

물론 이러한 사실을 전통적인 한국문학(현대문학) 교육의 위기와 곧바로 등치시킬 수는 없다. 아무리 영상문화가 득세하더라도 문학교육의 고유한 역할과 미덕은 변하지 않을 것이며, 역설적인 의미에서 보자면 영상문화가 득세할수록 문학의 고유한 역할에 대한 교육적 강조는 한층 강력하게 이루어져야 한다는 관점을 여전히 고수하는 문학교육자도 다수 존재한다. 좀 더 근본적으로 말하면 대학의 교과과정은 대학생(수요자)들의 현재적인 관심사라는 척도에 의해 편성될 수만은 없는 보편적인 이유와 학문적 전통을 가지고 있다. 그러므로 상대적으로 학생들에게 인기가 없더라도 학문적 훈련과 교양의 습득을 위해, 혹은 민족문화 유산의 계승과 체계적 보존을 위해 반드시 대학 교육과정에 편성되어야 할 전공과 교과목들이 존재하는 것이다. 국어국문학 분야의 교과과정은 바로 그러한 대표적인 예에 해당된다. 다른 전공과 달리 한국문학교육이 수요자의 요청이나 현실의 논리에 수동적으로 추수(追隨)할 수없는 이유가 바로 여기에 있는 것이다.

그러나 또한 이와 같은 사실의 강조가 한국문학 교과과정의 혁신과새로운 변화의 필연성을 부정하는 학문적 보수주의의 방패막이로 이용되어서는 안 된다는 것도 우리가 끝끝내 염두에 두어야 할 사항이리라. 학문 자체의 태생적인 사회성을 강조하지 않더라도 학생(수요자)의 관심과 사회적 추세에서 자유로운 고색창연한 상아탑은 이제 그 존재 의미를 근본적으로 의심받고 있다. 설사 그 학문이 주관적인 견지에서 아무리 소중한 한국학이나 인문학의 핵심이라 할지라도 교육현장과 실사회의 요청을 전적으로 무시할 수는 없는 노릇이다. 문제는 인문학의 정수와 정신을 간직하면서도 어떻게 변할 수 있는가 하는 점이다.

이렇게 본다면 결국 중요한 점은 문학의 고유한 역할과 정체성을 분명하게 견지하는 가운데, 어떠한 방식으로 새로운 문화적 풍속과 시대적 변화를 문학 교육에 능동적으로 흡수시키느냐의 문제일 것이다. 특히나 민족유산의 보고(寶庫)를 후세에게 전하는 한국문학 교육의 담당자는 숙명적으로 인문적 전통과 새로운 현실의 추세 사이에서 학문적 고민을 거듭할 수밖에 없을 것이다.

지금까지 설명한 의미에서 이 시대의 한국문학 교육은 전통적인 문학교육의 공과(功過) 및 그 허상과 실상을 구체적으로 점검하는 과정을통해 새로운 혁신의 길로 나아가야 할 것이다. 이 과정에서 교과과정의개혁은 핵심적인 고리에 해당된다. 여기서, 변화 자체를 거부하는 것은분과 학문 폐쇄주의나 전공 이기주의의 소산으로 해석될 수도 있다. 다시 한 번 강조하자면, 문제는 어떤 식의 변화이며 어떠한 식의 혁신인가 하는 점이다.

그렇다면 좀 더 구체적으로 나아가, 영상문화시대의 문학교육은 어떤 방식으로 전개되어야 하는가. 문학과 영상(영화)의 관계를 둘러싼 문학교육자의 입장은 대체로 다음과 같은 세 가지 태도로 나뉠 수 있다.

① 전통적인 문학교육을 고수하는 입장
② 문학교육에 영상을 적극적으로 도입하는 입장
③ 문학의 고유한 역할과 특성을 중심으로 영상(영화)을 선택적으로 수용하는 입장

물론 이러한 세 가지 교육방법 사이에 어떤 우열관계가 존재하는 것은 아니다. 그 각각에는 나름대로 필연성과 내적인 논리가 존재한다. 그러므로 ①의 입장에서 전개되는 양질의 문학교육은 치밀한 준비 없이 진행되는 ②, ③의 입장보다 월등 유의미한 문학수업이 될 것이다. 물론 그 역도 마찬가지일 것이다. 이러한 점을 전제로 각 입장에 대해서 살펴보자.

우선, '문학교육은 문학교육일 뿐이다'라는 입장에 서 있는 '문학 중심주의 고수론'은 문학교육에서 영상문화의 도입을 경계하는 입장을 뜻한다. 전통적인 의미의 문학교육은 대체로 이러한 유형으로 귀속시킬 수 있을 것이다. 현실적으로 아직까지 다수의 국문과 현대문학 교과목은 이러한 문학 중심주의의 입장에서 전개된다. 앞으로도 상당 기간 동안 문학교육의 대부분은 이러한 방식으로 이루어질 것이며, 이는 분과 학문의 성격상 너무나도 자연스러운 일이다.

다만, 국문과의 모든 교과목이 이러한 분과 학문의 울타리에 따라 문학 내부에만 매몰되다 보면, 오히려 문학의 고유한 역할이나 특성에 대한 제대로 된 교육이 효과적으로 이루어질 가능성이 줄어든다는 점은 여기서 지적될 필요가 있다. 말하자면 예술로서의 문학의 고유한 존재의미, 즉 영화를 비롯한 다른 예술과 구별되는 문학의 특성과 미학에 대한 면밀한 검토가 생략된 채 이루어지는 문학교육은 문학의 필요성

을 선험적으로 전제하고 정당화하기 마련인데, 과연 이러한 방법이 영상문화에 익숙한 신세대들에게 문학의 존재 의미와 정체성을 얼마나 효과적으로 인식시킬 수 있는가에 대한 면밀한 전략적 고려가 필요한 것이다.

오히려 영화를 비롯한 다른 예술이나 학문과의 대비에 의해서 문학의 고유한 특성과 미덕이 드러날 수 있다는 점을 인식해야 한다. 그러므로 설사 ①의 입장에서 문학교육이 이루어지더라도 교양과목이나 전공 기초과목을 통해, 영상(영화)과 변별되는 문자문화 및 문학의 특성을 제대로 이해시킨 연후에 본격적인 문학교육을 전개하는 것이 여러모로 효과적일 것이다.

두 번째 '적극적 수용론'은 이 시대 대학생들의 독서 실태와 문화적 습속에 대한 진단을 통해, 이제 문학교육에 영상문화나 영화를 능동적으로 활용해야 한다는 입장에 해당된다.7) "영화를 독립된 예술로서의 좁은 개념에서 벗어나 넓은 의미에서 사회적 커뮤니케이션의 장으로서의 문화로 간주하여 이를 문학연구에 수용하자는 입장"8)이 이러한 주장과 접맥된다. 이는 상대적으로 교육의 수요자와 현실의 논리를 존중하는 입장이라고 할 수 있다. 이 입장에 의하면, 아무리 전통적인 한국문학 분야라 하더라도 학생들의 관심사와 현실사회의 요청을 적극적으로 수용하여 교육과정의 혁신과 변화를 주체적으로 시도해야 하는 것이다. 앞에서 예시한 설문조사의 결과는 이러한 진단이 구체적인 현실성을 담보하고 있음을 분명히 보여주고 있다. 그러므로 문학과 영화를 포괄한 학제간 과목은 물론이거니와, 기존의 문학 관계 교과목에서도 필요에 따라 영화를 문학과 대비하여 구체적으로 논의하는 방식으로 강의를 진행할 필요가 있다는 것이다. 실제로 이러한 취지에 따라 문학

---

7) 이러한 입장의 대표적인 예로, 김성곤의 「영상텍스트와 문학연구방법의 확장」(『문학과 영상』 창간호, 2000)을 들 수 있다.
8) 이경순, 「영미소설과 영화 강의의 사례 연구」, 『문학과 영상』 창간호, 2000, 69면.

강의를 진행하는 젊은 교수진과 연구자들도 상당수 존재하고 있으며, 특히 영문학 분야에서는 문학 강의에 영화를 활용하는 방법이 적극적으로 시도되고 있다.9) 이러한 입장의 근본적인 취지는 유효하다. 그러나 영상(영화)을 문학교육에 본격적으로, 무비판적으로 도입했을 때 생길 수 있는 문제점에 대해서는 여러 가지로 고려할 필요가 있다.

가령, 소설수업에 그 소설을 각색한 영화를 보여주는 방식으로 접근했을 때, 영상의 매혹적인 이미지에 중독된 수강생들에게 치밀한 언어의 유기적인 구조물인 문학의 고유한 자리는 관념적이며 지루하게 다가갈 가능성이 크다. 이 경우 문학성에 대한 진지한 자의식이 동반되지 않는다면, 문자언어의 치밀한 독해를 통해 문학작품의 다각적 의미를 도출하는 작업이 수업시간 내내 영상(영화)의 현란한 이미지에 의해 방해받을 가능성이 분명히 존재한다. 또한 원작소설을 각색한 영화를 수업시간에 그대로 보여주는 방식은 수업의 효율성이라는 면에서도, 문학수업의 정체성이라는 측면에서도 문제가 있다.

실제로 『안과 밖』이라는 영문학 분야 학술지에서도 이러한 논점에 대한 상반된 논의10)가 이루어진 바 있다. 전인한은 문학교육에 있어서 영화를 활용하는 것의 무용성에 대해서 아래와 같이 지적하고 있다.

　　문학작품의 독서에서는 작품을 한 줄, 한 줄 읽어나가면서 상상력을 통해 머릿속에 건설되어야 할 작품의 장면이라든지 배우의 모습, 행동 등이 영화에서는 일순간에 시각 이미지에 의해서 지각된다는 것은, 시각 이미지의 지배력

---

9) 예를 들어, 『문학과 영상』 창간호(2000)에 수록된 다음과 같은 논문들을 들 수 있다.
　　김현옥, 「문학비평과 영화—문학 비평 강의에서 영화를 텍스트로 활용하는 사례」
　　이경순, 「영미소설과 영화 강의의 사례 연구」
　　성경준, 「미국소설 강의에서 영화텍스트의 사용」
　　김보희, 「문학과 영상 강의 사례」
10) 『안과 밖』 13호(2002)의 쟁점 '문학교육과 영화'에서 문학교육에서 영화를 활용하는 것에 대한 찬반양론이 전개되었다. 찬성은 심경석의 「영화 보기 / 읽기와 영문학 교육」에서, 반대는 전인한의 「두 유혹 사이에서—영화와 문학」에서 각각 개진되고 있다.

을 감안한다면, 영화와 문학이 만났을 때 활자언어를 상상력에 의해 형상화하는 것을 영화가 방해하거나 혹은 무위로 돌리게 될 것임을 뜻한다. 원작의 각색영화를 보고 나중에 원작을 읽었을 때 원작의 주인공이 관념적으로 그려지지 않고 영화에서 본 배우의 모습으로 실체적으로 나타난다든지, 반대로 원작을 읽고 난 후에 각색영화를 보았을 때, 독서자의 머리에 상상으로 존재해왔던 이미지가 영화에서 제시된 시각 이미지로 확실히 대체되어버리는 것은, 주어진 이야기로부터 전반적인 그림을 그려내는 상상력이 처음부터 봉쇄되어버리거나 혹은 고정되어 버리는 것을 의미한다.[11]

어떤 영화, 어떤 소설을 대상으로 수업을 진행하였느냐에 따라 위의 주장은 다소 다르게 나타날 수 있지만 대체로 이러한 관점은 문학교육의 현장에서 상당한 개연성을 획득하고 있다고 판단된다. 이렇게 본다면 수강생들에게 직접적 영향을 미치는 문학교육 주체의 '문학적 자의식'이 대단히 중요해지는 것이다.

두 번째 관점에서 나타날 수 있는 문제점, 즉 '문학교육에 영상을 적극적으로 도입하는 입장'의 한계를 돌파하기 위해서 우리가 선택할 수 있는 유력한 방법은 '문학의 고유한 역할과 특성을 중심으로 영상(영화)을 선택적으로 수용하는 입장'일 것이다. 이는 다음과 같은 몇 가지 요인을 복합적으로 고려한 문학교육 방안이다.

◎ 영상문화와 구별되는 문학의 고유한 역할에 대한 논리적인 강조를 위해서는 현실적으로 문학과 영상(영화)을 비교하는 과정이 필요하다는 점
◎ 전통적인 문학교육에서 이탈한 이 시대의 대학생으로 하여금 다시 문학에 대한 새로운 관심을 유도하기 위한 교육적 방책이 요청된다는 점

---

11) 전인한, 「두 유혹 사이에서—영화와 문학」, 『안과 밖』 13호, 창작과비평사, 2002, 143면.

◎영상을 문학 교육에 적극적으로 도입했을 때 생길 수 있는 문제점을 피해갈 수 있는 교육 방안을 '문학'의 입장에서 모색하고 기획할 필요가 있다는 점

요컨대 이러한 방안은 영상(영화)을 문학교육에 도입하되, 문학의 고유한 정체성을 수강생들에게 분명하게 인식시켜야 한다는 복합적인 의도를 바탕을 깔고 있다. 그렇다면 이러한 의도는 어떤 식으로 달성될 수 있는가? 이 글의 목적은 바로 이 지점에 대한 논의에 있다.

3. 영상으로 번역되지 않는 문학의 자리

지금까지 이 글에서 서술한 바, 문학의 고유한 특성과 미학적 입지를 충분히 살리면서도 영상문화에 대한 효과적 언급을 통해 문학교육의 취지를 제대로 살리는 방법은 다음과 같은 두 가지 차원에서 논의될 수 있을 것이다.

우선 첫 번째로 영화와 소설을 구체적으로 비교하거나 문학수업에 영화을 활용하는 경우에는 그 영화와 변별되는 원작소설의 고유한 특성과 문학만이 보여줄 수 있는 미학적 요소들을 수강생들에게 각별하게 강조하는 것이 필요하다. 이러한 교육 지침을 통해 수강생들은 문학의 존재의미와 고유한 역할에 대한 명료한 인식을 획득할 수 있을 것이다. 두 번째로는 영상으로 번역되기 힘든 소설, 즉 언어미학의 가능성을 최대한 활용하고 있는 소설들에 대한 교육이 자연스럽게 영화로 번역되기 힘든 문학의 고유한 위상에 대한 정확한 인식을 가능케 할 것이다. 즉, 왜 특정한 소설들이 영화화되기 힘든가를 탐문하다 보면, 영상이 배

제시키거나 제대로 담을 수 없는 문학의 특성이 도출될 수 있는 것이다.

이러한 문제의식에 따라 이 글은 문학교육에 영상(영화)을 개입시키는 두 가지 방법을 한층 구체적으로 논하기 위해, 우선 식민지 시대의 대표적 문인인 이상(李箱)과 그를 소재로 한 영화 〈금홍아, 금홍아〉를 비교·검토할 것이다. 그 후 최근 신세대문학의 징후를 대표적으로 보여주는 소설이라고 할 수 있는 이만교의 『결혼은 미친 짓이다』와 유하 감독이 각색한 동명 영화의 차이점에 대해 탐구하게 될 것이다. 이 과정에서 영화로 제대로 번역되기 힘든 대표적인 소설이라고 할 수 있는 최윤의 「회색눈사람」이 지닌 언어미학의 특성에 대해 살펴보고자 한다.

1) 원작소설과 영화의 차이점

식민지시대의 대표적 시인이자 소설가였던 이상(李箱)을 소재로 한 영화 〈금홍아, 금홍아〉(김유진 감독, 1995)와 실제 이상의 면모를 비교해 보면, 문학과 영화 사이에 놓인 전형적인 차이점을 목도할 수 있다. 우선, 문인으로서 이상의 글쓰기는 한국 근대문학사에서, 가장 개성적이며 복합적인 문학적 의미망을 구축한 희귀한 예의 하나일 것이다. 지금까지 무수한 이상론(李箱論)이 씌어졌음에도 불구하고 지속적으로 다채로운 연구가 진행되고 있다는 사실, 그리고 이상에 대한 연구들은 한국 근대문학사에 통틀어 다른 어떤 문인에 대한 연구보다도 다양한 방법론적 스펙트럼을 펼쳐 보이고 있다는 사실은 이상 문학이 지닌 문제적인 특성을 보여준다.

실제로 성천(成川) 기행에서 배태된 「산촌여정(山村旅情)」을 비롯한 이상의 독특한 수필들, 「지주회시(蜘蛛會豕)」에서 볼 수 있다시피 언어의 소통 가능성을 극한대로 밀어붙인 작품들은 다른 어떤 문인의 글쓰기보다도 영상화하기 어려운 독특한 문학적 자질을 내장하고 있다. 그것은 또한 내용적인 차원에서는 식민지 예술가의 미학적 근대성에 대한 치열한 고민을 포함하고 있다. 이러한 의미에서, 이상 문학의 문제성은 여전히 현재진행형이다.

그렇다면 이상을 소재로 한 영화 〈금홍아, 금홍아〉(1995)는 어떠한가? 이 영화는 제34회 대종상영화제에서 신인여우상과 의상상을 수상하였으며, 제16회 청룡영화제 신인여우상을 수상하기도 한 문제작이다. 또한 이 영화는 "전시관 유리상자 속에 박제로 남아 있던 인물을 우리 곁의 보통사람들처럼 부활시켜 놓았고, 또한 전설의 위치에서 현실세계의 고뇌하는 보통사람으로 바꿔놓았다"[12]는 지적에서 볼 수 있다시피 대체적으로 호의적인 평가를 받았다. 말하자면 흥행과 관계없이, 한 편의 영화로서 이 작품이 비교적 성공했다는 것이다.

이 영화는 기본적으로 이상과 그의 친구 구본웅의 애정편력이 스토리라인의 중심을 구성하고 있다. 그리하여 이상과 그의 연인인 기생 금홍의 연애를 배제시켜 놓으면, 이 영화가 전하고자 하는 의미와 맥락은 거의 실종되어 버린다. 일종의 탕자(蕩子)로서의 이미지를 이상에 부여하고 있는 이 영화에서 이상 특유의 문학적 감성과 독특한 글쓰기는 그의 애정편력이 중심이 된 영화서사에 의해 가려져 거의 드러나지 않는다. 이에 따라 이상이 보여주었던 미학적 근대성에 대한 근본적 고민이나 당시 식민지 조선사회의 후진성에 대한 남다른 고뇌, 예술가의 존재방식에 대한 투철한 사유는 흥미로운 애정관계에 의해 은폐되어 서사의 전면에 등장하지 않는 것이다.

물론 영화가 문학과 별개의 문법을 지닌 독자적인 예술이라는 사실은 존중되어야 한다. 따라서 소설의 내용이나 실제 인물의 리얼리티를 기준으로 하여, 영화예술의 독창적 해석을 무조건 비판할 수는 없을 것이다. 흥행이나 서사의 쾌락을 고려하여, 한 인간의 애정편력을 과대하게

---

12) 오정국, 「전통과 실험의 대결―'금홍아, 금홍아', '301 · 302'」, 『문화예술』, 1995.5 참조

부각시키는 상업영화의 속성상, 이러한 영화내용은 일면 예상된 것이기도 하다. 이렇게 보면, 이상의 문학을 교육하는 장에서 영화 〈금홍아, 금홍아〉를 끌어들이는 것은 대단히 위험한 선택이 될 가능성이 농후하다. 이 경우, 이상 문학의 미학적 의미망에 대한 정교한 인식이 결여된 채로 〈금홍아, 금홍아〉가 구축한 현란한 이미지에 몰입된다면, "오히려 영화적 영상은 문학적인 텍스트 구성을 방해하고 또 '개입'(intervention)"13)하게 되는 형국에 이르게 되는 것이다. 말하자면 이상에 대한 정확한 문학적 지식이 담보되지 않을 때, 영상이 제공하는 탕아로서의 이상의 이미지는 실제 텍스트를 압도하여 이상에 대한 평면적인 이미지를 제공할 확률이 높다. 그러므로 이 경우, 영화 보기는 이상에 대한 독특한 주관적 해석의 확인 이상이 되어서는 곤란하다. 〈금홍아, 금홍아〉는 식민지 시대 문인 이상에 대한 개성적 해석의 한 예로서 일정한 가치를 획득하는 것이다. 그러한 해석이 문학 텍스트를 근본적으로 대체할 수는 없다.

이상(李箱)의 문학과 영화 〈금홍아, 금홍아〉에서 나타나는 이러한 차이를 최근의 소설과 영화에서도 유사한 방식으로 확인할 수 있다. 이를테면 〈오늘의 작가상〉을 수상한 이만교의 소설 『결혼은 미친 짓이다』를 각색한 동명의 영화는 그 소설이 지닌 문화 비판적 맥락이 상당 부분 거세되어 있다. 영화의 경우 거의 전적으로 주인공 준영과 연희의 애정 행각 위주로 이야기가 전개되지만, 소설의 경우에는 가족과의 대화, 대중문화나 현대자본주의를 바라보는 주인공의 사색과 비판적 메시지가 다양하게 삽입되어 있다.

예를 들어, 여동생이 나이가 많은 남자와 살림을 차리자, 주인공이 이에 대해 "너도 강남의 고위층이 되었구나", "중산층을 흉내 내는 그저 껍데기뿐인 삶이라는 생각밖에 안 들어"라고 발언하는 대목이나, "비판적 거리를 유지하지 못한 채 대중문화에 중독되어 있는 친구들 경

---

13) 김무규, 「문학을 바라보는 영화—문학과 영화의 관계에 대한 한 가지 관점」, 문학과 영상학회 2004년 가을 학술대회자료집, 50면.

우도 마찬가지야”라는 식으로 대중문화에 중독된 현대인의 초상을 해부하는 대목은 소설의 세계관을 설명하는 데 있어 대단히 중요한 해석 지평을 구성한다. 이는 이 소설의 주제 중의 하나가 결혼이나 대중문화를 둘러싼 중산층 이데올로기의 허구성에 대한 비판에 있다는 사실을 암시한다.

그러나 ‘영화’ 〈결혼은 미친 짓이다〉에는 비판적 대화가 거의 실종된다. 대신 영화를 채우는 영상들은 준영의 옥탑방을 중심으로 이야기가 전개되는데, 영화서사는 대체로 아기자기한 낭만적인 동거와 연애라는 이른바 ‘낭만적 사랑의 신화’에서 크게 벗어나지 않는다. 이러한 소설과 영화의 차이는 수업과정에서 면밀하게 논의될 필요가 있다. 그리하여, 영화예술의 찬란한 잠재적 가능성에도 불구하고, 상당수의 흥행영화들이 원작소설이 담보하고 있는 ‘비판적 거리’를 희석시킬 수밖에 없는 영화산업의 구조적 제약과 상업주의적 맥락에 대해서 수강생들에게 인식시킬 필요가 있는 것이다. 이 점은 역으로 소설의 가능성과 문화적 저력에 대한 확인과 자연스럽게 연결될 수 있을 것이다.

물론 영화는 문학의 코드와는 이질적인 구성요소를 지니고 있다는 사실을 감안해야 하며, 좀 더 근본적으로는 채트먼의 주장과 같이 영화와 문학을 서로 동일한 것으로 간주할 수 없다는 점을 인식해야 할 것이다.14) 그러나 바로 그 차이가 문학교육의 핵심이 되어야 한다는 것이 이 글의 기본 논지이다.

지금까지 설명한 문제의식은 궁극적으로 ‘영화라는 장르로 제대로 번역되지 않는 소설의 특성이 무엇인가?’라는 논점과 연계된다. 예컨대, 소설이 인물의 내면과 심리에 대한 지극히 섬세한 묘사를 가능케 한다는 점, 이에 비해 영화는 이미지 중심으로 구성되어 있기 때문에 인물의 내면과 세밀한 심리 묘사에 한계가 있을 수밖에 없다는 점, 영화에

---

14) 김무규, 위의 글, 49면; 시모어 채트먼, 김경수 역, 『영화와 소설의 서사구조』, 민음사, 1990.

비해서 소설은 독자에게 상상력의 여백을 폭넓게 제공한다는 점, 흥행과 자본의 영향력에서 상대적으로 영화보다 자유로운 소설(문학)은 아무리 흥행성과 대중성이 없어도 그 예술적 가치만으로 출판이 가능하다는 점 등등이 영화를 활용하는 문학수업에서 전략적으로 강조될 필요가 있다.

물론 이러한 지적은 상대적인 차원에서 수용되어야 한다. 예컨대 영화 역시 배우의 연기나 나레이션 등에 의해서 다양한 방식으로 인물의 내면을 보여준다. 그러나 영화에서 인물의 내면심리를 보여주는 방식은 문학의 그것에 비해 제한적이다. 왜냐하면, 언어가 지닌 개방성, 전지적 시점의 확보는 카메라가 보여주지 못하는 무한대의 심리적 영역까지 포괄하고 있기 때문이다. 카메라는 풍경과 표정, 거리를 어떤 예술보다도 생생하게 보여줄 수 있지만, 사람의 마음속까지 보여줄 수는 없다. 물론 영화는 내면과 심리묘사를 생생하게 보여주기 위해 나레이션, 배우의 표정 연기, 대화, 첨단 그래픽 등을 다양하게 활용할 수 있다. 그러나 그러한 경우에도 영화의 심리 묘사는 언어가 내장하고 있는 심리적 묘사의 무한대적 자유로움을 따라갈 수는 없다.

이러한 사실의 지적은 문학과 비교하여 영화를 평가절하 하자는 것이 아니라, 문학과 영화의 차이점을 분명히 하자는 의미에서 수용되어야 한다(이미 대다수 학생들은 영상의 커다란 장점과 엄청난 매력에 대해서 거의 매일 실감하며 느끼고 있는 것이 아닌가). 문학과 영화는 공히 서사예술에 해당되지만, 서로 다른 수단과 코드를 활용한다. 그러므로 문학적 자의식이 결여된 문학수업에서 영화를 관성적으로 활용했을 때, 그 수업은 자칫 영상의 현란함에 의해 문학의 고유한 자리가 은폐되는 시간들이 될 수도 있는 것이다.

지금까지 서술한 의미에서, 영화적 문법에 의해 씌어진 일련의 소설들15)을 대상으로 해당 소설들을 각색한 영화와 비교하는 것은 문학교육의 입장에서 보면 위험한 선택일 것이다. 왜냐하면, 이 소설들은 "영화적 영상 이미지에 대한 집착이 서사요소의 선택과 배열에 강력한 동기로 작용"하고 있는데, 결과적으로 이러한 소설을 통해서는 문학 고유의 특성과 미덕을 제대로 교육시킬 수 없기 때문이다. 여기서 "소설이 그 자체의 서사법을 희생하면서 영화적 영상을 삽입하기 위해 불필요한 확장과 나열, 서사논리로부터 이탈 등등을 수행하고 마치 이것이 새로운 소설쓰기의 방법인 양 생각한다면 그것은 안방 내주고 사랑채로 뛰어드는 일과도 같다"16)는 도정일의 언급을 염두에 두어야 할 것이다. 그리고 영화평론가 정성일은 이렇게 말한다.

> 이유 없이 타르코프스키의 영화 장면이 인용되고, '내가 본 그 영화에 대해서는'이라는 문장으로 시작하는 지루한 영화론을 읽어야 할 때 나는 그냥 소설을 덮어 버린다. (…중략…) 문학의 괴로움은 다른 곳에 있어야 한다. 우리는 문학을 통해 그 선물을 다시 받고 싶다. 당신들이 세상과 싸우면서 망가지는 과정을 통해 얻어 낸 아픔을 통해서 우리는 행복해지고 싶다. 그것이 수천 년 동안 해 온 일이며, 또한 앞으로도 문학이 해야 할 임무가 아니던가?17)

위의 정성일의 주장은 문학교육의 역할과 임무와 연관하여 의미심장한 메시지를 던지고 있다. 도정일과 정성일의 메시지는 문학이 영화를 수동적으로 따라간다면, 문학의 고유한 역할과 자리는 소멸될 수밖에 없다는 것, 그러므로 문학은 영화의 문법을 모방할 것이 아니라 문학이 지금까지 보여준 세상과의 대결에 좀 더 치열하게 복무해야 한다는 것으로 요약될 수 있다. 이와 같은 주장들을 통해 영상시대에 이루어질

---

15) 예를 들어, 양귀자의 『나는 소망한다. 내게 금지된 것을』, 장정일의 『아담이 눈뜰 때』, 박일문의 『살아남은 자의 슬픔』, 이인화의 『내가 누구인지 말할 수 있는 자는 누구인가』 등의 소설들이 이에 해당된다.

16) 도정일, 「90년대 소설의 영화적 관심과 형식 문제」, 『시인은 숲으로 가지 못한다』, 민음사, 1994, 201면.

17) 정성일, 「도둑질하고, 도둑질당하고－문학의 위기에 관해서 영화가 알고 있는 두세 가지의 것들」, 『베스트셀러』, 2001.11 · 12.

문학교육의 존재방식과 정체성에 대한 소중한 암시를 받을 수 있을 것이다. 문학교육 역시 영화를 따라가는 교육이 되어서는 안 될 것이다. 진정한 문학교육은 영상(영화)를 문학교육에 수용하면서도, 문학과 영화의 면밀한 비교를 통해 문학의 고유한 자리를 정교하게 탐문하는 시간이 되어야 한다.

그러므로 영화를 활용하여 문학교육을 좀 더 효과적으로 수행하고자 하는 이들은 다음과 같은 질문을 끊임없이 되새겨야 한다.

> 소설과 영화의 매체적 차이와 그 차이가 지니는 상호 강점에 대한 분별도 없이, 두 매체의 서사형식을 융합시키려는 시도는 어떤 의미를 갖는가? 이미 지화한 세계에서 영화는 바로 그 이미지의 더 많은 생산이라는 타락한 방식으로 서사를 만들어내야 하고 이것이 오늘날 영화서사의 형식 문제가 갖는 핵심적 고민이라 한다면, 소설서사가 영화의 방식을 따라가고자 하는 것은 의미 있는 일인가? 그 따라가기는 타락한 방식에 대한 고민 이후의 최선의 선택인가?[18]

실제로 "문학에 문외한인 학생들이 영화 몇 편을 보고 학점을 따기 위해"[19] 영상문학 교과목에 몰려드는 경향이 있다는 점을 감안하면, 위의 지적은 문학 교수(교사)나 수강생들이 반드시 염두에 두어야 할 것이다.

2) 영화로 만들어지지 못하는 소설들

여기서 영화 장르와 변별되는 문학의 고유한 자리를 환기시키고자 하는 문학교육의 두 번째 방안을 모색할 필요가 있다. 그것은 영화로 번역되기 힘든 소설 고유의 미학을 가장 정교하게 보여주는 소설에 대

---

18) 도정일, 앞의 글, 200면.
19) 이경순, 앞의 글, 72면.

한 탐색과 적극적인 의미부여가 영화를 끌어들이는 문학수업에 절실하게 요청된다는 것이다. 이와 연관하여, "영화의 시대니까 영화를 따라가는 소설을 써야 할까? 아니다. 영화의 시대이기 때문에 소설은 영화를 따라갈 수도 없고, 따라가려 하면 죽는다. (…중략…) 죽음의 심연은, 영화의 시대니까 소설은 더 소설만의 소설이 되라고, 영화가 따라올 수 없는 소설이 되라고 일러 준다"20)는 소설가 이인성의 언급은 소중한 시사를 던지고 있다.

이제 문학적 가치는 탁월하지만 영화화되지 못한 소설, 혹은 문학 고유의 정밀한 언어미학을 보여주고 있지만 도저히 영화로 만들 수 없는 소설들에 대한 심화된 교육이 필요하다. 이러한 소설들에 대한 교육은 영화에 대해 직접적으로 강의하거나 영화를 보여주지 않으면서도 문학과 영화의 차이를 명료하게 드러내는 유효한 방법이다. 그 과정은 영상 이미지에 무비판적으로 중독되어 있는 수많은 문학도들에게 문학적 자의식과 문학 고유의 매력을 환기시켜줄 수 있는 유력한 계기로 작용할 것이다.

그렇다면 어떤 소설들을 이러한 범주에 포함시킬 수 있을까? 예컨대 한국 현대소설사의 지평 속에서 보자면 언어미학의 정교한 가능성을 극한까지 끌어올린 이상(李箱)·이인성·최수철의 소설들, 지성과 역사, 인문적 교양이 종합적으로 어우러진 최인훈의 소설들, 세밀한 내면 묘사와 지적이며 감성적 문체가 성공적으로 결합된 최윤의 소설들이 생각난다. 외국작가의 경우, 카프카와 보르헤스의 소설들을 이러한 범주에 포함시킬 수 있을 것이다.

최윤의 「회색눈사람」은 현재의 한국 영화산업의 속성에 비추어 볼 때 영화화되기가 매우 지난한 소설에 속한다. 1970년대 운동권 조직에서 한 발 비껴난 한 아웃사이더가 지닌 지극히 섬세한 내면과 영혼의

---

20) 이인성, 「언어의, 언어에 의한, 언어를 위한—21세기 문학 또는 식물성의 저항」, 『식물성의 저항』, 열림원, 2000, 154면.

풍경으로 채워진 이 소설은 근본적으로 영상으로 번역되기 힘든 요소들을 두루 갖추고 있다. 그러니 이 작품은 영상으로 "교환될 수 없는 문학적 서사론을 구축"[21]하고 있는 것이다. "아프게 사라진 모든 사람은 그를 알던 이들의 마음에 상처와도 같은 작은 빛을 남긴다"와 같이 폐부를 스치는 아포리즘에 가까운 문장들, 그리고 아래의 예문과 같이 일종의 아웃사이더적인 감성에서 연유하는 주인공의 강하원의 독특한 내면 심리를 아름답게 형상화한 대목을 보자.

> 나는 아직까지도 정처 없이 거리를 헤매는 버릇을 버리지 못하고 있지만, 그 시절에는 그 경향이 더욱 심해서 저녁에 인쇄소에 가기 전까지 남아 있는 긴 시간을 버스를 타고 이쪽 끝에서 저쪽 끝까지 혹은 이 구간의 상당 부분을 직접 걸어본다든지 하면서 보냈다. 그것은 심심풀이였다기보다는 어떤 성향 같은 것이었으리라. 영원히 삶에 정착할 수 없는 소수의 사람들에게 서식하는 불치의 병 같은 것 말이다.[22]

이러한 문장들은 근본적으로 영화문법으로 적절하게 대체하기가 힘든 언어미학의 가능성을 십분 활용하고 있다. 위의 예문이 전달하는 독특한 미학적 정서는 화자의 나레이션 없이 단지 이미지나 영상만으로는 제대로 전달할 수 없는 영역에 가깝다. 「회색눈사람」은 문자문화의 '디에게시스(diegesis)' 기능이 최대한도로 발휘된 작품에 가깝다. 도정일에 따르면, "디에게시스의 차원은 영상기표라는 미메시스의 언어로는 전달될 수도 표현될 수도 없다. 이는 영상 묘사가 문자 묘사보다 열등하기 때문이 아니라 두 묘사─서술 양식의 성격과 기능이 근본적으로 다르기 때문에 발생하는 차이의 문제이다"[23]

---

21) 박성창, 「영화가 갈 수 없었던, 그러나 문학이 가야만 하는 길에 대하여」, 『문학동네』, 2004 가을, 398면.
22) 최윤, 「회색눈사람」, 『동인문학상 수상작품집』, 조선일보사, 1992, 25면.
23) 도정일, 「영상시대의 문학의 힘과 가능성」, 『현대문학』 517호, 1998.1.

물론 「회색눈사람」을 영화로 만들기가 불가능한 소설이라고 말하는 것은 지나친 문학 중심주의의 소산일 것이다. 영화 나름의 기법과 나레이션, 명배우의 뛰어난 연기를 총동원하여 「회색눈사람」의 주제에 상응하는 영화를 만들 수도 있을 것이다. 그러나 여기에서 중요한 것은 현실적인 제작가능성이다. 시장(흥행)의 논리와 문화산업의 영향력으로부터 전혀 자유롭지 못한 현재 한국영화의 상황24)에서 볼 때, 「회색눈사람」의 주인공 강하원과 같이 한 독특한 아웃사이더 주인공의 지극히 섬세한 심리 묘사로 시종일관하는 예술영화의 제작 가능성은 거의 없다고 보아야 한다. 그리고 「회색눈사람」의 그 매력적이며 감성적인 문체는 영화로 환원 불가능한 영역이다.

지금까지 설명한 맥락에서, 「회색눈사람」을 비롯하여 문자문화의 고유한 미학적 자질을 최대한 온축하고 있는 작품들에 대한 효과적인 교육은 문학도들에게 영상으로 번역될 수 없는 문학의 고유한 쓰임새에 대한 뚜렷한 인식으로 이끌 것이다.

4. 맺음말―문학과 영화가 함께 가기

이제 문학교육은 이른바 영상문화의 득세와 인문학의 위기라는 조건 하에서 교육방법의 새로운 혁신과 변화를 도모할 시점에 이르렀다. 그러한 변화의 한 방법으로, 영상시대의 대학생들에게 친숙한 영화를 문학교육에 적극적으로 도입시키는 것을 들 수 있다. 실제로 문학을 전공하는 대학생들조차 문화 수용의 측면에서 볼 때, 문학(소설)보다는 영화

---

24) 이에 관해서는 「젊은영화비평집단 '포럼', 지금은 한국영화의 위기」(연합뉴스, 2004.10.23)라는 제목의 기사를 참조할 수 있다.

쪽에 현저하게 경도되어 있다는 사실이 실증적인 통계조사로 나타나고 있다. 이러한 변화의 흐름 속에서, 영상(영화)을 문학교육에 접맥하고자 하는 시도는 위기에 처한 문학 교육의 갱생을 모도하려는 중요한 방법이다. 이러한 시도 자체는 존중받아야 한다. 그러나 이 과정에서, 문학적 자의식이 결여된 채, 영상(영화)을 문학교육에 무비판적으로 도입시킬 경우의 부작용에 대해서 세심하게 고려해야 할 것이다. 영상의 이미지는 그 자체로 엄청난 매혹이다. 문학 독서에 대한 충분한 훈련을 받지 않은 채, 혹은 문학적 감성에 대한 체계적인 교육 없이 영상(영화)을 문학교육에 끌어들이면 상당수 학생들은 영화의 이미지에 중독되어 문학 고유의 역할을 제대로 인식하지 못할 가능성이 크다는 사실이 환기되어야 한다.

그러므로 문학교육에 영상(영화)을 도입하더라도, 문학의 고유한 역할과 특장을 정확하게 인식할 수 있는 방식으로 진행되어야 할 것이다. 이러한 과정은 궁극적으로 문학과 영화의 매체적 차이에 대한 치밀한 훈련이 필요하다는 논지로 요약될 수 있을 것이다. 요컨대 세계를 반영하고 인간을 묘사하는 방식의 있어, 문학과 영화의 차이에 대한 충분한 인식을 지녔을 때, 문학교육이 의도하는 본래의 효과를 거둘 수 있는 것이다. 이를 위해서는 실제로 영화가 소설을 어떤 방식으로 변용시키고 있는가 하는 사안의 구체적인 예를 들어 효과적으로 문학교육을 진행할 필요가 있다. 아울러 영화로 제대로 번역될 수 없는 문학작품들의 의미와 맥락에 대한 면밀한 분석이 이루어질 때, 영화와 함께하는 문학교육은 그 진정한 역할을 수행하게 될 것이다.

다시 한 번 강조하건대, 지금까지의 논의가 문학교육에서 영상(영화)을 끌어들이는 것에 대한 반대와 비판으로 해석되지 않기를 바란다. 내가 취하고 있는 관점은 오히려 그 반대에 가깝다. 이제 문학교육은 영상(영화)에 대한 담론에서 완전히 비껴갈 수 없다. 중요한 것은 어떤 방식으로 영화를 얘기하느냐에 있는 것이 아닐까. 결국 이 글은 문학의 특성과 문학적 자의식을 분명히 환기시키는 방향으로 영화와 문학에 대한 논의가 진행되어야 한다는 것을 강조해 온 셈이다. 바로 이러한 노력이 궁극적으로 문학과 영화를 모두 살리는 길이 아니겠는가.

이제 한국문학 교육과정의 입안자들은 한국문학도들의 '문학적 자의식'을 키워주기 위해, 좀 더 궁극적으로는 문학을 제대로 살리기 위해, 문학교육에서 영화를 언급하는 방식에 대해 한층 심도 깊게 고민해야 한다. 앞으로 편성되는 새로운 한국문학 교과과정에 이러한 문제의식이 생산적으로 스며들기를 희망한다.

| 2004 |

문학과 역사, 그 행복한 만남을 위해

1. 다시 역사를 만나기 위해

  지난 연대의 문학과 비교하여, 이 시대 문학에서 진지한 역사적 성찰과 사회적 상상력을 발견하기 쉽지 않다거나 현실에 대한 치열한 응전을 찾아보기 힘들다는 지적은 결코 그르다고 할 수는 없겠지만, 지금 이 시점에서 볼 때 다소 상투적인 주장이기도 하다. 이제 그러한 지적의 원인과 맥락에 대한 문학적 진단을 좀 더 미시적인 차원에서 내실 있는 문학담론으로 전개할 필요가 있다.

  관점에서 따라서는 최근의 소설에서 '역사적 상상력'을 차용한 문학적 흐름은 오히려 하나의 유력한 문학적 트렌드라고 주장할 수 있을 것이다. 이를테면 황석영의 『심청』, 김훈의 『칼의 노래』, 김영하의 『검은 꽃』, 김별아의 『미실』, 전경린의 『황진이』 같은 최근의 문제작들은 각기 개성적인 방식으로 상이한 시대의 역사를 호출하고 있다. 물론 이러한 역사소설의 고유한 미학과 가치가 존재하겠지만, 여기서 염두에 두어야 할 사실은 이 소설들을 통해서는 지금 이 시대와 밀접하게 연동된 현대사 및 당대사에 대한 성찰과 문제의식이 제대로 녹아들기가 쉽지 않다는 점이다.

한 사람의 비평가로서, 개인적으로 현대사의 문제의식이 밀도 깊게 내면화된 소설을 좀 더 많이 읽고 싶다는 욕망을 가지고 있다. 이런 맥락에서 보면, 앞에서 열거한 최근에 유행하는 몇몇 역사적 상상력을 활용한 소설들은 당대적 문제의식이 탈각된 문화적 상징의 차원에서 대중들에게 수용되고 있는 것이 아닐까.

그렇다면 이 시대 문학에서 사회·역사적 상상력이 퇴화되었다는 비평적 진술의 의미는 실상 현대사 혹은 당대사에 대한 문학적 형상화가 현저하게 감퇴했다는 취지로 해석되어야 할 것이다. 그래서 조정래의 『한강』이나 『태백산맥』과 같이 현대사의 이념적·역사적 굴곡을 정면에서 다루고 있는 대하소설들, 김원일·황석영·윤흥길 등의 분단의 상처를 천착한 분단소설들, 노동운동과 노동자의 육성을 문학적으로 형상화한 방현석, 김한수, 정화진으로 대변되는 노동소설 등과 같이 현대사의 매듭과 당대사의 현안을 서늘하게 형상화한 소설작품, 현대사의 흐름을 지금 이 시대와의 긴밀한 지성사적 연관 속에서 수용한 문학작품은 분명히 줄어들고 있다. 이제 분단·통일·노동운동·학생운동·현대사를 다룬 작품은 정녕 문학사의 창고 속에서나 발견할 수 있는 것인가.

물론 이러한 문학적 흐름에는 문학내적인 동인으로만 설명할 수 없는 시대사적 맥락과 지성사적 분위기가 개입하고 있다. 90년대 이후 사회 전반에 불어 닥치고 있는 탈이데올로기, 탈역사, 탈정치의 흐름, 이른바 386세대의 변절로 대변되는 진보와 개혁에 대한 환멸의 정서, 문학과 출판에도 본격적으로 불어 닥친 상업주의의 득세, 상대적으로 역사와 정치에 무관심한 신세대작가의 의식구조 등등이 바로 이러한 문학적 흐름에 각기 무시하지 못할 영향을 미치고 있는 것으로 보인다.

문제는 이 시대 문학이 탈역사적인 글쓰기와 사회의식에 무관심한 개인적 내면에 대한 묘사에 지나치게 편중되어 있다는 점이다. 이제는 말 그대로 문학적 다양성을 수호하기 위해서도 이 시대 문학이 다시 새로운 방식으로 역사와 사회와 만나야 하지 않을까. 1990년 전개되었던 이른바 '김영현 논쟁' 무렵, 나에게는 지나치게 이념화된 민중문학의 대세에 편승하지 않으면서 문학적 다양성을 확보하는 것이 비평가로서의 과제였다면, 이제 이 시대는 반대로 지나치게 사인화(私人化), 파편화된 몰역사적 문학의 대세 속에서 다시 새로운 방식으로 사회·역사적 상상력을 호출하는 것이 비평가로서 중요한 책무라고 생각하고 있다. 항상 그 시대의 문학적 대세에 저항하는 것이 비평의 임무가 아니겠는가. 바로 이러한 문제의식 속에 이 글이 존재하고 있다.

2. 현대사 연구의 진전과 소설의 개화

소설은 항상 당대에 진행된 제반 인문사회과학과의 긴밀한 대화를 통해 새로운 문학적 영토를 개간한다. 조정래 장편소설 『태백산맥』이 당시 학계와 지식사회에서 광범위하게 전파되었던 브루스 커밍스 등의 이른바 수정주의 역사학의 성과와 상호 대화관계에 있다는 점은 이제 상식적인 사실이다. 또한 신천 양민학살사건을 소재로 한 황석영의 『손님』은 한국전쟁 시 행해진 양민학살에 관한 현대사 관련 연구성과와 긴밀하게 연동되어 있다는 점이 주목되어야 한다. 최근의 예를 들면 식민지시대 투철한 사회주의자였던 이재유를 모델로 하여, 식민지시대 노동운동을 이끌어 간 사회주의자들의 역정을 한 편의 소설로 형상화한 안재성의 『경성 트로이카』(2004)가 사회학자 김경일의 『이재유 연구』(1993)에 결정적으로 기대고 있음은 문학과 역사의 상관성에 대한 소중한 암시를 준다.

여기서 이런 식의 물음이 가능하겠다. 『이재유 연구』가 존재하지 않았다면 『경성 트로이카』가 과연 지금과 같은 모습으로 세상에 나올 수 있었을까? 『이재유 연구』가 없었다면 『경성 트로이카』의 문학적 상상력은 분명 지금의 그것보다 월등 빈곤했을 것이다. 요컨대 새로운 사관의 생성, 새로운 역사적 인물의 발견은 그대로 새로운 소설의 탄생으로 전이될 수 있는 것이다.

이러한 점들과 연관하여 주목할 점은 최근에 새로운 관점에 의한 근현대사 연구의 성과와 자료들이 지속적으로 출간되고 있다는 사실이다. 우선 미국과 구소련의 극비문서들이 발견되면서 전통주의와 수정주의 역사학의 편향을 동시에 극복한 한국전쟁에 대한 새로운 자료와 연구성과들이 속속 출간되고 있다. 박명림의 『한국 1950─전쟁과 평화』(2002), 박태균의 『한국전쟁』(2005), 정병준의 『한국전쟁』(2006) 등이 그것이다. 또한 냉전기의 분위기에 따라 일반에게 공개되지 않았던 한국전쟁 관련 사료와 사진들도 최근에 활발하게 공개·출간되고 있다. 예컨대 김기진의 『한국전쟁과 집단학살─미국 기밀문서의 최초증언』(2006), '중국 해방군화보사'가 출간한 한국전쟁 관련 사진첩을 정리하고 번역한 『그들이 본 한국전쟁 1 : 항미원조─중국 인민지원군』(2005)이나 '미 국립문서기록보관청(NARA)'의 사진자료를 편집한 박도의 『지울 수 없는 이미지』 1·2권(2004, 2006)이 눈여겨볼 만한 자료이다.

특히 『그들이 ……』와 『지울 수 ……』는 한국전쟁과 연관된 상반되는 관점의 사진자료를 생생하게 복원하고 있다. 나는 5~60년이 지난 이 사진들을 보면서 한국전쟁의 이미지와 감각을 한층 구체적으로 재구할 수 있었다.

지금까지 공개된 적이 없었던 이러한 소중한 자료는 한국전쟁에 관한 새로운 문학적 상상력의 개화를 가능케 할 것이다. 해방과 한국전쟁을 직접 경험했던 세대는 주로 아스라한 기억과 증언과 취재에 기대 소설을 창작했다. 그렇다면 이제 이 시대의 작가들에게는 풍부한 새로운 사료와 사진을 십분 활용해서 지금까지의 우리 문학사가 보여준 한국전쟁과는 다른 새로운 소설적 상상력을 발휘할 수 있는 최소한의 기반이 형성된 것이 아닐까.

식민지시대에 대한 최근 역사 연구의 성과는 더욱 다양한 관점에서 정리, 출간되고 있다. 정치경제사 일변도였던 식민지시대 역사 연구에서 탈피하여, '식민지의 회색지대'라는 문제의식에 수혈 받은 다양한 일상과 문화에 주목한 미시사·일상사·문화사 연구는 소설가와 문학자들에게 식민지시대에 관한 한층 풍부한 정보와 자료·실감·감각을 전달해 주고 있다. 이제 이와 같은 차원의 연구는 근대문학과 근현대사 분야에서 일종의 뚜렷한 트렌드가 되었다. 그리하여 식민지시대의 도시풍경·거리·백화점·박람회·철도·학교·만화·일상사에 대한 참신한 해석과 사진자료들 역시 적극적으로 출간되고 있다. 김진송의 『서울에 딴스홀을 허하라─현대성의 형성』(1999)이래 이와 유사한 문제의식에 힘입은 풍속사 분야의 새로운 연구성과들이 지속적으로 발표되고 있거니와, 사진자료로는 노형석의 『모던의 유혹, 모던의 눈물』(2004)이 대표적이다.

또한 식민지시대의 사회주의자나 항일투쟁을 위해 만주나 러시아로 망명한 사회주의자들에 대한 연구가 진척되어 독립운동사의 빈 터를 속속 채우고 있는 것도 주목되어야 마땅하다. 우리가 통상 상상하고 있는 것보다 참으로 많은 지식인과 민중들이 항일투쟁을 위해 사회주의를 선택하고 머나먼 이국으로 건너갔던 것이다. 2005년 '건국훈장 애국장'이 수여된 『아리랑』의 김산은 그러한 선택을 한 무수한 인물들 중의 한 명일 것이다. 우리 현대사 속에는 아직도 제대로 발굴되지 않은 수많은 김산들이 존재한다. 이제 그들에 대한 학술적 탐구와 역사적 복원 작업이 최근에 들어와서 활발하게 진행되고 있다.

러시아 최초의 한인 여성혁명가로 최근에 우리사회에 알려진 김 스탄케비치 알렉산드라 페트로브나를 비롯한 한인 독립운동가들의 이력과 사진을 수록한 자료집 『사진으로 본 러시아 한인의 항일독립운동』(2004)이 발간된 것도 그와 같은 작업의 소중한 결실일 것이다. 바로 이러한 현대사 자료가 문학인의 상상력을 자극해야 하지 않을까. 또한 문인들은 새로운 역사 자료에 호기심을 가지고 능동적으로 접근해야 하지 않을까. 이 점은 특정한 이념을 넘어서는 문학적 인간학의 문제일 것이다. 궁극적인 차원에서 앞에서 소개된 새로운 역사자료는 이른바 고려인문학, 한인문학, 동포문학의 상상력과 접맥되면서 우리 문학의 경계를 획기적으로 넓혀줄 것이다.

그런가 하면, 『해방전후사의 재인식』 1·2권(2006), 『근대를 다시 읽는다』 1·2권(2006)이 출간되면서 수정주의적 관점이나 민족주의적 관점이 지배한 이전보다 식민지시대와 해방 전후사에 대한 다면적이며 중층적인 해석이 가능하게 되었다. 윤해동의 『식민지의 회색지대』(2003)·『식민지 근대의 파라독스』(2007) 등의 저작은 저항과 굴종의 이분법적 시선으로 식민지시대를 바라보던 관행을 탈피하여, 다양한 일상사와 회색지대 속에서 식민지 지식인과 역사를 한층 다층적으로 추적하고 있다. 또한 식민지시대를 예속자본주의론의 단순성에서 탈피하여 복합적으로 탐구하는 식민지근대화론에 근거한 카터 J. 에커트의 『제국의 후예』(2008)가 번역되고, 이러한 관점에서 식민지시대 기업의 역사를 천착한 주익종의 『대군의 척후』(2008)가 출간되었다는 사실도 식민지시대에 대한 한층 구체적이며 면밀한 접근을 도모하는 데 커다란 도움을 줄 것으로 기대된다.

무엇보다도 한국근현대사에서 다양한 문제적 궤적을 보여준 역사적 인물에 대한 연구 및 평전, 전집이 활발하게 출간된 사실도 소설적 상상력의 개화를 위해서는 무척 고무적인 일이다. 가령, 식민지시대부터 해방 전후사에 걸쳐 있는 문제적 인물만 하더라도 최근 십여 년 사이에 강영주의 『벽초 홍명희 연구』(1999) 박경수의 『장준하—민족주의자의 길』(2003),

이기형의『여운형 평전』(2004), 김삼웅의『백범 김구 평전』(2004), 임경석의
『이정 박헌영 일대기』(2004),『이정 박헌영 전집』전9권(2004), 이원규의
『약산 김원봉』(2005), 정병준의『우남 이승만 연구』(2005), 안병욱 외『안창
호 평전』(2005), 심지연의『이강국 연구』(2006), 안재성의『이관술 1902~
1950』(2006), 김삼웅의『심산 김창숙 평전』(2006), 이원규의『김산 평
전』(2006), 안재성의『이현상 평전』(2007), 김해양·김호웅의『김학철 평
전』(2007), 김윤식의『백철 연구』(2008) 등이 출간되었다. 이들 모두의 삶이
다 매력적인 소설적 소재라고 할 수 있지 않을까. 문학이 일종의 인간학
이라면, 인간의 삶이 그려내는 다양한 문양에 대해 본격적인 접근을 시도
하는 평전, 자서전, 인물 연구 등의 새로운 성과물들은 항상 문인들에게
새로운 글쓰기의 욕망을 자극하게 될 것이다.

　이렇듯 식민지시대를 비롯한 한국 현대사의 다양한 국면에 대한 인식
의 진전 등은 새로운 소설적 내용과 소재 확보에 결정적인 모티프를 제
공할 수 있다. 이 모든 근현대사 연구의 진전과 다양한 사료, 사진자료
의 공간이 이제 그 시대에 대한 한층 구체적인 상상력을 발휘하는데 소
중한 계기가 될 것임에 틀림없다. 특정한 시대의 풍속과 감각에 대한 이
해가 소설적 육체를 풍성하게 만드는 핵심적 요소라면, 지금 이 시대는
역사에 대한 인문학적 관심을 지닌 문인들에게 그 어떤 시대보다 실감
있는 자료를 제공할 수 있게 되었다. 1930년대 경성 거리를 구체적으로
묘사하고자 하는 소설가라면, 이제 식민지시대 경성을 사진으로 포착한
다양한 이미지 자료들에 의해 식민지 근대도시 경성의 모더니티와 그
주름, 육체를 한층 실감나게 묘사할 수 있을 것이다. 세부 묘사의 구체
성이 소설미학의 승리를 가능하게 하는 중대한 요인임을 상기하자.

　그런데 여기서 아쉬운 점은 이러한 근현대사 연구의 성과와 새로운
자료에 대해 성실하게 섭렵하면서 새로운 소설적 시도를 보여주는 소
설가가 몇몇 외에는 거의 없다는 사실이다. 말하자면 이 시대에 획기적
으로 진전된 현대사 연구와 자료들의 발간이 새로운 문학적 영토의 개

간으로 연결되지 않고 있다는 점이 문제인 것이다. 즉 역사와 문학이 서로 따로 놀고 있는 형국이다.

최근 식민지시대를 배경으로 한 다양한 드라마와 영화들, 이를테면 TV드라마 〈경성 스캔들〉이나 영화 〈라디오 데이즈〉·〈원스 어폰 어 타임〉·〈모던 보이〉 등의 활발한 등장에 비해 볼 때, 식민지 시대를 본격적으로 묘사한 소설이 드물다는 점은 참으로 아쉽다. 나는 바로 이 점이 현재 한국소설의 '미학적 빈곤'을 초래한 중대한 요인의 하나라고 본다. 소설이 단지 당대의 세태와 풍속에 대한 묘사일 수만은 없을 것이다. 소설은 동시에 한 민족이나 국가, 혹은 해당 문화권의 역사와 기억에 대한 고도의 인문학적인 통찰이어야 하는 것이 아닐까. 이런 의미에서라면 소설가는 누구보다도 면밀하게 당대의 역사 연구의 참신한 성과에 안테나를 켜고 있어야 하는 것이 아닐까.

사실 최인훈·황석영·김원일·조정래 등의 문학적 성과는 그들의 문학적 재능과 저력에도 연유했겠지만, 동시에 그들이 끊임없이 현대사 연구의 성과와 밀도 깊은 인문적 대화를 시도했다는 사실에서도 비롯되는 것이리라.

물론 이 시대의 젊은 소설가들이 그들과 같은 방식으로 역사에 접근할 수는 없을 것이다. 최인훈 등에게 있어서 해방전후사와 한국전쟁은 실제 체험이 동반된 쓰라린 인생역정 그 자체였다. 그들은 자신들의 파란만장했던 인생에서 비롯되었던 상처와 한을 특유의 문학적 장인정신과 결합시켜 '역사에 대한 기억'이 얼마나 훌륭한 문학적 소재인가라는 점을 유감없이 보여주었다. 그러나 지금 이 시대의 작가들에게는 그러한 역사적 원체험이 결여되어 있다. 이럴 때 필요한 것은 역사적 인물과 자료에 대한 체계적인 탐구와 왕성한 호기심이 아닐까.

한 사람의 작가에게는 자신이 가장 익숙한 영역이 있을 것이다. 예를 들어 『낭만적 사랑과 사회』의 작가 정이현에게는 신세대의 성과 연애, 일상이 가장 그가 자신 있게 쓸 수 있는 소재일 것이다. 그러나 동시에

「김연실전」에서 볼 수 있듯이, 가장 쿨한 신세대작가로 알려진 정이현
도 마음만 먹는다면 역사적 소재에 대한 소설적 형상화가 얼마든지 가
능한 것이다. 문제는 관심과 호기심, 문학적 열정이 아닐까. 뛰어난 소
설가라면 자신에게 익숙한 소재에 대해서만 작품화하는 것을 넘어서야
한다. 끊임없이 역사로부터 배우면서 새로운 소재와 신선한 인물을 찾
아나서는 것이 진정한 소설가의 의무가 아닐까.

지금까지 설명한 의미에서 안재성의 『경성 트로이카』(2004)는 그 시도
자체만으로도 값진 소설이다. 이 소설은 역사 공부가 어떻게 새로운 소
설적 영토를 가능케 하는지를 여실히 보여주고 있다. 안재성은 이 책의
서문에서 다음과 같이 말하고 있다.

> 오래된 자료들과 씨름하는 동안, 사진 속의 영혼들이 내게 사라져 버린 시
> 대를 바라볼 수 있는 시야를 열어 주었다. 한때 세계를 뒤흔들었던 공산주의
> 의 유령이, 유령이 되어 버린 영혼들을 통해 연기처럼 되살아났다. 그들이 내
> 게 말을 걸어오고 있었다.
> 아리땁고 총명한 처녀들의 유령이, 타인을 위해 기꺼이 목숨을 바친 혁명가
> 들의 유령이, 죽음 앞에서 두려움에 떨면서도 결코 자신의 영혼을 더럽히지
> 않았던, 혹은 공포를 이기지 못하고 무릎을 꿇었던, 그러나 끝내 양심을 잃지
> 는 않았던 나약한 이들의 유령이, 남한과 북한에서 모두 외면당해 버린, 역사
> 에서 실종되어 버린 그 외로운 유령들이 내게 손을 내밀고 있었다. 공부를 하
> 면 할수록, 나는 그들의 시간 속으로 빨려 들어갔고, 그들 모두를 되살리고 싶
> 어졌다.

위의 서문은 소설가 안재성의 역사에 대한 호기심과 그로부터 발원
된 소설적 욕망을 잘 보여주고 있다. 특히 "공부를 하면 할수록, 나는
그들의 시간 속으로 빨려 들어갔고, 그들 모두를 되살리고 싶어졌다"는
대목은 왜 소설가에게 역사 공부가 그토록 소중한 것인지에 대해서 인
상적으로 웅변하고 있다. 그가 남부군의 총책이었던 이현상의 일생을

다룬 『이현상 평전』(2007)과 경성 트로이카의 핵심인물이었던 이관술의 역정을 정리한 『이관술 1902~1950』(2006)을 저술한 것도 바로 한국 현대사를 통해 남과 북 모두에게 망각되었던 역사적 인물에 대한 도저한 호기심 때문이리라.

오래된 현대사 자료와 끊임없이 씨름하는 또 한 명의 작가로 김연수를 들 수 있다. 그는 식민지시대 문인 이상을 모델로 소설화한 『꾿빠이, 이상』부터 최근의 『나는 유령작가입니다』에 이르기까지 꾸준하게 역사적 상상력을 소설 쓰기에 개성적으로 활용하고 있다. 그의 소설을 읽다 보면 그가 얼마나 성실하게 역사적 사실과 대면했는가 하는 점을 인식할 수 있다. 특히 『나는 유령작가입니다』에 수록된 「뿌넝숴」, 「거짓된 마음의 역사」, 「이등박문을, 쏘지 못하다」는 각기 한국전쟁, 19세기 말, 안중근이라는 역사적 시기와 인물에 대한 신선한 문학적 탐구를 통해 그만의 역사적 상상력이 소설을 얼마나 풍요롭게 할 수 있는가를 잘 보여주고 있다.

물론 안재성과 김연수 외에도 현대사의 문제의식을 자신만의 방식으로 소설 쓰기에 창조적으로 활용하는 젊은 소설가들이 더 있을 것이다. 방현석·정도상·공선옥·공지영·정혜주·정지아·오수연·전성태 등등(이들에 대한 논의는 다음 글을 기약하자). 그러나 이들만의 노력으로는 부족하다. 역사, 특히 현대사에 대한 심화된 탐구가 그들의 문학세계를 한 단계 업그레이드할 수 있다는 문제의식이 이 시대의 많은 젊은 소설가들에게 각별하게 요청된다고 하겠다.

이 글에서 이미 살펴보았듯이, 새로운 문학적 상상력의 개화를 위한 역사 연구의 토양은 괄목할 정도로 진척되었다. 그렇다면 이즈음 필요한 것은 소설가들의 역사에 대한 관심과 호기심, 그리고 그 역사를 문학적 상상력에 섬세하게 접합시키고자하는 노력과 혜안이 아닐까. 이 시대 작가들이 '역사'라는 괴물을 어떠한 방식으로 자신의 소설세계에 수용하느냐에 따라 이 시대 문학의 지형과 표정이 결정될 것이다.

이제 역사가들이 소설가들에게 바톤을 넘길 때가 되었다. 바라건대, 많은 젊은 문인들이 역사가들의 손을 잡아서, 역사가 문학을 풍요롭게 만드는 질 좋은 천연비료라는 사실을 입증해 주기를. 바로 그 때 우리 소설문학은 한 단계 도약할 것이며 비평다운 비평도 더 많아질 것이다.

| 2006, 2008 수정 |

문학과 여론

선택과 배제의 딜레마

영화 〈아마데우스〉를 보면서, 자신이 지닌 예술적 재능에 대해서 심각하게 생각해보았던 문인이나 예술가들이 적지 않을 것이다. 평생 동안 모차르트를 질투했던 궁정악장 살리에르(Antonio Salieri, 1750~1825)의 비참한 운명과 집요한 욕망을 통해, 우리는 예술적 재능과 평가의 저 냉혹한 논리에 대해서 다시 한 번 성찰해볼 수 있으리라. 모차르트를 거장으로 취급하는 문화적 동력과 권력은 어디에서 나왔으며, 아울러 살리에르를 절망케 만든 문화제도적 정황은 무엇이었을까. 그것은 단지 그 둘의 예술적 능력의 차이에서 연유하는 것일까? 물론 살리에르도 당대의 최고 음악가 중의 한 사람이었지만, 적어도 모차르트와 비교할 때 그 음악적 재능과 실력이 누가 보더라도 떨어지는 것은 사실일 것이다. 그러나 그것뿐일까? 상당수의 경우 사태는 그처럼 단순하지 않다. 근본적으로 예술적 평가가 지닌 애매성과 주관성은 그 평가의 과정에서 다양한 문화적 맥락과 제도적 요인의 개입을 자초하기 마련이다.

　기본적으로 평가·선정·순위조사·문학상 등의 '선택과 배제의 정치학'을 통해 예술가(문인)들의 서열을 가늠하는 작업은 무수한 살리에르를 양산시킬 수밖에 없을 것이다. 어떤 예술 분야에서도 그 예술적 가치를 보편적으로 인정받는 이른바 대가나 고수들은 소수에 불과하다. 그러므로 어떠한 방식의 설문조사와 평가도 모든 예술가들을 만족시킬 수 없다. 이러한 점은 모든 설문조사의 필연적인 운명이다. 그러나 이러한 이유로 모든 설문조사가 무의미하고 비문학적이라고 쉽게 말해서는 안 된다.

　무수한 예술가(문인)들 중에서 진정한 거장과 대가를 제대로 판별하는 작업은 공정한 예술사(문학사) 서술과 올바른 예술 감상을 위해서도 필연적으로 요청되는 문화적 통과제의라고 할 수 있다. 엄정한 예술적 평가는 바람직한 의미에서의 문화적 전범의 확립을 가능케 한다. 그렇다면 그 소수와 거장들은 어떠한 과정을 통해서 그들의 예술적 가치와 탁월함을 인정받게 되는 것일까. 대개 그 인정의 제도적 공식화는 이른바 전문가들의 여론과 미디어에 의해 형성된다. 그 여론과 설문조사는 저널리즘에 의해 증폭되면서, 그 자체로 중요한 문화정보로 작용하며 대중들의 선택에 커다란 영향을 미친다. 그렇다면 여기서 우리는 그러한 여론은 얼마나 타당하며 객관적일 수 있는가에 대해서 끈질기게 되물어야 한다.

　이 글은 문학 전문가들이 참여한 설문조사를 통한 문학적 전범의 정립을 다음과 같은 이중적인 시선으로 바라보고자 한다. 즉, 바람직한 의미의 문학적 권위와 명성에 대한 정당한 평가와, 그러한 권위와 명성이 생성하게 된 제도적 맥락에 대해서 지속적으로 성찰하고 되새김질하는 시선이 동시에 요청된다는 말이다. 정당한 평가의 부재는 예술 평가의 지나친 상대주의로 흘러 의미 있는 예술과 그렇지 못한 예술의 구분을 어렵게 만든다. 그리고 제도적 맥락에 대한 성찰의 부재는 궁극적으로 타성화된 권위에 대한 굴복으로 이어져, 그러한 평가와 선별작업이 의식적·무의식적으로 배제시킨 다채로운 문학사의 그늘에 대한 세밀한 응시를 가로막는다. 그러므로 문제는 설문조사 그 자체가 아니라, 어떤 방식의 설문조사인가에 있을 것이다.

이러한 문제의식에 따라, 이 글은 이즈음 몇몇 문예지에서 선보인 설문조사의 형식을 통해 문인과 문학사를 평가·선별하는 기획의 한계에 대해서 언급하게 될 것이다.

『시인세계』 창간호(2002 가을)는 〈현대시 100년 '10명의 시인'〉이라는 기획특집을 마련한 바 있다. 100명의 시인과 평론가가 설문에 참여한 이 기획을 통해, 한국 현대시 100년을 통해 가장 탁월한 시인으로 김소월·서정주·정지용·김수영·백석·한용운·김춘수·이상·박목월·윤동주 등의 열 명이 선정되었다. 한편 계간문예지 『문학인』 3호(2002 겨울)를 넘기다 보면, 〈20세기 한국문학사 10대 사건·100대 소설〉이라는 특집기획이 눈에 띈다. 이 기획을 위해 모두 109명의 시인·소설가·출판편집자·평론가 등이 설문조사에 참여하여 20세기에 존재했던 문학사적 사건과 소설적 성과들을 선별하고 평가했다고 한다(또한 『동아일보』는 전문가들이 선정한 각 문화·예술 분야의 최고 고수들을 조망하는 기획연재를 2003년 벽두부터 시작하고 있다).

물론 기왕에도 이러한 설문조사를 통해 문인과 그 작품들의 가치를 서열화하는 작업은 꾸준히 존재해왔다. 그러나 최근의 기획들은 설문조사를 통해 문학사를 정리하여 문단의 중심부로 진입하고자 하는 신생 문예지들의 의욕이 적극적으로 반영되어 있다는 점, 그리고 설문조사를 통한 문인 선정이 이벤트 마인드와 결합하여 어떤 의미에서는 일종의 문화권력으로 작동하기 시작하고 있다는 점에서 문제적이다. 일단 이 글에서 전제하고자 하는 사실은, '여론조사 방식을 차용한 예술가나 작품의 순위 매기기'가 지닌 효용성을 전적으로 부정할 수 없다는 점이다. 오히려 그러한 기획들은 조사방법에 따라, 문학적으로 가장 양질의 작품과 문인들을 선정하여 문학작품을 평가하는 소중한 미학적 잣대를 제공하기도 할 것이다. 옥석을 가리는 문학사적 평가작업이 치밀하고 공정하게 진행되기만 한다면, 그것은 유의미한 문학사적 정전을 확립하는 계기로 수용될 수 있을 것이다.

그러니, 다시 강조하지만 문제는 설문조사를 통한 순위 매기기 자체가 아니라, 그 세부적인 방법의 타당성과 객관성에 있다. 또한 편집진이 그러한 기획에 대한 어떠한 성찰과 자의식을 지니고 있는가 하는 점도 기획의 방향성에 커다란 영향을 미칠 것이다. 이러한 측면에서 볼 때 다음과 같은 『문학인』 편집진의 지적은 신중하게 음미할 만한 지적을 담고 있다.

> 시상 제도나 축제, 이벤트 등 '기획적 사건'에 연계되지 않으면 않을수록 주된 관심 밖으로 밀려나는 것이 오늘날 모든 문화 생산물의 운명인지도 모른다면, 문학인과 문학 독자를 만나게 하는 보다 더 의미 있는 기획의 생산이야말로 이 시대의 필연적 요청일 것이다.
> —「선정 경위」, 『문학인』 3호, 2002, 27면

이러한 지적은 〈20세기 한국문학 10대 사건·100대 소설〉이 탄생한 맥락과 편집진의 위도를 간명하게 드러내고 있다. 말하자면, 위의 언급을 통해 누구나 민감한 관심을 지닐 수밖에 없는 문학적 이벤트를 통해 신생문예지로서의 입지를 굳혀나가겠다는 편집진의 자연스러운 욕망을 감지할 수 있다.

일단 『문학인』의 설문조사는, 적어도 〈20세기 한국문학사 10대 사건〉의 경우, 기왕의 인물 중심에서 탈피하여 20세기 한국문학사를 수놓은 다양한 사건들을 '논쟁·사조 분야'와 '제도·매체 분야'로 구분하여 선정했다는 점에서 설문방법의 참신성을 확보하고 있다. 또한 문인이나 문학비평가뿐만 아니라 주요 출판사의 전문적인 편집인들이 다수 설문에 참여한 것도 새로운 점으로 인정된다. 그러나 다음과 같은 몇 가지

점에서 설문의 객관성과 공정성에 대한 문제제기를 수행할 수 있을 것이다. 우선 설문 항목 자체의 편향성을 들지 않을 수 없다. 가령 〈20세기 한국문학사 10대 사건〉의 '제도·매체' 분야에서 1위로 선정된 〈계간지 「창작과비평」, 「문학과지성」의 활동〉이 설문참여자 109명 중에서 81명의 선택을 이끌어낸 반면에, 〈「현대문학」의 창간과 장수〉는 단지 1명이 선택하여 설문 문항 중에서 최하위에 그친 사실을 어떻게 보아야 할까. 이러한 결과는 문학사의 실상과도 어긋날뿐더러 온전한 균형 감각을 확보했다고 보기도 힘들다.

1955년 창간된 『현대문학』이 문학장 내에서 점하고 있던 비중과 권위는 적어도 1980년대 초반까지는 『창작과비평』이나 『문학과지성』에 비추어 결코 뒤지지 않는다. 그렇다면 왜 이러한 결과가 도출된 것일까. 이 대목은 설문에 참여한 109명의 문인 중에서, 50대 이상의 문인이 열 명 남짓의 소수에 해당한다는 점, 『창작과비평』과 『문학과지성』을 함께 연계시켜 누구나 동의하지 않을 수 없는 거대한 문항을 만들었다는 점에서 연유하는 것으로 보인다. 결국 상대적으로 젊은 문인들이 주가 된 설문참여자들의 성향과 설문 문항 자체의 편향성이 이러한 결과를 낳은 것이다. 현대문학사에 대한 좀 더 엄밀한 통시적 안목 속에서, 『문학인』이 제시한 설문 문항의 타당성이 재점검될 필요가 있다. 예컨대 한국 현대문학사에서 『현대문학』이 지닌 비중은 지금의 『현대문학』이 지닌 위상과는 다소 다른 맥락에서 재검토되어야 할 것이다.

두 번째는 항목 선정 범주의 전반적인 문제점을 들 수 있다. 때로는 '논쟁·사조 분야'와 '제도·매체 분야'의 구분이 명료하지 않은 경우도 있으며 그 어느 항목에도 어울리지 않는 경우도 존재한다. 가령 〈이광수의 등장〉은 '논쟁·사조 분야'에 포함되어 있는데, 그 근거가 취약하다. 또한 신채호·이인직·이해조·최남선·김동인·염상섭 등과는 달리 유독 이광수만이 개별 항목으로 격상된 근거가 한층 엄밀하게 설명되어야 하지 않을까.

세 번째로 〈20세기 한국문학사 작가·작품별 순위〉의 경우에는 기존
의 다른 설문의 결과와 커다란 차이가 없다는 점에서 일종의 동어반복
에 가깝다. 문학사 해석의 새로운 관점을 제공하는 설문조사가 아닌 다
음에야, 이제 이러한 상투적인 설문조사는 보다 미시적이며 참신한 설
문으로 바뀌어야 하지 않을까 싶다. 예를 들어, 〈문학사에서 잊혀진 중
요 작품은 무엇인가?〉, 〈문학성은 뛰어나지만 상대적으로 저평가된 작
가와 시인은 누구인가?〉 등의 설문이 가능할 것이다.

결과적으로 『문학인』의 설문조사는 문학사의 실상을 명제화된 사건
이나 제도를 통해 정리하는 작업 자체의 근본적인 딜레마를 환기시킨
다. 실상 어떠한 문학사적 현상도 하나의 단일한 명제나 제도로 파악될
수 없다. 『문학인』의 설문조사에서 제시된 문학사적 사실들은 이러한
역동적인 문학적 현상을 단순한 명제로 환원시키고 있다. 그럼에도 불
구하고 의미 있는 선별과 평가 작업이 필요하다면, 설문 문항 상호간의
비중 조정을 최대한 객관적으로 편성해야 하지 않았을까.

한편 『시인세계』의 설문조사 〈현대시 100년 '10명의 시인'〉은 기존에
존재해왔던 유사한 방식의 설문과 커다란 차이가 없다. 다만 시인 백석
의 위상이 이전 설문과 달리 커다란 비중을 점하고 있다는 점이 특징적
이다. 백석의 문학사적 비중은 일반 독자들에게는 널리 알려지지 않았
지만, 시인이나 비평가, 문학 연구자에게는 이제 보편적으로 알려졌다
고 볼 수 있다. 선정 경위와 선정 결과에 대한 친절한 해설이 덧붙여졌
다는 점, 선정된 10명의 시인의 대표작에 대한 충실한 리뷰가 수록되어
있다는 점은 이 기획의 미덕이라 할 것이다. 『시인세계』의 설문조사는
이제 설문조사의 문항 및 내용의 차별성이 절실히 필요하다는 사실을
뚜렷하게 환기시키고 있다.

두 신생문예지의 의욕적인 설문 기획에 대해서, 〈어떤 척도로도 단순
하게 환원되지 않는 역동적인 문학을 계량적인 수치로 평가하는 것이
과연 바람직한 것인가?〉라는 근본적인 질문을 던질 수 있을 것이다. 그

러나 이러한 차원의 문제제기는 모든 설문과 평가, 선별작업이 지닐 수밖에 없는 원천적인 한계를 충분히 고려하지 못한 타성적인 비판에 불과할 수도 있다. 설문조사에 대한 비판과 문제제기는 여기서 더 나아가야 한다. 그 진전을 위해서는 문예지의 특성상 일정 정도 기획적 마인드와 축제적 성격이 존재할 수밖에 없다는 점을 너그럽게 이해할 필요가 있다.

이 시점에서 더욱 필요한 문제제기는 의욕적인 설문조사가 기왕에 이루어진 무수한 설문조사의 동어반복이나 단순한 변형에서 탈피하여 새로운 문제의식을 보여주어야 한다는 요청으로 수렴될 수 있을 것이다. 만약 그러한 진전이 없다면, 구태여 커다란 비용과 인력을 들여 설문조사를 반복할 필요가 없을 것이다. 요컨대 중요한 것은 설문조사 방법과 내용의 차별성일 것이다. 가령, 국문학이나 문예창작학을 전공한 대학생이 선호하는 문인과 일반 대학생들이 선호하는 문인 사이에는 어떠한 차이가 있는가, 문인 각 세대별로 높이 평가하는 문인들이 어떠한 차별성을 보여주고 있는가 등의 설문은 기왕에 설문조사에서 충분하게 규명되지 못한 신선한 관점을 제공할 것으로 기대된다.

어차피, 설문조사를 통한 문학적 평가와 선별작업이 계속될 수밖에 없는 것이라면, 이제 해당 설문조사의 내실과 그늘을 꼼꼼하게 따져보아야 할 것이다. 그리하여 특정한 설문조사가 배제시킨 소외된 문학의 자리는 무엇인가, 해당 설문조사가 은폐하고 있는 문학적 이데올로기는 무엇인가에 대해서, 즉 특정한 설문조사가 담보하고 있는 '선택과 배제의 정치학'에 대해서도 질문할 수 있어야 할 것이다. 그러한 대화과정 속에서, 앞으로 새롭게 이루어질 설문조사가 지금까지 어느 설문조사도 제대로 보여주지 못한 서늘한 문학적 진실을 발견하게 되기를 염원한다.

| 2003 |